ベストSF2020

大森 望 編

石川宗生
オキシタケヒコ
草上 仁
飛 浩隆
空木春宵
片瀬二郎
草野原々
陸 秋槎
円城 塔
岸本佐知子
高山羽根子

竹書房文庫

ベストSF2020

目次

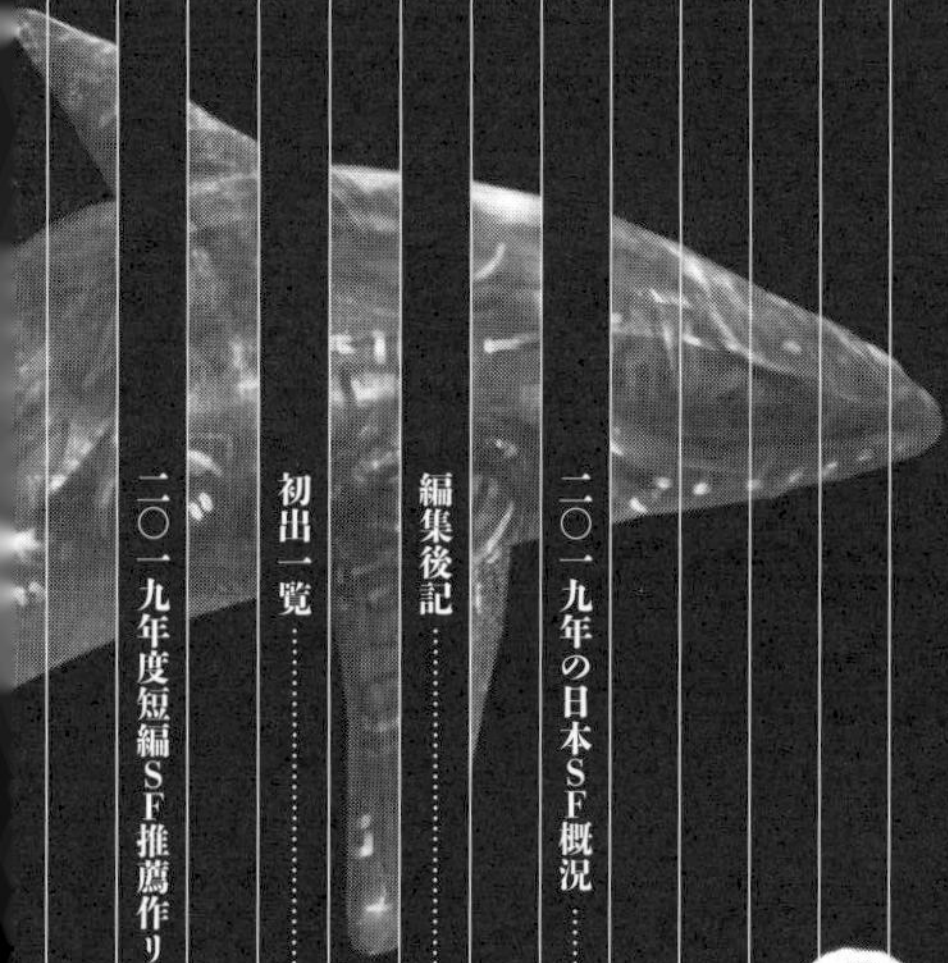

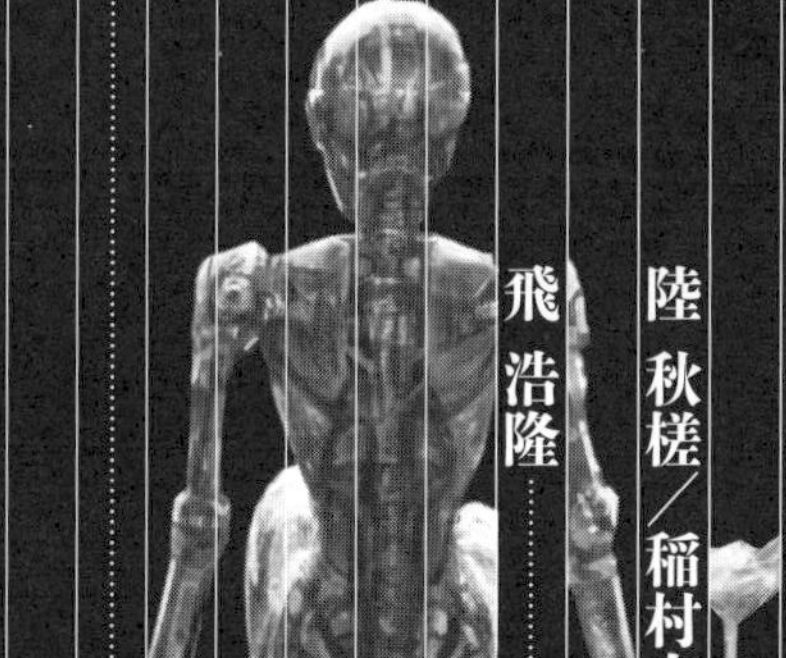

序

新たな日本ＳＦ短編年間ベストアンソロジー《ベスト日本ＳＦ》シリーズの記念すべき第一巻『ベストＳＦ２０２０』をお届けする。二〇一九年（月号・奥付に準拠）に日本語で発表された新作の中から、「この年のベストＳＦだ」と編者が勝手に考える短編十一編を収録している。

ごぞんじの方もいるかもしれませんが、編者は二〇〇八年から日下《くさか》三蔵《さんぞう》氏とともに創元ＳＦ文庫の《年刊日本ＳＦ傑作選》を編纂《へんさん》してきた。この創元版《年刊日本ＳＦ傑作選》は、諸般の事情から二〇一九年に全十二巻で刊行がストップ。区切りがついたおかげで（？）このシリーズは第40回日本ＳＦ大賞の候補となり、同賞特別賞を受賞した（大賞は、小川一水《おがわいっすい》《天冥《てんめい》の標《しるべ》》全十巻と酉島伝法《とりしまでんぽう》『宿借りの星』）。

そもそもそれほど大きな部数が見込める企画ではないし、手間ばかりかかるからいつまでも続けてはいられない——という理由だったかどうかはともかく、このあたりで終了という判断は納得できる。十二年も続けさせてくれた東京創元社には感謝の気持ちしかない。とはいえ、一定数の読者には最後まで確実に支持されていたし、なにより、日本ＳＦはいま、次々に新たなスターが生まれ、第二の黄金時代を迎えつつある。定点観測的な年次ベスト集刊行がここに来て途切れてしまうのはもったいない。

そこで、このところ精力的に翻訳SFを刊行し、SF出版の台風の目になりつつある竹書房にダメ元で声をかけてみたところ、「やりましょう！」と快諾を得て、ここにめでたく竹書房文庫《ベスト日本SF》シリーズが開幕する運びとなった。ちなみにSF大国アメリカでは、年間ベストSFアンソロジーが何種類も出ているが、その中でももっとも長く続いているのが、一九八四年にスタートしたガードナー・ドゾア編 *The Year's Best Science Fiction* シリーズ（現在、第三十五巻まで刊行されている）。創元SF文庫版《年刊日本SF傑作選》は、かつて創元推理文庫で翻訳されていたジュディス・メリル編の《年刊SF傑作選》にあやかって命名されたが、竹書房文庫版の年次傑作選は、このドゾア版《イヤーズ・ベストSF》にあやかり、「ベストSF＋刊行年」をタイトルに採用することにした。ベストを選ぶ対象年はタイトルの年の前年なので、『ベストSF2020』は二〇一九年の傑作選、『ベストSF2037』なら二〇三六年の傑作選ということになる。ややこしくてすみません。

創元版は、編者が二人ということでバラエティに富んだ内容になった反面、巻を追うごとに、年間ベスト短編を集めるという当初のコンセプトからは少しずつずれていった感は否めない。そこで、新たにスタートする竹書房文庫《ベスト日本SF》に関しては、初心に戻って、〝一年間のベスト短編を十本前後選ぶ〟という基本方針を立てた。作品の長さや個人短編集収録の有無などの事情は斟酌《しんしゃく》せず、とにかく大森がベストだと思うものを候補に挙げ、最終的に、各版元および著者から許諾が得られた十一編をこの『ベストSF2020』に収録している。創元版と比べて、収録作品数とページ数は減少したものの、精鋭中の精鋭が集まったと勝手に自負している。短歌にお湯を注《そそ》いで歌を淹《い》れる失われた典雅な趣味の話に始まり、ウルトラスーパーハードな熱力学バカSFや、九種族の存亡をかけた交易に挑むスペース商人《あきんど》オペラなどなど、おそろしく個性的な花々の競演をごゆるりとお楽しみください。

大森《おおもり》 望《のぞみ》

歌束

円城 塔

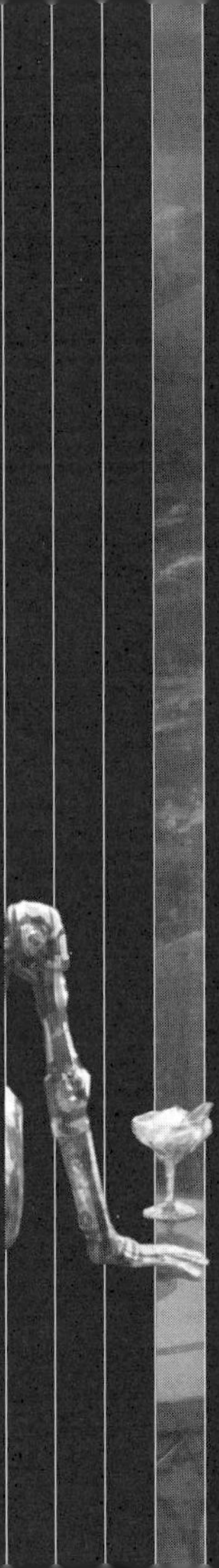

『ベストＳＦ２０２０』の先陣を切るのは、創元ＳＦ文庫版《年刊日本ＳＦ傑作選》十二年連続出場記録を持つ円城塔。アンソロジー（詞華集）の語源は、古代ギリシア語の〝花束〟（集華）らしいので、「歌束」という題名は、日本ＳＦの一年間の精華を集めた本書の幕開きにふさわしい。作中の〝歌束〟（うたたば、かそく）とは、和歌に湯を通す、いまは失われた典雅な趣味（またはその行為の結果として得られたもの）を指す。著者は、〈文學界〉に連載した長編『プロローグ』で、二十一代集に収められた歌をコンピュータにとりこんで語（ひらがな三文字の連なり）単位に分解し、〝歌ベクトル〟をとりだすというスリリングな試みを実践しているが、その解析行為を芸道化したのが〝歌束〟だと言えなくもない。お湯を注《そそ》ぐことで歌が変化していく過程（でも、どうやって？）のまことしやかな書きっぷりには、ＳＦ的な（円城塔らしい）はったりが効いている。天才奇術師のクロースアップ・マジックのような、わずか十六ページの妙技を堪能してほしい。

円城塔（えんじょう・とう）は、一九七二年、北海道生まれ。二〇〇七年、第１０４回文學界新人賞受賞の「オブ・ザ・ベースボール」と、第７回小松左京《こまつさきょう》賞最終候補作を改稿した単行本『Self-Reference ENGINE』（一三年に英訳出版）で同時デビュー。一〇年、『烏《う》有此《ゆうし》譚《たん》』で第32回野間文芸新人賞。一二年、「道化師の蝶《ちょう》」で第１４６回芥川賞。一二年、伊藤計劃《いとうけいかく》の遺稿を書き継いで完成させた合作長編『屍者の帝国』で第33回日本ＳＦ大賞特別賞、第44回星雲賞日本長編部門受賞。一九年には、川端康成文学賞受賞作を表題作とする連作集『文字渦』で第39回日本ＳＦ大賞を受賞した。ＳＦ系の短編集に『Boy's Surface』『後藤さんのこと』『バナナ剝《む》きには最適の日々』『シャッフル航法』、ＳＦ長編に『エピローグ』がある。

歌に湯を通すというこの遊びがいつ生まれ、いつ滅びたものなのか、はっきりしない。とうに失われていたその作法は、彼が古書の中からみつけてきたと思われるのだが、彼の所有になる膨大な書物のどこにあったものだか、とてもみつけられる気がしないのである。

最初は彼と二人ではじめた集まりは、一人二人と参加者を増やしていって、やがてそれなりの大きさとなった。とはいえ、一度の会に参加できる人数はせいぜい五人までであるから、ささやかながら、分派のようなものも生じた。

淵源《えんげん》は、曲水の宴《えん》のようなものかもしれない。盃《さかずき》が流れてくるまでに歌を詠《よ》み、また次へと盃を流す。その際、ついうっかり水へと落ちた歌やら反故が川面に浮かび、切れ切れとなって澱《よど》みをまわり、次の歌詠みの興を誘ったわけである。

わたしたちはこの趣味を「歌束」と呼び、「うたたば」と読み、「かそく」と読んだ。呼び名がなければ不自由だという程度のことでこだわらなかった。彼などはそれをよく「はなたば」と呼びさえもして、「はなたちばな」と言ったりもした。「歌束」の「歌」を手がかりに「花」もしくは「華」を呼び寄せ、「花束」「華束」としたものだろうか。そうして「はなたば」の「たば」の間へこっそりと「ちば」が生じて、土を押し広げるようにして、「はなたちばな」が咲いたのだろう。「歌」を「はな」とは読まなかろうが、歌とはつまり花であり、あるいは逆であるかもしれない。

歌を溶かして、また拾う。基本はただそれだけである。たとえば、

からころもきつつなれにしつましあればはるばるきぬるたびをしぞおもふ

の歌を水に浸けて観察すると、「からころも」「きつつなれにし」「つましあれば」「はるばるきぬる」「たびをしぞおもふ」と分解していく様子が見えてくる。引き続き「からころも」を眺めていれば、これは「か」「ら」「こ」「ろ」「も」へと細かに分かれ、さらに「か」は「か」「か」「か」というように幾葉にもはがれ漂い、雲母のようにきらめきながら水底へ沈んでいくこととなる。これらを集めて整理すると、「あおかきこしぞたつなにぬはばびふまもらるれろを」といった二十三成分が得られることになるわけである。これを様々加工して、ひとまとまりに固めるのだが、遊戯であるから、生のまま饗《きよう》してもよし、数年の熟成を経《へ》るも自由である。時がきたなら人を集めて、来歴やその作成法を語り聞かせて、また開くということをする。蒸したあとで捏《こ》ね丸め、油紙に包んでおいて一年ほどおき、開くときには湯を用いるのが簡便だが、

全ては各人の創意工夫に任される。

たとえば先の歌に湯を注《そそ》いで漉《こ》し出して、「か」「き」「つ」「は」「た」が得られればまずは上出来となる。もちろんこれには、ある程度の熟練が必要であり、なにかの態をなすようにうまく歌を淹《い》れることができるようになるまでには時間がかかり、かかる長さは人によって様々である。

はじめて歌を淹れたときは多くの場合、意味のわからぬ姿となるか、「はははは」といったあたりの単調なものとなることがほとんどである。実際のところ、どうすればうまく歌を淹れることができるのかは、未だに不明のままである。身を正し、暮らしを整え、古典を学び、型というものに達したならば自然と歌は入るのだと言う者もある。そう聞くとつい彼の暮らしを思い出して可笑《おか》しくなる。あれほど器用に歌を淹れることのできた彼の暮らしは、その種の理想を遠く離れた有様であり、彼は規則正しい暮らしなるものは薬にしたくもない性質だった。身を律する必要を説く人が無意識に、「歌が入る」という表現を使うのは、歌が勝手に蛙《かえる》のように手元へ跳び込むようで面白い。歌が人とは異なる生き物ならば、人の側がいかに心や体や情を整えようとも、相手にとっては無駄かもしれない。人の装いは人を相手にしたものであり、たとえば犬の趣味に合わせるならば、人は眉をひそめるだろう。

歌束には多く流儀が生まれ、水に落とした歌が沈むのを待ち、砂金を探すようにして篩《ふるい》にかけたり、粘土に練りこんだあとで流水にさらし、自然と姿が現れるのを待つという派もあった。寒天や西瓜糖《すいかとう》で固めてしまって、その断面を楽しむものや、夏などは氷に埋めておくというのも涼しげである。一番大きな分派としては、水ではなく火を使うというものがあり、当初彼はこれに強く反対した。まるで書物を焚《た》くようで感心しないというのが理由だったが、紙銭を焼くという風習と考え合わせてこれも是とした。この派では、歌を記した紙を燃やして灰の中から何かの形を見出そうとする場合が多い。なにもわざわざ燃やさなくともというのが彼の言であり、何かを燃やせば、より大きなものを燃やしたくなっていくものだという意味のことを書き残している。

歌束というのは束であると彼は言い、それだけでは無味乾燥なものだと、耳を傾けようとする者には解説していた。ここでの「束」は「そく」である。「集合の任意の二元が一意的な上限と下限を持つ半順序集合だ」ということになるらしいが、彼の歌束論に興味を示す者は少数だった。

「歌束には二つの方向性がある」と彼は言い、「引くか足すかだ」と続けた。「別にどちらでもよい」と言うのだったが、本人は明らかに、引いていく方を好んだ。

それはつまり、空集合を好むか全体集合を好むか、からっぽを好むか稠密を好むか、空《くう》を好むか鉱石を好むかという趣味の問題であるということだった。

「絵の具は混ぜれば黒くなり、光は混ぜれば透明になる。歌はどちらか」

というようなことを真顔で訊《たず》ね、こちらが返事に困っていると、

「自分は埋め尽くされるのは苦手だ、息苦しいから」

と自分に答えて納得していた。

「足していけば透き通るのか、引いていけば透き通るのか」

彼はそんなことを気にして暮らし、どうして透き通りたいのかについては語らなかった。

彼の流儀は単純を旨としていた。ただ、歌に湯を注ぎ、出てきた歌を鑑賞する。途中で歌を足したり、好みの成分を投げ入れたりはしない。そんなことを許したならば、なんでもできてしまうだろう、と言う。

準備としてはまず歌を集めてくる。新しいものでも古いものでもよいが、混ぜることは、歌束が乱れると言って好まなかった。もっとも単純なのは、歌集をひとつ用いることだとしたが、ひとつの歌を淹れることも積極的に試みて、野生の歌なども積極的に採取した。歌の中には山菜に混じって顔を出しているものもあれば、山野を飛び交っているものもある。そのほとんどは小さなもので、大きなものは化石としてしかみつからない。もともと地上に向いたものではなくて、水から上がってきたのだとも

いう。大きくなりすぎた歌たちは、みな海へと戻っていった。竿《さお》を担いで釣《つ》りに出かけることもあれば、地面を掘って探すこともある。刺す歌には不思議と即物的に虫除《むしよ》けが効く。命にかかわるほどの危ない歌はもうほとんどみかけなくなってしまって、芋貝《いもがい》程度の存在感しかないという。決して自分で歌を詠むということは行わなかった。そんなことをするならば、どんな歌でも詠めてしまうではないかと言った。

ある程度の歌が揃《そろ》ったところで、それを整理する作業がはじまる。彼がそこから取り組みをはじめ、そうして戻っていったのは「いろはにほへとちりぬるをわかよたれそつねならむうゐのおくやまけふこえてあさきゆめみしゑひもせす」だけを用いた歌たちで、彼の部屋へ遊びにいくと、机の上に身を屈め、鑷子《ピンセット》で濁点や半濁点を取り除け、まち針の先で部首やつくりを丹念に開いている姿をよくみかけた。先の例で言うならば、「あおかきこしぞたつなにぬはばびふまもらるれろを」と精製した歌束をまた、「あおかきこしそたつなにぬはひふまもらるれろを」といった形へ整えるのだ。

その作業を眺めるのにも飽きて電灯をつけたこちらを見上げて、「おはよう」と彼が言うのは夕暮れ時で、わたしの買い物袋に目をやると、「今夜は鍋か」と推理をしてみせるのだったが、料理はいつも鍋に決まっていた。寄せ鍋の類《たぐい》には眉を寄せ、具は二品というのを好んだ。大根に豆腐、牛蒡《ごぼう》に軍鶏《しゃも》、和蘭芥子《クレソン》に合鴨《あいがも》、白菜に鯖《さば》、長《なが》蛤《はまぐり》、葱《ねぎ》に鮪《まぐろ》といった組み合わせには御機嫌で、三品だとやや機嫌が悪くなるのだが、豆腐、大根となれば別だった。

彼は歌束の技法を様々思案し続けていた。最初期には単に歌を砕いて並べ換えるという時期もあったらしいが、これはすぐに諦めた。いろは歌を鳥啼歌《とりなうた》にするような並べ換えはそうそうできるものではない、ということであり、研究の対象としてはともかく、気軽な遊戯になりえない、というのが理由である。次に彼が考えたのが、歌を重ねるという形式であり、これはたとえば、

あききりのたつたひころもおきてみよつゆはかりなるかたみなりとも
ひとりねのとこになれこしつきかけをもろともにみるよはもありけり
このもとによそのもみちをさそひきてあらしそまつのいろをそへける
こころこそまつひらけぬれきみかよにあへるわかみははなならねとも

といった四歌を重ね、共通する成分を取り出すという試みに当たる。ここで、第一歌と第二歌を重ねて、両歌に含まれる成分を取り出し、整理するなら、「あかきこつとなのはひみもよりるろ」という並びが得られ、ここに残りの二歌を重ねるとこれは、「あきこつとひみもよるろ」というところまで精製が進むことになる。こうしてただ

闇雲に歌を煎《せん》じつめていったなら共通の成分などはなくなってしまうに違いないが、彼はここから歌を引き出せるのではないかと考えた。

彼はこの「あきこつとひみもよるろ」という歌の名残《なごり》から、

あきもあきこよひもこよひつきもつきところもところろみるきみもきみ

を組み立ててみせたものだが、組み立てるというのは当たらず、歌が自然と組み上がったのだということになる。

はじめはこうして厳密に歌を組み上げることを試みていた彼だったが、時間が経《た》つと、歌に湯を通すというだけの境地へ至った。様々の歌をとりまぜ、固めると、そこには、いろはで埋め尽くされた団子ができる。これに湯を注ぐと団子はほぐれ、余分なものは流れてしまって、途切れ途切れの音だけが浮かぶようになる。

そこに、いろは全てが揃っていても、湯を注ぐ者の性質により現れる歌の姿や佇《たたず》まいは異なった。その試みを続けていくと、先にでてきた「秋も秋、今宵《こよい》も今宵、月も月、所も所、見る君も君」といった歌はむしろよくみかけるありふれたものになっていき、それは歌を構成する成分が少ないのだから当然だった。初心者が歌にお湯を注

ぐとこの歌や、

　つきことにみるつきなれとこのつきのこよひのつきににるつきそなき

といった歌がよく出ることが明らかとなり、この成分もまた「きこそつとなにのひみよるれ」とやはり少ない。

　みひとつにかきるうきよとおもふこそなけくあまりのこころなりけれ

の歌はこれら「秋も秋」、「月ごとに」の歌両者を含むことで有名であり、この歌を中央に立て、それぞれの成分を並べてみれば、

あ　　　き　　こ　つと　　　ひ　　みもよ　る　ろ
あうおかきくけこそつとなにのひふまみもよりるれろ
　　　　き　　こそつとなにのひ　　み　よ　るれ

ということになる。ひとつの歌から、多くの歌を淹れてみせる技はいっとき盛んに

研究されて、あるとき彼は招いた客へと、

よをいとひさむなるゆめのみちしらはわれにつけこせふかきやまもり

という歌束を示し、そこから次々と別の歌を淹れ続けたことがある。全てを記すのはわずらわしいから、うち五歌だけを示しておくと、

みるからにかかみのかけのつらきかなかからさりせはかからましやは
きりふかきかものかはらにまよひしやけふのまつりのはしめなりけむ
ゆきつもるまかきはやまとみゆれともとははやひとのよるもとまらむ
ときはなるみきはのまつにかかるよりはなもひさしきいけのふちなみ
はなをまつはるはとなりになりにけりふるさとちかきみよしののやま

というようなことになる。彼はその日、一つの歌束を何度も新たに淹れ直し、二十の歌を淹れ分けた。

彼がよく用いたのは、二十一の勅撰和歌集《ちょくせんわかしゅう》、二十一代集であり、これをよく捏ね回

して工夫を思案し続けていた。歌意についてどれほど彼が理解していたかはわからない。彼はただ歌束の会というものは、脈絡が浮かべばよいのであるとし続けた。非情な包含関係をもとにして、そこから情が、景色が湧いてくる様を楽しんでいた。

そんな彼の思い出の中、もっとも印象的な歌束は、彼がどこか旧家の蔵から見出してきた小さな瓢簞《ひょうたん》型の練り物で、小さな鞠《まり》のような香合へ収まっていた。天辺に小さな穴があき、少し周囲が焦げているのは、香の類と考えたその持ち主が線香を立ててみたからだという。様々調べ、それが歌束というものであるというところまではわかったものの、自分の家では扱いかねると、彼に譲ることとしたのである。

「なにもそんなに肩肘張らずとも」

と彼は寂しそうに笑っていたが、歌束自体はありがたく頂くことにしたらしく、心得のある友人たちを呼び、早速鑑賞することとした。彼はその真っ黒の練り物を小皿に載せると、ゆっくりお湯を回しかけていく。歌束が温まった頃を見計らい、玉だけを別の深皿へ移した。

「なにせ古い歌束だから」

と彼は誰にともなく説明し、小皿の方を皆へ回した。わずかに茶色味をおびたお湯には細かな繊維質のものが浮かんでおり、土の香りがわずかにした。底には、崩れた形のいろはが折り重なって積もっており、「外側の殻の部分だ」ということだった。

小さな注ぎ口のついた深皿に、玉が腰までつかるほどの湯をそそぎ、玉から、いろはがゆっくりはがれ落ちるのを、わたしたちは静かに眺めていた。花の香がするという者があり、いやこれは浜風だという者があり、花火のあとの香りなのだという者がいて、自分がどう感じていてもそう言われると、たしかにその香《か》が瞬時、鼻の奥に漂うのである。息をひそめて耳をすませていると、枝から葉が離れるほどの小さな音が聞こえるような気がしたし、炭酸水が気泡を生み出すときのような音が聞こえる気もした。

彼は深皿を取り上げ、円を描くようにゆっくりゆすると、小さな碗《わん》へ注いでいった。いろはが洗われ、浮かんだ歌は、

よしのやまみねとひこえてゆくかりのつはさにかかるはなのしらくも

白雲のように花をまとった吉野の山に雁《かり》が飛ぶ。わたしたちが眼前に広がった光景を堪能した頃合いを見計らい、彼は静かに湯を注いで、景色は千々に乱れ歪《ゆが》んだ。嵐の中に「え」「こ」「つ」「て」「ね」「ひ」の成分は流れてしまい、しばらく踊り続けたあとで浮かんだ歌は、

しらくもとみゆるにしるしみよしののよしののやまのはなさかりかも

二度洗われてまだ新たな歌へと姿を変えた古歌束の力にわたしたちはため息をつき、以前と変わらぬ姿で花に包まれている碗の中の吉野の山を、まるで吉野の山のように眺めていたから、時をはかって彼が三度注いだお湯は、驟雨《しゅうう》のようにも、そうして、全てを流し去る天の水の到来のようにも思えた。歌は微《かす》かにきらめきながら水の流れに翻弄されて徐々に枯れつつ碗の底へと積もっていった。

一つの世界が生まれ、そうして滅びる様をひとときの間に見たようにわたしたちは口を噤《つぐ》んで顔をあげ、お互いを見合わせたのだが、彼は碗の中の流れが落ち着くのを待って、その上澄みを今度は薄い皿へと一滴、二滴と落としていった。ただの透明な水滴にしか見えなかったその内部には、目を凝らすと屈折率の関係でかろうじて輪郭の見える歌がただよっており、その姿は、

はなとのみはるはさなからみよしののやまのさくらにかかるしらくも

と見ることができ、流されたのは意外にも、「ゆ」と「り」だけであったらしい。

わたしたちは、世界の終わりのあとに残された輪郭だけの風景を眺め、その輪郭がゆっくりと水に溶けていくのを観察していた。あとにはどこかの欠けた歌たちが積もるばかりで、古歌束はその力を出し尽くしていた。誰もが意外に思ったことには、外はすでに夕刻であり、時間の経過はさもあろうと思われたのだが、室内はほとんど真っ暗になっていたのだ。わたしたちはてっきり春の昼に遊ぶつもりでいたのにである。

今はもう、こんな趣味を覚えている者も少なくなって、歌束を淹れるという趣味は廃れてしまった。不思議と行う者がなくなると草臥《くたび》れるのが趣味ごとというものらしく、今わたしが歌束を淹れようとしてもうまくいかない。そんなはずはないのだがとむきになっても、なればなるほど崩れてしまう。今もまだ保存されている彼の書庫を当たれば、過去の歌束の記録は見つかるはずだが、それも本の山のどこに埋まっているのか定かではない。その記録を探し当てるには、彼が歌束を前にしたときのように、偶然を司る力を待つ必要があるのではないかと思われる。あるいは今の水からはもう、歌を洗う力は失われてしまっているかもしれないのだが。

あとがき

無粋ではあるかとは思うが、再録にあたり自分でも改めて確認する羽目になったので、結果を並べておく。あっていた。よかった。

いかきけこさしせちつとなにのはひふまみむめもやゆよらりるれわを
かきけ　さしせ　つ　なにのは　まみ　や　らりる
かきけ　　し　つ　なにのはひふま　むめもや　よらり
かき　　つと　のはひ　まみむ　もやゆよら　るれ
いかきけさし　ちつとなにのはひふまみ　も　よ　りる
かきけさし　ちつとなにのはふ　まみ　や　よ　りる　を

えかくこさしつてとなにねのはひまみもやゆよらりる
かく　さし　となに　のは　まみもやゆよらりる
かく　さし　となに　のは　まみもや　よら　る

年金生活

岸本佐知子

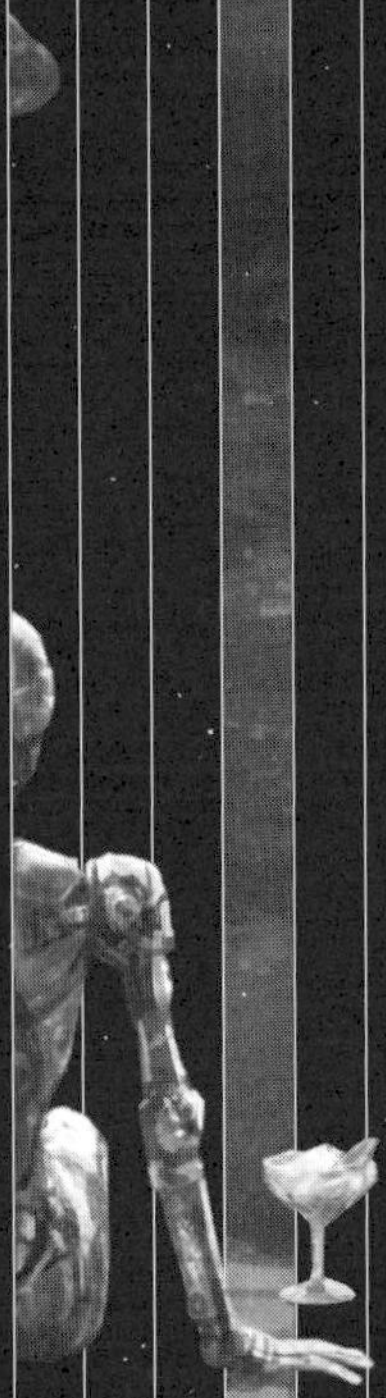

ほとんどタイトル落ちのような奇想ＳＦだが、時機を失して政府から届いたもの（語り手は「さんざん人を待たせたあげく、こんなゴミみたいなものよこして」と罵《ののし》る）が意外な効能を発揮する展開は、まるで二〇二〇年春の日本を予見したようにも見え、ここに描かれる静かな終末の光景こそ〝新しい生活様式〟かも……という気がしてくる。

旧《年刊日本ＳＦ傑作選》の一冊目『虚構機関』には、岸本さんが筑摩書房の月刊ＰＲ誌〈ちくま〉にいまも連載している「ネにもつタイプ」から二回分、「ダース考」と「着ぐるみ恐怖症」を採録（この連載の最初の四年半は『ねにもつタイプ』のタイトルで単行本化され、第23回講談社エッセイ賞を受賞した）。また、翌年の『超弦領域』には、柴田《しばた》元幸《もとゆき》責任編集の季刊文芸誌〈モンキービジネス〉に連載された「あかずの日記」の第一回「12月―3月　分数アパート」を採録させていただいたので、通算三度目の登場となる。初出媒体は、〝現代最高の文章家による書き下ろし〈短文〉アンソロジーシリーズ〟と銘打つ〈kaze no tanbun〉の第一弾『特別ではない一日』（西崎《にしざき》憲《けん》編／柏書房）。

岸本佐知子（きしもと・さちこ）は一九六〇年、横浜市生まれ。上智大学文学部英文科卒業後、サントリー勤務を経《へ》て、八八年に翻訳家デビュー。訳書にミルハウザー『エドウィン・マルハウス』、デイヴィス『ほとんど記憶のない女』、バドニッツ『空中スキップ』、ジュライ『いちばんここに似合う人』、ソーンダーズ『短くて恐ろしいフィルの時代』『十二月の十日』など多数。二〇一九年には、編訳の『掃除婦のための手引き書　ルシア・ベルリン作品集』が異例のベストセラーに（二〇二〇年本屋大賞翻訳小説部門第2位）。著書に『気になる部分』『なんらかの事情』『ひみつのしつもん』、編訳書に『変愛小説集』『変愛小説集Ⅱ』『居心地の悪い部屋』『コドモノセカイ』『楽しい夜』など。

私たちのようなのを、「逃げ水世代」と呼ぶらしい。

年金をもらえるはずの年齢が、私たちがその歳になるちょっと手前で先に先に引き延ばされつづけたからだ。さいしょ六十五歳だったのが七十になり、七十五になり、八十になり、八十五になり、九十の誕生日を迎えるころには、もう延期の通知すら来なかった。

抗議しようにも、お役所はとっくに機能を停止している。電話は通じないし、郵便局にももう人はいない。だいいち文句を言う気力も残っていない。何十年と肩透かしをくわされつづけて、もうがっかりするのが普通になってしまった。

夫と私は一日のほとんどを庭の畑で過ごす。トマト、茄子《なす》、ハツカダイコン、ジャガ芋。小さいし形もいびつだけれど、ほかにやることはないし、何より腹の足しになる。以前はよくカラスにやられたものだが、動物はすべて食べつくされてしまって、その心配もなくなった。カラスもハトも犬猫も、もう何年と姿を見ていない。

夫婦のささやかな楽しみは昼下がりのピクニックだ。晴れた日には近くにあるちょっとした丘のてっぺんまで登って、景色を眺める。東京タワー、その先の富士山まで、くっきり見える。近すぎてちょっと怖いほどだ。昔はどちらも正月くらいしか見えなかったけれど、十年ほど前に石油の供給がとだえてからは、空気が本当にきれいになった。ときどき双眼鏡を目に当てて、昔よく訪ねた街をあちこち探す。東京タワーのふもとにこんもりと広がる濃い緑の森は銀座だ。タワーもよく見ると、半ばまでツタに覆われている。

毎日こうしてえっちらおっちら丘に登り、電気も来ないから暗くなると寝て、夜明けとともに起き、雑穀と野菜ばかり食べているから、私たちはぐんぐん健康になった。商社勤めしていたころはでっぷり肥って糖尿ぎみだった夫は、見ちがえるように引き締まって真っ黒に日焼けしている。二人とも、八十代のころより今のほうが足腰も力もずっと強い。風邪もひかなくなった。これじゃどうやって死ねばいいのかわからないねえ、と笑い合ったあと、体のどこかがすうすうする。子も孫もいない私たち夫婦は、どちらか残ったほうが孤独に死ぬしかない運命だ。医者もいないから、一人ぼっちで病に苦しみながら死を待つことになるのだろう。

今日の晩は焼き茄子と茹《ゆ》でたオクラ、トマトの干したの、少しのソバの実を食べた。寝る前に納戸に行き、戸棚の奥にしまってあるあれがちゃんとそこにあることを確かめた。瓶の底のほうに白く一センチほど残っているだけだけれど、一人ぶんには十分足りる。安心して眠るための、これが毎夜の儀式だ。

ある日、政府がとつぜん年金を給付すると発表した。びっくりした。何をいまさら。いやそれ以上に、政府というものがまだあったことに驚いた。国のいちばん偉い人が誰なのかもよくわからなかったし、気にもしていなかった。テレビは何年も前にただの箱になっていたし、新聞はそのはるか前に死に絶えた。このたびの発表も、町内会の掲示板に貼り出された一枚の紙だった。

数日後、ことんと音がして、郵便受けに小さな箱が落とされた。手のひらにのるほどの粗悪なボール紙製で、蓋《ふた》に〈日本国〉とかすれた朱色のハンコが押してある。中には濃いオレンジ色の、干からびた海綿みたいなものが一かけら入っていた。私と夫は顔を見合わせた。訳がわからない。まさか、これが年金？　私はムカムカした。なんなのよ、これは。人を馬鹿にするにもほどがある。さんざん人を待たせたあげく、こんなゴミみたいなものよこして。箱を壁に叩きつけて、さっさと寝に行ってしまった。

翌朝、夫の呼ぶ声で目を覚ました。おおい、ちょっと来てみろ。台所に行ってみて、ひゃ、と声が出た。淡いオレンジ色の、ぷるぷるしたものが、食卓を覆いつくすように平たく広がっていた。表面がつやつやして、さざ波のようなウロコ状になっている。私が怒って寝てしまったあと、夫が箱を拾ってみると、蓋の内側に〈水を一滴垂らしてください〉と書かれていたのだという。私たちは昔からこうだった。すぐ頭に血がのぼって突進する私と、私が見落としたものを黙って拾い集める夫。

見ているうちに、なんだか無性にお腹が減ってきた。夫も同じことを考えているのが顔つきでわかった。これが年金と言うのなら、せめて飢えをしのげるのでなければ話が合わない。端っこを少しちぎって、生はちょっと怖いので、七輪で網焼きにしてみた。おそるおそる口に入れる。（……？）（……！）この味。あまりに久しぶりで、思い出すのに時間がかかった。肉だ。牛肉の、味と歯ざわり。最後に食べたのは何十年前だろう。とっておきの醤油《しょうゆ》を出してきて、二人で夢中でむさぼり食った。本当に何年かぶりに、心ゆくまで満腹になった。

こうして私たちの〈ねんきん〉暮らしが始まった。不思議なことに、〈ねんきん〉は食べても食べてもなくならないどころか、ひと晩たつと、前よりももっと増えていた。さらに不思議なことに、切り方や調理の仕方で、どんなものの味にでもなった。細かく刻んで茹でれば麺。粗くちぎれば生野菜。鶏肉、豚肉、アジ、秋刀魚《さんま》、マグロ。毎日満腹で、心も体も満ち足りた。私たちはもうあまり畑に出なくなった。

〈ねんきん〉が食べられるだけでないことに最初に気づいたのも夫だ。〈ねんきん〉の近くに出しっぱなしにしてあった縁の欠けた茶碗が、朝起きてみたらきれいに修復されていた。欠けた部分の色こそちょっとちがうが、指ではじいてみると、チン、と硬質の音がする。私たちは興奮して、いろいろなものを〈ねんきん〉に修復してもらった。片方ツルの取れた眼鏡《めがね》。ペン先がなくなった万年筆。破れた肌着。傘。しゃもじ。コップ。ブラシ。腕時計。スコップ。窓ガラス。

いまや台所いっぱいに広がって、壁を這《は》いのぼりはじめている〈ねんきん〉に向かって、ありがとうね、と言ってみた。〈ねんきん〉は心なしか輝きを増して、ぷるんと小さくふるえたように見えた。

やがて〈ねんきん〉は、頼まなくても、私たちが内心欲しがっているものに姿を変えるようになった。せっけん。靴。歯ブラシ。乾電池。ウイスキー。バナナ。コーヒー豆。ウクレレ。何十年ぶりかで淹《い》れたコーヒーの味に、私は泣いた。昔は昼下がりにコーヒーを飲み、近所で買ってきたケーキを食べるのが日々の楽しみだった。音楽を聴いて。本を読んで。明日の食料の心配なんて、先のことなんて、あの頃はこれっぽっちも心配していなかった。

ある朝目が覚めてすぐ、体に異変を感じた。寝床に横になったまま、その部分をまさぐってみた。気のせいではない。洗面所に駆けこみ、パジャマの上をめくりあげて、ひび割れた鏡を見た。右の乳房が戻っていた。五十を過ぎたころ、ガンが見つかって切除した、それが戻っていた。洗面所でげらげら笑っている私を心配して夫が見にきた。見てちょうだいこれ、と私は言った。左はしわしわに萎びて垂れた老婆《ろうば》のおっぱいなのに、戻ってきた右のほうは、切ってしまう前の、五十のころの胸だった。左右があんまりちがうので、おかしくて泣けてきて、でも泣き笑いしながら、ああそうか、と納得した。〈ねんきん〉は私たちの記憶の中にあるものを、その通りに再現してくれるのだ。傷あとだけになったその部分を見るたびに、私は失くした当時の胸の姿を思い出して悲しんでいたのだ。その欠落を、〈ねんきん〉はどういうふうにしてだか感じ取って、埋め合わせてくれたのだ。

だから〈ねんきん〉が台所の一角で柱状に伸びあがり、それが何日もかけて少しずつ人の形を取りだしたとき、私たちにはそうなることが心のどこかでわかっていた。そうなることを願っていた。

さいきん私たちは、朝目が覚めるとまっ先に台所に飛んでいく。今朝はいよいよ目鼻立ちがはっきりしてきて、記憶の中の顔と寸分たがわない。大学生のときにスキーバスの事故で死んだ、私たちの一人娘。名前を呼ぶと、睫毛《まつげ》がふるえて口の端が上がる。そこから声が聞こえてくる日も近いだろう。何より声を、あの子の声を、私たちはいちばんはっきり覚えているのだから。

私たちは、すっかり荒れはててしまった畑を手入れしなおし、季節の花の種をたくさんまいた。もうすぐ娘が歩けるようになったら、いっしょに花を眺めよう。三人で丘に登って、富士山や東京タワーを見せてあげよう。少し遠出をして、海を見にいってもいい。歩きで何日かかるかわからないけれど、海はきっとまだ同じ場所にあるはずだから。

もう最近では、今が何月何日なのかも、自分が幾つなのかも、よくわからなくなってきた。毎日夢の中をふわふわ漂っているみたいな気がする。それが〈ねんきん〉が見せてくれる幻覚なのだとしても、すこしも構わない。ずっとこの幻の中で生きていたい。

ゆうべ、戸棚の奥の農薬をそっと捨てた。

あとがき

「年金生活」は、西崎憲《にしざきけん》さんに「なにか短文を書いて」と依頼されて書いた。締め切りをとっくに過ぎても何も書けずにいた私に、西崎さんは「面白くなくたっていいんだよ、むしろ面白くないぐらいのほうがいい」とアドバイスしてくださった。考えてみたらすごい助言だが、それで自分の中で何かがポロリと落ちて、これができた。今もその言葉は私のお守りになっている。

書いたのはほんの一年前なのに、いま読み返すと、印象がまるでちがってしまっている。いま、外には未知のウイルスが吹き荒れて、街に人の姿はなく、動物や植物が勢力を拡大している。年金支給開始を七十五歳にする議論もはじまった。十年後に読み返したら、どう感じるだろう。そのころ銀座は森になっているだろうか。

平林君と魚《いお》の裔《すえ》

オキシタケヒコ

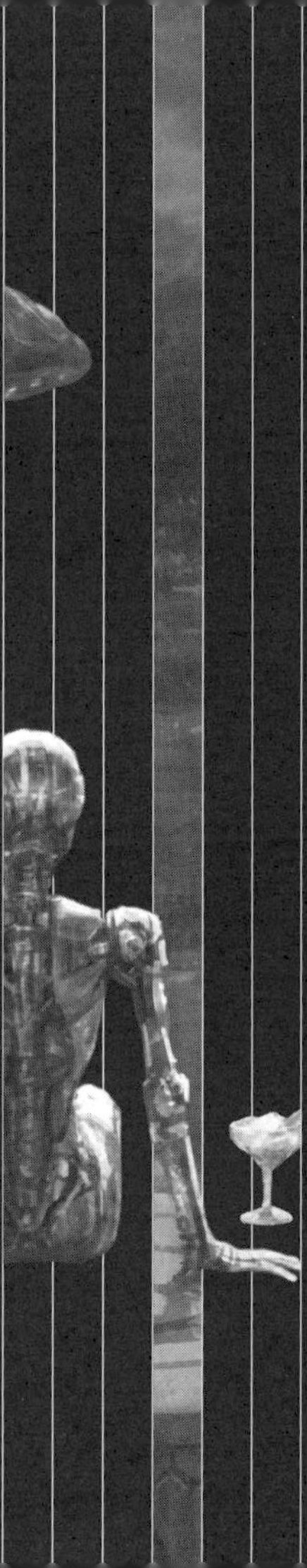

二一世紀、地球人類は高度な異星文明が組織する《汎銀河通商網》とのファーストコンタクトを果たした。しかし、いいように手玉にとられて、たちまちアメリカ合衆国を巻き上げられてしまい、地球上から全アメリカ人が忽然《こつぜん》と姿を消す。二十年後、大阪の万博記念公園に着陸した宇宙船から降りてきたのは、スミレ・シンシア・ヒル。地球でただひとりのアメリカ人にして、コテコテの関西弁を操る彼女（外見は少女）は、いまや凄腕《すごうで》の星間行商人にして地球一の大富豪になっていた……という設定のもとに始まるのが、オキシタケヒコのSFデビュー作「What We Want」。二〇一一年の第2回創元SF短編賞に応募され、受賞は逃したものの、翌年出た『原色の想像力2　創元SF短編賞アンソロジー』に収録されて日の目を見た。本編は、それに続くシリーズ第二弾。語り手は、スミレ商会の行商遠征随行者募集に応じて奇跡的に採用された海洋生物研究者（専門は大陸棚の底生生物《ベントス》）の〝私〟。ものぐさキャラなのに、なんの因果か、破産九種族を相手にする取引の最前線に放り込まれることに……。ジョージ・R・R・マーティン《タフ》シリーズの向こうを張る、すばらしくごきげんな星間商売エンターテインメントだ。

オキシタケヒコは、一九七三年、徳島県生まれ。ゲーム・プランナー兼シナリオライターとして、「スーパーロボット大戦　Scramble Commander the 2nd」や「トリノホシ　Aerial Planet」の企画・演出・脚本などを手がける（ともに岸武彦名義）。二〇一二年、「プロメテウスの晩餐《ばんさん》」で第3回創元SF短編賞優秀賞を受賞（〈ミステリーズ！〉一七年十二月号に掲載）。著書に、人類の存亡をかけて殺戮《さつりく》因果《いんが》連鎖《れんさ》憑依体《ひょういたい》と戦う本格SFアクション《筺底《はこぞこ》のエルピス》シリーズ（第六巻まで刊行）、音響SFミステリ『波の手紙が響くとき』、『おそれミミズク　あるいは彼岸の渡し綱』がある。

研究室に残してきたあの水槽、ほんと大丈夫だろうか――。

心配のため息は、ついたそばから白く霞《かす》み、曇り空に消えていく。アレもこんな調子で消えてくれたらすぐ帰れるんだけどなぁと、私は、宇宙船をジト目で睨《にら》みつけた。

有名にも程があるその船は、ほんの数年前まで万博記念公園と呼ばれていた敷地の片隅に身を横たえていた。自力では月までしか足跡を残せていない地球人類が、背伸びしまくって手にした史上初の恒星間行商船である。つるりとしたそのリフティング・ボディにこれから乗り込むのだと言われても、現実感はさっぱり湧いてこない。所有者であり船長でもある大富豪の少女が、雇い主として隣を歩いていることにもだ。

栗色の髪に薄いバイオレットの瞳。張りのある若々しい肌にすらりと長い脚。美人というよりは腕白《わんぱく》少年っぽいとでも表現すべき顔立ちが如実に語る、明朗さと行動力。私との共通点など、それこそ性別ぐらいのものであろう。

「ほな、三ヶ月ぐらい一緒に頼むでー。クルーにもよろしゅうしたってや。まー、あたしも含め、けったいな面々ばっかかやけどなぁ」

吹田《すいた》スターポートと名を変えたこの敷地も、彼女の所有物である。公園は公園のままなのだが、船が着陸している間は民間人やマスコミの立ち入りが禁止されるのだ。

人からは、鈍い、無感動、神経が通ってない、ナマコですか？　いいかげん炬燵《こたつ》から出てくださいよ、などと言われ慣れている私も、今回ばかりは緊張し、困っていた。国際ニュースからワイドショーまで、延々とメディアに追われ続けている世界的有名人とのコミュニケーションなど、どうやって取ればいいのかさっぱりだし、そもそも私は、ちょこまか動く活発な生き物全般が苦手である。

「あーそうそうこれも言うとかなあかんな。今から会《お》うてもらう奴《やつ》の前で、あたしにしたみたいなお辞儀は禁止な。会釈もあかん。土下座とかもってのほかやで」

本当に苦手だから、ちゃんと聞いていなかったのだ。彼女の大切な警告を。

「初対面でいきなりやって、サクッと刺身にされたらかなわんやろ？」

「え……は？」

「とにかく頭下げるん禁止な。絶対やで。おーい、平林《ひらばやし》ー、話し相手が来たでー」

返答するように、船殻の一部が鈍い音をたてて開いた。緩やかに湾曲した段つきスロープとなって、立ち止まった私たちの数歩先に、ごぅん、と先端を下ろす。

露《あら》わになったエアロックに姿を見せたのが、彼だった。便宜上〝彼〟と表現するが、男女以外の性かもしれず、そもそも性別が存在するのかさえ怪《あや》しかった。

格好は妙な和装だった。袴《はかま》を穿《は》いていない和服姿を着流しというが、ある意味でその逆だ。つまり袴だけを穿いていて、上半身は裸。腰には日本刀まで差していた。左右に二本ずつ、都合四本もの打刀《うちがたな》というのがコスプレ的な勘違いを匂わせるも、三船《みふね》敏郎《としろう》チックなワイルドちょんまげなら似合いそうではあった。ただし、それを載せる肝心の頭部はない。胸と腹の区別すらつかぬ胴体は逆さにしたイチジクの実にそっくりで、両腕はそのカーブに沿い、半ば肉に埋まるようにして上向きに格納されているらしかった。

ゆったりと、滑るように階段を降りてくるその異形から、目が離せなくなる。

「これが平林な。うちのパイロットや。平林、こっちが例の募集で――」

雇い主の声より、自分の鼻息のほうが鼓膜に響いた。なかなか湧いてこないことで定評のあるやる気と好奇心が、二年半ぶりぐらいに全開となっていた。身を縮ませる寒さも、学生たちに任せてきた水槽の心配すら、その瞬間は忘れ去っていた。

なんだあの腕はもの拾うのに不便じゃないのか胴体から骨格が窺《うかが》えないぞ袴の中はどうなってるんだそもそも感覚器官はどこにあるのだなんだなんだこいつは――。

頭をフル回転させていたと言えば聞こえがいいが、正味のところは呆《ほう》けていたのと変わらない。だから小突かれて挨拶を促され、やらかした。

「あ、えと……お、お世話ん、なりま、す、よ、よ、よろしくお願いします」

下手なＤＪがスクラッチを失敗したような挨拶を垂れ流しただけならまだしも、下げてしまったのだ。この頭を、深々と。

そういやなんか刺身とか言ってなかったかさっき、と青ざめた時にはすでに遅し。鋼が鞘《さや》を走る音が、しゅききぃん、と重なる。

恐る恐る顔を上げ、相手の変貌に「ぬぇっ」と間抜けな声も出た。

胴体をぐにょりと曲げてこちらに向けられた、頭頂部ならぬ胸頂部《きょうちょうぶ》。その丸みに開いた十字の切れ込みから覗《のぞ》く、無数の牙らしきもの。折り畳まれていた腕は、どうやら背後にも対《つい》になるセットが隠れていたようで、展開されて本来の長さを晒《さら》したその数は、刀と同じく四本だった。強いて言えばそのシルエットは、怪物化したオランダ風車か。関節の数も自由度も人間とは比べものにならぬ腕々が、件《くだん》の開口部を中心にして広げられ、抜き身の刃をそれぞれ振りかざして、凶悪なX字を描いていた。

チチチ、チチチ、と発されている音が安全を意味しないことぐらい、一発でわかる。にもかかわらず、私は続けて、うっとりとこう呟《つぶや》いてしまっていたのだ。

「素敵……」

我ながら馬鹿の極致だとは思う。目をキラキラさせたままサクッと切り身にされていてもおかしくはなかった。愚かな遺伝子を後世に残さなかったことで人類進化への貢献を称《たた》えられ、ダーウィン賞にあわやノミネートである。

ともあれそれが、平林君こと、ゼフェドのアムノムとの出会いだった。

◇　◇　◇

スミレ商会の、次期行商遠征における随伴協力者を求む――。

そんなアルバイト募集を国連がしていることを知ったのは、二ヶ月ほど前である。私を辛抱強く飼ってくれている大学にも、文科省を通して書面が回ってきたのだ。学術的雑務をこなしながらの銀河旅行、というフワフワした内容が怪しすぎたが、要項がユルユルだったのもあって多くの学生が飛びつき、同僚の研究員たちが続いた。この国って来世紀になっても紙の履歴書使わせてんだろうなぁこのあたりの国民性をまずなんとかしろよ、と炬燵で憤慨しながら私がペンを手にとったのは、募集締め切りの間際だった。

日本中の大学やら研究機関やらにバラまかれていたらしいので、何万という応募があるはずだった。そんな中でたぶん一番やる気のない私が選ばれることなど、研究室のあの水槽に自ら進んで魚を入れる確率より低いに違いあるまい、と信じていた。

まぁ出すだけ出しておくか程度の気まぐれであり、心底適当に書いたのだ。

だから教授と学長に呼び出されたときには、そろそろ研究員の席を空けなきゃならんしお前もボチボチ邪魔になってきたからとっとと出ていって就職するなり地元に戻って結婚するなりしろ、などとセクハラ全開で詰め寄られるんだろうなぁと覚悟していた。もしくは、ここはお前の家じゃないから住みつくなとか、研究室に持ち込んでいるあの炬燵をいいかげんにどけろとか、学内をパジャマでうろつくな、とか。

ところがどっこい、学長室で待っていたのは、気持ち悪いぐらいの作り笑いときた。

聞けば、なんと件のアルバイトに選ばれてしまったというではないか。

私がですか。君がだ。いやいやそれはないでしょう。という流れを四回ぐらい淡々と繰り返してみたが、机をどんと殴っていいかげんにしろと怒鳴《どな》られてしまったことからして、どうやらマジらしい。ひとまず、馬鹿丸出しの志望理由を書いた私なんかに決まった、というのが事実だとするなら、選考ではなく抽選だったのだろうと結論するしかなかった。ダーツを投げたら当たったとか、紙飛行機にしたら一番飛んだとかいうアレだ。

面倒くさいんで辞退します、と告げて帰ろうとした私を絞殺しかけた学長は、呼吸を落ち着けると一転して頭を下げてきた。ヅラが落ちるのも構わず下げに下げた。

「行ってくれ……頼むっ！」

なんでも、被採用者の在籍する機関には、国を経由してがっぽりと金《かね》が入るらしいのだ。表向きは補助金としてだが、早い話が人身御供《ひとみごくう》の代金であろう。

なにしろ募集主は、この惑星一の長者である。彼女の個人資産は、今は亡きアメリカの墓標として未《いま》だにのさばっている国際基軸通貨に換算して、なんと九百兆ドルを超えているという噂《うわさ》なので、みみっちぃ額ではないはずだ。金が絡めば人間はしつこくなるし、組織はもっとしつこくなる。ああこれやっぱ面倒くさいやつだ、と私は嘆息した。

最低でも三ヶ月は研究室を空けることになるので、大切な水槽の管理は学生に頼んだが、そいつがクマノミを入れていいかと抜かしやがったので、あんな奴がいようがいまいがイソギンチャクの生活は変わらないことを懇々と教え、カンブリア紀には魚の先祖など脇役だったのだと演説し、棘皮《きょくひ》動物や刺胞《しほう》動物の数学的美しさについてのレクチャーを小一時間ほど耳元で呟いてやった。一体全体、魚なんぞ眺めて何が楽しいのか。

活発に泳ぐ生き物をそんなに見たいなら、世間に目を向ければよいのだ。

できるだけ他人についていくという性分の結果として群れを形成してしまう、イワシのような連中ならどこにだっているし、人の間を点々と渡り歩く回遊魚のような奴も多い。テレビに映る政治家の姿にサメを重ねるのは簡単だし、田舎に戻って就職と結婚を果たした同期の話など、出産のために生まれた川を目指すサケ目《もく》の回帰習性を連想させる。

のんびりと世間をたゆたうマンボウのような奴や、常識の枠から器用に飛び出して自分だけの安全圏へと逃げる、トビウオのような奴すら見かけたことがある。

泳ぎ回ることに飽き足らず、ヒレをがむしゃらに動かして泥を掻《か》き分け、エラ呼吸のままで未知なる陸地へと這《は》い上がっていこうとする冒険者だっている。私はそういう輩《やから》が大の苦手だし、もちろんその多くは行き倒れて干からびる運命にあったりするわけだが、その中には、両生類への進化的な躍進を見事遂げてみせる猛者《もさ》なんかも存在したりする。

だからこそ世界はどんどん新しくなっていく、とも言えるのだが。

対して私は、冒険者には程遠い。

体を動かすのはできる限り避けたいし、狭めの部屋でじっとしていることを好み、金や名声や権力や刺激を切望しているわけでもない。必要なのは炬燵だけだ。あとは食べる物があればそれでいい。白状するが、動かずに炬燵で寝ていたらご飯が運ばれてくる社会を誰か実現してくれないかなぁ、などと願ってしまうクチであり、生まれ変われるならカイメンかウミユリかイソギンチャクを切望する。

あえて魚に限定するとしても、許せてチンアナゴあたりか。

研究室でもほとんどパジャマと半纏《はんてん》で過ごしている事実から明らかなように、私は社会生活不適合の烙印《らくいん》を念入りに押されている、正真正銘のダメ人間である。

ただし引き籠《こ》もりかというとそうでもなく、冬場でなければ屋外に出ることだってある。これでも海洋生物の調査研究が本職なのだ。言っておくが魚ではない。専門は大陸棚の底生生物群《ベントス》である。ゆえに陸も望めぬ沖合まで出張《でば》ったことだって少なくないし、ワイヤーで吊《つ》り下げた採取装置を海底から引き上げてバケツで分類するという、他人に話しても楽しさを中々わかってもらえない生活を船の上で半年近く続けたことだってある。

そんな私にとっても、さすがに今回の行き先ばかりは〝外〟過ぎる。

家の外とか海の外どころか、太陽系の外。海は海でも星の海なのだ。あの、スミレ商会なんだからそりゃ当然だろう、と言われればそれまでなのだが。

銀河には宇宙人がうようよいて、それが揃《そろ》いも揃って商売と金勘定のことしか考えていない連中で、そんな奴らがずらりと軒を並べている星間経済社会へのバス停が、いくら火星のそばにぽつんと置かれているといっても、一介の市民には遠い世界のことだ。火星軌道まで赴くだけでもどんだけ金が要《い》るんだという話である。大国が税金をふんだんにつぎ込んでやっとのレベルだろうし、個人では夢見ることすら難しい。

彼女――スミレ・シンシア・ヒル以外には。

《通商網》に挑む、地球唯一の星間行商人。まさに現代のレジェンドだ。

なにしろ、アメリカ合衆国《アンクルサム》の消失――私が産婦人科の保育器に入っていた頃の出来事であり、今では教科書の中の記述でしかない事件を、彼女は当事者として体験している。

コンタクトと同時に不平等な関税ルールを押しつけてきた《通商網》の使節団や商船に対し、合衆国が愚かにも先制攻撃をしかけたことで発生した、まさに天文学的数字が並ぶ〝開戦税〟の取り立てにより、三億人を超える米国籍所持者のすべてが銀河文明の超越的手法によって夜空の向こうに連れ去られてしまったあと、オギャーと泣いていた私が成人しちゃうほどの歳月をかけて星界からの帰還を果たした、たったひとりのアメリカ人。

ニュースで報じられたときには「マジか」と声を漏らしたものだ。

大阪の夜空に飛来した異星のチャーター便から堂々と降り立った、ボロボロの衣服に身を包んだ少女。攫《さら》われた二十年前からほとんど歳をとっておらず、唯一の所持品は《通商網》規格の通貨チップのみ。そこに収められていた金額たるや――。

国連すら愛想笑いを浮かべるしかない超大金持ちであり、生き馬の目を抜く宇宙人たちの経済社会をたったひとりで生き抜いてきた、生粋のサバイバーにして行商人。雲の上の人物というだけでなく、絶対に私とは気が合わないタイプであろう彼女が所有する宇宙船に、お前は馬鹿な履歴書を考えなしに送りつけて雇われることになるんだぞこの間抜けが、と、テレビの前であんぐり口を開けていた九年前の私に警告してやりたかった。

そんで、異星人にいきなり斬り殺されかけるんだぞ、とも。

◇　◇　◇

「ほんとすみません。ぼくがちゃんと付き添って、注意して見ておくべきでした」

謝ってくれているのは、えらく滑舌のいい男子小学生、とでも表現すべき声である。

命を取り留め、改めて船内に招かれた私は、ひとまず居住区画に案内され、荷物を置き、点検ハッチがやたらと並ぶ通路を船首方向に引き返して、船のサイズからすれば意外なほどに広いコクピットルームまで連れていかれた。

「とにかく、体軸の上端を近距離でアムノムに向ける、という行為だけは、今後も避けるよう気をつけてくださいね。彼の種族のボディランゲージでは――」

「威嚇、もしくは……挑発にあたる？」

「はい、その類いの最上位あたりかと。まあ、何でも伏せてばっかの国連と、説明足らずのスミレさんが全部悪いんで、あまりお気になさらず」

そう慰めてくれた目の前の矮軀《わいく》も、人型ではあっても人間ではなかった。

身長は小学生ぐらいしかなくて皮膚は灰色だし、体毛ひとつなく、アーモンド型の大きな両目は黒一色。ぴったりした銀色の衣服も、服のようでいて体の一部だという。

地球に七体残留している宇宙人、ククルドの一体なのだ。

数多《あまた》の恒星間行商種族が銀河にひしめいていると判明して以来、かつてどこそこで目撃されたUFOはこの種族のものだとか、あの第三種接近遭遇録にあった宇宙人はこの種族だったのだとか、かつてはオカルトに分類されていた無数の記録が掘り返されては再調査され、胡乱《うろん》なサイトが乱立し、専門誌やムック本がしこたま出版されたりもした。熱心な弟が小学生の頃から何冊も持っていたので、私もよく読ませてもらった。

そうした宇宙人図鑑の表紙を飾っているのは、まず間違いなくこのククルドだ。

二十世紀から姿が知られていたこの異星人のことを、四十代以上の人はよく〝グレイ〟と呼ぶが、その本体は、コバルト色の殻に封じられた羊水《ようすい》に共生生物をたっぷり浮かべたバスケットボールサイズの球状生物であり、目の前で親切げに喋《しゃべ》っている灰色のボディは、そんな彼らが電波で操る〝遠操体《えんそうたい》〟という生体端末に過ぎない。

物心ついた頃からお茶の間に届けられていた姿なので、まぁ見慣れたものである。日本語を流暢《りゅうちょう》に喋ることもあって、異星人というよりは芸能人に会っている気分だった。

「えっとー……トリプレイティ……さん？」

「はい、ご質問ならどんどん承りますよ」

識別用の個体名はトリプレイティ。スミレ商会には、屋号主であり船長でもあるスミレを除けば、正式クルーは会計士であるククルドの彼しかいないはずだった。少なくとも、国連の公式発表はそうだったし、増員のことをニュースで見た覚えもない。

なので気になるのは、どうしても、あの見知らぬ怪物コスプレ侍のほうになる。

改めて、コクピットに方陣を敷く四つの座席を見やった。当の異星人は、今は前列左側にある操縦席に座り、固着したフジツボのようにピクリとも動かずにいた。

「アムノム……さんでしたっけ？　いったいどういう方で？　種族がゼフェドってことはさっき教えてもらったんですけど、その、保護税率的に、信じられない数字も」

「わかりますよ。でもゼフェドは本当に――〝卒業種族〟のひとつです」

マジっすか、と、思わず素の声が出た。

古株には優しく、新参者にはどこまでも厳しい《通商網》の根幹を成すのが、あらゆる商売に課せられ、自動で徴収されていく保護税の支払いだ。

そのレートは時間経過でしか下がらず、各種族加入時の一世代の長さがインターバルとして規定されているため、加入から二十九年しか経《へ》ていない地球人類《ソルド》の保護税レートは、初期値である五百十二倍からまだ変動していない。人類より一万年以上も前に《通商網》に加入していたククルドすら、長命が祟《たた》って未だ四百三十二倍である。

実際に課せられる額は、取り引き相手とのレート差によって変動し、高倍率の新参種族が古参種族から何かを買おうとすれば莫大《ばくだい》な額を要求され、売ろうとすればべらぼうに安く買いたたかれることになる。倍率が一まで落ちた、つまり実質非課税となった卒業種族ならはした金で買える品に対し、私たちなら住宅ローンを組むレベルの散財を強いられたりするのだから、マジふざけんなのひと言である。アメリカでなくとも怒る。

「ちなみに、商会の一員として登録してはいませんから、アムノムを前に出しての商売はできませんよ。そもそも卒業種族と取り引きしたがるのなんて、この渦状腕《かじょうわん》の界隈《かいわい》じゃ、それこそ同じ卒業種族ぐらいのもんですし」

小さなため息のそぶりまで、遠操体の動きは人間そっくりだ。

「ぼくやスミレさんのレートで、取り引きの代行を頼むぐらいならできますけどね。この船のエンジンだって、惑星シェブリンガ・ガでそうやって買ったものですし。まぁとにかく、卒業種族云々《うんぬん》は都合良く忘れといたほうがいいですよ。そもそも本気で彼を雇ったら、払う給料だけで大変なことになりますから」

「え？　てことは、お給金は」

「びた一文払ってません。勝手に居着いてるだけですんで」

「パイロットなのに？　てことは……ボランティア……とか？」

「隠居種族の道楽や」

スミレのそばかす顔が、開きっぱなしだったドアからひょこっと突き出たので飛び上がりそうになった。居住区画や貨物区画へ続く通路から、船長様が戻ってきたのだ。先ほどのミスでこってりと説教を食らったばかりの身としては、首をすくめるしかない。

銀河の果てに連れ去られるまで、物心ついた頃からほとんど大阪暮らしだったそうで、スミレは関西弁をネイティブとして喋る。その辺りはワイドショーなどでおなじみであり、もちろん承知してもいたのだが、直《じか》に叱られるとなると賑《にぎ》やかな印象も「怖い」へと裏返っていた。向こうはとうに、怒ったこと自体をケロリと忘れているようではあるのだが。

「ええ気なもんやでほんま平林は。ま、一銭もゼニ払わんでええなんちゅう心底有り難いパイロット兼用心棒なんやし、ぜったい逃がさへんけどな。こき使《つこ》たるまでや」

一応、発言の前に小さく手を挙げてみた。

「あの、ずっと気になってたんですけど、平林、って呼んでんのは」

「渾名《あだな》や渾名。そこのトリぽんかて渾名やで。ほら、トリプレイティちゅうのも、もとは米軍がつけたニックネームやんか。ほんまの名前二進数なんやでこのガキ」

「ぼくのほうが年上なことをお忘れなく。ガキはそっちでしょうに」

「あーもうムカつくわーこいつの喋り。ええかげん関西弁に戻せっちゅうねん」

「ここ最近の虐待に対するせめてもの抵抗です。意地でも喋りませんよ関西弁は」

あの、あの、と割って入った。お二人の力関係がどうやら雇用被雇用を超えたバランスと衝突の上にあるらしいのは興味深いが、今知りたいのはそっちじゃない。

「じゃ、私も乗っかって平林君って呼ぶことにしますけど、用心棒ってことは、刀も持ってるわけだし、やっぱ、お強いんですかね？」

「そこそこ有名みたいやな。宇宙空間のドンパチでも、ゼフェドの名前聞いただけで大概は尻尾《しっぽ》巻いて逃げるっちゅう話やで」

はて。合衆国消失の直因となった開戦税の存在があるため、《通商網》では戦争行為など時代遅れの愚行に他ならず、勃発することなど希《まれ》、という話ではなかったのだろうか。

尋ねてみると、地球一の富豪は、にったりと唇を歪《ゆが》めた。

「ええとこ気付いたなぁ。ちょうどええわ。ほな、スミレさん劇場といこか」

パチンと指を鳴らした彼女が目を向けたのは、コクピットルーム後部の壁。そこからせり出してきたものを目にして、思わず声を上げた。

「こっ、炬燵？」

どう見ても壁に張り付いた炬燵である。横倒しになった炬燵としか思えぬ謎の炬燵様物体の天板にあたる面に、ニヤけた少女船長が歩み寄って細い指を這わせる。

「普段はただ働きしてくれとるけどー、平林は正味のところ傭兵《ようへい》でーす。ドンパチめっさ強いでーす。けど開戦税あんのに、なんでドンパチできるんでしょー」

天板に棒渦巻《ぼううずまき》銀河が表示された。ではモニタだったのか。いや炬燵だろうこれは。

とにかく映ったのは、私たちを含めた数多の種族が住む、この天の川銀河の俯瞰《ふかん》映像だった。

「こたえはー、開戦税が実質ゼロなとこがー、意外とようさんあるからでーす」

モニタ上を滑る指の動きに合わせ、映像が虫食いのように色を変える。渦状腕の間隙に位置する、星のまばらな宙域の多くが赤いスポットの集合として塗りつぶされたのだ。銀河の外縁部など、ユメナマコの体色がかったヴェールでぐるりと覆われている。

「京風にいうたら、いわゆる、無法地帯どすなぁ」

正直うざいし、語尾だけで京風を名乗ったら京都人に怒られるぞとも思ったが、少なくとも該当するエリアの正体だけは把握できた。

有用な資源がない場所。かつてはあったが枯渇した場所。皆無なわけではないもののそれを保持するコストのほうが高くついてしまう場所などなど——。

そのほとんどは、恒星も惑星もガス雲さえもない、だだっ広い暗黒の荒野。

軍事行動の実行者が、戦場中心から規定距離内に住む全種族に支払わねばならない、という決まりの開戦税も、近隣に誰もいなければ発生しないのだ。

「どうでっしゃろそこのお客はん……興味ありますやろ？　無・法・地・帯」

「や、ないっすねまったく」

「あるて言えやそこは。実はな、今回の商売相手、そこにおんねん」

は？　と顔をしかめて然《しか》るべき言い分であり、当然私はそうした。沈黙し、しばし時間をかけ、眉間《みけん》に皺《しわ》を深々と寄せたまま、言うべきことを頭の中で組み立てる。

「もいっかい、言ってもらえませんか」

「今回の商売相手、そこにおんねん」

ああクソ。聞き間違いであって欲しかったのに。それに待て。戦争し放題の場所をわざわざ指定してくるような奴らと取り引きするものといえば、まさか。

「ぶ、武器の、密売とか」

「ちゃうちゃうちゃう。むしろ人助けや人助け」

スミレの軽々しい否定にシンクロして、新たな画像が炬燵の天板に浮かぶ。

ヒューマノイドだった。地球人とはプロポーションこそ異なるし、腕が生えている場所も前面よりだが、二足歩行の二本腕で、和毛《にこげ》に覆われた頭部にある二つの目も愛《あい》嬌《きょう》がある。ネズミが進化したらこういう姿になるのかもなぁ、という印象の異星人だ。

付属テキストからするに、種族名はフシャド。保護税レートは四百五十六倍。

映されたのは、その宇宙人だけではなかった。ずらりと並んだのは合わせて九種族で、そのどれもが生理的嫌悪からは程遠い見た目だった。腕や脚の数が少しだけ多い者もいたし、呼吸孔《こきゅうこう》らしきものが胸部にある者などもいたが、ちゃんと頭があり、そこに摂食孔と偶数の目を持ち、綺麗《きれい》に左右対称で、地球の哺乳類《ほにゅうるい》、爬虫類《はちゅう》、鳥類のいずれかを連想させるものばかり。何というか、ペットショップの陳列ケース的なイメージがある。

「こいつらが今回の取り引き相手。んで、籠もっとんのが、ここ」

九種族のデータがウィンドウごと小さく畳まれ、先ほどの銀河系全図がモニタに戻ってきた。その最外縁にある何もない宙域がみるみるうちにズームされていく。

「うし、ほなトリぽん、めんどくさいとこ説明頼むな」

「えーではここからはぼくが」

最終的に画面に浮かび上がったのは、暗灰色の歪んだ岩だった。

「遠い昔にどこかの恒星系から弾《はじ》き飛ばされてきたものの、銀河系の外まで飛び出すことはできず、重力に引き寄せられてじわじわ引き返している途中の岩くず、って感じの小天体ですね。長径でおよそ二・七キロメートル。大気なんか当然ないですし、特殊な資源もなし。ケイ素や鉄、あとは炭素とミネラルを含んだシャーベット程度で、熱源さえ設置すればどうにか住める、という以上の価値はありません。で、この九種族がそうやってなんとか住み着いているというわけですね」

ピンと来なかった。トンネルでも掘れば住めそうなことはわかるのだが、なにせ場所が場所だ。恒星も何もない銀河の最外縁。暗闇が延々と広がるだけの空っぽの宙域。地球で言うなら、南極よりも侘《わび》しい僻地《へきち》である。

よほどの物好きの集まりか、世捨て人を気取った仙人のような奴らか、越冬隊のような仕事をしている学術的一団なのだろうかとも思ったが、それも勘違いだとわかる。

「この九種族はみんな、いわゆる——破産種族です」

金だけが物を言う《通商網》の荒波を生き抜くことができず、母星をも含めた資本をすべて失い、ここにしか住む場所を見つけられなかった連中なのだ。

人口も、九種族合わせて四百とちょいしかいないという。それだけしか養えるキャパシティがないという意味であり、住む家を失ったホームレスが寄り集まって暮らしている河川敷のテントのようなものだと、ようやく合点がいった。

理解できたからといって、根本的な疑問が減じるわけでもなかったのだが。

「あの、そんな人たちと商売しても、その、儲《もう》からないんじゃ……」

「ですね。でも問題はそこだけじゃありませんよ。今回の依頼は、この九種族が後払いの現物支払いって条件で出してきたものなんですけど、どうにもクサい」

太陽系からの最寄りのハブ都市であるフルーフルの運輸ギルドに掲示されていながら、地球時間で二年以上にもわたり放置されていたというその仕事は、どこにでもある工作機械の一種を提示額以内で買い上げて届けるだけという、なんとも平凡な内容だった。

が、先を聞かされてみれば、確かに異臭がする。

匂いの根源はふたつ。ひとつめは、依頼内容を閲覧したギルド員に、もっと割のいい仕事が即座に紹介されてくること。

「紹介主は、保護税レート七十九倍の古参種族、オールードの傘下企業です。スミレ商会にも来ましたよ。あの破産種族連中の依頼は受けるな、と言わんばかりのが。先払いだし楽だし安全だし、それなりに儲かるしで、そっち取りましょうってぼくは言ったんですけど」

もうひとつは悪臭どころか、逃げ出したくなる刺激臭を放っていた。提示された誘惑を振り切って件の貧乏依頼を受けた物好きな行商船が、これまで二隻あったというのだ。

「でも、どっちも受け取りの量子印《ハンコ》はもらってません。それどころか、指定された貨物を積んで出発した後、行方不明になってまして」

おそらく、無法地帯のどこかで襲われ、沈められているだろう、とも。

ま、どこにでもある話やで、と肩をすくめてニヤつくのは船長だ。

「九種族のどれかが、たぶん恨み買《こ》うとんねやろな。なんとか儲けよ思《おも》て、古参が仕切っとった商売を横からかっさろうたことでもあんのやろどうせ。あたしかて身に覚えあるし。船襲って沈めとんのも、十中八九そのオールードや」

「あの……質問、いいっすか」

古参連中はホンマひつこいねん、とグチをこぼし続けている不老の少女に向け、私は、途中から項垂《うなだ》れてしまっていた頭をどうにか、震える掌《てのひら》と一緒に上げた。

「運ぶと、ほぼ確実に、襲われるってことなんですよね？」

「ま、来るやろな」

「古参種族ってことは、相手、強いんですよね？」

「強《つよ》うないわけないわな」

「しかも、儲からないんですよね？」

「雀《すずめ》の涙やな」

「帰っていいっすか？」

「んなこと言わんと、せっかくなんやし特等席で楽しんでってーや」

救いを求め、トリプレイティの遠操体へと私は視線で縋《すが》りついた。だが彼は、漠然《ばくぜん》としたその不安に形を与えましょうか、と言わんばかりに目を細めているだけだった。

「搭載しちゃったんです、この船」

「とう…さい……って、何を」

「武装システムを」

「は？」

「搭載しちゃったから、試したいだけなんですよ、この人」

「いや、だから……ええっ？」

つるりとした灰色の唇からまろび出てくる軽々しい口調の真意に、私は遅まきながらに気付いた。これは諦念だ。諦めも、ここまでくるとクールになるのだ。

「あー、や、帰ります。帰って寝ます。今回の話は、なかったことに」

やばいやばいこれ逃げなきゃいけないやつだ。バイト内容もまだ聞かされていないが、もはや知りたくもない。退散だ退散、と後ずさり、あのエアロックから遁走《とんそう》すべく荷物を取りに戻ろうとする。が、どうやら時すでに遅し。

「申し訳ないんですけど、今もう、高度三万メートル超えてますんで……」

なんですと、と立ちすくみ、右手の壁に刳《く》り抜かれている丸い窓までよろめいた。

おお、地球が青いぞほんとに。

この船の機関部が銀河文明のものであり、地表近くでは重力の一部を斥力《せきりょく》に裏返して垂直離着陸が可能なのだ、という話は聞いていたが、それにしてもいつ飛び立ったのか。振動もエンジン音も浮揚感もなかったのだ。干潮時のヒザラガイのごとく、座席で微動だにしていないように見える平林君の操縦の腕が、桁違いということなのだろうか。

諦めるのは早いほうなので肩を落とした。陸地と海と雲がどんどん遠ざかり、外から迫ってくる黒によって円弧へと切り取られていく光景を、ぼーっと眺める。

熱帯低気圧の雲ってやっぱオニヒトデみたいだよなぁ、などと現実逃避をしばし楽しんだのち、この苦境を乗り切るためには何が必要かを考えた。

ひとつしかなかったので、ため息を深々とついて私は振り向き、スミレ商会のボスと会計士を睨みつけた。そして、壁のオブジェクトをびしっと指さした。

「ぜったい、炬燵ですよね、それ」

◇　◇　◇

やっぱり炬燵だった。しかも、今やしっかり水平だった。

コクピット後部の壁に貼《は》り付けられていたのは、一G加速の際にはそこが床にな、、、るからだったのだ。おかげで私はなんとか精神を保てていた。炬燵があれば生きていける。炬燵は偉大なり。ひとりで占拠できる炬燵はさらに偉大だ。ああ、この包容力を称えよ。

一畳半ほどの狭い個室を割り当てられてはいたが、私はシャコの巣穴に等しき炬燵の独占を断行し、頭のおかしいスミレ船長に対しては接近即威嚇を徹底した。なので今は、向こうのほうが船長室に引き籠もっている有様だ。ざまぁみろ。

服装もいつもの平常装備、つまりパジャマと半纏に着替え、ダメ人間さ具合を全開で見せつけてやっていた。私にどんな仕事をさせるつもりだったのか知らないが、お前らが雇ったのはこういう奴だったのだどうだまいったかぜったい働いてなどやるものか。

私みたいな底生《ていせい》固着女を選んだ向こうがそもそも悪い。そうふんぞり返ってはみるものの、炬燵大明神の手を借りてすら、不安と意気消沈はなかなか解決しなかった。

出発当初はぼーっと眺めてばかりいた窓も、見えるものがないのでここ八日ほどは目を向けてもいない。空間トンネル的なものをくぐったり船ごと時間を裏返されたりして何度も何度も光を追い越し、大都会から地方へ、地方からさらなる田舎へと、九つの中継港を点々と経てようやくたどり着いた辺境のステーションから、これで最後とばかりに挑む、スリング投射なる怪しげな超光速航行の真っ最中なのだ。窓の外に目を向けたところで、人類が感知できるスペクトル域での情報など皆無ときている。

光の速度以下だったとしても、どうせ真っ黒であろうが。

なにしろここは、もう、銀河系の外縁《リム》。

太陽系から三万光年以上も離れてしまっているし、星などほとんどない空虚なのだ。

帰りたかった。自前の炬燵に潜り込んで、ゆったりあの水槽を眺めていたかった。

まあ、面白くないことばかりでなかったことは認める。

火星軌道に立ち寄る定期便ゆえにスミレがいつも利用しているという、全長十五キロメートルもある確率回廊潜行フェリーは、その巨体が抱える船内市場の賑わいがとにかく最高で、我を忘れるほど鼻息荒く大興奮した。惑星地表すべてが都市に覆われているフルーフル・ハブの薄紫に輝く霧景色も、質量／エネルギー両替ステーションでの降着円盤と噴出ジェットの輝きも、目にできてよかったなとは思う。

異星環境で出される食事も、醬油《しょうゆ》とマヨネーズが船に備蓄されていたおかげで何とか乗り切れたし、慣れてみればプレーンでも賞味できるようにはなった。

だが、決して望んで受け入れたわけではないし、スミレ船長への嫌悪も収まらない。

今はもう、納得と怖気《おぞけ》で断言できる。

最初からわかりきっていたことではあった。たったひとりで宇宙を彷徨《さまよ》い地球に帰ってくることができた度胸。ぼったくられることが前提となる毎度の行商に、一歩間違えれば破産というリスクをガン無視して船出できる無謀さ。あの女は、私の一番苦手なアレなのだ。

世間を泳ぎ回るだけでは飽き足らず、他人の迷惑も顧みず、リスクもリスクと思わぬままに、未知なる刺激に向けて邁進《まいしん》し続ける、頭のおかしい奴ら。

危険を冒す者と書いて——冒険者。

旅費だって相当な無茶をしているはずだった。占拠しているこの炬燵自体が、船のデータベースに繋《つな》がった情報モニタだったので、せっかくだから色々と勉強したのだ。

このスミレの船は、《通商網》レベルでは呆《あき》れるほどに原始的らしいとはいえ、竣《しゅん》工《こう》時には核融合エンジンだった主機関をモノポール炉に積み替えていることもあり、地球の技術者たちからすれば垂涎《すいぜん》ものの、言わば天上テクノロジーの塊だ。

それでも所詮《しょせん》は星系内用の小型船であり、単体では超光速航行なんか不可能なので、恒星間を行商して回るには、古参種族の大企業が運営する輸送網のいずれかを利用し、各星系を結ぶ網目を点々とたぐっていくしかない。

その経費を合わせれば、地球の先進諸国すら軽く破産させられる額となるだろう。

辺境では、船ごと運んでくれる業者の数と質もがくんと減るし、人口がゼロに限りなく近いために運輸ルートなどそもそも拓《ひら》かれていない無法地帯を突っ切るともなれば、一回こっきりしか光速の壁を突破できないチープなブースター類をガンガン使い捨てるとか、光の速度をインチキして超えさせてくれる謎のカタパルト的なものでどかんと放り投げられたりするぐらいしか、とれる選択肢はなくなってくる。

今だってこの船は、一G加速を続けているという状態まで含めて何かの力場に包み込まれており、速度か距離の概念をねじ曲げるその力場ごと目的地に向けて投射され、虚空を突き進んでいるのだ。

その泡が弾けるのは、ゴールに到着したときか、霞網《かすみあみ》とか呼ばれる妨害装置で干渉されたとき。そして当然、破産種族連中との商売を邪魔したいらしいオールードなる古参種族は、間違いなくその霞網で罠《わな》を張っている。

つまり、こうしてつらつら考えている今も、悪辣《あくらつ》な敵の顎《あぎと》へと突き進んでいる。

言い換えれば、撃沈される瞬間が、近い。

「ああーっもう！」

奇声を上げながら、ごろんと横になっていた身を起こした。炬燵から名残惜しくも脚を引き抜いてすっくと立ち上がり、左手の壁を見上げる。乗り込んだときには床だったそこには四つの座席があり、その前列左側には、ぴくりとも動かない彼が座ったままだ。

謎の卒業種族、ゼフェドのアムノム。いや――平林君。

船のデータベースには、オリオン腕《わん》界隈に住む各種族についての項目もあった。その数は優に二万を超えていたが、残念なことに、百科事典なみの記述で埋まった種族がぽつぽつ散在する一方、大半は低解像度の写真と保護税レートぐらいしか記載のない、見出し情報のみだった。中身がない理由は容易に推察できた。金がかかるからだ。

地球においてすら情報は商品だ。万物が商取引に乗せられる《通商網》ではなおさらだろう。保護税レートが低い古参種族の情報ほど高額になることも想像に難くない。平林君の種族、ゼフェドの欄も空っぽだった。当然至極だ。私がスミレ商会の代表だったとしても、購入などしなかっただろう。

わざわざ大枚はたいて買わなくとも、相手は——同じ船に乗っているのだから。

「こうなったら、興味優先で、好きなことやりますよこっちも」

コクピットルームにある炬燵を占拠し、ほとんどの時間をここで過ごしている以上、私の頭上にはずっと彼が置物のようにいた。そこに操縦席があるからだ。

かつては床だった壁面には梯子《はしご》が設置されていたが、これまでそれを登って自分から近づいたことはなかった。もちろん、彼に頭を向けたまま接近する、という挑発行為を避けるためである。距離があるうちはこうして無事でも、近づけばどうなるか。

四本の鋼が鞘を滑るあの音が、耳の中に蘇《よみがえ》ってくる。

だが、怖《お》じ気《け》づいているうちに撃ち合いが始まったら、知りたいことを知れないまま、紫色の宇宙人ビームか何かで蒸発させられてしまうかもしれないではないか。

意を決して梯子に手をかけ、運動音痴の体を鞭《むち》打ち、ひぃこら体重を引き上げる。

発声器官があるかどうかもわからず、対話が成立しない可能性も高いが、少なくともスミレは彼に、私のことを関西弁で紹介していた。ならば日本語で通じるはず。

「あのー、平林くーん、今から、ゆっくり、近寄りますねー」

『いいよー、そのまま上ってきてー』

思わず、ずり落ちそうになった。喋れるどころではない。流暢にもほどがある。

しかもそれは、私の声だった。

『そない驚かんでええがな。スミレも誰も言うてなかったけど、ゼフェドっちゅうのは音響模写が得意やねん。そこ上ってくるのはかまへんで。反撃本能は我慢しとくさかい』

どう聞いても今度はスミレの声。そして次はトリプレイティの声へと裏返る。

『普段ならぼく、こんなには喋らないんですけど、あなただけは特別ですしね』

どういうことだと首を傾《かし》げる私に、気だるげな私の声が返す。

『きみを採用したの、私なんでー』

しばし呆けはしたが、直後に理解した。文科省と国連を通してやってきたあの募集は、その上のスミレ商会をも通していたということか。いやいや待て。スミレよりもはるかに大富豪であろう保護税卒業種族の異星人が、私なんぞになんの用がある。

『お話し相手っちゅーかご意見番っちゅーか、そういうの頼みたいねん。今回の行商をその目でしっかり見てもろて、あんたの意見、聞かせて欲しいねや。あたしのことかて興味あんのやろ？　なんぼでも尋ねてくれてええで。それかて仕事の一環やし』

「マジでっ？」

　選考理由まではさっぱりわからぬままだが、もはやそこはどうでもよかった。疑問符は自分にではなく、興味の対象に付けるのが私の方針なのだ。

「えーと、じゃあ早速質問を。ざっと見た限り、目や耳にあたる器官がないように思うんだけど、どうやって周囲のことを、その、把握してんの？」

『電磁波の感知は胸部の表面全体が担当しています。帯域は、あなたの見ているスペクトルよりも少し広いですね。もうひとつは、近距離用の指向性音響立体計測です』

　三つの声を順繰りに使い回していく彼の説明に、もう大興奮である。

「全方位視野なうえに、エコーロケーションと併用か……すごいすごいすごい……あとこれ、ちょっと失礼なことかもしんないけど……その袴と、内側がどうなっているのかが、個人的に、すごく気になってて」

『いつもは、ロングスカートみたいな感じで布巻いてるだけなんだけど、スミレの推薦もあって特注の袴作ってもらったの。悪くはないけど、改善の余地はあるかなー』

　私の声色をそこで止めた平林君の腕が、一本だけゆっくりと伸び、白いカード状のものを操縦パネルの脇に差し込んで操作する。直後、彼の真後ろにあたる座席のパネルモニタが、梯子にしがみついたままの私の隣でぴこんと点《つ》いた。映し出されたのは、まさに望んでいた映像だった。

平林君本人かどうかまではわからないが、ゼフェドの裸身と、解剖図。

もちろん、全力でかぶりついた。

「わー、やっぱ前後対称……や、この脚って、左右二本ずつまとめてんのか……セミ・ヒューマノイドですらないんだ……だね、そりゃ当然だ。こんな上半身持ってて脚だけ二本じゃバランス悪いし……腕と対になった放射対称の四本脚で……前後どころか左右も本来はなくて……スカートや袴穿くのは、もしかしてあれか、バネになる脚の動きを隠すためで……てことは、平林君、この船の座席や操縦設備って、使い辛くない？」

『まぁ人類の船やしな。人類が想定しとる機動と運用しかどうせでけへんのやから、現状でも不都合はないわ。座席の角度変更機能だけは改善頼んどるけど』

「上が、前だから」

『ご明察です。あなたみたいな遊泳種族に、ぼくらにとっての〝前〟を正しいニュアンスで理解してもらえるのは、けっこう珍しいことなんですけどね』

「今遊泳って言った？　言ったよね？　じゃあやっぱそうなんだ！　えーと、ベントスって言ってわかんのかな……ゼフェドってのは、その、魚の子孫じゃなくて」

『そう。底でじっと、待つ者の子孫なわけ』

我ながら奇怪としか言いようのない声を上げた。この目に狂いはなかったのだ。

水中で暮らす生き物は、大きく分けて三種類いる。

浮遊生物《プランクトン》。遊泳生物《ネクトン》。そして底生生物《ベントス》――。

流れに任せてたゆたう者と、自在に泳ぎ回る者と、水底で暮らす者。その中でも私のドンピシャ専門分野である三つめから進化した知的生命体が、目の前にいる。

もちろん地球にだって、上陸を果たして地上で大繁栄する元ベントスはいる。昆虫をはじめとする節足動物の仲間が皆そうだ。でも彼らは高度知性を宿さなかったし、先祖はネクトンの領域に半ば足を踏み入れた半遊泳型のネクトベントスだと目されている。だから末裔《まつえい》の節足動物にだって、ちゃんと普通に〝前〟がある。

目の前の異星人の体は、根本的に異なっていた。放射対称形であり、そこにあるのは前後左右ではなく、等価値を持つ四方。唯一指向性の定まった方角は、開《ひら》けた空間に向けられた〝上〟のみ。おそらく先祖は、海底や岩礁の窪みでじっと待ち伏せ、頭上を通りかかる遊泳者に飛びついて襲っていた生き物だったのだろう。

「あーもう好きっ！　好きっ！　解剖図もらったけど体中直に調べたい！　えーとバージェス頁岩《けつがん》生物だと、生活様式だけなら……オットイアとか？　でも脚の作りからすると泥上《でいじょう》生活者じゃなくて岩礁生活者か。てかさ、そもそもネクトンとの進化競争にどうやって勝ったんだ？　てか、陸に上がってからどういう生活してたんだこれ。待ち伏せて飛びかかるのが基本だよね？　ああそっか！　音響コピーすんのも獲物の鳴き声とか真似て誘い込むためとして……まさか環境音迷彩とかも？　わーまだまだ尋ねること一杯あるぞーっ！　論文三十本ぐらい書ける自信ある！　ひゃーっ！」

『ほんま、あたしらのご先祖さんに興味津々みたいやなぁ』

「いやもう大好きなんで。研究室の水槽見せてあげたいぐらい。底生生物の楽園で」

『ぼくはあなたの逆で、ネクトン系知性に興味津々なんですよ。この船にいるのも、スミレっていう突出個体を観察するためですね。次はこっちから質問していいですか？』

「え、あ、はい、どうぞ」

『きみの言うベントスの子孫って、トリプレイティだって同じだよね？　ククルドだって明らかにネクトンの子孫じゃないんだしさ。なんで、あっちには興味示さないの？』

「あー、なんか自分の声で尋ねられるとアレだな、それは、えーと……」

人型の遠操体が実に生き生きと動くゆえ、ククルドの本体が球形生物だということを忘れがちになるのは確かだ。とはいえ、彼が私たちのような魚の末裔でないことを頭から追いやったことまではさすがにないつもりだった。

無数の共生生物を内側に抱え、遠隔操作できる手足としてのリモコン端末を組み立てて使役するという、生ける生体ロボ工場とも言うべき行動様式は実に興味深い。

第二公用語で発音すれば一一〇《ククル》——彼ら本来の電波パルス言語では〝源《ソース》〟に近い意味を持つらしいレティクル座ゼータの伴星が照らす、故郷の惑星環境もだ。

しかし、そうしたあれこれは、とうに公になっていた。合衆国消失事件に巻き込まれ、地球に残留するしかなかった七体のククルドは、国連に情報開示と全面協力することを条件に働き口を得ている。そんな諸々《もろもろ》を、言い訳するようにぐだぐだと並べた。

「それに、ククルドって、ちょっとそのー、人間的すぎるっていうか……いや、言語とクオリアを翻訳しちゃうなんとか器官って臓器でヒトの意識をエミュレートしてるってのは知ってるし、それが悪いってわけでもないし助かってもいるんだけど」

『まぁせやな。あの臓器が動いとる限り、確かにトリぽんの挙動は人間や』

「でしょ？　平林君って、そういうとこないのがイイ感じで」

『でも、トリプレイティが魚の末裔でないのも事実ですよ。なぜ興味を失ったんです？』

言うべきことはもうほとんど言ってしまっていて、言葉に詰まった。

「や、だから……えーと、きみのほうに、もっと、興味を持ったからで」

『そう、そこだ』

届いたのは、私のものでもスミレのものでも、トリプレイティのものでもない声だった。低く、重く、何層にも重ねられたような、柔らかくもあれど奥深い響きだった。

『恒星ソルの光が育てた子であるソルドは、ゼフェの子であるゼフェドや、ククルの子であるククルドとは決定的に異なる点がある。君たちは泳ぐ者の子孫であり、私たちは待つ者の子孫。肉体の設計が根底で異なり、そこが異なれば、心のあり方も異なるものとなる』

「や、そりゃ、そうだろうけど……え？」

『君は、船長であるスミレとの関係改善を待たず、私へと目先を変えた。トリプレイティにも同様に向けて然るべき興味を、私だけに絞った。君は待たず、進んだのだ。先にあると確信した〝利〟の幻想に向けて、前進したのだ。泳ぐ者の末裔は、前に進む生き物であり、ただ留まり、ただ待つ、ということを是としないからだ』

「ま、待って待って、ちょっと、待って」

利の幻想？　進む？　待てない？　何か嫌な感じがするが、言っていることの正しさは実感でわかる。平林君はじっと動かずにいた。これほど喋れるのに、雇った私にこれまで対話ひとつ求めなかった。我慢できなくなって話しかけたのは私のほうだ。

私は進み、彼は待っていた。しかし、気持ち悪いのはそこじゃない。

なんだ。なんだ。いったいなんなんだこの悪寒の源は。

『私は、君を討論相手とし、あの破産種族群にも関わる命題について語り合いたい』

こめかみの奥あたりで、いくつかのイメージが巡る。

あの九種族の姿。そして、この旅のそこかしこで見てきた光景。

『君たちソルドは、泳ぐ者の末裔。留まり待てぬ存在であるがゆえに――』

ああ、そうか。もしかして、そうなのか。

淀《よど》みなく続けられた平林君の声は、最後に、私の怖気を言葉に削り出してくれた。

『――《通商網》という仕組みに滅ぼされる、という命題だ』

◇　◇　◇

どこまでも落ち続けている感覚が我が身を襲い、しがみつけるものを求めさせた。

重力加速度がないと、三半規管はこうなる。それをまだ思い出せていない私の体を座席に固定してくれているのは、いつの間にか隣に浮かんでいたスミレだった。

「ああよかった。気ぃついたな。ちょい待ち。まだ動いたらあかんで。シートベルトさせてな。ちゅうか平林っ！　ちゃんと座らせてベルトさせとけっちゅうねん！」

うるさい。頭がガンガンする。というか右眉の上あたりがめっちゃくちゃ痛い。

「何が……あったん……で」

「霞網に引っかかってん。通常空間に戻されて、安全装置が動いてモノポール炉も落ちて、一G加速も止まってもてん。んであんた、平林の座席に後ろから——」

「思いっきり、頭ぶつけたのか……血、出てたり？」

「ベトベトや。三センチぐらい切れとる。後で縫うたるから、ゴメンやけどちょっと我慢できるか？」

頷《うなず》いた。スミレたちには今、もっと優先すべき事があるはずだからだ。

強制停止させられた超光速航行。待ち伏せの罠にまっすぐ突っ込んだこの船。

場所は、武力行使をしても罰金を問われない、空っぽな無法地帯のど真ん中。

古参種族オールードとの、武力衝突が始まるのだ。

「勝って……くださいよね……やるから……には……」

「ったり前や。トリぽん、モノポール炉は？」

「七秒前に再起動済みです。出力、コンディション、共にグリーン」

「よっしゃーっ、ほな行くでーっ!!」

それぞれの席についたスミレたちは、その宣言を境にして言語を切り替えた。

人類が発声可能な《通商網》公用語のうち、地球人にはもっとも習得が楽と言われる第三公用語だった。あの宇宙人図鑑をきっかけにして足を踏み入れてしまったマニア道の果てに地球外言語学を専攻し、人前でもこれ見よがしに披露しようとする少々ウザい弟がいるおかげで、私も少しは齧《かじ》っていた。履歴書にも『ヒアリングだけならギリギリ』と書いた覚えがある。そんな地球外の音韻を自在に操りはじめたスミレの声は、それでもやはり、彼女だけが出せる響きを宿していた。

〈航宙手《ばしょとり》、商算手《ぜにかんじょう》、通販戦開始！　状況新規更新《ごはさんねがいましては》っ！〉

〈新規更新《ごはさん》〉

〈開戦税算出《めいわくちん》！〉〈ゼロを確認。カタログ一覧出ます〉

残念ながら私は、その戦いをはっきり体験できていない。

後から思い返したり、説明されたりしてようやく理解したぐらいだ。

《通商網》で流通しているどの規格の宇宙船であれ、常に抱える問題が重量と燃費の関係だ。重くなればなるほど移動にかかるエネルギーが増大するというのは、太ったら走るのが辛くなるのと同じく、宇宙の不変のルールである。ミサイルや質量投射兵器などはもちろん、レーザーなどの光学兵器であっても発振装置はそれなりの重量になるし、武力抗争可能な宙域が限られている以上、どんな武器を積んでいようが、交戦可能区域以外では船の積載量の無駄遣いとなる。防御のための装備も然りだ。

だから《通商網》での武力応酬は、こういう解答にたどり着いた。

船には、兵器自体は積まなくていい。

平時に無駄なお荷物にしかならないものは、必要な時に買えばいいのだと。

つまるところ、《通商網》での宇宙船用武装システムとは——通販端末なのだ。

物質やエネルギーがそこにあるのかないのかという情報を、真空で編まれた空間構造上で辻褄《つじつま》を合わせつつ書き換えることで、受信装置さえあれば銀河のどこにでも即時配送が可能な〝真空情報スライダー宅急便〟という超技術があるらしい。

まさに「ポチれば即届く」手軽さの反面、やたらと送信側でエネルギーを食い、結果的に利用料金が超高額で、大量にまとめて送れば安くなるといった類いのメリットもないため、通常の運輸業ではコスト割れをし、ほとんど使われないともいう。

もっとも、安ければ安いでスミレ商会のような泡沫《ほうまつ》行商人の出番などなくなってしまうわけだし、今回のような運輸の仕事も消えてしまうので仕方がない。高いとは言っても、一刻も早く届くことがコストより優先されるような商売では話が別であるし、局地戦闘とはそもそも一刻を争うものだ。だからこそ兵器市場の商売も成り立つ。

そして当然、いくら便利でも「ポチってドン」の単純さで戦いが済むわけではない。

〈物価参照濃度、三千二百に設定！〉

〈了解、参照濃度三千二百。問い合わせ開始〉

市場は流動する。買おうと思っていた投射兵器が次の瞬間には売れ、同じ品が別の種族から異なる値段で売りに出ているといった状況も多々ある。そうした状況をチェックする頻度が物価参照濃度だ。数値を高く設定すればするだけ市場の流動にはついていけるが、そのぶん莫大な超光速通信費がかさむことになる。

〈光学兵器反射衛星《かがみむし》の十七番を四機購入、即時展開〉

〈すでに売却済み。次候補は九番と二十二番〉

〈なら二十二番を四機。急げ〉

二進数を使う者から二十四進数を使う者まで様々な種族がいるため、《通商網》公用語における数字は、どの進数体系にも対応できるサブバージョンがある。この船で選ばれているのはもちろん十進数用だ。カタログ上の番号も然り。

〈二十二番も流出。九番で三機なら確保可能。価格は四割増し〉

〈承認。購入、即展開。航宙手《ばしょとり》、敵位置検出まだか〉

〈五秒前に検出済み。進路前方、ソルド時距離換算で三十七光秒《こうびょう》〉

こちらが向こうを観測したということは、向こうもこちらを見つけたという意味だ。

スミレ商会が利用した同じステーションからスリング投射されてきたらしい敵船は、こちらよりも金をかけ、追いつき、三十七光秒の距離を先行し、立ちはだかっていた。

光の速さで三十七秒というのが、宇宙のスケールで言えば隣接しているに等しい距離であることぐらい、門外漢の私でもわかる。それでも敵との間には三十七秒もの夕イムラグが実質あるわけで、相手の動きをリアルタイムで捕捉することはできない。

一方、市場の動向は異なる。タイムラグ皆無の即時通信で結ばれた武器市場の流動が、敵の動きを浮き彫りにしてくれるのだ。もちろんそれは敵側にとっても同じであり、こちらの購買状況も、しっかり市場に反映されていく。

ゆえに物価参照濃度は、ある種のレーダー密度だとも言える。

そこを舞台にして躍る数値の群は、もはやただの数値ではない。茂みに潜むスナイパーの存在を仄《ほの》めかす鳥の飛び立ちであり、迫り来る騎馬部隊の規模を告げる地響きであり、空対空ミサイルの発射を示す赤外線センサーの警告であり、達人の目にかかれば相手の戦略ボードすら俯瞰できる、戦場の縮図そのものなのだ。

こちらの撃沈を狙う裕福な敵側は、易々《やすやす》と買った武器で攻撃を続けながら、スミレが購入しそうな対応防御兵装をどんどん買い占め、市場を揺るがせて値段を釣《つ》り上げていく。赤貧のこちらは予算という血潮をだくだくと放出しながら、市場混乱の荒波から相手の次の手を読み、可能性を刻一刻と削られる中で必死に防御兵装を買い付け、展開していく。

今回の戦場は、数多の無法地帯の中でも星間物質がもっとも薄い銀河の外縁部。身を隠す惑星も小天体もなく、ガス雲すらもないため、意味を持つのは互いの相対座標だけだ。

ゆえに戦術は限られ、戦いはシンプルな一点へと帰結していく。

純粋な、購買合戦にだ。財力が戦力に直結する以上、持たざる者が持てる者に勝つことは至難。相手は多角経営の財団を率いる保護税レート七十九倍のオールード船。対してこちらは、保護税レート最大値の新参ソルドが長を務める貧乏行商船。

抗《あらが》える確率が、限りなくゼロに近いのは私にだってわかる。

それでも、この海を生き抜いてきた人類《ソルド》唯一の星間行商人は、決して怯《ひる》まなかった。

〈参照濃度四千六百に繰り上げっ！　状況新規更新《ごはさんねがいましては》っ！〉


そんな戦いの中、私は座席のパネルに指を這わせ、データを必死に閲覧していた。ミサイルだのビームだのの直撃で蒸発して死ぬ前に、確認したかったからだ。ここからまだ二百光年は離れた空虚に浮かぶあばら屋のような小天体で、頼んだ商品の到着をずっと待ちわびているという、九つの破産種族たちのことを。

写真を開けばやはり、初回閲覧時に感じた印象が蘇る。ペットショップの陳列ケースだ。生理的嫌悪からは程遠い見た目。頭部があり、そこに摂食孔と偶数の目を持ち、綺麗に左右対称で、地球の陸生脊椎動物のいずれかを連想させる姿の——。

（やっぱり……彼らは、全部……魚の子孫）

水中でかかる圧力は、気圧の比ではない。あらゆる水圧に対応した体を最初から構築するのはコストがかかり過ぎるので、水中生物は、特定の水圧域を生活の場とする。

浅瀬のものは浅瀬で、深海のものは深海でだ。

自在に泳げるネクトンとて、その軛《くびき》からは逃れられない。己の周囲すべてにいくら水が広がっていても、巨視的に見れば、一定の水圧を維持する平面上で生活する。

上下移動はほとんど考慮する必要がなく、前進と左右の方向転換さえできればその平面領域を自由に泳ぎ回れる。それを実現する最もシンプルで高効率な体構造と動作は、薄い身を左右にくねらせることだ。抵抗になるものを減らせばさらに効率が上がるため、ヒレなどの付属肢も最小限の数に落ち着いていく。

そこから進化を果たす生物は、必然的に左右対称で、手脚も多くない。

私たち人類や、地球の様々な脊椎動物や、あの九種族のような姿になるのだ。

（それに……《通商網》の繁栄種族は……）

確率回廊潜行フェリーの、船内市場の混雑で満喫した、あの興奮。

なぜ私が驚喜したか。もちろん、興味深い存在がそこに溢《あふ》れていたからだ。

飛び跳ねながら店舗間を行き来する六芒星《ろくぼうせい》型の雨傘たち。バルーンタイヤ状の移動器官を駆使して荷を運ぶフラクタルな枝の群れ。己を複雑に折りたたみながら喋りまくるペルシャ絨毯《じゅうたん》に、ぶら下がった九つの円盤を輝かせながら値切り交渉を試みるベッドメリーっぽい奴。棘皮動物や刺胞動物の数学的美しさをこよなく愛する私が鼻息を荒らげるほどの、放射対称の幾何学《きかがく》図形じみた肉体を持つ美しい存在が、それこそ至る所にいた。

船のデータベースを漁《あさ》り、古参種族オールードの項目を呼び出す。

ああ、やはり。その姿は、堆《うずたか》く積み上げられて塔と化した、無数の触手を持つヒトデの集積物だ。保護レートが低い既知の古参種族データを、あとは総当たりで開いていく。

（古参種族は……〝前〟を持たない、生き物が、ほとんど……）

二十世紀のＵＦＯ写真を収めた、弟の図鑑のことも思い出す。今思えばその内容からも察するべきだった。飛行機やシャトルや船舶のようなＵＦＯはない。あるのは円盤型か葉巻型。そうでなければ正多角形や球の連結。大半が放射対称形や回転対称形なのだ。

そんな彼らが席巻する《通商網》で、卒業まで生き残るための最適解は、保護税レートが充分に下がりきるまで商売の誘惑を抑え続けること。ファースト・コンタクトからわずか一ヶ月で月と火星を買い上げられたうえに合衆国までも失った国連が、半鎖国政策を敷いて《通商網》との取り引きを大幅に制限しているのも、それが理由である。

ひたすら我慢し、留まり、機を待ち続ける者が生き残る。

保護税レートが高いうちは、決して自ら動いてはならない。

夢を追って足を踏み出し、冒険しようものなら、待っているのは高確率の破産。

そこから繋がっていくのは、平林君のあの言葉だ。

泳ぐ者の末裔は、留まり、待つということを是としない。

そして留まり待てぬ存在は——。

（だったら《通商網》は……《通商網》は……もしかしたら）

私の胃の腑《ふ》に、鉛のような思いつきが居座る。

ずっしりとした重さと閉塞《へいそく》感に充ち満ちた、ひとつの推測が。

（この銀河から、私たちみたいな遊泳生物《ネクトン》の子孫を——駆逐するシステム）


「あぁぁくっそっ！　ええとこでしくったぁぁっ‼　負けてもたあぁぁぁぁあっ‼」

関西弁に戻ったスミレの絶叫で、私は我に返った。

「ここまでみたいですね……しかし、相手も一隻だったとはいえ、オールード船相手によく三分以上も保たせましたよ。上出来じゃないですか？」

そう肩をすくめている隣席のトリプレイティに、私は呆然《ぼうぜん》と尋ねる。

「負けた……？　やっぱ、死ぬんですか……私たち」

敗者として、駆逐されて——。

「あー、違います。オールードはすぐ撤退しますよ。スミレさんが負けた負けたってわめいてるのは、アムノムとの賭けのことです」

「……か、賭け？」

「はい。敵オールード船の攻撃から、この船が五分以上無傷で耐えられるかどうかって賭けですね。アムノムはできないと主張し、スミレさんはできると息巻いてたんですけど、結果は、四分十七秒。アムノムの勝ちです」

「でも……敵の……オールードの……攻撃は」

「はい、スミレさんが土壇場で防御兵装の確保をミスっちゃって、七方向からの軽金属原子結合崩壊弾と、とどめの超高出力グレーザーを真っ正面から撃ち込まれちゃいました。でもそのとどめは、この船には届いてません。ほら」

　灰色の細い指が、コクピット前方の大窓を示す。

　そこはもう星々なき宇宙の黒ではなく、別の色で塗りつぶされていた。放射状の筋が波打っているおかげで、この船に前方から覆い被さる何かがあることはわかった。暗緑色をした柔らかそうなコウモリ傘というか、布というか、薄い膜のようなものが。

　それがどんどん巻き取られるように縮み、中央の一点に収束していく。

「なん……ですか……これ」

　ククルドの会計士が気を利かし、この船の船殻からアーム展開している損傷チェック用カメラが捉えた複数の映像を、明度補正して私の席のパネルに映してくれる。

おそらくは強力な防御装置であったのだろう薄膜を、デフォルト状態らしきサイズに縮めた謎の物体は、暗色のドレスを着た女性が横たわっているようにも見え、角度によっては刺胞動物の一種のようにも見え、私の愛する幾何学的な美も備えていた。

人体ならば頭部にあたる前端部分に居座っているのは、タマネギ型の透明な殻だ。その中に収まる真っ赤な球体には、赤道に相当する大円上に四つの丸いライトか何かが等間隔配置されているらしく、猛禽《もうきん》の目のような黄色さで爛々《らんらん》と輝いている。

細身のつるりとした胴体からは、ドレープを波打たせる柔らかそうな暗緑色の膜が貴婦人のスカートのように広がり、骸骨の腕めいた四本の付属肢が、鎌《かま》のようでもあり指のようでもある三叉《みつまた》の先端を開き、胸に相応する位置から四方に伸びていた。全体のシルエットは、針金じみた四本の腕を放射状に生やした、てるてる坊主にも近い。

ガラスと黒曜石と布を素材に作られたような、摩訶《まか》不思議な神像にも見える。

ヂンッ、という振動がコクピットに響き、その物体が瞬時に消える。

ひと呼吸の後、遠くで火の玉が上がる。続いて別の場所にも。また別の場所にも。

「慣性制御万全やとか、速度がゼロと最大の二段階しかないとか、銀河中心ブラックホール炉から直結でエネルギー供給されとるとか、体当たりしか攻撃手段ないくせに最強やとか……ほんまけったくそ悪い船やで。あんなちっちゃいくせに」

「あれが……船……」

信じられなかった。生き物でないことはなんとかわかるのだが、機械かどうかと言われても迷うしかない外観だし、宇宙船というには小さすぎる。船首のすぐそばにいたのでサイズを比較できたが、全長など、たぶん三メートルほどしかない。

「ゼフェド自慢の一人乗り突撃艇ですよ。あ、敵オールード船、ビッグ・シンク機関のフェイズアウト反応出ましたね。やっぱり尻尾まいて逃げてったみたいです。残ってた投射兵器や砲台群の掃除、お疲れ様です、アムノム」

そう言われてようやく、前列の操縦席から四本腕のパイロットの姿が消えていることに気付いた。いつ出ていったのかもさっぱりだ。

なら本当に、さっきのあれに、平林君が乗って――。

ヂンッ、と再び震えが走り、件の小型艇が、前面の大窓の向こうに再出現する。

平林君のものだと知った今、その設計思想が手に取るようにわかった。

ヒトにとっては〝上〟であり、彼にとっては〝前〟である捕食方向をただ獲物に向け、刹那《せつな》に飛びかかって貫き、切り刻む――超速のダーツ。

おそらくは体を包むパワードスーツのようなものであり、装着式の宇宙船とも言えるのだろうそれが、クイッと先端を上げ、側面をこちらに向ける。

四つのライトと四本の腕のそれぞれ半分を向こう側へ隠した姿は、二本の腕と二つの目を持つ、スペード型の頭部をした修道僧の怪物のように見えた。

「あ、あ、あ、私、知ってる、これ」

おかげでようやく気がつけた。ゼフェドが、未知の異星人ではなかったことに。

弟のあの宇宙人図鑑をめくるたび、必ず目にしていた図案。

「三メートル《テン・フィート》の宇宙人《エイリアン》……〝フラットウッズ・モンスター〟……」

あまりの馬鹿馬鹿しさに、言い終えて吹き出してしまった私に向け、疲れ切った顔の少女が唇をにんまりと歪め、前列右手の船長席からウィンクを送ってきた。

「な、平林やろ？」

◇　◇　◇

研究室に置いてある私の大型水槽は、魚を排除した大アクアリウムだ。

小エビ程度の半遊泳ベントスは放っているが、イソギンチャクや珊瑚《さんご》や貝やヒトデやナマコやウニ、といったメジャーなスターから学名しかないようなマイナー連中まで、岩礁に隠れ住むものから泥の中に潜むものに至る、大小様々な百二十八種もの底生生物をバランスよく安定させた箱庭として構築している。自慢の水宇宙であり、海外からわざわざ見学にきたどっかの大学教授など、頬ずりしながら涙を流していた。

その水槽の写真が、目の前に浮いていた。

履歴書だった。私が選ばれた理由を念のため尋ねてみたら、平林君が出してくれたのだ。志望理由欄に貼り付けられた写真の下には、もちろん私の筆跡がある。

『銀河がこういう世界だったら、見にいきたいかも』

まあ馬鹿である。その馬鹿さのおかげで、こんな銀河の端まで連れてこられたのだ。あと驚いたことに、紙での提出は平林君本人の要望であった。全方位視野を持つ彼には、そっちのほうが効率がよかったのだ。視線が一方向であることが前提の地球設計のモニタを眺めるのとは違い、四本の腕で四枚同時に確認していけるのだから。

　私が体を埋めて寝そべっているのは、もちろんあの炬燵だったが、船が加速していないので無重量状態であり、めくれた炬燵布団と一緒に私の身も半ば浮いていた。炬燵の上には、腕組みした平林君が漂っている。魔法のように出入りできる亜空間的な格納庫を経由して、あの小型船をいつでも纏って出撃可能という彼は、相も変わらず彫刻のように固まっていて、物音ひとつ立てない。私が体を横にしているのも、だらけるためではなく、ゼフェド用の礼儀として彼に頭頂部を向けないためだ。

　ちなみに、縫ってもらった額はまだ痛かった。銀河を行商するこの船でも、救急設備は地球と同じである。《通商網》の医療器具は高額なうえ、地球人類用のものなどそうそう出回っていないからだ。どうしても傷が残ってしまうことを何度も謝りながら処置してくれた船長の指先は、想像していたよりも柔らかく、温かく、優しかった。

なお、そんなスミレとトリプレイティは、

「――あの、ほっといて大丈夫なんですかね、あの二人」

「――ええねんええねん。あたしら今回脇役やし」

などと言ってエンジン整備に出かけてしまったので、いるのは私と平林君だけだ。

相手は会話を急《せ》かしたりしないので、こっちが黙っていれば沈黙だけが続く。

心地よい静けさの中で、平林君が撃退してくれた古参種族について、しばし考える。

「オールードは……あの小天体そのものに、直接攻撃はしなかった……」

滅ぼしたい相手が無法地帯にいて、そこでは開戦税がかからない。なら補給を断って兵糧攻めにする手間などそもそも必要なく、ミサイル数発で決着が付く。

そんな私の呟きに彼は、あの低く柔らかな声だけで同意する。

『相手が一種族だけなら、そうしていただろう』

「だよね当然。だからあの九種族は、寄り集まってた」

開戦税は、規定距離内に居住登録している全種族に支払わねばならない。

九種族のひとつに攻撃すれば、残る八種族が支払い先となるのだ。同じ場所に住んでいるため、各種族それぞれに条件が重複適用されるわけで、ただでさえ甚大な開戦税の支払いが、単純な八×九の掛け算で七十二倍にも跳ね上がってしまう。税と名はついているものの、開戦税とはそもそも迷惑料なのだし、その金額はすべて、あの九種族の通貨チップに自動で振り込まれることになる。

「九種族のどれかが通販戦端末を持ってたら、その時点で戦力差が覆ってしまうこともあり得た……でも、相手は貧乏人ばっかなんだから、十中八九持ってないってことぐらい、オールードだって承知のうえだったはず」

『そうだ。だが確実ではない。そして確実でない限り、古参種族は動かない』

「それが、待つ者の生き方だから」

『それが、待つ者の生き方だからだ』

敗北の可能性がわずかでも垣間見えるというだけで、彼らの選択肢から消えるのだ。

彼らはリスクを無視するのでも、リスクを乗り越えるのでもなく、リスクが消えるのを待ってから動く。つまり——必ず勝てる戦いだけをする。

おそらくそれは、《通商網》の経済社会を生き残る秘訣《ひけつ》と同根だろう。待つ者の子孫であるところの古参種族は、未知を避け、既知の縄張りを重視し、冒険を極力避けることでその地位を獲得し、守っている。

「でも、泳ぐ者は違う。だって泳ぐってことは、そもそも」

『〝ここ〟という既知から離れて〝前〟なる未知へと進むこと』

「そんな私たちを、駆逐する仕組み……か」

『ああ、《通商網》は明らかに、我々のような種族の繁栄のために設計されている』

卒業種族や古参種族の大半を占めるのは、前後左右を持たない放射対称形の種族群で、次いで多いのは、移動をあまり好まない多腕触手を持った軟体生物種族群。その後ろに続くのは甲殻類型の多脚生物群で、どんどんどんどんヒエラルキーを下っていった末尾に位置するのが、人類のような魚の末裔たちだ。

「平林君、きみが望んでたのは、こういう対話？」

『まさに。言い忘れていたが、ゼフェドのたしなみとして傭兵業や護衛業も営んでいるとはいえ、私の本来の仕事は別にある。君と同じ、学びの徒だ』

「研究対象は……私たちみたいなの」

『いかにも。《通商網》のシステムを生き残れない、泳ぐ者の末裔たちだ』

こちらが何も返さないと、会話はすぐに途切れる。

再び満ちていく沈黙の中で、ジッ、とスピーカーノイズが鳴る。

響いたのは、トリプレイティの声だ。

『今、九種族連合からお別れの通信が入りました。いよいよ出発するそうです』

「だってさ。体起こすよ。飛びかからないでね」

『大丈夫だ。急でさえなければ、反撃本能は抑えられる』

炬燵から這い出て、右舷《うげん》の窓へと向かおうとするのだが、無様に暴れながら体がくるくる回るばかりでうまくいかない。見かねたのか、伸びてきた四本の腕がパジャマを摑《つか》んで私の回転を止め、窓へと押してくれる。反作用で逆側に漂っていった平林君は、向かいの壁を蹴って戻ってきて、機械のような精密さで私の隣に並ぶ。

窓の外は黒。銀河の外縁から望む、どこまでも広がる空虚だ。

ただしもう、今は違った。とんでもなく明るい光芒が、そこに輝いているからだ。

あの九種族が住む小天体が、大規模な噴射推進を始めたのだ。

眩《まぶ》しさに目を細めながら、オールードとの戦いを終えてからの顚末《てんまつ》を思い返す。

あらかじめ購入してあったという〝光壁突貫《こうへき》ドープ〟なる使い捨て装置を用いて再び超光速の旅を続けたスミレ商会は、無事、取り引き先に荷を届けることができた。

例の小天体に接舷し、上陸し、コンテナを運び込むと、依頼主たちはそれはもう大喜びで受け取り、受領の量子印をくれた。経費を含む報酬もだ。もちろん契約内容どおり、支払いは《通商網》のエネルギー通貨ではなく、現物でだった。

受領したのは、スミレたちではなく――平林君。

「今回のお仕事は、最初っから最後まで、きみのものだった」

『そうだ。だが私の介入を知れば、オールードは戦略を変えていただろう』

卒業種族を怖れて退《ひ》いてくれるならいいが、いくらゼフェドとはいえ平林君はひとり。必勝を期した艦隊を展開されでもしたら、解決は難しくなっていたはずだ。

「だから、新参種族の泡沫行商人に依頼して、代行させたわけかぁ」

『ああ、当然、オールードとの戦費も私が全額負担した。中でも、私の突撃艇の運用コストはずばぬけて高い。スミレ商会ではまず支払えない』

「受け取ってた、あのサイコロみたいなのは？」

袴の内側にあるらしいポケットから、彼がそれを取り出す。

支払い時に相手の代表から手渡されていた、白い結晶ストレージだ。

『あの九種族の文化データ約七千億件と、全ゲノム情報と、その所有権だ』

「もしかして……きみの研究用？」

『保存と記録のため、と理解してほしい。あの天体に住んでいた四百名超は、九種族の最後の生き残りだが、それも今日を境に、この銀河からいなくなる』

「旅立つから」

『旅立つからだ』

隣の島宇宙――アンドロメダ銀河へ。

彼らがあの天体に移住してくる際に使ったオンボロ宇宙船のエンジンを束ねただけの、スクラップ同然とも言える間に合わせの推進機関で、唯一の領土であり所有物でもある価値なき小天体を丸ごと動かし、銀河間の虚無を渡っていくのだという。

破産した彼らが生きていける場所は、もう《通商網》にはない。

なら選ぶ道はひとつ。その外へと、漕《こ》ぎ出すしかない。

あの九種族のそれぞれが、長い進化の果てに築き上げてきた文化の隆盛と、衰退と、滅亡の記録のすべてを、六センチほどしかないこの結晶の中に残して。

「当然、めちゃくちゃ時間かかるわけよね、彼らの旅」

『ソルドの時間単位に変換すると、二億年と少しになる』

さすがに気が遠くなる数字だった。

スミレ商会を通してようやく買い付けることができた加工用微細機械セットを使って、必要なものは長旅の間にこつこつと作るのだという。記憶情報を抽出する仕組みや、それらを二億年以上保存するためのデータストレージ。目的地に着いた際に遺伝情報から肉体を再構築する受胎システムや、無人航行の期間を維持管理する自動機械群などなどをだ。

私でも思いつくようなアイデアばかりであり、《通商網》の先端技術なら同じことをもっと確実かつ安全に実現できるだろうに、と思わずにはいられない。

でも彼らには、そうした技品に対して、払える金がない。

だから時と空虚の大洋に、手製のオンボロ筏《いかだ》で漕ぎ出していかねばならないのだ。

『彼らのことを、君はどう思う』

遠ざかっていく光を眺めながら、平林君が、珍しくも自分からそう切り出す。

「どうつっても……まあ、がんばれよ、死ぬなよ、って感じ？」

『私は、ゼフェドという種族の一員として、少し怖い』

「怖い？　あんなに強いきみが？」

『ああ、そしてアムノムという個人として、とても、羨《うらや》ましい』

彼の内側にある、大切なことを告白されている気がして、私は口をつぐむ。

『《通商網》の超光速輸送手段は、銀河間を渡れないのだ』

スリング投射航法はせいぜい千光年程度しか射程がないし、光壁突貫ドープも使用時間の制限がある。ビッグ・シンク機関は銀河中心ブラックホールから半径七万光年までという制限があり、真空情報スライダー便は目標地点に受信機を先に送り込まねばならず、確率回廊潜行機関は距離を隔てるほど無作為化の危険性が高まる。

どれがどういうテクノロジーなのかはさっぱりだが、言いたいことはわかった。

光の速度を追い越すインチキ技は無数にあれど、何千万年という《通商網》の歴史の中で、別銀河への道を開くブレイクスルー技術は開発されていない。

必要がないからだ。

古参種族も卒業種族も、そんな旅など望まないし選ばないからだ。

〝待つ者〟の子孫の生き方は〝ここ〟という既知の維持だからだ。

しばしの沈黙を挟んだ平林君の声は、ほんの少しだが低められていた。

『《通商網》を創設した古代種族がいかなる存在だったのかは、大ライブラリーにも記載がない。その生活様式や意思を推測するには、現存する彼らの遺産、すなわち《通商網》のシステム自体から意図を導き出すしかない。その過程で——』

その過程で彼は気付いたのだという。もし《通商網》が存在しなかったとしたら、ネクトン系の知性は、その前進力と活発さを武器にフロンティアを開拓し続け、版図を広げ、ベントス系知性の頭を押さえつけて、あっという間に銀河を埋め尽くしてしまっていたのではないだろうかと。もしかしたら他の銀河の中には、とっくにそうなっている場所もあるのではないかと。むしろそちらのほうが、この宇宙の主流なのではないかと。

『気付いたのだ。ネクトン知性を排除する《通商網》が——』

「私の水槽と、同じだってことに」

魚など一匹も入れていない、底生生物とプランクトンだけのアクアリウム。すべてを所有権で縛ることで未知をぬぐい去り、冒険が圧倒的不利益を生むように設計された経済ルールでがんじがらめにし、ネクトン知性が求めるフロンティアの余地を消し去ることによって作り出された、ベントス知性のための箱庭こそが、この天の川銀河なのだとしたら。

『ああ、だから、今はこう思う。謎の創設者は——』

「私みたいな奴だったんじゃないかって？」

言い終えて、私は吹き出した。

あまりにのけぞりすぎて、体が回転を始めてしまったほどだ。

（羨ましい……か）

人類が《通商網》とファースト・コンタクトを果たすはるか前から、ウエストヴァージニア州の〝平林《フラットウッズ》〟をはじめとする場所にひっそりと降り立ち、人類の観察をこっそりしていたという彼のことが、ようやく理解できたような気がした。

ぐうたらで、動くのが嫌いで、炬燵から離れたくなくて、空中からご飯が湧いてこないかなぁとか考えながら生きているこの私が、生まれ変わったらイソギンチャクやウミユリになりたいなどと嘯《うそぶ》くように、彼もまた、私たちのように前を目指して生きることに憧れ、魚に生まれ変わることを夢想しているのかもしれない。

ゼフェドという種族の生活様式はまだ全然知らないが、不名誉な烙印をいくつも捺《お》されている私のように、彼もまた、彼の種族の中では異端個体なのかも――。

きっとそうだ。でなければそもそも、スミレ商会と行動を共になどしてはいまい。

「まったく、無礼者は切り捨て御免の、堅物お侍さんかと思ったら……」

彼への生物学的興味は尽きぬままだが、それ抜きでも、好意と共感を覚える。

「ダメ人間ならぬ、ダメゼフェドだったわけかぁ……平林君も」

『否定はできない。同族たちに呆れられているのは事実だ』

笑いを押し殺しながら、私は彼の腕に支えられ、再び窓の外を眺める。

あの小天体の噴射光は、もう星にしか見えない。

あるいは、真っ暗闇の虚空にぽつんと光る、門出の灯火《ともしび》としか。

瞼《まぶた》を閉じ、商品受け渡しの際に目にした、あの九種族の姿と生活を思い返す。

背中にファスナーがついてるんじゃないかと疑ったほどの——私たちっぽさを。

大喜びで抱き合う彼らを見た。意見の違いか何かでちょっと揉《も》めているところも目撃した。子供をあやしている姿には頬が緩んだし、油まみれになって設備を整備している様子も邪魔しないように眺めた。違う種族どうしで婚姻しているという三組の幸せそうなカップルも紹介されたし、でっかいネズミみたいな種族フシャドと腕相撲もしてみた。

二億年という海を渡りきれる〝時の筏〟を実現できなければ、彼らは藻屑《もくず》と消える。

成就するかどうかは二億年経《た》ってみないとわからないどころか、おそらくは高確率で全滅することになるだろう、悲壮な旅への船出。

私たち人類の先にも待っているだろう——敗北の未来。

なのにその光景は、なぜかちっとも敗走には見えず、悲しさも寂しさもない。

瞼を開き、千年先の人類のことを思った。

《通商網》が冒険者を食い尽くすように設計されているなら、運命は決まっている。

人類が人類である限り、いつか誰かが冒険し、いつか誰かが失敗するだろう。

アメリカ最後の大統領が、国民すべてを巻き込んで国を滅ぼしたように、地球人類《ソルド》そのものを巻き込んで、すり潰《つぶ》されるほどの借金を種族ごと抱え込むことになる。

「ねえ、平林君」

それでも生き残りは、遠ざかるあの光芒のように、進み続けるだろう。

「私の水槽、一匹だけでも、魚、入れてみたほうがいいかな？」

『私なら、放つと思う』

きっと進む。魚の末裔たちが、ずっとそうしてきたように。

〝ここ〟という既知ではなく、〝前〟という——未知の広がりへと。

あとがき

子供の頃、近所の海で磯遊びをしながら、前後左右の区別がないヒトデやウニにはこの世がどう見えているのだろうかと疑問に思ったことがありました。また、少年向けの宇宙人図鑑に載っていた面々の中で一番怖くて好きだったのが、三メートルの彼でした。なのでこの短編ができたのも自然の成り行きでしょう。読者も平林君に惚《ほ》れてくれるといいなぁと願って、恋をするような気持ちでキーを叩いた覚えがあります。

トビンメの木陰

草上 仁

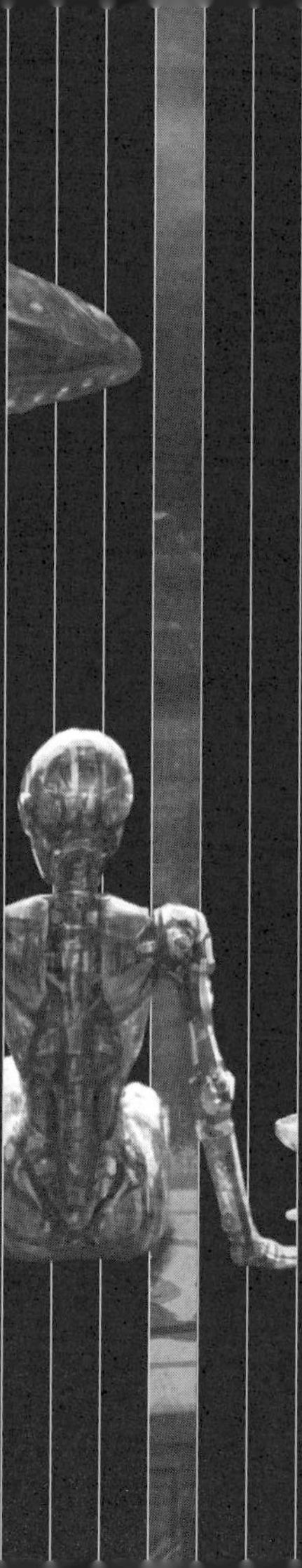

著者にとって二十六年ぶり（！）、十六冊目（連作を除く）の短編集となる『5分間SF』のために書き下ろされた本編は、創元版《年刊日本SF傑作選》に採録した「ウンディ」「スピアボーイ」と同じく、著者十八番の異星生物SF。黄金時代の英米SFを思わせる、ワンアイデア・ストーリーのお手本のような仕上がりだ。『5分間SF』は、著者が一九九一年以降のSFマガジンに発表した十四編に新作二編を加え、ハヤカワ文庫JAから二〇一九年七月に刊行。これが半年足らずで五刷を記録するヒット作となり、もっと長めの短編を集めた姉妹編『7分間SF』も刊行されている。本編が気に入った方は、ぜひこの二冊を手にとってみてください。

草上仁（くさかみ・じん）は、一九五九年、神奈川県鎌倉市生まれ。慶應義塾大学法学部法律学科卒。大学在学中の八一年、艸上人《くさかみじん》名義で応募した「ふたご」が第7回ハヤカワ・SFコンテストの佳作第二席に選出。翌年、SFマガジン八月号に「割れた甲冑《かっちゅう》」を発表し商業誌デビュー。以後四十年近くにわたって、質の高い作品をコンスタントに発表、短編SFの名手として知られる。そのうちの百三十編余は、前記二冊のほか、ハヤカワ文庫JAの『こちらITT』『くらげの日』『時間不動産』『無重力でも快適』『かれはロボット』『プラスティックのしゃれこうべ』『ウォッチャー』『ラッキー・カード』『お喋《しゃべ》りセッション』『ゆっくりと南へ』『市長、お電話です』『スーパーサラリーマン』『江路村博士《えじそん》のスーパー・ダイエット』など十七冊の短編集にまとまっているが、書籍未収録作も多数。八九年、「くらげの日」で第20回星雲賞日本短編部門、九七年、「ダイエットの方程式」で第28回同賞同部門、九七年、『東京開化えれきのからくり』でSFマガジン読者賞。長編に、《スター・ハンドラー》シリーズ、《スター・ダックス》シリーズ、『天空を求める者』『お父さんの会社』『愛のふりかけ』など。

ようやく辿《たど》りついた最果ての地。

初老の、ひょろりとした体つきの学者は、苔《こけ》むした石柱の表面を、柔らかいブラシで丹念にこすり落としていた。

徐々に、表面に刻み込まれた文字が現れてくる。

記述は簡潔だ。人名と生没年のみ。

『ビョートル竜帝　3056 ― 3122』

それ以上の説明は必要ない。ここここそが、かの竜帝の終焉《しゅうえん》の地なのだ。故郷から七百万光年も隔たった惑星ストラトス。今では人口わずか二百。気候温暖ながら、産業と呼べるものもなく、わずかな鉱物資源を採掘する貧弱な設備があるだけ。

太古の昔には、ここに帝国の首都があった。輝ける港と豊かな農地、銀河の金《かね》が争って流れ込む市場があった。広大な造船所と兵器工場があった。今では、顧《かえり》みられなくなって久しい。

歴史学者に、その実在さえも疑われるようになっていた帝都。とうの昔に地に倒れ伏した石柱だけが、その名残《なごり》だ。アモルファススチールを含有するトガ石は、戦火にも微生物にも耐えて五千年の時を経《へ》た。

この星に人が住まなくなったのには訳がある。放射性物質と生物兵器による複合汚染だ。前世紀になってようやく開発された高価な防護シールドなしでは、人は誰もここで生きられない。今地上にいる鉱山技術者と学者は、そのシールドに守られている。学者について言えば、着陸艇を中心に、ホログラムで表示された五メートル四方ほどの範囲から、足を踏み出すことはできない。

それでも、滞在時間には制限がある。鉱山技術者は一週間で別チームと交代する。学者は、二日間だけ、滞在許可を得ていた。

学者は、横倒しになった石柱に影を落とすトビンメの大樹を見上げた。この木は、ずっと竜帝の墓を見守ってきた。彼の生前の栄華は知らず、ただ死後の守りだけを引き受けてきた。次第に大きく深くなる影を落とし、季節が巡るごとに花弁と枯葉を散らし。

今、ストラトスの初夏を迎えて、トビンメの木は紫色の実をつけている。チェリーに似た球形の実。

トビンメ。学者にとっては特別な木だった。

竜帝と呼ばれるビョートル・セグノビッチ・フランカは、惑星ブランタで生を享《う》けた。両親は農民の男と酒場の女だった。やせたキノ豆の畑を耕して一生を終えるはずだった彼は、十六の歳、果実を頬張りながら夜空を見上げている時に啓示を受けた。

頭上には星の海がある。刈り取られるのを待っている豊饒《ほうじょう》の畑がある。その畑が待っているのは他ならぬ自分なのだと、若者は卒然と悟った。

やむにやまれぬ衝動に駆られて、彼は生家を飛び出し、半端仕事で生計を立てながら船を造り始めた。図書館にあるかぎりの造船技術と操船術の資料を読み漁《あさ》り、足りない文献を通信販売で取り寄せた。

並行して、農産物積み出し港のスクラップ置き場から肋材《ろくざい》と鋼板を集めた。整備工場から古い発動機を買い取り、工場から核燃料を盗み出した。とてつもなく不格好な分子接着機を自作し、硬い地面を掘り抜いてドックを築いた。

たった一人で。

五年かかった。

何かに憑《つ》かれたように、彼はまっしぐらに目標目指して突き進んだ。

星の海へ。

彼の頭には、天啓が満たされていた。農業惑星の片隅で、一個の天才が花開いたのだ。一人で航宙船を建造することなど、できるはずがない。航宙船は、最先端技術と精妙な生産管理技術の賜物《たまもの》だ。

が、ビョートルはやり遂げた。

彼は、港湾業者に金を摑《つか》ませて、完成した全長七メートルの小さな船体を、リニア・アクセラレーターに載せてもらった。もちろん、自分は中に乗り込んで。農産物コンテナを射出するために設計された全長七キロのアクセラレーター・レールは、ビョートルを気絶させながらも、『スタードラゴン』と名付けられた船体を脱出速度まで加速し、惑星間空間に放り投げた。

意識を取り戻すと、『スタードラゴン』とビョートルは星の海の中にいた。

そして、彼がまず始めたのは、海賊稼業だった。

いや、堂々たる海賊ではない。けちなゆすりたかりと言ったほうが当たっているだろう。輸送船の針路を妨害し、わずかな金銭や積み荷をかすめ取る。即座に逃走する。その繰り返しだった。

彼は少しずつ金を貯《た》め、航宙船をグレードアップしていった。発動機を換装し、制御機器を揃え、船体を伸ばす。闇市場から兵装と装甲板を仕入れて船体に装着する。遠くへ、より遠くへという衝動が、彼を突き動かしていた。酒にも女にも博打《ばくち》にも目もくれなかった。

稼ぎは全て『スタードラゴン』の強化に充《あ》てた。

『スタードラゴン』の全長が五十メートルに達すると、彼はいよいよ、本物の海賊になった。定期輸送船を量子砲で威嚇して停船を命じ、高価な積み荷を奪取する。時には高官を人質にして、身代金を要求する。

その頃、海賊船の存在は珍しかった。航宙船を所有し、運用するには、高度な知識と技術、財力が必要で、それはチンピラ・ギャングには無縁のものだったからだ。海賊になるより、もっと楽な稼ぎ方はいくらもあった。路地で通行人を脅して、奪った金をその日のうちに使い果たすのが、チンピラのやり方だ。

だが、ビョートルだけは違っていた。ストイックなまでに船に固執し、難度の高い海賊稼業を続けた。

当然、星間警備隊には目をつけられた。しかし、警備隊の船団活動規模に比べると、星の海は広大に過ぎた。

強力な発動機と驚異的な忍耐力を持って、突然思いもよらない宙域に現れる『スタードラゴン』は、一度も警備隊に追い詰められなかった。

その頃には、ビョートルの下に配下がついていた。

強烈なカリスマ性に魅入られた部下たちの中には、操船術の達人もいたし、火器の天才もいた。策士もいれば刺客も、男たらしも女たらしもいた。どれも、警備隊には望むべくもない人材だった。

警備隊の予算不足に加え、運と同志に助けられて、彼は快進撃を続けた。

初めて植民星を手に入れたのは、彼が三十歳の時だった。

酸素と窒素、それに紫外線を遮断するオゾンを吐き出す地球化サテライトを占拠して、植民地統治機構を脅迫したのだ。表向きは、植民星の自治独立勢力を支援する形を取ったが、それは口実に過ぎなかった。駐留していた母星の警備隊は武装解除され、メディアもエネルギーも、独立派の手に落ちた。

独立派が政権を取って間《ま》もなく、ビョートルは大統領に選出され、自ら権限を強めた。共和制はたちまち骨抜きにされ、ビョートルは事実上の専制君主となった。

もっと遠くへ。もっと広く。

彼の言葉は、一方的に独立を宣言した植民星の国是《こくぜ》となった。彼は、植民地の全ての資源を、軍備強化に注《つ》ぎ込んだ。

もちろん、植民地経済は破綻寸前まで行ったが、ビョートルには成算があった。一光年と隔たっていない近隣星域に、太った獲物がいたのだ。肥沃《ひよく》な農地と豊富な鉱物資源に恵まれた植民星。さらに魅力的なのは、そこに、母星の軍需工場が置かれていたことだ。

母星の警備隊も国防軍も、よく訓練されたビョートル軍の敵ではなかった。その頃には、かつての駐留警備隊の精鋭たちも、ビョートルに忠誠を誓っていた。

独立後二年と経《た》たないうちに、ビョートルの国はこの近隣惑星を『解放』し、連邦に組み込んでいた。母星から三度にわたって制圧部隊が送り込まれてきたが、そのたびに奇妙なことが起こった。兵士たちの大半が投降して、ビョートル軍に加わったのだ。

安い給料で辺境警備を続けた挙《あ》げ句、命を落とすか。帝国軍の一員として、戦勝と略奪の恩恵を受けるか。

考えてみれば、戦士にとって難しい選択ではなかった。ビョートルが率いているのは、もはや『帝国』だったし、皇帝には、異様なほどの説得力が備わっていた。そして何より実績が。

田舎の農家の小せがれが、独力で皇帝にまでのし上がったのだ。皇帝の経歴そのものが、生きる証左だった。多くの戦士たちが、帝国の可能性に賭ける値打ちはあると考えた。少なくとも、けっして特権を分け与えようとしない世襲の指導者たちに、こびへつらい続けるよりもはるかにいい。

帝国は、次々に植民星を飲み込んで、版図《はんと》を広げた。

もはや、使えるのは軍事力だけではなくなっていた。皇帝は、経済力や権謀術数を使った外交にも長《た》けていた。学問にも金を投じ、新技術を開拓し、多くの特許を取得して帝国の影響力を高めた。いくつもの同盟を結び、破棄し、条約に署名し、破棄した。ダイナミックに連衡《れんこう》し、宣戦し、停戦し、和解し、休戦することに明け暮れるうちに、帝国の成長には加速がついた。あらゆる星が、政権が、機構が、帝国を利用しように画策《かくさく》しながら、結局は帝国の軍門に降《くだ》った。

惑星から星系へ。星系から星域へ。そして銀河へ。

ついに新たな銀河に達して、惑星ストラトスに首都を定めた時、竜帝は六十歳を迎えていた。

一人の人間として、生涯に達成できることはこれまでかと思われた。四十年をかけて、はるけくも七百万光年の距離を押し渡ってきたのだ。

しかし、ビョートルは歩みを止めなかった。

新たな銀河の中で、新たな資源に手を伸ばし始めた。

首都ドラゴンシティを擁するストラトスは、新銀河の渦状肢にあった。竜帝の艦隊は、そこから中央に向かって侵攻した。

さらに遠くへ。星の海の彼方《かなた》へと。

それはまさに侵攻だった。大義名分も、明確な政治的目的もなく、ただ、守るもの、歯向かうものを平らげ、飲み込んでいくだけの、竜の侵攻。

星系をわずか三つほど手にした後で、侵攻は止まった。

新銀河を支配する昆虫族は強大で、生物学的宿命として、恐れを知らなかった。同一遺伝子のクローンからなる昆虫兵士たちには、そもそも死という概念がない。一人が一本の体毛と同じで、失われても生え替わるだけ。本体は何の痛痒《つうよう》も感じない。そのような兵士が、何兆、何京《けい》という数の小艇を駆って、竜帝の艦隊を押し包むのだ。一艇のパワーは知れたものでも、その数は脅威だった。一万の小艇を撃破したところで、焼け石に水でしかない。

艦隊は、次第に押し戻され始めた。

竜帝の戦士たちは、恐れを感じ始め、絶対の忠誠心を失い始めた。

艦隊は、ストラトスに撤退し、籠城戦《ろうじょうせん》を戦うことになった。

そうなれば、結果は見えていた。ドラゴンシティは汚染され、荒廃した。竜軍の兵士は戦線を離脱し、ストラトスを放棄した。生産施設は放棄され、港は機能を停止した。

竜帝と、わずかな側近だけが、踏みとどまった。

新銀河の昆虫族は、既に人類に興味を失っていたが、数億程度の小部隊が、惰性による攻撃を続けていた。しかし、そんな間欠的な爆撃にさえ、ビョートルは対抗する術《すべ》を持たなかった。

六十六歳で、竜帝ビョートルは失意のうちに没した。

海賊時代から付き従ってきた側近たちは、そそくさと墓を作って竜帝を埋め、それから撤退した。彼らが逃げ延びたのかどうか、竜帝の死が暗殺によるものだったかどうか、そういったいくつかの謎は、今では茫漠《ぼうばく》たる時の堆積の中に埋もれている。

繁殖の手段を持たない昆虫駐留軍は、ライフサイクルを終えると消え去ったが、ストラトスの汚染は残った。

植物学者は、ほぼ生涯の全てをかけて研究してきたトビンメの木を見上げた。

確かなことがひとつあった。

竜帝の側近たちは、墓に、トビンメの種を植えたりしなかったということだ。彼らは、トビンメのことなど、知りもしなかったはずだ。

それも不思議はない。

毒の実としてのトビンメが知られていたのは、ビョートルの出身地である辺境の農業惑星の、さらに辺境の地だけだ。

その地域でのトビンメには、言い伝えがあった。

繁殖の時期に達すると、トビンメは、毒のない実をつける。

常の年の朱色の実ではなく、紫色の実だ。

その実は、食った者に、特別の力を与える。

植物学者は、赤い実を研究して、言い伝えが事実であることを知った。トビンメを食った生き物は、トビンメの化学成分によって、トビンメの種を運ぶための乗り物と化すのだ。

そいつは、より遠くへというやむにやまれぬ衝動に駆り立てられる。

もともとは、獣《けもの》たちがその役割を担っていた。

山を越え、谷を越えて普段のテリトリーから離れ、そこで死ぬ。宿主が死ぬと、トビンメは、その死骸を養分として芽を出す。こうして、トビンメは自らの版図を広げてきた。

トビンメの化学成分がもたらすのは、ただのやむにやまれぬ衝動だけではない。その衝動を満たすための並外れた集中力、思考力、体力……総合的な問題解決力と達成力をもたらす。それは、副作用のないドラッグのようなものだ。いや、強烈な作用そのものが、一種の副作用と言えるかも知れない。

とにかく、実を食った個体は、生物種としての限界まで、潜在能力を引き出される。ただ、トビンメの種を遠くに運ぶだけのために。

植物学者は、赤い実の有効成分を単離しようと、研究を重ねてきた。

しかし、毒素と有効成分は緊密に結びついていて、人工的な手段では単離できなかった。致命的な毒素なしに有効成分を得るには、トビンメ自身が繁殖の時期に達したと判断して、紫の実をつけるのを待つしかないのだ。

植物学者は、山野を駆け巡り、紫の実を探したが、かなわなかった。

はるか遠方に達し、そこで一定の時を経たトビンメを探すしかないのだ。その事実が、彼を歴史の研究に没頭させ、そしてついに惑星ストラトスにまで導いた。

トビンメの木は、今、紫の実をつけている。

教育のない農民の子を駆り立てて独力で船を建造させ、海賊の首領を経て植民星の首魁《しゅかい》へと、王から皇帝へと、星系の覇者から銀河の征服者へと仕立て上げたトビンメは、七百万光年の距離を超えて版図を広げ、今ここにある。

一世代が役割を終えて、次の世代を生み出そうとしている。

次の征服地を目指すべく運命づけられた紫色の実を。

植物学者は、自らの夢を思った。トビンメの成分を、再び人類にもたらすという夢を。同時に、自らの年齢を思った。紫の実を得て研究を続け、有効成分の効果を薄め、制御する技術を開発するために残された時の少なさを。

十年あるか、ないか。

余命の壁を乗り越えるには、天才を必要とする。並外れた洞察力と集中力、達成力を。問題解決力を。

植物学者は、紫色の実に、震える手を伸ばした。

新たな歴史が、今刻まれようとしていた。

『老帝』の伝説が。

明らかでない理由によって、卒然と研究者の道を捨て、わずか十年で七つの銀河を壟断《ろうだん》した覇王の伝説が。

あとがき

読者が本文より後にあとがきを読むとは限らない。従って、いわゆるネタバレをやらかすのはルール違反だろう。本文と無関係なこと、あるいは一見無関係なことを書くのが作法だと思う。だからふたつのことだけ書く。

ひとつ。菅原道真《すがわらのみちざね》という人がいて、大宰府《だざいふ》に流される時、「東風ふかば　にほひおこせよ梅の花　主なしとて春な忘れそ」なる歌を詠んだ。そんなことを言われてしまった梅は、ついなりゆきで主人を追って、大宰府まで飛んで行ったという。いわゆる飛梅《とびうめ》伝説だ。

ふざけた話である。植物が、人間の主人を失ったからと言って季節を忘れるものか。

そもそも人が梅の主人を僭称《せんしょう》するとはおこがましくないか。むしろ立つだけで賛仰者を集める梅こそ、人の主人ではないのか。

さて支配するのは人か、はたまた梅か。

ふたつ。「梅」は現物が大陸由来で、もともと訓読みはなかったらしい。原音はメイ、古来の発音は「ンメ」に近いそうだ。

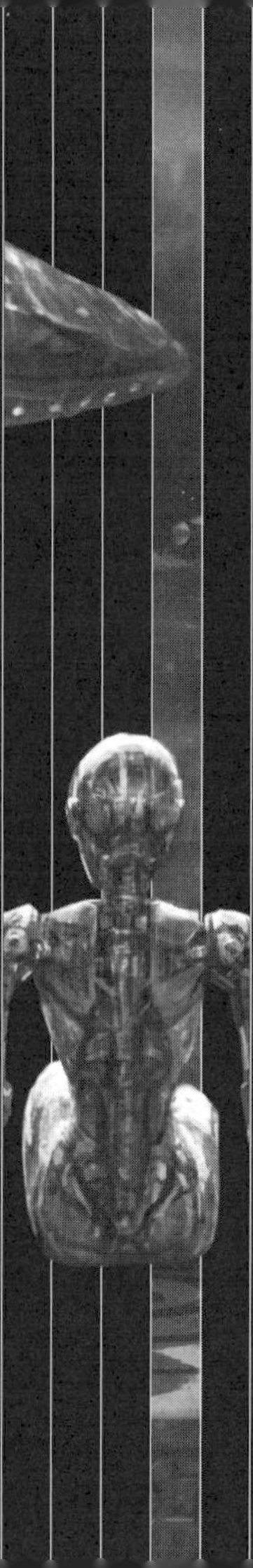

あざらしが丘

高山羽根子

クジラの資源管理を担う国際捕鯨《ほげい》委員会（ＩＷＣ）から日本が脱退したのは二〇一九年六月三十日のこと。その翌日には、日本近海での商業捕鯨が三十一年ぶりに再開された。そんなこんなで捕鯨がなにかと話題になっていた頃、大森が責任編集を担当する文庫判オリジナルアンソロジー『ＮＯＶＡ２０１９年秋号』のために書き下ろされたのが本編。「あざらしが丘」と言っても『嵐が丘』とはなんの関係もなく、これは作中の捕鯨アイドルグループのユニット名。メンバーは、バイカルとかクラカケとかゴマとか、ゴマフアザラシ属の種名を芸名にしている（卒業すると新メンバーに芸名が引き継がれるという、青森のご当地アイドル、りんご娘的なシステム）。

捕鯨ＳＦと言えば、ソムトウ・スチャリトクル『スターシップと俳句』やイアン・ワトスン『ヨナ・キット』などの先例があるが、本編の〝捕鯨〟はそれとはちょっと違っていて——と、ここから先は作品を読んでいただこう。

高山羽根子（たかやま・はねこ）は、一九七五年、富山県生まれ。多摩美術大学美術学部絵画学科卒。二〇一〇年、「うどん　キツネつきの」で、第1回創元ＳＦ短編賞の佳作（現在の優秀賞）を受賞。一四年、同作を表題作とする全五編の短編集を刊行、翌年の第36回日本ＳＦ大賞最終候補となる。一六年、「太陽の側の島」で第2回林芙美子文学賞受賞。一八年、同作を併録した第二短編集『オブジェクタム』で日本ＳＦ大賞候補。一八〜一九年には、「居た場所」と「カム・ギャザー・ラウンド・ピープル」（ともに単行本化）で二期連続して芥川賞候補となり、文芸界の注目を集める。他の著書に『如《イ》何様《カサマ》』がある。二〇年は、「首里の馬」で三度目の芥川賞候補に。また、池澤春菜《いけざわはるな》と共著の台湾ガイド『おかえり台湾　食べて、見て、知って、感じる一歩ふみ込む二度目の旅案内』が出た。

十九世紀半ば、ヨーロッパの女の子はスカートの膨らんだドレスを着るために、動きにくいクリノリンを身につけなきゃならなかった。きれいな形を保つ用途で作られたこの下着は、鯨《くじら》のひげなんかでできていたらしい。僕らや、僕らのグランパや、そのまたグランパはいつだってそういう女の子のおしゃれに心を躍らせてきた。それが僕らの心を躍らせるために開発されたか、彼女たち自身が踊りたいためにそう進化していったかは、この際あんまり関係がない——なんて書いてしまったら暢気《のんき》すぎて叱られてしまうかもしれない。

なぜなら、クリノリンというものはあんまり安全じゃなかったらしく、年間三千人くらいの女性がその膨らんだスカートの事故（燃えやすかったり、からまったり、走りにくかったり）で亡くなっていたという。下半身が鳥かごに入った状態で、女の子たちは上半身で美しく歌ったりおしゃべりしたりしていたんだろう。大変だ。

いっぽう今の日本において彼女たちがはいている膝丈のバルーンスカートは、軽くて動きやすくて安全な、形状記憶素材のペチコートで膨らんでいる。

「いい時代だねえ」

着替えをすませてメインルームにやってきたバイカルは、壁面に張られた大きな鏡でドレスの背中のリボンに歪《ゆが》みがないかを確認してから、そんなふうにわざとらしく年寄りみたいな言いかたをして笑う。

「いや、そもそもその時代の女の子は鯨を狩る必要なんかなくて、笑っているだけで生きていけたんでしょう」

いやいや、前半はまだしも後半はさすがに燃えちゃう系の発言では……と思いながら声がしたほうをふり向くと、クラカケは着替えをもうずっと前に終わらせていて、バイカルと色ちがいのドレス姿で銛《もり》をメンテナンスしていた。パイプ椅子に座って脚の間に太い銛を挟んで、膝で固定しながら配線の調子を見ている。彼女が愛用している銛はもともと複雑なセンサがついているのと、かなりの電圧でチャージをしてから撃ちこむ仕様になっているから、準備にけっこう時間がかかる。みんなが銛をいじくっているクラカケから距離をとっているのは、その武器が危ないものだからということに加えて、これからひどくなっていく揺れによって、床が絶えず傾いてとんでもなく不安定になりそうだからだ。

「生体認証二重だし、物理ロックもあるから大丈夫だって」

としきりに主張するクラカケは、大きな電気銛にぶら下がった附属物《ふぞくぶつ》みたいに見える。僕を含めたみんな、危なっかしいのは電気銛というよりも、それを抱え込んでいるクラカケのほうだと考えていた。ふわふわのウエーブヘアをリボンで括《くく》ったおさげがクラカケのトレードマークだ。

ドレスは決まりごとでできたみたいな、ひとりずつ異なるメンバーカラー以外は形もなにもおそろいのものだった。バルーン状に膨らんだスカートと、ファーのついたフードジャケット。イヌイットのイメージをエッセンスに加えた、世界でいちばん素晴らしくかわいらしい戦闘服だと思う。軽くて動きやすいだけでなく、水中から水面を見あげたときに光の反射が拡散して迷彩効果があるし、ふわっとしているので高い地点から跳ぶとムササビみたいに風を受けて滑空できる。おまけに着地時にバランスを崩してもクッションになって腰椎に衝撃を受けにくい。かわいらしさと狩りの両方に最適化されたドレスは、彼女たちメンバーのステージ衣装だ。

さらに彼女たちは、自分が狩りをしやすいように各自その衣装をいろんな形に加工している。重い銛の取り回しのためにだろうけれどクラカケは袖を切って肩を出しているし、バイカルは胸元の大きなリボンを、それが邪魔なのか単にかわいいからなのか、取り外して背中に付けている。最初から決められている衣装よりもそのほうがずっと僕らの心を動かすのは、それが周りの大人がかわいいと思って作ったものに、彼女たちの判断で、彼女たちの手によって変更が加えられているからだ。学校の制服だってなんだって、着る本人がそのかわいさを形作っていて、制服自体はそのパーソナリティの輝きの投影でしかないということを、僕はこの衣装の彼女たちを見るたびに思い知らされる。

「私、鯨狩り、好きだよ。楽しいもん」

バイカルはいつだってオプティミズムがおめかしして歩いているような態度をとる。彼女に与えられた（彼女自身が選んだ、ともとりあえず書いておこう）ロールモデルは、ときとして彼女を苦しめているのかもしれないけど、今のところ、ひとまずは彼女の助けにもなっているようだった。バイカルはゴマの顔を覗《のぞ》きこんでたずねる。

「ゴマちゃんは嫌いなのかい。鯨さん」

いちばん新しくメンバーになったゴマは、今、ちょっと気の毒に思えるくらい緊張している。

「鯨が好きってのと鯨狩りが好きってのはちょっとちがいませんか、むしろ相反する……てか、さんづけ？　鯨に？」

前回のライブを最後に卒業したメンバーからゴマの名前を引き継いだ彼女は、ついこの間オーディションをパスして入ってきたから、今回が初めての『ライブ』だった。ライブにおいて新しいメンバーの動きはとても大切なんだということを、ゴマもよくわかっている。

「対話だよ、狩りは」

舐《な》め終わったチュッパチャプスのスティックをメインルームの隅にぷっと吐き出したクラカケが、メンテナンスの終わった銛の先を満足げに眺めて言う。みんながその態度に顔をしかめる中で、僕は床におちたスティックの、歯型でぎざぎざになっているはじっこを見ていた。慣れているはずの彼女もきっと不安なんだ。

僕らが乗りこんで離岸したときから船の揺れが徐々に生まれつつあるのは、『モビィ』が近づいているからだった。決まったポイントに錨《いかり》を下ろして静止している船から窓の外を見ると、湾の陸地はだいぶ遠い。海岸線ではいっぱいのオーディエンスが、もうじき始まる彼女らのライブをずいぶんな熱気で待ちわびているはずだ。

この部屋の中を見わたしている僕がこんなに居心地悪いのは、自分自身が本来ここにいるべき人間じゃないと思っているからだ。ほんとうのことを言えば僕だって、湾に作られたライブのパノラマテラスでまったく冷えていないビール瓶を握りしめて、彼女たちの映った大型ビジョンを眺めていたい。

僕がこのライブのレポートを作成するために〝P〟に同乗して取材を続けていることについては、正直なところ、嬉《うれ》しいとか興奮するとかいうよりも、怖いとかいやだとか、そういうネガティブな感情のほうがずっと強かった。

ライブ、つまり捕鯨《ほげい》の楽屋となっているこの船は〝P〟という名前がついている。〝P〟はものすごく揺れる。それに陸上のライブ会場で見ることのできない彼女たちの舞台裏の姿を間近で見ることができるというのは、とんでもないメリット……と言うほどのものでもない。彼女たちのライブの映像は陸の会場にある大型ビジョンだけでなくオンラインで世界中どこからでも見ることができる。自動撮影や超望遠撮影だとかで撮られた彼女たちのライブの映像は、揺れる〝P〟の中ではそれほど鮮明に見ることができないけれど、ステージ袖から見える彼女たちの横顔を細かく記録して、くわしいライブのステージレポートを作るという大切な仕事は、誰かがしないといけない。その大切な仕事を請け負っている僕は、いちばんかっこいい彼女たちの姿を正面から見ることができない。

メインルームの壁には、〝P〟の移動ルートになる予測のラインがいくつか、それと船内図があった。壁面に貼《は》り出されているのではなくて、プロジェクターによって映し出されている。それはリアルタイムに最新のものが表示されていて、操作で呼び出して必要な情報に切り替えることができる。たとえば彼女たちの位置や動き、心拍数や血圧の数値、モビィの位置、動き、大きさ。今まで蓄積されたデータから、それぞれの数秒先の動きの予測も表示される。さらに何十枚もの大小の画像。これらは公式の記録機器が撮った彼女たちの姿のほか、ファンがあの陸地からドローンを飛ばして撮ったり、超望遠レンズでとらえたりしたものも集められている。

あざらしが丘のメンバーは、その姿を公式の場ではいくらでも自由に撮影ができて、

『エイハブズドリーム』という専用のアーカイブにアップロードすることが許されている。最初、このアーカイブサーバーは僕が自腹で準備して、まったくの非公式データベースとして開放した。雑多ではあったけれど初期からのデータがそろっていたため使い勝手が良く、今では唯一の公式アーカイブになっている。『エイハブズドリーム』というそのサーバーの名前は、偶像崇拝の中心地、サマリアを司る旧約聖書の人物からとった。エイハブも僕らみたいにアイドルの夢を見たんだろうか。

彼女たちのファンは個人的に、ようは自分のお給料の中から趣味で彼女たちを撮っている。みんなとても高い技術と機材を駆使してライブの彼女たちの姿を四苦八苦しながら撮影していた。僕が個人的なアーカイブを作ったのも、みんなが彼女たちの活動のためカメラ等の機器にお金を使うのと同じようなノリだった。僕はカメラが得意じゃないけど、データをまとめてみんなにわかりやすい形でアーカイブ化することには自信があったから、サーバーを用意して、そこを彼女たちのデータベースとSNSとして開放し自由に使ってほしいと提供していた。ただ、僕の場合は自費というかサーバー運営費のほとんどは彼女らの記事を書いて手に入れたギャランティだから、結局は恩返しみたいなものだけれど。

アーカイブに集まる彼女たちの情報はすべて、ファンのいるライブ会場の大型ビジョンと、このメインルームの壁にリアルタイムで表示される。というか、全世界から誰でも見ることができる。管理といったってこういう場だから完全にオープンな状態での運営だし、監視も干渉もないのは、この記事を読んでいる読者ならご存じの人も多いだろう。こういう場ではちょっとくらいのいざこざがあったとしてもファンの仲間同士で自警、そして自浄しあう。だから放っておいても、むしろ若干良い子になりすぎるくらいのローカルルールが自然に構築されていくものらしい。そもそも僕らは彼女たちのファンという意味では同志なわけだし、ＳＮＳを追い出されたら彼女たちの情報を共有できない。

今はライブをするうえで、このデータベースはそれなりに大切なものだ。普通に考えて彼女たちにとっては応援以外の何物にも感じられなそうに思えるこれらのことが、じつは彼女たちの大きな力になっている。これはお気持ちの問題とか、祈りとかいうあいまいなものでは決してなく、あくまでダイレクトな助けになっているんだ。

ところで、この記事はライブレポートではあるけれど少しばかり事情があって、特殊な状況で発表されることになっている。僕が日本語で書いたものをいくつかの言葉に翻訳し、各国のカルチャー誌の一記事として掲載することになるらしい。

ひょっとするとこの記事を読むような人たちは、ある程度日本の文化にも日本のアイドルにも興味を持ってくれていて、だとしたら一部の詳しい人たちにとってはいまさら何を、と思われるような内容かもしれない。でもひとまずは書いておいたほうがいいだろう。

　あざらしが丘というアイドルユニットが結成されるに至った最初の一歩について語るには、まず日本の奈良時代に『勇魚《いさな》取《とり》』とかいう言葉で呼ばれていた捕鯨の文化から話を始めなければいけない。

　もともと日本人は、湾に追い込んだ一頭の鯨を何人かにわかれて乗った小さな船で取り囲んで、銛を使って捕まえていた。当時の船や服装、漁具を想像してみてほしい。たった一頭の鯨を捕るために、何人もの大の男が犠牲になったのは想像に難《かた》くない。

『鯨一頭、七浦《ななうら》潤う』という言葉に表れるように、鯨漁《くじらりょう》は鯨のひとつの命と、いくつかの人間の命を合わせたものとの交換によって、たくさんの人間の命をつなぐ行為だった。そこには神と人との契約、古代の神事における生贄《いけにえ》的な文脈もれっきとして存在していただろう。

　約二十年前、国際捕鯨委員会《IWC》からの脱退を発表した日本は捕鯨を文化として復活させるという宣言をした。

　まず、まだ小さかったそのころの僕が思ったことを言おう。

　なんで、今?

　現代の日本では、昔のように鯨漁の海難事故でたくさんの人が死ぬようなことはほとんどない。というより、そもそもいま僕たちが一方的に食べ物にしている生き物の命は、少数の人間のそれとの交換で得られているということはほとんどないはずだ。自然に生きているものを狩猟採集して食べるには、人類はちょっと増えすぎてしまっている。そうして今僕らのまわりでは、適切なコストで、安全で、質の整った食べ物が作られている（もちろんなにかの命によって）。つまり僕らが腹ぺこのとき、いちばん近くのコンビニに駆けこめば、そこにはサラダチキンがあって、ピザまんがあって、ちょっとがんばれば神戸牛のビーフシチューだって食べることができる。これらも僕らの先人たちがたくさん努力して手にした立派な日本の文化だ。っていうか、日本は絶滅危惧種をスーパーマーケットに並べてうっかり食い尽くしちゃう人種だと、ついちょっと前にイールの件で思い知ったばかりだろう。みんなあのカワイイにょろにょろのことなんて、姿も味もすっかり忘れている。

ただ僕は、イールはともかく鯨のほうは生きているものを肉眼で見たことはないし、たいしてカワイイとも思っていない。たとえば旅行先の海で鯨を見に行くツアーがあったとしても、たぶんそんなことよりホテルで映画のＤＶＤを見ることを選ぶだろう。そうしてお気に入りの古着屋に鯨と鶏《にわとり》のシルエットがプリントされたそれぞれのＴシャツがあったとしたら……、僕はまあ、どっちも手に取らない。数が増えているから食べよう、滅びてしまうから大事にしよう、というのもあまりピンとこない。僕の意見は一貫して、鯨、食う必要ある？　サラダチキンや神戸牛よりおいしくて安全で、安いの？　みたいなところ。

でも世の中の一部の人たちにとって鯨を捕って食べるという問題は、カワイイとかカワイソウっていうメンタルの部分が大きかったんだろう。精神、スピリチュアル、癒し？　とでもいうんだろうか、鯨と女の子なら前者のほうにそういう気持ちを抱く人がいることには驚きだった。捕鯨再開に際して国のえらい人たちは、若い人を味方につけようとして、いくつかの、あんまりセンスがいいとも言えないパッチをとってつけ、ごまかした。具体的には質のそれなりに良い、捕鯨を題材に採った映画やアニメを作って地上波やインターネットで流し、テーマ音楽を、ゆるキャラをつくった。ちなみにその当時、それらの計画はすべて海の生き物をあしらって名づけられていた。たいていのものはもうちょっと南のほうの華やかな海を想起する名前だったらしいけど、それらはもうとっくに忘れられて思い出す人もなかなかいない。

そのパッチのうちのひとつが、捕鯨のイメージアップアイドル『あざらしが丘』だった。当時人気が下火になっていたとかいうミスコンの代わりに、地域でオーディションをやるアイドルが流行していたこともあって、日本各地の地名を冠したアイドルグループがたくさん誕生していた。海の生き物（の、ほかで使われなかった余りもの）を、地名っぽくアレンジしたグループ名となった彼女たちは、ひとりずつあざらしの種類を表す呼び名がつく。結局ほかの捕鯨イメージアップのパッチがとっくに剝《は》がれ落ちて忘れ去られてしまったあとでも、あざらしが丘だけはしつこくこの世の中に貼りついて残った。

スカウトやオーディションをくり返して集められた今のメンバーに、初期の子たちは当然いない。もちろん、捕鯨による事故やケガでいなくなったわけじゃない。というより、当時はふつうのアイドルとして活動してたから、鯨漁もやっていなかった。

じゃあどうしてあざらしが丘のメンバーが鯨漁をするようになったかというその話は、結成の数年後に飛ぶ。

ふたを開けてみるとけっきょく、僕をはじめとしてそこそこみんなが想像していたとおり商業捕鯨は当初喧伝《けんでん》されていたよりこの国の経済に潤いをもたらさなかった。当然だ。今は鯨なんて捕らなくたって油も肉もどうにかなる。大きい工場での養殖はもちろん、遺伝子の改良や培養の技術は、僕らがアイドルや音楽にうつつを抜かしている間に、僕らが思っているよりずっと速く進歩していた。きれいな質の同じ野菜や肉が手に入ることに慣れきっていた僕たちが、ジビエや昆虫食をイベントとして楽しむ以上に、鯨料理が生活にしみこんでいくことはなかった。結局、捕鯨でみんなが求めているものが、歴史だとか文化だとかのうえでのなにかでしかないということがわかったので、今みたいな状態に落ちついたってこと。

その解決のための具体策に『培養鯨』という呼び名をあてた当時のマスコミのセン

スを僕はうたがっている。養殖やクローンで増やした鯨みたいに聞こえるそれは、いちおう鯨の形をしてはいるけれど、じっさいは自動学習っぽいことをする、暴れて逃げ回る巨大な疑似生命体だった。スポーツハンティングとか、文化としての捕鯨ごっこにしか利用できない。もちろん食べることもできない。体内にあるコアを銛で撃ち壊せば動きが止まる。コアは半自律性、とは言っても独立しているのは安全制御の部分と最低限の動きの統制ぐらいで、だから培養鯨はそれだけで動いているわけじゃない。遠隔操作はほかの場所で積みあがった自動学習の装置に任されていて、破壊されたあとのコアはたいてい回収される。万が一流されたとしてもコアにあるブラックボックスみたいなものから情報は装置のほうに送信されるということなので、そのまま流されても問題ないみたいだ。

安全制御が何重にもかかった培養鯨はほかの生き物を食べることはないし、悪意をもって人を傷つけることもない。集まった情報によって毎年ちがった動きを見せるから仕留めるのが難しいケースも出てくるけれど、結局その鯨は最終的に役割を全うして漁師の手にかかってやっつけられる。運動学習によって複雑な動きを学んでくると、最初の数年のような儀式めいただるさが無くなってきたらしい。コアの内蔵されている場所は個体それぞれ別なので、同じ攻撃が通るわけじゃあない。動きにしても、多少のランダマイズをされているとはいえ、過去のこちら側のデータを踏まえて動いてくるようだった。たぶんだいたいのロボットとか人工知能とか、そういうものと似たような感じで。

培養鯨はコアをある程度の力で破壊されたあと、たいていは陸に引き上げられる。たまにそのまま流されてしまうことがあっても、コア以外の大部分は海に溶けてしまう。沖に流されたあとそのまま生体分解される膜や骨組みは、極端な水質汚染も起こさなかった。張りぼての鯨を狩るというのは、ちょっとくらいの茶番ぽさに目をつむれば、文化として続けるには充分だった。そもそも、世界中で人類が行う祭りなんて、現代においてはたいていが茶番だし。

ただ、そうなってしまうとなんとなく白けてしまう、という思いも自然に起こることだった。当初は全国の捕鯨文化を残していた数か所で行われていた培養鯨での捕鯨だったけれど、だんだん集客が細り規模も縮小するいっぽうだった。

命の危険がないという確信を抱いてから、あざらしが丘のプロデューサー『おかーさん』は彼女たちを疑似捕鯨へ参加させることに名乗りをあげた。それによって文化振興の補助金が出たり、ファンディングが音源の売り上げ以外のものに切り替えやすかったというのもあるけど、捕鯨のイメージアップアイドルグループに捕鯨をさせる／日本初の捕鯨アイドルユニット、というフックは話題性においてこの上なく強力だったというのが大きい。彼女たちはその後しばらく楽曲発表を続けながら、一年に二回の捕鯨活動を行った。大きな野外ステージを湾岸に作って『ライブ』と呼称し、捕鯨の様子をエンターテインメントにして配信する。そこに照準を合わせた活動にシフトチェンジした。

あざらしが丘の二度目の大きな転機は、三年前のライブで訪れた。僕はそのときのことをはっきりと覚えている。会場はしばらく膝上浸水の状態が続き、僕らは暗い思いで避難誘導に従いながら会場を後にした。あれはまちがいなく、悪夢以上の、天災の類《たぐい》に近いレベルの事故だった。

ライブ中、その年に用意されていたらしき培養鯨とは別に現れた、予期せぬ第二の鯨は、一見してわかるほど明らかに違った姿をしていた。強い太陽光と潮水に長いことさらされて真っ白になった体は、いつもの培養鯨の何倍にも膨れ上がった大きさで、また、動きもけたちがいに速かった。

鯨の学習機能のシステムエラーが起こったのか、また、なんらかの悪意が潜ませられていたのか。サイバーテロだと主張するウェブメディアもいくつかあった。でも僕は同意しない。あの恐ろしい巨大な生き物は、人間のちょっとしたプログラムのイタズラでなんてできっこない。いや、たとえちょっとした意思みたいなものがスタートにあったとしたって、今現在ある『これ』は、そんな些細《ささい》なものにおぞましい偶然が何層にも重なったものだ。

あらかじめ用意されていたそのとき用の鯨は、コアも体もずたずたにされてはるか沖に流されてしまった。

会場で見ていても、この第二の鯨はとても彼女たちの手に負える代物ではないとわかった。あのとき、おかーさんがその鯨が姿を現した瞬間にギブのサインを出して撤退したのも、当然だった。そのときは〝P〟だけでなく、ライブ会場も大きく破損した。

こんなことが起こってしまったからには当然なのだろうけど、培養鯨の開発はいったん休止、全国に小規模ながら残っていたニセモノ捕鯨もすべて無期限延期になってしまった。

ファンがSNSにあげた動画を解析班が精査したそのときの鯨は、動きや形状から五回前のライブで仕留められたものだったらしい。

それからのあざらしが丘の活動は、みんなにとっては『モビィ以降』、という言いかたで親しまれている。あの悪夢のことを『モビィ事件』と呼称したオンラインメディアに載せた僕の記事がわりあいバズったためだ。現在では事件の呼称というよりも、あの巨大な鯨自体をそう呼ぶようになっている。

培養鯨の研究はストップしていて学習機能のあるシステムもダウンさせてあるはずなのに、でもモビィは、それ以降もなぜか定期的にライブ会場の湾に訪れていた。

その後ほんの短い休息期間を経《へ》て、彼女らはあの事件以降システムの突発的異変が生んだ（と、今のところそんなふうに公表されている）巨大なニセモノ鯨（そもそも、彼女たちが捕鯨を始める前から、その鯨はニセモノではある）を仕留めることにその活動を集中させるとして、いったん音楽活動の休止を発表した。あわせて、ひとまずCD制作やライブなどの活動にあてていた時間をすべて捕鯨活動につぎ込むことになった。収入はライブの入場料と映像配信、そうしてクラウドファンディング、会場や動画に入れる広告で資金を捻出した。

　僕らはひとつの選択を迫られた。彼女たちの応援をいったんやめ、ほかのアイドルやバンドの音楽を聴き、そこにお金を使うこと。もしくは彼女らの捕鯨活動を全面的にサポートし、その支えになること。

　特に、あの悪夢を体験した僕らのうちの何人かは、彼女たちの捕鯨活動の中止を求めて署名活動を行ったりもしていた。当然だ。あんな巨大なものを見せられたら、どんなに命の危険がないと言われたって心配になる。捕鯨を続けるという決意表明をした彼女たちに失望して、三期の最初に離れていったファンは多い。

　同時に、三期に入ってからその活動に賛同し、彼女らのファンになる人たちも現れた。俗に言う『モビィ新規』と呼ばれる人たち。

　現メンバーは三人。ゴマ、バイカル、クラカケで、ゴマにいたっては二週間前にあざらしが丘に入った新顔だった。三期に入ってからメンバーの交代は頻繁に行われた。現在のメンバーは歌や踊りの技術でオーディションを行っていない。判断力や海洋知識、観察力、そしてもちろん体力や恐怖に対する精神力をもって、同世代の女性の中から選ばれた子たちだ。中には捕鯨経験もなく入り、ライブを経験することなくすぐ出ていくメンバーもいた。何をしに来たんだ、と非難がましく言いたてるものは、ほとんどがモビィ新規たちだ。僕自身はあの悪夢のライブを経験していたことでことさら言質のアドバンテージをとるスタンスを取っていないけれど、このことに関しては特にモビィ新規のファンたちに言いたい。君たちはあの衝撃を知らないから、そんな残酷で無責任なことが言えるんだ。

実際、危険が迫るような状況になればすぐおかーさんがギブのサインを出す。培養鯨は（というか鯨はもともと）人間を食料にはしていないし、こちらが攻撃を仕掛けないで陸に引き下がっている限り、メンバーにひどいけが人は出るはずがないと考えられている。でもそれは目に見える表面上は無事だ、というだけのことであって、あの小さな彼女たちの中でどんなことが起こっているのか、そんなことはまったくわからない。当然そういうケアは充分行っていると運営側は言うけれど、たとえば彼女たちみたいな子たちに、白衣のオッサンが大丈夫か？　と訊《き》いたって、どうせ彼女たちはこう答えるに決まっている。

「まったく問題ないよ、何言ってんの？」と。

船の揺れは少しずつひどくなっていた。モビィは船をとめてある湾の内部にぐんぐん近づいてきている。こんなに大きく揺れていても彼女たちはまったく気にすることなく器用にバランスを取りながら立っている（こういうところはやっぱりいろんなテストを受けて選ばれてきただけある）。準備を整えた彼女たちと、おかーさん、そして僕はメインルームでライブ開始のタイミングを待っている。

おかーさんというのは当然、彼女らの母ではなくて、プロデューサーのハンドルネームみたいなものだ。おかーさんは、実際はひとりではない。おかーさんというユニットというか、集合体だった。ひとりのときも、数人でいるときもある。とにかく一個体のパーソナリティじゃないので、現場ではかなり柔軟な対応をする。当初はこれについても責任の所在を個人に帰結させたい人たちはずいぶん反発をしたらしいけど、ふたを開けてみれば人というのは集合体の状態でいるほうが責任についてナーヴァスになるので、結果的には今のように安定した運営ができている。おかーさんは各々《おのおの》との意思疎通を、エイハブズドリームを介して行っている。

今日、おかーさんの様子がおかしいということに、僕はなんとなく気がついていた。これから始まるライブのほかに、何か気になることがあるようだった。僕に言いたいことがあるんだと思ったけれど、どうも彼女たちが出て行ってからのほうがよさそうだ。

以前――あれはモビィが最初に現れた直後だった――。世間の声は真っぷたつに分かれていて、こんな危険なことは辞めるべきだ、という意見が高まっていたころだと思う。当時この仕事を始めたばかりの僕のインタビューにおいて、おかーさんはこう答えた。

――強いものは美しい。

シャチは現状、地球の中で一番強い肉食獣だと言われている。生物の食物連鎖の頂点にいるのが、シャチであると。頻繁にごつごつした陸地に乗り上げてペンギンやあざらし、ときにはシロクマさえ食べているにもかかわらず、その体には傷ひとつなく、つるつるだ。傷つけられる対象物がないほど強い生き物は、当然ながら美しい。イルカなどは人懐こくかわいらしいが、そばによるとその表面は傷だらけで、痛ましい。痛ましさやいじらしさはかわいらしさにつながることもあるが、決して美しさにはつながらないのだ、と。

彼女らは巫女《みこ》なのだ、とも言った。神事を司《つかさど》る巫女たち。僕らはそれを見て鼓舞され、毎日の仕事を、生活を続ける勇気を授かる。彼女たちは歌や踊りを捨てたが、それは僕たちに、より大きなエンパワーメントを供給するため、おかーさんや運営側と相談しながら彼女たちが決めたことだった。歌やダンスには代替のアーティストがいる。僕ら多くのファンたちにとって、今彼女たちに匹敵するオリジネイターはいなかったとしても、しばらく待てば生まれるだろう。僕らはただ、それを寿《ことほ》げばいい。

これから、彼女たちはモビィと戦い、狩る。

僕らは彼女たちの動きやくせ、得意なこと、好きなこと、そういったライフサイズについてのリスペクトあふれるデータを山ほど持っている。モビィと戦い始めてからの彼女たちのデータを収集することは僕らのライフワークで、また、誰にも頼まれていないものだった。自分自身の時間やお金を使っている犠牲の自覚さえさほどなく、自然と集まってしまったものだ。

彼女たちに関するデータは、僕が提供しているサーバーに集まる。それはそのまま全部オープンなデータになって、彼女たちがモビィと戦うための作戦に使われた。培養鯨は今まで捕らえられたときの情報から、自分が生き延びることができる最適な逃げかたをする。データの蓄積を鯨のほうで行っているのであれば、対抗するにはこちらのほうが、鯨が持っている以上の彼女たちの情報を手に入れる必要があった。僕らのアーカイブは、彼女たちと鯨が戦っているシーンのデータを充分に持っていた。僕が彼女たちの力になれることが、戦いをくり返すことによってやっと明確になりつつあった。アーカイブには彼女たちのデータだけでなく、モビィに関するすべての、こちらが知りうるデータが蓄積されている。アーカイブ内には培養鯨を開発しているところで使われているのとほとんど同じ自動学習装置も組み込まれているらしい。その気になればモビィをさらに一体作れるくらいのものだ。これらすべてのデータは彼女たちの訓練の道具に使われている。

彼女たちがモビィを追っているときの映像は、アーカイブにリアルタイムで勢いよくたまっていく。モビィの動きから規則性を読み取って演算するグループからも、随時情報が入ってくる。モビィが現れた瞬間から様々な情報が流れこんできて、データが届きしだいすぐに〝P〟船内のビジョンに映し出される。送り主は公式の撮影隊と、陸地にいる多くのファンたちだ。モビィの姿、位置、スピード、動きの軌跡。解析班はライブ会場にすらいない。世界のどこかでアーカイブを見て、そこから動くべき最適な場所を彼女たちにナビゲートしている。彼女たちはその中からさらにより最適な数値を選択する。彼女らの活躍は、ファンの力になった。そうして自分が応援するアイドルに直接、ステージで活躍するための情報を与えることができた。よりクリティカルなデータを提示するために、僕らは彼女たちやモビィの写真を、ムービーを、いろんな角度から撮った。丘の上、湾の端、岬《みさき》のあたり、灯台。これが、モビィ以降の彼女たちの最強の武器だった。

「あと数分でライン超えるよ」

この湾における漁区は、境界線を超えて湾の中にくる鯨だけを狩ることができる。この漁区の徹底は人間を守るためでもあって、湾を大きく出てしまうと、とたんに人間よりも鯨のほうにアドバンテージが傾く。向こうのホームに持っていかれる危険性を防ぐためにも、ラインを守るというのは大切なことだった。ただ湾内は各種通信キャリア電波のジャミングを施しているので、湾内では公式のアンテナを経由したエイハブズドリームを介したやり取りでの通信しか利かない。彼女ら同士の通信を阻害しないようにというのと、モビィへこちらの情報を与える可能性をなるべく低くするためだった。それでも公式のサーバー経由の通信であればライブ会場にいる人がどれだけ使っても無料だったから、特に文句が出たことはない。

彼女たちは電動のウォーターバイクに乗って船の縁から出発する。前回はメンバーがひとり多かったので、ふたりずつ大きめのボートで出たが、今回はひとりずつの出発だった。クラカケだけは、昔ながらのディーゼルエンジンを載せたボートで船から離れる。電気銛の駆動はモバイルバッテリーだけでは長い時間持たないので、エンジンを利用して発電も行う仕組みになっている。ただどれも、この〝P〟号に比べてひどく小さく、とてもあのモビィと戦うことができるとは思えない。僕がもしこのカラフルなキラキラが付いたバイクであれをやっつけろと言われたら、あきれてあらゆることをあきらめて、家に帰ると思う。

クラカケの電気銛はヒットする範囲が広いし、モビィの体に当たればしばらくの間動きが鈍る。射出リロードに時間がかかるけど、それ自体に重さがあるデメリットと相殺されても、それなりに強力だった。

ゴマは今回、前回バイカルがやったモビィの視界を攪乱《かくらん》する動きをするパートを担った。モビィは眼の周辺のオプティカルセンサーのほか、鼻先に動くものをとらえる赤外線を有している。効率的にモビィの視界の端をちらちら動くことによって、メンバーの攻撃が通るようサポートをする。そのためほとんど威力のない投擲《とうてき》型の軽量銛を装備している。これは射程範囲も狭くてモビィに通る攻撃力という意味ではゼロに近いけれど、間近に危険が迫った場合、最低限自分の身を守るために使う使い捨ての武器程度のものだった。誰よりもモビィに近づかなければいけないし、身軽なぶん恐怖心は高くて、はじめてライブを経験するメンバーにはきついかもしれないけれど、モビィに動きのデータを取られていない人間がやるのが一番効果的だし(前回、バイカルは新規メンバーだった)、最初に体験するライブではモビィの攪乱と観察に徹してほしい、というのがおかーさんの考えかただった。

モビィは倒すことができない代わりに、彼女たちに危害を加えることもなかった。

攻撃が通らない白い鯨はまるで幽霊のようで、結局彼女たちは体力の続く限り戦いを挑みながら、前回までずっと、最後は根負けしたおかーさんから撤退を命令されている。

おかーさんが僕に話しかけてきたのは、みんなが船から出発した後だった。おかーさんは動揺していた（おかーさんは集合意識なので、動揺と言ってもいつもよりちょっと言葉数が多くてとっ散らかっているという程度のものだったけれど）。おかーさんは、意思の疎通をしているエイハブズドリームの中に、モビィのコアの情報が紐《ひも》づけられている場所があるのに気がついたらしい。アーカイブの中には培養鯨の自動学習装置と同じものが組み込まれている。それは彼女たちの訓練のために存在しているものではあるけれど、もし培養鯨のコアの破壊で送信部分の故障が起きてしまったとしたら。モビィは混乱してエイハブズドリームの中の疑似ＡＩを指揮元と勘違いして、それと紐づけられてしまった可能性はないだろうか。それであれば、半自律型のモビィがなんで完全自律で動いているように見えるのか、説明がつく。エイハブズドリームのデータベースから直接彼女たちの動きを学習しているのだとしたら、モビィが彼女たちに捕まることもほとんどないだろう。

考えてみれば、モビィはずっと前の捕鯨によってコアを破壊されている。自律機能がほとんど働いていない中でオープン型のデータベースの一角に居座って動きの制御をそこに置いているとしたら、コアを狙ったクラカケの渾身《こんしん》のヒットも、モビィには効かなかったはずだ。それに安全制御がいまひとつ利いてないように見えるモビィの動きも説明がつく。

「サーバーをシャットダウンして、アーカイブを切り離しましょう」

と、僕がおかーさんに提案したときの心中を想像してみてほしい。さっきも書いた通り、僕は存在自体がファンのサーバーでしかない。情報を記録して保存、誰もがアクセスできるところに残しておくことが唯一、僕の、彼女たちにとっての価値のようなもので、そこをまったく使えなくしてほしいと提案することは、僕を今からこの海に放り出してくれと言うこととそれほど変わらない。それにサーバーがそうであるように、僕がここにいないと、彼女たちの情報がファンに届かない、そうして彼女たちにもファンの情報が届かない。

ただ、そのネットワークの中にモビィの制御をする命令が生まれてしまっているのだとしたら。

たくさんのファンが流す情報の中には、ライブでモビィを狩る彼女たちが見たい、鯨漁をする彼女たちが見たい、ごっこ遊びで戦っている姿で感動したい、という希望みたいなものが詰まっている。この、彼女らを傷つけず、またモビィを狩ることもできない、延々と終わらない茶番に彼女たちをしばりつけているのが僕らだとしたら、それによって生まれて動いているモビィはただの空気で膨れた人形だ。命令がなければじきに溶けてふにゃふにゃになってしまう。

　僕は短い時間ではあるけれど悩んだ。いくら僕がサーバーの持ち主だったとしたって、アーカイブにある情報はみんなの財産なわけだし、僕の独断でそんなことが許されるんだろうか。この恐ろしくてヘンテコな可能性に最初に気がついたのはおかーさんだったけど、おかーさんは僕に判断を任せた。それは僕がアーカイブの管理者だから、っていうのもあるんだろうけど、モビィを生み出したのがファンの無意識なんだったら、それを始末するのは僕らじゃなくちゃいけない。なぜなら、おかーさんはプロデューサーだからだ。彼女らが戦っている相手を生み出した原因の一端が、彼女たちを支えているファンにある以上、彼女たちが追っている獲物にとどめを刺すことは、その物語の作り手にはできないだろう。

「みんな、ごめんね、一度切る」

「え、なに、よく聞こえなかった」

　とまるで東京メトロのホームで電話しているときみたいなバイカルとの会話が最後の交信だった。メンバーの音声通信のほか、位置情報、バイタル、すべての表示が消えて、しんとなった。各地でファンによって撮られている映像もすべて消えて、だから彼女たちの姿はこのメインルームのビジョンではいっさい見ることができなくなる。

ということはつまり、世界中でも。

それから水が船体にたたきつけられる音がして、船が大きく傾いた。僕が船の外に出ると、頭上を巨大な影が覆っていた。

ジャンボジェット機？

と、いうよりもツェッペリン。

鯨の腹を下から見上げたのは初めてだった。あ、でもこれニセモノか。なのにちゃんとストライプも再現されてるんだな。と暢気なことを僕は思った。その姿を見るまで、僕はまだサーバーを消してしまったことがはたして正解だったのか、不安を持っていたことも白状しよう。

影はスローモーションで船を横切りながら着水する。無音（あんまりの驚きに聴覚がおかしかっただけかも）のちょっとの時間の後に船がまた大きく揺れて、広い波が甲板に叩《たた》きつけられた。僕は手近な、甲板に打たれたビスのちょっとしたでっぱりを必死に指先で摑《つか》んで堪《こら》える。

ものすごい恐怖は思考を鈍くさせた。彼女たちは、ライブのたびにこんな恐怖に直面し続けているのか。ごっこだからといったって、僕らは彼女たちにこんなことをさせてしまっていたんだ。僕はやっぱり、こんな怪物には消えてもらうしかないと、なかば勢いだけで決心した。

縁伝いに、まだ揺れが収まらない甲板を進みながらメンバーの姿を探る。僕は海辺にいるファンのことも考えた。いつもライブ会場にある大型ビジョンに映し出される映像はもちろん切断されているし、SNSにもつながっていない。彼女たちの電動バイクは位置制御のガイドを失ったせいか、脳の一部が機能していない鹿みたいに困惑して、緩やかな円を描いて回っている。クラカケのディーゼルボートだけが白い尾を引きながらモビィに近づいていた。

モビィの動きのほうは、それ以上に混乱している生き物のそれだった。たとえば小さなバケツに体を折るように入れられた鯉《こい》。コンテナのようにひどく狭い檻《おり》の熊。なんども左右に体を捻《ひね》りながら、自分の脳の中を探るような動きを繰り返している。

「クラカケ」と僕が手すりにすがって叫んでもたぶん声は聞こえていないし、「モビィにコアはないんだ」とどれだけ声を張り上げても、クラカケがどんな顔をしているか全然見えないぐらいの状況ではあったと思う。

クラカケはボートの舳先《へさき》に立ち、電気銛を空中に構えて、おそらく狙いを定めている。あんなに波にもみくちゃになっているボートの先で、長くて大きな電気銛の先がジャイロ仕掛けのようにぴたっと静止していた。

考えてみれば当然のことではあるけれど、僕らが毎日いろんなことをして暮らしている間、彼女たちは自分の能力を、狩りに最適化させていたんだ。このすばらしい事実に対して、その対象を彼女たちから奪うのは傲慢《ごうまん》かもしれない。

クラカケは、銛を撃ち出したショックで後ろによろけて踏ん張る。ボートごと揺れてしぶきが起きた。いつもながら電気銛は大きさは射出音を立てた。撃った先はバイカルのバイクだ。電気のミサイルを撃ち込まれたバイクはバイカルごとピョンと飛び上がった。よくマンガなんかで見る、雷が落ちたときみたいだった。骨が見えるぐらいバチバチという閃光《せんこう》が出て、遠かったのに、ギャア、という叫び声まで響いた気がした。

それからバイクが目を覚ましたように動き出した。銛のチェーンでつながれたクラカケのボートとバイカルのバイクは、チェーンでモビィを追い込むように回り込んで、おろおろ動くモビィをゆっくり、沖のほうに誘い出していった。

「ゴマはあのときもう何もできなそうだったし、手伝ってもらうならバイカルかなと思って。だってバイカル、鯨さん好きみたいなこと言ってたじゃん」

というクラカケの主張に、バイカルは反論する。

「だからってひとのバイク撃つのはどうかと思う」

バイカルは鏡を見ながら髪の毛を一生懸命整えている。電気が通ると本当に髪の毛ってクルクルになるんだな。

「ちゃんとバックアップバッテリー狙ったよ。バイカルが受けた範囲電力なんて私がいつも撃ち出すときに受けてるのとそんな変わんないし」

ゴマはロッカールームに入ったまま出てこない。まあ、しょうがないよな。僕だってなんならもうとっととシャワーを浴びて横になりたい。

クラカケのボートでメンバーが船に戻ってきたとき、モビィはすでにラインの向こう、湾の外遠くに流れていっていた。動きの芯がなくなってしまったモビィは、たぶん自力で戻っては来ないだろう。

結局ライブが終わってこの記事を書いている今でも、まだエイハブズドリームはシャットダウンした状態にしたまま再起動させていない。僕らが彼女たちのことを応援し続ける以上、ああいう場所は何度もモビィを生んでしまうものだと思う。かといって復活させないわけにもいかないんだろうけれど、正直、もうちょっとのあいだだけ、彼女たちを休ませてあげてもいいんじゃないかと思う。すくなくとも、おかーさんや、なにより彼女たちがまた望むまでは。

それに僕自身、この記事は最初にアナログで発表したいと考えてもいた。いつも僕の書いたレポートの類は真っ先にエイハブズドリームへ載せることになっていたけれど、今回はまず、紙に刷られた活字で読んでほしいとも思った。オフラインのために破れたり折れたりしてデータが破損するのは不便だし、古臭いと思えるかもしれないけれど、丁寧《ていねい》に何度も校正を経たテキストと、高解像度で撮られ特色つきで刷られた大きなグラビアで、今回の彼女たちのことを見てほしい。というか、僕がそれを見たい。

あとがき

この作品は早く短編を出さないといけない、という「とある必要」が生まれ、SF作家のライングループで「短編のお題をください」と言ったら「あざらしが丘」というタイトルと「アイドルもの」というお題が帰ってきて、あわあわしながら楽しく書いたものです。そのときは数日で書かなくちゃいけないと慌ててたんですが、結局作品の掲載の機会は流れました。後日、一連の流れを知っていた大森《おおもり》さんに「NOVAにあのときのあざらし出してよ」と言われて加筆修正をなんどか繰りかえして、なんとか形にさせてもらったものでした。アイドルルポの形を取った自分語り、というか、そういう口調記事みたいなイメージで書きたいなと考えてがんばったのですが、いざ書き始めたらロキノン的な雑誌記事をほとんど読んだこと無かったりして。いろんな瑕疵《かきん》もたくさんありましょうが、勢いを殺さないようにと心を注《そそ》いだりもした、お気に入りの短編です。

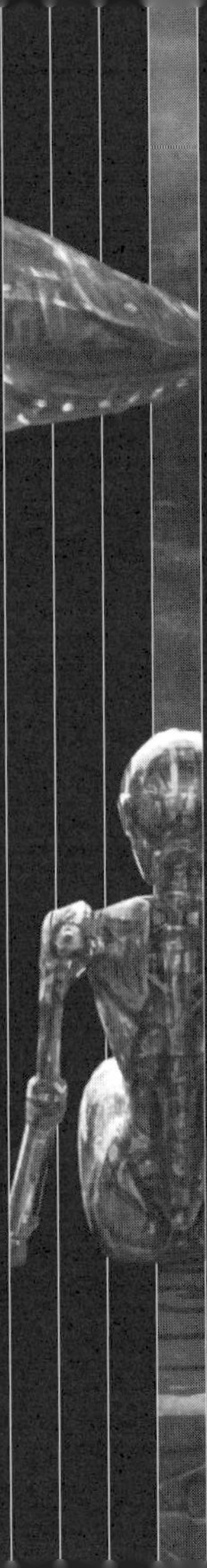

ミサイルマン

片瀬二郎

ミサイルマンと言えば、吉本興業のお笑いコンビより、↑THE HIGH-LOWS↓のデビューシングルがぱっと思い浮かぶんですが、小説だと平山夢明に「ミサイルマン」という短編がある。それらと違って、文字どおりのミサイルマンが登場するのが本編の特徴（秋山瑞人の「おれはミサイル」の主人公は確かにミサイルだけどミサイルマンではない）。読みながら、高橋しん『最終兵器彼女』を思い出したりもしたんですが、本書はセカイ系ではなく社会派なので、タイトルロールを担うのは外国人労働者。それに振りまわされる主人公が、彼らを安くこき使っているブラック企業の専務（社長の息子）で、会社の〈外国人労働者雇用管理責任者〉をしている――というあたりの悪意が絶妙。ＳＦマガジン二〇一九年四月号に掲載。初出時はYOUCHANがキュートな扉絵を描き、〝ブラックな現代社会の物語〟とのキャッチコピーが付されていた。

片瀬二郎（かたせ・にろう）は、一九六七年、東京都生まれ。青山学院大学経済学部卒。二〇〇一年、ＥＮＩＸエンターテインメントホラー大賞を受賞した『スリル』でデビュー。翌年、同じＥＸノベルスから第二長編『チキン・ラン』を刊行したが、それから長く沈黙。一一年、頭から花が生えた少年の成長とモンスターとの戦いを描くユニークな青春ＳＦ「花と少年」で、第２回創元ＳＦ短編賞の選考委員特別賞（大森望賞）を受賞し、これが『原色の想像力２　創元ＳＦ短編賞アンソロジー』に収録されてＳＦ作家デビュー。その後は《ＮＯＶＡ》を中心に質の高いＳＦ短編を発表。ハンバーガー・チェーン店の接客ロボットに意識が芽生える切ない表題作に、スペース・コロニーの一区画ごと宇宙に放り出された少女のサバイバル＆冒険活劇「コメット号漂流記」など四編を加えた初のＳＦ短編集『サムライ・ポテト』は、「ベストＳＦ２０１４」国内篇の９位にランクインした。

事務所や倉庫、作業場を何度もいったりきたりするまでもなかった。ンナホナの姿はどこにもなかった。欠勤だった。こともあろうにきょうを選んで。朝っぱらから社長の機嫌が悪かった理由がこれでわかった。〈外国人労働者雇用管理責任者〉の責任はまぬがれられそうになかった。

毎月5のつく日は納品があるので会社は戦場となる。それが期末、それもきょうみたいな年度末とくれば、ただの戦場じゃすまされない。それこそ製造部門のみならず、営業も総務も社長の親族までが駆り出され、全社一丸となって総力戦にのぞまないことには乗り越えられない。どんな理由であれひとり欠けるのも許されない。一丸の部分をこそ、社長はなにより大切にしている。外国人労働者とて例外じゃない。

さいしょからそんなのを知っているわけがないから、就労初日のオリエンテーションでは、〈外国人労働者雇用管理責任者〉にして専務でもある俊輔《しゅんすけ》が（古参の正社員からは若と呼ばれることもある）、ちゃんと説明することになっている。それでも百人のうち百人が大げさにいっているんだと考える。〈外国人労働者雇用管理責任者〉としての二年あまりの経験から断言できる、たいていの外国人労働者は現実をわかっていない。納品日の戦場がどんなものなのか想像してみようともしないし、そのくせ、だれでもできるかんたんな仕事とか、教えられたことをただなぞるだけでステップアップできるキャリアなんてものを無邪気に信じていたりする。現実は厳しい、じっさいの戦場がそうであるように。だから毎年、配属されて何ヵ月もしないうちにほとんどが脱落する。

ンナホナは乗り切った。はじめての年度末だけじゃなく、あの、いまでこそ語り草ですませられる三十五週におよんだ連続休日出勤も、四連徹も、一ヵ月あたり二三四時間もの残業までぜんぶ、文句ひとついうことなく。あいつはだれよりもまじめで勤勉だった。二度めの年度末を迎えるにあたってもなんの心配もしていなかった。むしろ何ヵ月もまえから体調を万全にととのえて、当日は早朝、まだ暗いうちに出社して、段取りを確認し、定時に正社員が出社して指示するのを待つことなく、できることはなんでも率先してはじめているとばかり思っていた。それがまさかの欠勤とは。裏切られた気分だった。

倉庫のまえでチェンさんとチョイさんとチーさんが梱包《こんぽう》作業をしているのを見つけた。この三人は出身国も年齢も性別すらちがうのに、寮の四人部屋でいっしょに暮らすうちに同じ感じに太ってきて、同じ美容室にいくので髪型も似た感じになり、同じ洋品店で着るものを買い、いまではちょっと見ただけじゃ区別がつかないくらいそっくりになっている。

四人部屋のもうひとりの同居人がンナホナだった。

「あっども、せんむぅ。こんちには」

チェンさんなのかチョイさんなのかチーさんなのかはともかく、いつも愛想のいいまんなかのひとりが顔を上げて笑いかけた。

重要な問題について訊《き》いていることをわからせるために、俊輔はあいさつを返さなかった。

「ンナホナが見あたらないぞ？」

「あいつきょう休み。社長カンカンだな」

答えるあいだも右にいるチェンさんかチョイさんかチーさんから渡されるダンボールの中身を検品し、配置が気に入らなければちょっと手を入れ、蓋《ふた》を閉じては左のチェンさんかチョイさんかチーさんに渡しつづけていた。作業台のわきには見るまにダンボールが積み上がり、それをすばしこい若手が何人も入れ替わり立ち替わり、聞きなれないかけ声でつぎつぎに大型トラックの荷台に運びこんでいる。

「熱でも出たのか？」

体調不良はなんのいいわけにもならない。それは一丸となることをなにより重要とする社風を学んでいればだれだって知っているはずだった。

「ちゃう」

「ちゃうちゃう」

「ちゃうちゃうちゃう」

いらだたしげに俊輔は片手をふった。「じゃ、なんなんだよ？」

梱包のガムテープを取り替えがてら、左のチェンさんかチョイさんかチーさんが答えた。「ラジオ聞いてたな」

「ラジオぉ？」

「そ。知らない言葉のやつ、たぶんあいつの国の」

おもて向き、ンナホナの出身国はネパールだった。じっさいはどこだったか、俊輔はすぐには思い出せない。あの、やけによくしゃべる斡旋業者《あっせんぎょうしゃ》がそんなことを教えてくれたかどうかも。いくら専務が兼務しているからといって、〈外国人労働者雇用管理責任者〉が、すべての作業者のほんとうの出身国を把握しなくちゃいけない決まりもなかった。

南アメリカかアフリカの東海岸か、それとも東南アジアの山奥か、日本と国交のない貧しく小さな国だった気がする（だからこそ、最低賃金をはるかに下まわる賃金で、規制をはるかに超えた時間、働かせることができる）。その国にもラジオ放送ができる設備があるとして、それを日本のラジオが受信できるとも思えない。

それはともかく、これで有罪が確定した。ラジオに夢中になるあまり、大切な日に大切な仕事を投げ出すなんて、懲戒処分でも飽き足らない重罪だった。社長のまえに引きずり出せば、即刻、無慈悲な制裁がくだされるだろう。

「会社には報告してんだろうな」

「ああ。それはシェーマッサンに」

そこで社屋に戻った。

発音がむずかしいからか、末松《すえまつ》さんはたいていの外国人労働者たちにシェーマッサンと呼ばれている。面倒見がよくて慕われてもいる。正社員のなかでも数すくない独身の二十代女性とくれば、あいつらがへんな下心を抱くようになっても不思議じゃない。総務で経理を担当していて、人事はたまに手伝うくらいだから、〈外国人労働者雇用管理責任者〉と業務でちょくせつかかわることはほとんどない。俊輔が専務で社長の息子で次期社長なのを知らないはずがないのに、いつもよそよそしい態度なのはきっとそれが理由だった。このあいだの親睦会の三次会で、愛車のレクサスでひとり暮らしのアパートまで送ってやった見返りに、部屋で茶の一杯も飲ませろと、しつこくせがんだこととは断じて関係ない。関係あったとしてもあれから何日もたっている。

俊輔のなかではとっくに時効が成立していた。

末松さんが総務のある一階の奥のデスクで、ひとりで留守番をしているのは知っていた。専務にして次期社長ともなると、二十五人いる正社員と八人のパートさんがいまどこでなにをしているかくらいは完璧に把握しているものだ。いまはほかの全員が納品に駆り出されているので、総務もふだんのおしゃべりが聞こえず閑散としていた。

だれにことわる必要もないので来客用のカウンターを大股にまわりこんで席に近づいた。末松さんはパソコンを打ちながら横目でようすをうかがっているみたいだった。専務の訪問となれば、高卒の事務職が身がまえるのもとうぜんのことだった。

「やあ」

「どうも」

緊張しているからかいつにも増して他人行儀だった。これじゃ聞きたい話もまともに引き出すことはできない。せめて親睦会のときのフレンドリーな雰囲気にならないといけない。

「あのさ。ちょっと訊きたいんだけどさ」

「なんでしょう」

顔をこっちに向けてはいても、目はディスプレイのエクセルファイルからそらさず、慣れた手つきでテンキーから数字を入力していた。

「ンナホナの休むって連絡、よしこちゃんが受けたってほんと？」

口に出してしまってから末松さんの下の名前をまちがえていないか大急ぎで記憶と

照合した。だいじょうぶだった。外国人労働者の出身国は把握していなくても、社員のフルネームくらい、専務にして次期社長ならぜんぶ記憶していてとうぜんだった。それが独身の二十代女性となればなおさらに。

　末松さんの応答はそっけないくらい簡潔だった。エクセルの入金と出金のデータをチェックするのに忙しくて、次期社長に気をまわすよゆうもないらしい。

「そうですけど」

「あいつ、なんで休んでるの？」

　チッ、と短く舌打ちして、手元の伝票に目をこらし、テンキーを叩いて入金金額を修正した（けたがふたつばかり多かったらしい）。

　さらに伝票をめくり、さらに数字を修正するあいまに、ほとんどうわの空の口調で答えた。「大統領が失脚したって」

「はあ？」

「クーデターですって。彼の国で。軍隊が議事堂を占拠して大統領は公邸に監禁されたんですって」

　わけがわからない。この忙しい年度末に、どうしてその国の軍隊はそんなことをやったのか。いったいなにを考えているのか。もしかしてその国には年度末も納品もないのか。それでどうやって売り上げを確保し、利益を上げて、社員に給料を払えるのか。なによりそんなことが、こっちの国の納品となんの関係があるのか。

そんなニュースをやっていたことすら俊輔は知らなかった。すくなくとも朝のワイドショーではやっていなかった。いずれにしろ二歳になったばかりの娘が壮絶なイヤイヤ期のまっただなかで、妻の紗代子《さよこ》とふたり、服も床も汚さず、不機嫌にふりまわされる小さな握り拳に鼻を直撃されることもなく、目玉焼きとデザートのゼリーを首尾よく小さな口に押しこんでもぐもぐさせるまで、テレビも新聞も、そんなに集中して見ていられるよゆうはなかった。

「そんなニュースあったっけ」

「ネットですよ。現地のニュースサイトのニュースです」

それなら納得できる。ンナホナもラジオじゃなくインターネットを使うんだと、へんなところに感心した。

「あいつの出身国ってどこだっけ」

こっちに顔を向けもしなかった。「セヤナ」

「え？」

あからさまにいらついていた。「セヤナ人民共和国ですよ。自己紹介のときいってたじゃないですか」

「ああ、そうだったそうだった」

県立高校を卒業してから就職するまでの一年あまり、末松さんはバックパックひとつで世界じゅうを旅してまわったと聞いたことがある。旅のとちゅうでそのなんとか共和国にも立ち寄ったのかもしれなかった。それが地球上のどのあたりにある共和国なのか訊いてみると、答えはそっけないをとおりこしてほとんど事務的だった。

「そんなの自分でウィキペディアで調べればいいじゃないですか」

「あー。さてはよしこちゃんも知らないんだあ！」

なんて、そんなふざけた返しができる雰囲気じゃなかったので俊輔はおとなしく引き下がった。

「で、それがあいつの欠勤とどう関係するわけ？」

またチッ、と舌打ちして（なんとか親しげな雰囲気を出せないものかとデスクに片手をついて身体《からだ》を寄せかけたところだったので、俊輔は反射的に飛びのいた）、いらだたしげにキーボードを叩いた、いや、その手つきはほとんど殴りつけるようだった。

そしてまともに俊輔の顔を見つめ……いや、にらみつけた。

「ねえ。そんなことより尾上さんをなんとかしてくださいって、あたしこのあいだもいいましたよね？　先月と先々月と先々々月に。伝票の入力まちがいだらけなんですけど」

それはいま話し合わなくちゃならない問題じゃなかった。いつ話し合っても解決できる問題でもなかった。尾上さんのあつかいは公私ともに社長の専権事項で、いくら専務でも俊輔にはどうすることもできなかった。

「っていうか、こんな紙の伝票なんてさっさとやめて、電子化しましょうってあたしずうっと、ずうーっといってますよね？　先々々々月くらいから、ずうっと。ちゃんと考えてくれてるんですか、ねえ？」

「いや、それは、」

すぐにでも話をそらさなくちゃならなくなった。「それで、大統領はどうしちゃったんだよ。死んだの」

末松さんの口調は辛辣《しんらつ》だった。「死んでませんよ。あたしは死にそうですけどね！」

さらに話をそらさなくちゃならない。「だったら心配することなんかなんにもないじゃんか。どうせアメリカとかがどーんって軍隊送りこんでがーっとやっちゃうんだろ。あいつが休むことなんてなんにもないじゃんか」

やっと引っかかってくれた。

「どーんとかがーっはいいですけど、彼だってあっちに家族がいるんですよね。心配に決まってるって思わないんですか」

出身国がどこかと同じくらい、かれらの家族のことにも俊輔は関心がない。それは専務の職責の範囲じゃない。

「そりゃそうかもしれないけどさ、こっちだってたいへんな日なんだぜ、そのくらいわかんだろ」

末松さんも会社の一員なんだから、わかっていないわけがなかった。人けのない総務で大声で怒鳴《どな》りあえるのも、きょうが年度末の納品日だからこそだった。けんか腰で訊き返された。「じゃあ、どうすりゃいいっていうんですか?」

わかりきったことだった。


社員寮は市街地を挟んで市の反対側にある。社長が中学時代の同級生から格安で借り上げた、築三十五年の木造二階建てアパートだった。俊輔は〈外国人労働者雇用管理責任者〉だから何回もいったことがある。路線バスを使えば三十分、会社の送迎バス（一回の利用に百七十円払わなければならない）で十五分、俊輔のレクサスをぶっ飛ばせば十分の距離だった。

社屋の裏の駐車場の、役員専用区画に足を向けただけであからさまにいやな顔をされたのでレクサスはあきらめて（思いもしなかったことに、俊輔は針で突かれたように胸が痛むのを感じた）、一台だけ残っていた軽トラックを使うことにした。道中、ふたりともほとんど口をきかなかった。これがレクサスだったら（と未練たらしく俊輔は考えた）、目的別に取りそろえた豊富なプレイリストから、若い女の子がぜったいよろこぶ曲を再生して雰囲気をどうにかできたはずなのに。軽トラックじゃネットにもつながらない。せいぜいラジオで、年配のパーソナリティの説教くさいトークなんかは避けて、いまふうのＪポップを見つけるくらいしかできない。

寮に到着すると砂利敷きの前庭でエンジンを切って軽トラックを降りた。どの窓辺の物干しにも、へんな色の下着やＴシャツやジャージがびっしりとぶら下げられて、風にひるがえっていた。向かいに七階建てのマンションが新しくできたので日当たりは悪い。そっちのオーナーは社長の高校時代の同級生だと聞いたことがある。

階段を上がって二階の奥から二番めがンナホナたちが共同で暮らす六畳のワンルーム（二畳のロフトに電磁調理器つきのキッチン、ユニットバスのトイレには温水洗浄便座を完備）だった。先に立って末松さんが足早に階段を上がり、外通路を迷いなく進むのを追ううちに、俊輔のなかで不愉快な疑念――末松さんとンナホナはどんな関係なんだ？　まさか。まさか――が頭をもたげた。あらためて考えてみれば、どうしてンナホナは〈外国人労働者雇用管理責任者〉であり実質会社のナンバーツーでもある俊輔じゃなく、高卒のもとバックパッカーで経理担当の末松さんなんかに休みの連絡を入れたのか？　人事担当の吉住《よしずみ》課長でもなく？　ひょっとしてふたりはプライベートの連絡先をとっくに交換しあっているのでは……まさか。まさか。

末松さんが足を止めるとドアの横の呼び鈴を強く押しこんだ。築三十五年だから、呼び鈴のボタンも力を入れて押さないとちゃんと鳴ってくれない。

薄いドアの向こうで、チャイムが鳴るのがかすかに聞こえた。

ふたりは待った。向かいのマンションの影のおかげで外通路は寒く、末松さんは見るからに不機嫌な顔つきで、大きめのジャンパーのポケットに両手を深く突っこんでいた。その、決然としているように見えないこともない横顔から俊輔は目をはなせなかった。ふたりの関係について考えるのをやめられなかった。やっぱりレクサスでくればよかった。レクサスを乗りまわす専務にして次期社長がついていると思い知らせてやれば、いくら日本社会のしきたりを理解していない外国人労働者でも、気安く手を出すのをためらうはずだった。

待ちきれなくなったのか、末松さんは尾上さんの入力ミスを修正するときと同じ手つきでもういちど呼び鈴のボタンを押し……殴りつけた。その乱暴な手つきすら、俊輔には、ふたりが関係していることの明白な証拠にしか見えなかった。

応答はなかった。

路線バスで市街地に出て、パチンコでもしているのかもしれなかった。仕事がいやでさぼっているのなら、いつまでもこんなところに閉じこもっているはずがなかった。

「くそっ」

ふだんの末松さんからじゃ想像もつかない声で毒づくと、ドアノブに手を伸ばした。

握ってひねるまでもなく……たぶんちゃんと閉じていなかったんだろう、蝶番《ちょうつがい》をきしませて、ゆっくりとドアが開いた。

反射的にふたりは顔を見合わせた。相手の意思をたしかめあうようにふたりでうなずきあってから、末松さんがドアノブを握りなおしてドアを開いた。

部屋のなかは暗かった。奥にひとつしかない窓はカーテンが閉じていて、敷きっぱなしのマットレスと、小さな棚、私物でぱんぱんに膨れたいくつもの手提げ袋の輪郭が、かろうじて見わけられるだけだった。末松さんの鼻にしわがよっているのを目にして俊輔もにおいに気づいた。チェンさんかチョイさんかチーさんのだれかが持ちこんだ、なぞの香辛料のにおいだった。カップラーメンでも宅配ピザでもコンビニ弁当でも、なんにでもふりかけて故郷の味とにおいにしてしまうので、同室の三人からはいちじるしく評判が悪い。いちど会社の食堂で、ランチに盛大に使ったときには社長が激怒して、それいらい会社に持ってくるのは禁止になった。末松さんはハンカチで口と鼻を押さえていた。俊輔もできるだけ口で呼吸するようにした。ふたりは玄関で靴を脱いで部屋のなかに入った。

暗がりに目が慣れるまでの数秒間、俊輔は人の気配をまったく感じなかった。末松さんが窓に近づいてカーテンをいきおいよく開くと、こんどは窓からの外光がじゃまになって、大きめの家具にしか思えなかった影のかたまりが、壁に背中をつけて立つ人間だとすぐには気づけなかった。ンナホナだった。いつもとようすがあきらかにちがう。

「うわ、びっくりしたあ」

専務を驚かせてしまったことについて、張本人のンナホナも、カーテンを開いた末松さんも、なんの責任も感じていないみたいだった。末松さんはカーテンの端を握りしめたまま、口を開けてンナホナを見つめていた。ンナホナは決まり悪そうにその視線から顔をそむけていた。それは、どうやら会社をさぼったうしろめたさが理由じゃなかった。

「おまえ、なんだよそのかっこう！」

次期社長のあきれぎみの声にも、ふたりは見つめあったままなんの反応もしなかった。あらためて俊輔はやっぱりふたりは関係しているんだと思わずにいられなかった。いや、問題はそんなことじゃなかった。いや、その問題はあとでちゃんと追及するとして、いま問題なのはそこじゃなかった。

ンナホナのかっこうだった。

やっと末松さんが声を出した。「ねえ、それってまさか、」

どうやらこれがなんなのか知っているらしい。

「そです、」

同じくらいの小声でンナホナが答えた。「指令、大統領からあたです」

まだ目をまともにあわせようとしなかった。

深刻な口ぶりとは裏腹に、俊輔にはそれが忘年会の余興でやる粗末なコスプレにしか見えなかった。なにしろ先端を赤く塗った銀色の円錐形の帽子をかぶり、同じ銀色のかさばった胸あてをつけている。肩が二枚重ねのパットでも入れているみたいに盛り上がり、腰には両脇に操縦桿《そうじゅうかん》がついたぶかっこうなベルトとくれば、登場してすぐ野次の総攻撃にあうことうけあいの、ロボットの扮装《ふんそう》にまちがいない。ここがへんなにおいのする薄暗い社員寮の一室なんかじゃなく、たくさんの社員が集まる宴会場だったら、ひょっとして俊輔も手を叩いて大よろこびしたかもしれない。そんな全社あげての宴会も、最近の景気低迷でめっきりやらなくなった。

ともかくそれがなんなのか、俊輔がウィキペディアで調べる項目がもうひとつ追加になった。どうせ遠い異国の特撮ヒーローとかそんなところだろう。

話をあわせているのか、末松さんの口調も意外とシリアスだった。「いつ？」

「けさです」

同じくシリアスにンナホナが答えた。「コードは待機コードですた」

なにがなんだかわからない。いっぽうの末松さんはそれがなんで、待機コードとやらにどんな意味があるかまでわかっているらしい、見るからに緊張をゆるめた（それを目にしてふたりの関係に対する俊輔の疑念が確信に格上げされた）。

「だったら出撃命令ってわけじゃないんだからきっとだいじょうぶだよ」

ンナホンナは首を振った。「うーん。どだかしらね。大統領、短気で気が短いところあるですし」

こんな会話をいつまでもおとなしく聞いている場合じゃなかった。ここで専務の出番だった。いや、〈外国人労働者雇用管理責任者〉が強権を発動するときだった。ふたりの関係をぶっ壊せるならなんでもよかった。

「きみたち、わかってんのか！」

怒鳴りつけてやった。すくなからず俊輔が傷ついたのは、そのときやっとンナホナが、そこに、専務にしてあと数年もして社長が引退すればあとがまに座ることになるはずの、現在は〈外国人労働者雇用管理責任者〉としてンナホナたちの生活から仕事まで、いってみれば日本での人生の全般を統括しているといっても過言じゃない男がいることにはじめて気づいたみたいな顔をしたことだった（さらにがっくりきたのは、はじめて気づいたにしてはあんまり驚いてもいなかったことだった）。

いっぽうで末松さんは、現実に引き戻されたのか驚いた顔をしていた（おかげで俊輔はすこしだけ気をよくすることができた）。ここでいう現実とは、いうまでもなく年度末にして5のつく日の、戦場にたとえるなら総力戦といっていい納品日のことだった。そこにロボットだかなんなんだか、くだらないコスプレが入りこむ余地はない。

いきおいに乗って俊輔はンナホナに詰め寄ると、さっき呼び鈴を押したときの末松さんの手つきにならってひとさし指で、胸の……なんて呼べばいいのか、装甲？　を強く小突いた。

「元気そうじゃないか、え？」

もういちど小突いた。〈装甲〉は、てっきりダンボールか発泡スチロールを銀色のラッカーで着色しただけだと思っていたのに、思いがけなく本格的な感触だった。

「病気かと思ったぞ。こんなとこでなにさぼってんだよ。きょうがなんの日かわかってるはずだろう、え？」

末松さんがとりなしそうなそぶりを見せたので、ここぞとばかりに一喝してやった。

「きみは黙っていてくれたまえ！」

くやしそうな顔でおとなしく引き下がるのを見るのは、思いのほか痛快だった。

「これは彼とわたしの問題なんだ。なにしろわたしは、」

こほんと咳払い。「〈外国人労働者雇用管理責任者〉なんだからな！」

さらに説教をつづけようと向きなおったら、ンナホナのへんな叫び声に中断させられた。

「あｐ＊っ！」

顔を見つめた。ンナホナは天井のあたりを見上げていて、まぶたをせわしなく痙攣《けいれん》させていた。まばたきのあいまに見え隠れする目玉は、たぶん上向きにひっくり返っていて、俊輔にはゆでたまごみたいな白目が見えるだけだった。唇を動かしていた……ここにはいない何者かとしゃべっているみたいだった。しかし聞こえてくるのは言葉じゃなかった。それはこんな音だった。

「ヴw　ヴヴヴ・ヴヴ、ヴィ？　ヴ？　ヴ　ヴッヴヴ・ヴヴヴヴヴ」

それを聞いて俊輔は、さいきんめっきり使わなくなったファックスを連想した。発作を起こしたんだと思った。くそっ、と俊輔は考えた、こんな病気持ちだったなんて、斡旋業者はひとこともいっていなかったぞ、と。

腰のレバーを両手でしっかり握りしめたのを目にして、末松さんが叫び声をあげて飛び出した。たいして身動きしたようにも見えなかったのに、末松さんがンナホナに弾き飛ばされて反対側の壁に叩きつけられるのを目にしても、俊輔はなにが起きているのかぜんぜんわからなかったし、どうすればいいかなんて、まったく見当もつかなかった。たぶん逃げればよかったんだろう、高卒の小うるさい経理なんかほうっておいて。そう気づいたときにはジェットが……屋内にもかかわらずンナホナは膝まである金属質のぶかっこうなブーツを履いていて、その靴裏からスチームアイロンみたいに蒸気が一気に噴き出していた。

そして部屋が——作りつけの家具や電磁調理器つきのキッチン、ユニットバス、トイレの温水洗浄便座はもちろん、ロフトと私物をめいっぱい詰めこんだ手提げ袋もろとも——爆発した。

末松さんに後ろから飛びかかられて、ぶん投げるようないきおいで玄関から外に連れ出されていなければ、手遅れになっていたかもしれない。ふたりはそのまま、両手を高くふりあげたかっこうで、背中から外通路の柵を乗り越えた。三メートルあまり落下して砂利敷きの地面に叩きつけられるすんぜんに、猛烈な爆風で紙くずみたいに吹き上げられて空中で一回転し、けっきょく頭から地面に叩きつけられた。つかのま意識が

とぎれた。

つぎに意識を取り戻すと倒れているのは軽トラックのすぐそばだった。軽トラックも爆風に勝てなかったらしく、道路のほうに何メートルか押しやられ、向きが微妙に変わっていた。

身体を起こして見まわしているうちに、末松さんが軽トラックに飛び乗った。末松さんは運転席側と助手席側の日よけを順番にためし、グローブボックスから道路地図

やファストフードのクーポン券をまき散らし、けっきょくめあてのものを見つけられなかったので窓を降ろすのももどかしく、俊輔を怒鳴りつけた。

「鍵《かぎ》、鍵はどこ！」

それなら俊輔のポケットに入っている。俊輔はやっとどうにか立ち上がり、ひたいを指先で探ってそこに特大のこぶが忽然《こつぜん》とあらわれていることに気づいたところだった。とんでもなく痛かった。なんでこんなところにこぶができたのか、ぜんぜんわかっていなかった。

どうやらだれかに突き飛ばされたようだった。それでどうして寮の部屋のなかにいたはずが、外の地面に靴も履かずに立ちつくしているのかまでは、ぜんぜん頭がまわらなかった。まわりに敷きつめられていたはずの砂利が、いつのまにか何十メートルも向こうに掃き寄せられて山になっていて、地面のかなり広い範囲で黒土がむき出しになっていることには気づいても、それが強烈な爆風で吹き払われた結果だなんて思いつきもしなかった。ましてや、背後で、会社が格安で借り上げている社員寮が、その大部分を吹き飛ばされて、残った部分もまたたくまに炎に呑《の》まれ、黒煙をいきおいよく噴き上げながら、いましも崩れ落ちようとしているなんて、気づいてもいなかった。

末松さんの金切り声に引き寄せられるように、おぼつかない足取りで軽トラックに近づいた。その胸ぐらをつかむと、末松さんは俊輔を助手席に引きずりこんだ。抵抗すればいいのかどうかも判断できないのをいいことに、末松さんは片っぱしからポケットに手を突っこんで、ズボンの左のポケットからイグニッションキーを引っぱり出した。

エンジンを始動させた。とたんにラジオがなにごともなかったみたいに饒舌《じょうぜつ》にしゃべりはじめた。いつのまにか、さっきせっかく苦労して探しあてたJポップの番組は終わって、年配のパーソナリティが、聞きかじりの豆知識を女性アシスタントに披露していた。

そんなの気にすることなく、末松さんはフロントガラスに顔をくっつけそうになりながら空を見上げていた。見たこともない太くて長い雲が、ありえないほどの低空を、市の中心部に向かって伸びていた。俊輔もそれを助手席からぼんやりと見つめた。

ラジオでは年配のパーソナリティがこんなことをしゃべっていた。「だからね、きみみたいな若い女性も油断せずにコラーゲンをね」

すかさず女性アシスタントが、含み笑いのあいまにこう返した。「いやいや。あたしもうそこそこいい歳ですけどね」

「えっ。ことしでおいくつでしたっけ」

サイドブレーキを解除すると軽トラックを発進させた。いきおいあまってアクセルを踏みこみすぎて、飛びだしかけたところでつんのめるようにエンジンが停止した。ふたりともシートベルトを締めていなかったので、末松さんは両手でハンドルを握りしめたままフロントガラスに顔から突っこむところだったし、俊輔は助手席から床に転がり落ちて、なかなか立ち上がることができずもがきまわるはめになった。

やっとシートに這《は》い上がると、軽トラックは後輪をはでに右や左にふりながら、片側が田んぼの狭い道路を、大通りめがけて猛スピードで走行していた。ハンドルは末松さんが握っていた。その、身体じゅうの関節を固定したような姿勢を見て、俊輔はあれえ？　と首をひねった、この子、運転できるんだっけ？

その疑問をストレートにぶつけるまえに、とつぜんいきおいよく方向転換したので(県道との交差点だった)、また助手席から転げ落ちそうになった。反射的にシートベルトをつかみ、そのあとはせめて軽トラックが制限速度にスピードを落とすまで、ぜったいに手をはなすまいと自分に誓った。

年配のパーソナリティはまだトークをつづけていた。「じゃあさ。きみはＢＷＨがなんの略か知ってる？」

「えぇー、それってまさか新しいアメリカンジョークですかぁ？」

見ると、広い田んぼの上空を、道路と並行して、例の太く白い雲が、ときおり意味もなく大きな輪を描いたりしながら、長く、突き抜けるように伸びつづけていた。軽トラックはどうやらそれを追いかけていた。

「ンナホナさんです。はやく止めなきゃ」

ようやく落ち着きを取り戻したのか（運転経験があるかどうかはともかく）、全身の関節の固定をゆるめて、末松さんがいった。といっても髪が乱れて顔にかかっているのを、ハンドルから片手をはなして払いのけるよゆうはまだないらしい。あんなんでちゃんとまえが見えているのか疑わしい。

よゆうがないのは俊輔もいっしょだった。この数分間の記憶がばらばらで、きれいに整理して並べなおさないと、なにをいわれてもなんのことやらさっぱりわからなかった。

「なに？　なに？　なに？」

「だから、」

小刻みにハンドルを動かしながら（まっすぐ走っているぶんにはそんな必要はないのに）、もどかしそうに末松さんが答えた。

「あれが、」

ルームミラーのなかの目の動きで、窓の外、長い雲の尾を曳《ひ》いて、空を飛んでいるあれのことをいっているんだとわかった。「ンナホナさんなんですよ！」

俊輔にはこうくりかえすことしかできない。「え？　ええ？　えー！」

「だからあ、彼はミサイルマンだったんですよ！」

とたんに脳裏に、寮の部屋のなか、窓のそばに立って、宴会の余興みたいなかっこうのわりに、ひどくおびえているみたいだった姿がよみがえった。

あれは〈ミサイルマン〉っていうのか……

名前がわかったからといって問題が解決したわけじゃなかった。解決の糸口さえつかめていなかった。

しかし末松さんは、これでもう教えることはぜんぶ教えたと思っているのか、運転に集中するあまりおしゃべりすることもできなくなったのか、両手でむしり取ってしまいそうないきおいでハンドルを握り、フロントガラスのほうに身を乗り出している。

県道に入ってから道幅が広がって、車の往来も多くなった。赤になるすんぜんの信号を突っ切り、まだ青になっていない信号を猛スピードで通過し、いくつものクラクションがわめきたてるのを無視し、追い越し車線なんかないので対向車線に大胆に乗り入れては突撃してくる軽自動車やワゴン車や同じような軽トラックを急ハンドルでたくみにかわし、目はひっきりなしに、左手上空を横切る雲を見つめている。話しかけられる状況じゃなかった。けれどだいじょうぶ、どんな疑問もスマホで検索すれば、そくざに答えを見つけられる。

ひどく揺れるのでスマホに文字を入力できそうになかった。

「オッケー、グーグル」

末松さんが運転席から横目を向けたのを、俊輔は気づかないふりをした。すでに市街地にさしかかっていたので、末松さんもそれいじょう気をとられていられるよゆうはなかった。ラジオでは女性アシスタントが、くりかえされるセクハラまがいのジョークに、おとなならではの上品な声をあげて笑っていた。

スマホがやさしく応えてくれた。「ご用件はなんでしょう」

「ミサイルマン、セヤナ、で検索して」

すぐさまスマホにグーグルの検索結果が表示された。

市の中心部といえどもたびかさなる公共事業のおかげで路面は軽トラックのサスペンションでいどじゃ吸収できないほどのでこぼこだらけで、とてもスマホの画面を優雅にスクロールしていられる状況じゃなかった。俊輔は音声読み上げを選んだ。スマホが耳に心地よいやさしい声で、ウィキペディアを読み上げてくれた。

「ミサイルマンはセヤナ人民共和国の第三代大統領シバクデが、二〇〇九年に創設した特殊機械化武装親衛隊と、その隊員の通称である。セヤナ人民共和国では徴兵制が施行されており、国民は、通常、男子は十三歳から二十五歳まで、女子は十五歳から二十二歳まで、兵役をつとめることが義務づけられている。徴兵されると、二年間の訓練ののち、国内の、おもに国境に接した山岳地帯を中心に、三百ヵ所近くあるとされる軍事基地に駐屯する。この軍事基地の数は、テキサス州と同程度の広さの国土のたいはんを砂漠と岩山で占められた、総人口二九〇〇万人弱の国家としては異例の規模といわれている（要出典）。二年間の訓練期間において、数段階におよぶ適性試験に合格したひと握りの訓練兵が、ミサイルマンとして徴用される。ミサイルマンは国家を守護する英雄として国民的人気があり、子ども番組やドラマの題材としても親しまれている」

俊輔は顔を上げて窓の外に目を向けた。太く白い雲が、ねじくれながらどこまでも長く伸びつづけていた。〈ミサイルマン〉だった。あれは〈ミサイルマン〉だった。目をこらすと、銀色のボディと円錐形の帽子を装着した人影が、膨大な長さに伸びた噴煙の先端で、不安定に高度を保とうとしているのがかろうじて見えた。あれはンナホナだった。ンナホナは〈ミサイルマン〉だった。厳しい適性試験に合格した？　俊輔の知っているンナホナは、どんな試験であれ合格するようには思えなかった。

「まさか」

まるでジョークだった、アメリカンじゃなく、セヤナ人民共和国の最新のジョークにちがいなかった。運転席に向かって笑いかけたところで、とつぜん目のまえに路線バスがあらわれ、末松さんがなにもいわずに急ハンドルを切った。俊輔はまだシートベルトをひっつかんだままで締めてはいなかった（いつそんなよゆうがあったのか、末松さんはしっかり締めていた）。かろうじて衝突をまぬがれると、軽トラックはクラクションの一斉砲火から逃れるように、猛スピードのまま車道を斜めに横滑りし、どうにかコントロールを取り戻しかけたところで歩道に乗り上げ、ガードレールや自動販売機に車体を何度もぶつけながらランチタイムの通行人を追いたて、やっと車体をどすんと揺らして車道に戻ると、なにごともなかったように走りつづけた。俊輔はスマホを握りしめたまま、もういちど助手席に這い上がらなければならなかった。ラジオではまた女性アシスタントがわざとらしくないていどに笑い転げていた。

スマホは読み上げをつづけていた。

「ミサイルマンに採用されると脳内に回路と受信機を埋めこまれるとされる。二〇一二年までは電子回路だったが、現在は生体改造と心理操作を併用した実装が一般的である。肉体にも外科手術により数多くの兵装が移植される。胸部および背面に装甲、脚には推進装置、腰には推進装置のコントローラが埋めこまれる。両肩の兵装は交換可能であり、もっとも一般的な装備はガトリング砲だが、高出力のレーザー砲や電磁式レールガンのような最新兵器、敵を威圧するデモンストレーションの意味で、火炎放射器やチェーンソウの場合もあ」

末松さんが短く叫んだ。「あっ」

光った。

強烈な閃光《せんこう》が視界のはんぶんをすみれ色に染め上げてなにも見えなくなった。ラジオの軽妙なおとなのトークが耳障りなノイズでかき乱された。末松さんがハンドルを切りそこね、慌ててブレーキを力いっぱい踏みこんだ。軽トラックの車軸が聞いたこともないような音をたててとつぜんの制動に抵抗した。遠い街並みの向こうで巨大な火柱が突き上がり、わずかな時間差のあとで、腹に響くような地響きが、爆発のあったほうから広がって、またたくまに軽トラックの下を駆け抜けた。軽トラックが数十センチ近くも浮き上がったと思うと、着地のショックで大きくふらつき、どうにかバランスを取り戻した。おかげで俊輔は、いま爆発があったのは会社のあるほう——社長である父親が会長職に就任したあかつきには、自分が思うままに舵取《かじと》りできることになるはずの会社の方角——だとすぐには気づかなかった。

末松さんが悲鳴をあげた。

「こっち！　くるくるくるっ！」

ラジオはこんなことをしゃべっていた。「だからさ、ぼくなんか毎朝グルコサミンをね」

俊輔が目を向けると、空を横切る太い噴煙が、ひねりをくわえながら大きな円を描いて、こっちに進路を変えたところだった。何百メートルも距離があるはずなのに、俊輔の目には、両手で腰の操縦桿をしっかりと握り、先端が赤い銀色の円錐を頭に載せたンナホナの、まったくあいつらしいきまじめな表情がたしかに見えた、ような気がした。右肩にはどこから生えたものやら物干し竿《ざお》みたいなものが突き出ていて、左肩にはもうすこし幅のある、たばにした定規みたいなものが突き出ていた。それがなんなのか、ウィキペディアとグーグルのおかげで俊輔はそくざに理解することができた。右肩の、まだ放熱ちゅうでかげろうをまとわりつかせている物干し竿が高出力レーザー砲だった。左肩のは見た感じ一般的なガトリング砲じゃなさそうだから……もしかして電磁式レールガン？　かもしれなかった。

冗談じゃなかった。ンナホナは最新式だった。

あのよくしゃべる斡旋業者の男は、いったいどんなつもりでこんな物騒なものを身体のなかに埋めこまれた人間を入国させて、そのうえ地方の小さな中小企業に斡旋する気になったのか、さっぱり理解できなかった。

そのとき、右肩の物干し竿の先端が放射状に開くのを俊輔は見た。こんかいは、ような気がしたじゃなかった。まちがいなかった。

とたんに視界がすみれ色でいっぱいになり（やっぱり右肩のあれがレーザー砲だった）、道路の向かい側の〈岡田洋品デパート〉を、鋭い閃光が斜めにすばやく貫通した。創業四十年の老舗で、駅前にできたばかりの大型ショッピングモールに対抗するために、ついこのあいだ大規模な改装を終えて、はなばなしくオープンしたばかりだった。すぐにはなにも起こらなかったので、高出力なんていうわりにたいしたことないんじゃないかと『もうすこしで思ってしまうところだった。そこで、建物の上半分が斜めにずれた……、さらに、見まちがいじゃかたづけられないくらい大胆にずれたと思うと、とつぜんいっきにこっちめがけて崩れ落ちてきた。末松さんが悲鳴をあげながら狂ったようにブレーキペダルを踏み……蹴りつづけた。俊輔もスマホをほうりだすと悲鳴をあげながらシートベルトを両手で引っつかんで固く目をつむった。スマホはウィキペディアの記事をまだ読み上げていた。

「以上のとおり、ミサイルマンはすべての装備を外科的処置により体内に埋めこまれるため、兵役終了後も多くの場合、兵装を解かれることはない（手術で取り除くことは可能だが死亡率が高いとされる）。これは歴代のミサイルマンが、平時は国内で民間人として生活しつつ、シバクデ大統領による緊急コード発信によって、ミサイルマンとしての活動をいつでも再開させられることを意味する。このシステムは大統領に絶大な軍事力を集約させることになり、政権の長期継続を実現さ」

となるとこれはなんとか大統領の指令だった。クーデターで公邸に監禁されたとかいう大統領が、一発逆転をねらってミサイルマンの一斉蜂起を指示したわけだ。そのうちのひとりが、家族の生活のため、遠い異国で労働しているとも知らずに。

　ラジオがいつのまにかおとなのトークをやめて、もっと切迫した口ぶりになっているのに気づいた。臨時ニュースだった。堅苦しいアナウンサーの声がこういっていた。

「メリカ政府が非常事態を宣言しました。日本とアメリカのほかにも、現在わかっているかぎりで、ドイツ、イタリア、イギリス、フランス、ロシア、トルコの各国も同様に攻撃されているもようです。くりかえします。現在、各国の複数の都市に何者かによる無差別かつ大規模な攻撃がおこなわ」

　どうやら外国に出稼ぎにいっているのはひとりじゃなかった。ふたりや三人でもなかった。ひょっとして歴代〈ミサイルマン〉の全員が、世界じゅうの就職先で、ンナホナと同じ指令を受け取ったのかもしれなかった。なんとか大統領は、せっかく指令を出したのにもかかわらず、なぜか国内のどこにも戦火があがらず、いまごろ肩透かしを食っているのかもしれなかった。

　そのいっぽうで、いま、世界のいたるところで覚醒した〈ミサイルマン〉が、指令に従いそこらじゅうを無差別に攻撃している。高出力レーザー砲とかガトリング砲とかチェーンソウとかで。

　こらえきれずに俊輔は大声で笑いはじめた。

　軽トラックが横倒しになりかけながら、すぐそこのコンビニに突っこむすんぜんにかろうじて停《と》まった。エンジンが停止し、ラジオの臨時ニュースもとちゅうでとぎれた。その頭上を〈ミサイルマン〉が猛スピードで通過した。風が、軽トラックの車体や屋根に、かなりの量の砂礫《されき》を叩きつけた。〈ミサイルマン〉は上昇に転じ、よく晴れた年度末の青空に突き刺さり、そのまま突き抜けてしまいそうないきおいでさらに加速した。自分でもよくわからない衝動にかられて俊輔はドアを開けて外に転げ出た。末松さんは運転席で、ハンドルを握りしめたまま震えていた。

まともに立っていることもできず、その場に尻もちをついたまま、俊輔は空のかなたに向かって大声で叫びたてた。

「ここじゃない、だからここじゃないんだよ！　ンナホナ、おまえまちがえてんぞっ！」

そしてまたこらえきれずに爆笑した。

〈ミサイルマン〉にその声は届かなかったし、届いたとしても大統領の指令を忠実に実行しているだけだったから、まちがえているかどうかを気にすることはなかっただろう。はるか上空から〈ミサイルマン〉が撃ちはじめた。

レールガンの連射が市街をあとかたもなく穴だらけにしてしまうのに、それから十分もかからなかった。

あとがき

ベストＳＦというくらいだから、その年に発表されたＳＦ作品から選《え》りすぐった名編ばかりが収録されていると思いきや、こんなふざけた短編で失礼します。社会問題を風刺するとかいわれたりもしますが、そんなに難しいことを考えて書いたわけでもありません。登場人物たちといっしょに混乱と狂乱の世界に突入し、頭をからっぽにして楽しんでいただけたら書いたかいがあったというものです。

ただ、小説は、作者が意図したかどうかには関係なく、書かれた〈時〉と〈場〉に強く影響されるものだとも思います。そして、それと同じか、ひょっとするともっと強く、読まれた〈時〉と〈場〉にこそきっと影響されるはずです。

なのでこの作品を読んで、なんか思うところがあったのなら、これを読んだ〈時〉と〈場〉を思い返してみるといいかもしれません。（要出典）

恥辱

石川宗生

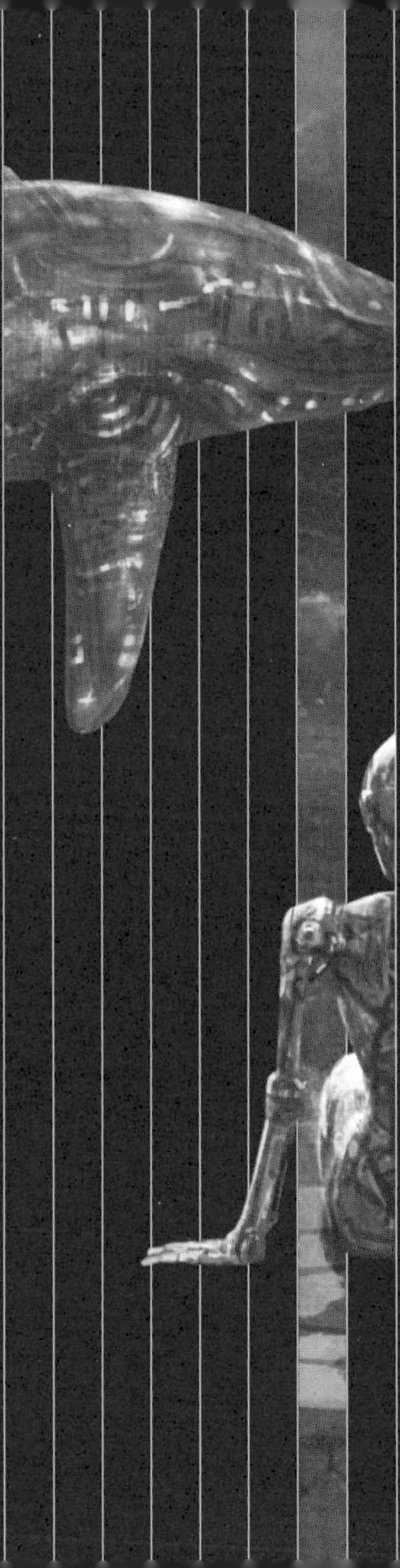

ひとつ前に置かれている「ミサイルマン」から続けて読むと、これもまた（一種の）ブラック企業と外国人労働者問題に関する寓話のように見えなくもない。ノアの方舟をモチーフにしたSFは星の数ほどあるが、こんな発想で書かれた作品は初めてだろう。わずか十二ページながら、強烈なインパクトがある。ロジャー・ゼラズニイのヒューゴー賞受賞作「ユニコーン・ヴァリエーション」の逆パターンというか、ダーク版か。最後まで読むとタイトルの意味が胸に沁《し》みる。

本編は、「素晴らしき第28世界」という通しタイトルのもと、集英社〈小説すばる〉本誌とそのウェブ版にそれぞれ異なる作品を毎月発表する掌編《しょうへん》連載企画の第十一弾にあたる（二〇一九年七月十七日、ウェブ掲載）。その後、書き下ろしを追加し、再編集を経《へ》て、二〇二〇年三月に出たハードカバー単行本『ホテル・アルカディア』（集英社）に収録された。未読の方は、ぜひ同書を手にとってほしい。

石川宗生（いしかわ・むねお）は、一九八四年、千葉県生まれ。米オハイオ・ウェスリアン大学卒業後、世界一周旅行などを経てフリーの翻訳家に。二〇一〇年、「土管生活」で第34回すばる文学賞最終候補。一六年、「吉田同名」で第7回創元SF短編賞を受賞し、作家デビューを飾る。これは、三十六歳の会社員・吉田大輔氏が帰宅途中に突如一万九千三百二十九人に増殖するという椿事《ちんじ》で幕を開ける不条理SF。一八年、同作に「半分世界」「白黒ダービー小史」「バス停夜想曲、あるいはロッタリー999」を加えた短編集『半分世界』を刊行。表題作は、住宅街に建つ平凡な一軒家の表側（正面玄関側）半分がきれいに消失し、生活が丸見えになった家が観光名所と化す話。同書は、第39回日本SF大賞の最終候補となった。奇想小説に世界文学オタク的なテイストを加えた独特の味わいが特徴。

近々、大洪水が起こり、すべての肉なるものを呑《の》み込む。かような天啓がどこからとも知れず森にもたらされ、我々動物たちを震撼《しんかん》させた。一堂に会し、洪水の回避手段について模索したが、妙案は生まれなかった。造船したくとも、我々の手足は物づくりに適していなかったのだ。

懊悩《おうのう》を極めていたところ、一匹のイヌが、ヒトの一族が巨大な木造船の建設をはじめたという知らせを持ってきた。行けば、森の僻地《へきち》の開けた広場でヒトの群れが木を組み立てていた。有事の際は同船させてくれないかと頼み込むと、ヒトの長はひとつ交換条件を出してきた。「わたしたちは船づくりで手がふさがっているので、きみたちは資材と食料の調達を担ってくれないか」我々は命が助かるならばと快諾し、ほうぼうに散った。ゾウやカバは突進を繰り返し、額から血を流しながら巨木を倒した。ネズミやリスが前歯を摩耗《まもう》させながら倒れた幹をかじり分け、シカ、バイコーン、ウマが昼夜兼行で運搬した。イノシシやブタは木の実や野菜を届け、インコやペリカンはブドウの果汁をくちばしにふくませて空を飛んだ。果汁は道すがら発酵し、保存用の陶製の器に注がれるころにはヒトをとりこにする酒となっていた。

支援の甲斐あって、一週間ほどで船が完成した。無数の家を継いで接《は》いだような途方もなく巨大な構造物で、三層に分かれており、上層には鳥類が積まれ、中層は食料貯蔵庫とヒトの居住空間、下層には四足獣を詰め込む予定になっていた。松ヤニと瀝青《タール》でコーキングを施され、水一滴入り込めないつくりになっていた。

ヒトの一族は大勢の親類を呼び寄せ、竣工式を兼ねた宴《うたげ》を催した。我々が運び入れた食料をしこたまたいらげ、ブドウ酒を浴びるように飲んだ。たいまつを焚《た》いて夜を締め出し、ぬらぬらとした狂気の踊りを舞って、船室に駆け込んでひそやかな肉の宴を開いた。我々も続々と集結し、周囲を賑《にぎ》やかに飾った。サルはこぞって手拍子をし、マンティコアはかわりばんこに動物を乗せて無邪気に駆けまわった。ユニコーンはゴリラが投げる果物を次々と角に刺してみせた。シロクマ、ペンギン、トリトンまでやって来て、陸生生物に囲まれぎこちなさそうにしながら、見よう見まねに吠《ほ》えたりはやしたりした。その場にすがたを見せなかったのは純然たる海生生物ぐらいのもので、カモメやカメが頻々《ひんぴん》届ける洪水の予兆に翻弄される陸生生物の伝聞を、他山の出来事として楽しんでいるとのことだった。

三日後の真昼間、黒雲が空を覆い、雨が降りだした。時を移さず勢いを増し、一滴が地上に着く前に一滴に追いつきだして峻烈《しゅんれつ》を極めた。森の葉が打楽器のごとく打ち鳴らされ、そこらじゅうがぬかるみと化し、大河がのたうちまわって泥水の牙《きば》をふるった。ヒトはすぐさま船に乗り込み、すべての船窓を閉じた。我々も船の前に列をなし、篠つく雨に打たれながら乗船のときを今かいまかと待ちわびたが、ヒトの雄たちが舷梯《げんてい》の前にずらりと並んで入り口を封鎖し、矢尻を我々に向けた。「全員を乗せるわけにはいかない」とヒトの長は告げた。「この船の容量にはかぎりがある。乗船の許可は種ごとに二匹ずつ、雄雌のつがいのみに与えたい」

我々は憤慨した。約束が違う。身を粉にして資材を運んだのに。この船はみなの共同財産だろう。あたりは騒然としたが、ヒトの長は毅然《きぜん》たる態度を崩さなかった。「繰り返す、乗船できるのは各種族、雄雌のつがいのみだ。これは天命であり、巨人ネフィリムであれ動かすことはかなわない。つがいは誰であろうとかまわないので、きみたち自身で決めてもらいたい」

我々は怒号をあげた。であれば、おまえらもつがいでなければ道理に合わないだろう。神気取りか。いきり立った一部の動物は力ずくで乗り込もうと舷梯に押し寄せたが、ヒトは躊躇《ちゅうちょ》なく矢を放ち、斧《おの》で首を切り落として屍《しかばね》の山を築いた。

突然の蛮行に、我々は言葉を失した。憮然《ぶぜん》と立ちすくみ、泥にまみれ慟哭《どうこく》した。と、血気盛んな一頭のツキノワグマの雄が大呼し、ヒトに向かって振りかざしたはずの爪をかたわらにいた別のツキノワグマの雄の脳天に打ち下ろした。叫喚《きょうかん》とともに鮮血が噴き出し、ばったり絶命した。それを機に、ツキノワグマの雄たちが殺し合いをはじめた。肉を裂き、腕を吹き飛ばし、目玉を粉砕した。我々の制止もむなしく、刹那の勝負が連鎖的に引き起こされ、瞬く間に一頭の雄だけが残された。勝者は肉感ある魅惑的な一頭の雌を指名し、舷梯をのぼった。ヒトも道をあけ船内に入れてやった。二頭のツキノワグマはうしろを振り返りもしなかった。残された雌のツキノワグマたちは痛哭しながら樹木に爪を立て、幹の皮をばりばり剝《は》がし、のどを掻《か》き切って命を絶った。

これを見たほかの種族も、息せき切って同士討ちをはじめた。彼らの焦燥《しょうそう》を掻き立てたのは雷鳴だった。雨脚は強まるばかり、足下は沼地と化し、氾濫《はんらん》が目前に迫っていた。

そして〝種〟の曖昧《あいまい》さもあった。例を言えば、ヒトの言うクロヒョウにも耳の形が半円だったり三角形だったりと細かな違いがあり、身体能力や獲物の嗜好《しこう》も微妙に異なり、我々からすれば歴々たる別種なのだが、ヒトからすれば〝クロヒョウ〟でしかなかったのだ。ミコブラクダやゴコブラクダやハチコブラクダもいたというのに、ヒトはフタコブ以上は同類と見なし、フタコブのつがいが乗船するが早いか、フタコブ以上のラクダから乗船の権利を剝奪《はくだつ》したのである。彼らの失望は甚大《じんだい》だった。同族殺しの大罪まで犯したのに乗船を拒否されたのだ。呵責《かしゃく》と絶望のあまりそろって泥濘《でいねい》に頭を突っ込み、自死を遂げた。

かくなる認識のずれは動物たちのあいだに激しい動揺を呼んだ。こうしている最中も、ヒトが自分の種と同断と見なす種のつがいに乗船を許可し、知らぬ間に自分の権利が失われているかもしれないのだ。一刻も早く乗船しなければならない。殺戮《さつりく》は激化し、枝角をぶつけ合い、絡み合い団子状態となってたがいを絞め殺し、首に嚙《か》みついて一斉に落命した。降りしきる豪雨が間仕切りとなったこともあいまって、気がつけば一頭を残して全滅していた種もあった。

虐殺がやんだ。

血と泥のたまりに立っていたのは、殺戮には参加せず、震驚し、失禁し、涙にかき暮れていた動物だけだった。その合間に、ヒトの雄たちは船の前に散乱した肉塊を雨水で洗い、陶製の器に詰め込み、船内に運び入れた。そして長は、船内にはまだ若干の余地があると告げた。「わたしたちとしては、ひとつでも多くの種を救いたいというのが正直な気持ちである。とはいえ、猶予はもう幾ばくもない。そこで、もしきみたちが種のつがいの選別に困っているのであれば、迅速化《じんそくか》のためにわたしたちが審査役を買って出よう。たとえば、なにか分かりやすくアピールをするというのはどうだろう。面白い一芸をしたり、すてきな歌をうたったり、なんでもいいからわたしたちの目に留まったら乗船の許可を出すことにしよう」

真っ先に異を唱えたのは気高きケンタウロスであった。我々を凌辱《りょうじょく》する気か、と声をかぎりに叫んだが、ヒトたちはなにも言わずにたがいに目配せして、首を振った。我々は瞬時に悟った。失格の烙印《らくいん》を押されたのだ。それを誰よりも早く痛感したのはほかならぬケンタウロスであった。後ろ脚でぬかるみを蹴り上げると、声を振り立て舷梯に猛進した。間髪を容れず矢の雨を浴び、全身から血を噴き出して憤死した。

不穏な静寂が破れ、絶望の傀儡《くぐつ》となった動物たちが出し抜けに舷梯の前に躍り出た。シマウマは縞模様の数で競い合い、チーターは泥のしぶきを飛び散らしながら誰よりも高く跳躍してみせた。クジャクは関節がいかれるまでめいっぱい飾り羽を広げ、ゴリラは吠えながら四拍子、三拍子、変拍子とさまざまにドラミングしてみせた。そのリズムに合わせ、カナリアはのどが潰《つぶ》れるまでさえずった。奸計《かんけい》に長《た》けたサルたちはみずからの顔を草花の汁で色とりどりに塗り、または毛染めをして芸術性の高さを示し、ついで各々《おのおの》が別種であることまでしたたかにアピールしてみせた。ヒトは手をたたき大笑いしながら気前よく次々と合格を言いわたした。勝者は異性を一匹選んで乗船した。合格者が出るたび、捨て鉢具合もいや増した。雌のライオンはたてがみを噛み切り、全身泥まみれになってヒトの前に突っ伏した。ネコはヒトの足下にすり寄り、甘い声で助命を請うた。ダチョウは決死の覚悟で風切羽をもぎ取り、飛べない鳥という逆説でヒトの興趣を湧かせた。カメレオンは要望に応えて身体の色を変化させ、オウムはヒトのしゃべった言葉を繰り返して阿諛追従《あゆついしょう》に終始した。我々は相次いでヒトに屈服してゆく同胞に底知れぬ憤怒《ふんぬ》を覚えた。と同時に、たとえわずかでも、自分たちもすべてをかなぐり捨ててでも助かりたいと思ってしまったことに恥辱を感じ、同胞が無様に踊り狂う様を歯を食いしばりながら見つめた。

折しも、空が落っこちてきたかのような轟音《ごうおん》が鳴りわたり、鉄砲水が押し寄せてきた。木々が根こそぎなぎ倒され、ヒトはたちどころに船内へと逃げ込み、入り口をかたく閉ざした。我々は離ればなれにならないように手をつなぎ、しっぽに噛みつき、体毛をつかんだ。夢魔、セイレーン、グリフォン、ラミア、ウロボロス、バニップ、ヒッポグリフ、スレイプニル、ヌエ、オーク、バジリスク、サテュロイ、メデューサ……。不屈の矜持《きょうじ》をたたえあいながら、濁流に呑み込まれた。

黒雲は厚みを増し、空にしっかとふたをして、闇と雨が大地を支配した。

気温が急低下し、水面から白い湯気がもうもうと立ちのぼった。木の葉のかたまりや流木が幻の迷宮に迷い込んだようにぐるぐるまわり、高みの見物を決め込んでいた水生生物の一部も荒れ狂う水流に翻弄された。泳ぎの得意な人魚すら溺死《できし》し、腹を膨らませ浮かんでいた。空に逃げた鳥たちも鉛の雨粒に撃たれ、激しく落下し水面を波立たせた。

一日と経《た》たないうちに平地、森、山が沈水し、海も大いなる水に没した。

世界は収斂《しゅうれん》し、一隻の巨大船舶がこの世のすべてとなった。

ときおり船窓が開かれ、闇に沈んだ水面を煌々《こうこう》たる明かりが照らし出した。我々はそこに新世界の片鱗《へんりん》を垣間見た。ヒトの雌たちが陶製の器から取り出した肉を燻製《くんせい》にしたり塩漬けにしたりし、また石鹸《せっけん》や灯油をつくっていた。なめしたヤギやウシの革を身にまとい、床に敷いたヒョウやクマの毛皮に寝転がっていた。ひねもすブドウ酒に酔い、肉をむさぼり、きりなく交わって数を増やしていった。食べものが少なくなると船に乗せた動物たちを解体した。動物たちは第二次、第三次審査に合格しようと躍起になった。浮き世離れした壮麗なメロディをうたい、光輪のごとくヒトのまわりを走りまわっておためごかしを言った。それでも殺された。食べられないものとして疫病にかかったふりをし、擬死を演じて、それでも殺された。唯一、イヌだけがヒトの居住空間で共生する特権を与えられているようで喜ばしげにしっぽを振り、ヒトの垢《あか》や汗を舐《な》め取っていた。

水面は無数の死体で埋め尽くされていった。我々もまた衰弱し、一匹一匹と同胞を生き長らえさせるための糧《かて》となった。死にゆく者の望みはただひとつ、ヒトに一矢報いること。それを叶えるべく、我々は波のまにまに漂いながら、船窓が開かれるたび射るがごとき炯眼《けいがん》を送った。やつらもまたこちらの存在に気がついており、様子を探るために船窓を開けることを我々は知っていた。だから我々は同胞の屍を喰《く》らってでも生き長らえるのだ。睨《にら》みつけ、やつらが我々の審査に失格したことを知らしめるために。憎悪に歪んだ我々の異様をやつらの網膜に焼きつけるために。船室の片隅に巣くう暗がりや天井の木目の模様に、我々の敵意を浮かび上がらせるために。悪夢に棲《す》み着き、すこやかな眠りを妨げるために。言の葉の上で永劫《えいごう》の生を獲得し、増え拡がって末代まで震え上がらせるために。死よりもおそろしい報いを受けさせるために。ただそのときを夢見て、今この瞬間を生き続けるのだ。

あとがき

「恥辱」はジョスリン・ゴドウィンの『キルヒャーの世界図鑑―よみがえる普遍の夢』から着想を得たものです。同作では中世の学者キルヒャーが想像していた神話世界がいくつも紹介されるのですが、その一つにノアの箱船があります。そこで描かれている架空実在の入りまじった動物の感じとか、箱船のやたら詳細な造りだとかがなんとも素敵で、むくむく物語が芽生えた次第です。あと、以前アルメニアに旅行した際、エチミアジン大聖堂で見たノアの箱船の断片とロンギヌスの槍《やり》もちょっとしたヒントになっています（両方の真偽のほどはともかく）。あのとき味わった神話と現実との境目に接したような感覚を「恥辱」でも活《い》かそうと思い、神話めいた物語を少しでも現実の、現代の感覚に引き上げられるように努めました。まあ後付けに近いですが。

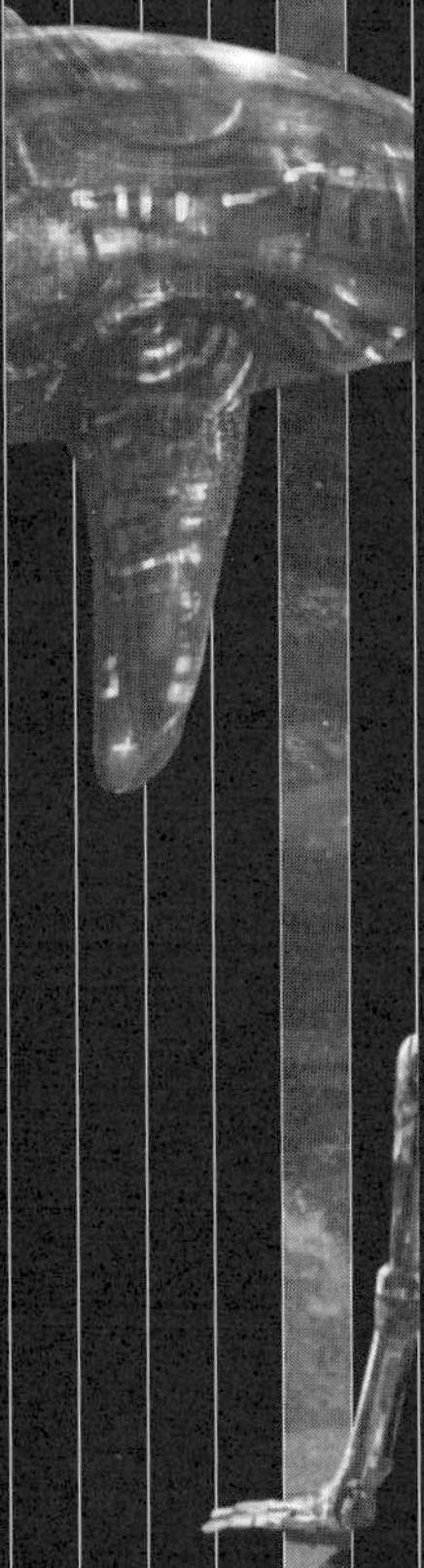

地獄を縫い取る

空木春宵

ペドファイル（小児性愛者）を扱ったSFと言えば、『2010年代SF傑作選』にも収録された長《は》谷《せ》敏司《さとし》の代表作「allo, toi, toi」（『My Humanity』所収）がすぐに思い浮かぶが、本編も、それに勝るとも劣らない衝撃作。あまたある美少女AI開発ものの中でも、ひときわ異彩を放っている。作中に出てくる地獄太夫は、室町時代に実在したとされる遊女。『一休関東咄《いっきゅうかんとうばなし》』（一六七二年）や山東京伝《さんとうきょうでん》『本朝酔菩提全伝《ほんちょうすいぼだいぜんでん》』（一八〇九年）の中で一休宗純《そうじゅん》との関わりが語られ、絶世の美女にしておそろしく頭の切れる超個性的なスーパーアイドルのイメージが定着したらしい。

空木春宵（うつぎ・しゅんしょう）は、一九八四年、静岡県生まれ。駒澤大学文学部国文学科在学中の二〇一一年に、「繭《まゆ》の見る夢」で第2回創元SF短編賞佳作（現在の優秀賞）を受賞。同作が『原色の想像力2　創元SF短編賞アンソロジー』（二〇一二年三月刊）に収録され、作家デビューを飾る。「繭の見る夢」は、「虫めづる姫君」を下敷きにした陰陽師《おんみょうじ》ものの王朝ファンタジーのように見せて実は……という、たいへんセンスのいい現代SFの秀作。日本の古典に造詣が深い点でも、新たな才能と期待されたが、その後は沈黙。それから七年余を経《へ》て、二〇一九年八月、受賞後第一作となるゴシック幻想ホラー「感応グラン＝ギニョル」を〈ミステリーズ！〉vol.96に発表。同年十月には、古典落語をモチーフにしたループもののSF幽霊譚《ゆうれいたん》「終景累ヶ辻《かさねがつじ》」を創元SF文庫『時を歩く　書き下ろし時間SFアンソロジー』に寄稿。さらに十二月には、本編「地獄を縫い取る」を『Genesis 白昼夢通信　創元日本SFアンソロジー』に発表。長かった不在を埋め合わせるように、精力的な活躍を見せている。

◇

〉君の番組、見たよ。カワイイね。

〉凄《すご》く、かわいい。

〉あ、当然、チャンネル登録もしたよ:)

〉ありがと。うれしい。

〉お礼を言われるようなことじゃないよ！

〉君がとってもカワイイからそうしただけでさ

〉ところでさ、君って、いくつ？

〉番組中では言ってなかったよね

〉十一歳。

〉へぇ、そうなんだ！

〉ねぇ、配信やってるってことはさ

〉接続できるんだよね？

〉うん。

〉じゃあさ、ちょっと繋がない？

〉いいよ。

◆

仮想タブレットに表示されたニュースサイトのトップページを何気なくスクロールしているうちに、あなたはひとつの記事にふと目を留める。

『集合住宅の一室で身元不明の女性が変死』

指先がそのタイトルをタップするや、記事の内容に相応《ふさわ》しい、ほどよくブレンドされた〈哀悼〉と〈好奇心〉とが、あなたの中に湧き起こる。

あなたは――あなたの生活にとって必要な事柄をこなしながら――記事の本文にさ

らりと目を通す。

死んでいたのは、存在しないはずの女性だった。勿論、行政システム上は、という意味において。

発見された時、遺体は室内のデスクに突っ伏した姿勢のままで酷《ひど》く腐敗していた。検死によって、死後数週間が経過していること、二十代半ばから三十ばかりの女性のものであることが判明した一方、身元は判明しなかった。

言うまでもなく、〈蜘蛛の糸《スパイダーズ・スレッド》〉に残された認証情報《ID》から、氏名や年齢、国籍に関わる情報はサルベージされた。しかし、より詳細な検分が進むにつれ、いずれも偽造されたものであることが判明した。死の直前まで女性が神経ケーブルを接続していたPCもHDDがフォーマットされていた。

結局、その亡骸《なきがら》が誰のものであったかは未《いま》だに判《わか》っていない。

身元不明の女性死体《ジェーン・ドゥ》というわけだ。

死因は急性心不全と見られている。遺体が神経ケーブルを接続したままの姿であったことから、一部の反〈エンパス〉団体からは、〈エンパス〉による過剰な刺激が発作を引き起こしたのだという主張がなされているが、あくまで推論の域を出ない。

なお、同集合住宅では、数週間前にも別室において居住していた女性の遺体が——

あなたはタブレットの画面をフリックして記事を閉じる。その途端、曇った窓が拭われるように、あなたの頭からは〈哀悼〉も〈好奇心〉も綺麗に消え去る。

あなたの注意はあなたの生活にとってより必要な事柄に取って代わられる。そうしてすぐに、こんなありふれた事件のことなど忘れてしまう。

◆

「ねえ、前から気になってたんだけどさ、あなたのそれって何なの？」

頸筋《くびすじ》に増設された〈蜘蛛の糸〉の外部接続のスロットから神経ケーブルを外すや、いつの間にか傍らに立っていたクロエがわたしの膝を指差してそう訊《たず》ねてきた。買い出しから戻ってきたところなのだろう。もう一方の手に提げた買い物袋からは炭酸飲料のボトルが頭を覗《のぞ》かせている。瞳に流れ込んでくる現実《リアル》の光に目をしばたたきつつ、わたしは問い返した。「それって？」

「その脚の組み方」買い物袋をキャビネに載せると、クロエは胸の前で腕を交叉《こうさ》させ、両の掌《てのひら》を上に向けた。「何て言うか、足が、こう」

「ああ、これね。結跏趺坐《けっかふざ》」わたしは袋をまさぐってコーラとチョコを引っ張り出しながら答えた。

「ケッカ……何？」

チョコの包装紙をびりびりと乱雑に破り、何粒もいっぺんに口に放り込んで、もぐもぐ咀嚼《そしゃく》しながら補足する。「座禅の基本姿勢だよ」

甲が下向きになるようにして左の足を右の腿《もも》に、右の足を左の腿に載せる座り方だ。ぱっと見は胡座《あぐら》に似ているけれど、慣れない人間がやろうとすると足の甲にかなりの痛みが走る。というよりも、大抵は組めない。

クロエは意外そうに首を傾《かし》げ、「ゼンって。ジェーン、あなた仏教徒《ブディスト》だったわけ？」

「ううん、全然」わたしは手をひらひらさせた。

以前、ごく短い間だが、東京にある禅宗の寺院に身を寄せていた時期がある。けれども、寺での生活はわたしの中に何ら特別な宗教観を残しはしなかった。身についたのはこの座り方だけだった。

脚を組んだまま、チェアを回して相手に向き直る。

「ただ、何となくこの座り方が身体《からだ》に染みついちゃっててさ。慣れるとね、落ち着くんだよ。クロエもやってみる？」

「私はいい。身体硬いの、知ってるでしょ」そう言って、クロエは意味ありげに口の端を持ち上げた。浅黒い頰に深いえくぼが刻まれる。それから、わたしがデスクに放り出していた神経ケーブルを手に取り、「何観てたの？」

「〈エクスパシス〉の生配信。有名な配信者がやってる刺繡《ししゅう》のハウツー」

「それって、〈エクスパシス〉で観る必要ある？」クロエは指先でケーブルの端子をいじりながら言った。「ハウツー系だったら〈エンパス〉抜きの動画で充分じゃない？」

「ところがどっこい」わたしはデスクの隅から作りかけの新作を引き寄せ、相手の眼前に掲げた。刺繡枠によってぴんと張られた緋《ひ》の布地の上で、縫い取りかけの蓮《はす》の花が花弁を広げている。「刺繡もさ、仕上がりには刺し手の感情が結構ダイレクトに出るから、図案と技法だけじゃ駄目なんだよね」

クロエは、ふぅん、と生返事を寄越《よこ》した。目が合わないようにか、視線は手元に落としているけれど、瞳には隠し切れない不審の色が滲《にじ》んでいる。本当、自分を取り繕うのが下手だなと、可笑《おか》しくなった。

〈エクスパシス〉は無限に膨張する「体験」の標本箱だ――というのは、とある大手まとめサイトに掲げられたコピーの一節だ。陳腐な表現ではあるけれど、実際、〈エクスパシス〉には世界中のユーザの「体験」が絶えずアップロードされ、続々と新たなチャンネルが開設されている。

似たようなものは大昔から存在した。最初期にはごくごく原始的な、ユーザによって作成された動画の投稿サイトとして。今となっては驚くべきことだが、その当時の

「動画」という言葉は文字通り動く画像と、それに同期した音声と音楽からなるメディアのことを指していた。それらに匂いがつき、味がつき、触感がつき、五感で楽しめるものへと進化したのは、官能伝達デバイス——〈蜘蛛の糸〉が一般に普及してからのことだ。

ナノマシンの蜘蛛《くも》が脳に張り巡らせた網状の疑似神経によって、今では誰もが、投稿者の目と耳はおろか、彼が（あるいは、彼女が）嗅覚、味覚、触覚で受容した感覚情報をもタップひとつで享受することができる。

勤め先のオフィスや自宅に居ながらにして、視聴者は深海を泳ぐ奇怪な魚を間近に眺めることができる。それを手の内に捕らえた時、どんな暴れ方をするかだって、手応えをもって感じることができる。

あるいは、とてもじゃないけれど手の届かないような高級レストランで供されるソテーの味を愉《たの》しむことができる。その表面に付いた綺麗な焦げ目から立ち昇る芳《かぐわ》しい香りさえも。

けれど、ユーザによって投稿される動画ひとつひとつが真に特別《ユニーク》な「体験」と呼び得るものになったのは、それらが「感情」を共有する手段、つまり、〈エンパス〉と結び付いてからのことだ。

〈エンパス〉が埋め込まれた動画においては、たとえば、配信者が氷の断崖にピッケルを突き立てた時、視聴者が受け取るのは、凍《い》てついた岩肌の様と吹きすさぶ風の音だけではない。尖った切っ先から腕へと伝わってくる、痺《しび》れるような衝撃だけでもない。配信者が胸の裡《うち》に抱く〈孤独〉までもが電子情報に変換され、ネットワークを介して受信されるのだ。あたかも、視聴者自身が配信者と同じ感情を抱いたかのように。

「そっちの新作もいいけどさ。もう一つの新作の方はどうなの？」クロエはデスクの端へ顎をしゃくって言った。

「もうひとつ……ああ、あの子か」鋭角的な彼女の顎が指し示す先を視線で辿《たど》り、

「一応順調、かな。情動と思考が乖離《かいり》しちゃうようなこともないし、行動パターンにもきちんと流れができてる。ただ――」

「ただ？」

「もうちょっと時間がかかりそうかな。正確な工数ってなると面倒だから弾き出してないけど。クライアントが何か言ってきてるの？」

「『何か』って、あなた、メールも確認してないの？」

「してない」チョコを口に運びながら、わたしは答えた。

クロエは額に手をあてて溜息《ためいき》をついた。口元に掛かった長い黒髪がそよぐくらい、大袈裟《おおげさ》に。それから、宙に手を閃《ひらめ》かせて仮想タブレットを呼び出し、画面に指を走らせる。

「これ、見て」そう言って彼女が画面をタップするや、メールの文面がホロとなってタブレットから飛び出した。

〉プロトタイプの納品日につきまして、その後、調整は進んでいらっしゃいますでしょうか？

〉当初ご提示いただいておりました予定日から既に二度の延期を経《へ》ておりますので、取り急ぎご進捗を伺いたく存じます。

穏当な文面だ。こちらの都合で納品を遅らせている状況を鑑みれば、むしろ、優しいと言っても良いくらいだろう。

「何だ。大して怒ってもなさそうじゃん」

わたしが暢気《のんき》にそう言うと、クロエは肩を竦《すく》め、メールの下部に表示されているふたつのハートマークが矢印で繋がれたアイコンを指差した。〈エンパス〉のロゴマークだ。

わたしはうんざりしつつ、手を伸ばしてそれをタップする。

その途端、〈憤り〉がわたしの中に流れ込んできた。正確に言えば、メールに添付された〈エンパス〉のソースコードをわたしの脳幹に増設されたデバイスが読み解き、

〈蜘蛛の糸〉を介して脳内に電気信号を駆け巡らせた。

剝《む》き出しではない、棘《とげ》だらけの花をセロファンで包んだような、慎ましやかな〈憤り〉だったが、それが却《かえ》って感情の強さを物語っている。こんな〈エンパス〉を添えるくらいだったら、メールの文面だって変に取り繕うことはないのにと、わたしは思う。建前と本音をセットで送る文化というものに、わたしはいつまで経《た》っても馴染《なじ》めない。

「カンカンだね」

「そう、カンカン。取り急ぎ私の方で弁解しておくから、ひとまず現時点での最新バージョン、貰《もら》える？」

「はいはい」頷《うなず》きながら、わたしは自分のデスクに向き直った。

ラボ――と呼ぶには気が引ける、手狭な部屋がわたし達の職場だ。二人分のデスクとパーティションに、資料を収めたラック、それに応接用のソファとローテーブルを据えただけで一杯になってしまうような狭さだが、それもそのはずで、集合住宅の一室を借りて、ラボ兼オフィスと言い張っているに過ぎない。

クロエの趣味で、室内は壁も床も調度も純白で統一されている。青白い照明に照らされて、何もかもが冷たい無機質な貌《かお》をしているが、そんな中、わたしのデスクだけが濃淡様々な赤色に彩られている。パーティションにぺたぺたと張り付けた無数のステッカー、机上に敷いたマット、それから、壁に掛けた日本画の複製《レプリカ》。すべてが赤色だ。けばけばしいデスクだなとは我ながら思うけれど、クロエから文句を言われたことはないから、別に構わないんだろう。つい先日も彼女に頼んで、毛足の長い、炎のようなクッションを取り寄せたばかりだ。

わたしはクロエがいじっているのとは別の神経ケーブルを机上のキューブ型PCから引っ張り出し、頸筋のスロットに端子を挿した。その途端、視界の内に一辺が三インチほどの白い立方体が無数に立ち現れる。ひとつひとつに扉がついていて、ファイル名が表札みたいに掲げられているのは、わたしの趣味だ。そういうスキンを使っている。

有線での接続なしで取り扱える仮想タブレットは便利だけれど、開発ツールとしては貧弱だ。転送速度も処理速度も、フィジカルなデバイスにはだいぶ劣る。

「差分だけでいいかな。それとも、パッケージングした方が良い？」

「できれば、フルパッケージでお願い」

〝できれば〟なんて敢《あ》えて言わなくても、〝できる〟ことは判っているはずだ。毎度毎度そうしているのだから。いつだって、クロエは完品の――それ単独で動かせる――データを欲しがる。わたしもわたしで、そうと判っていながら敢えて訊ねる。自覚って、大事なことだと思うから。

わたしは視線を動かして最新の立方体を見据え、片目を瞑《つむ》った。紅《あか》い一条《ひとすじ》の糸が宙から垂れ下がり、立方体と繋がる。それをよじ登るようにして、データの転送状況を表すプログレスバーが伸びていく。

「共有ストレージに上げとくね」

「ファイル名はいつも通り？」

「うん。〝ＪＤ〟から始まって、タイムスタンプが付いてるやつ」

ＪＤ――ジェーン・ドウ。

それがプロジェクトの名だ。わたし達が開発しているＡＩの、世界中の大人達から、犯されるために創られつつある女の子の。

「ありがとう。確認しとく」クロエはそう言って、タブレットを宙に放った。展開されていたメールのホロが端から巻き取られるようにして画面に吸い込まれ、端末そのものも、空中で二度、三度と旋転してから姿を消した。

一方の手で、彼女は未だ神経ケーブルの端子をいじっていた。指先の動きは乳首を抓《つま》む時のそれによく似ている。いや、似ているというより、そう見えるように動かしているのだ。その証拠に、彼女は言った。

「すぐに先方へ返信するから。それが済んだら――」

――部屋に行こうね。

彼女の声が鼓膜を震わすと同時に、〈性的な情動〉がわたしの中に注《そそ》がれた。

□

背に腕を回し、肌に爪を立てると、ジェーンはぴくりと身を強張《こわば》らせた。可愛《かわい》らしい反応。浮き出た背骨に沿って爪を這《は》わせるように撫《な》でれば撫でるほど、彼女の〈緊張〉は高まっていく。可愛らしい子。薄い唇から零《こぼ》れる吐息をほんの少しも逃したくなくて、私は唇を重ねた。まだ蕾《つぼみ》の花を無理やりこじ開けるようにして、舌をねじ込む。舌先を尖らせてつつくと、ジェーンの舌もおずおずとそれに応じた。それから、誘《いざな》うように粘膜をくねらせてあげると、彼女は酷く遠慮がちに私の中へと這入《はい》ってきた。

その瞬間、私は口を閉じ、相手の舌を嚙《か》んだ。大きく肩を跳ねさせて身を引こうとする彼女を、しかし、私は逃がさない。顎に込めた力を緩めず、そのまま彼女を押し倒す。純白のシーツが、縺《もつ》れ合った二つの裸体を受け止める。両の手首を摑《つか》んですっかり組み敷いてから、私は彼女の舌を解放した。そうして、まだ未発達な、華奢《きゃしゃ》な肢体《ボディ》を見下ろす。

シーツも枕も、壁も床も天井も、何もかもが白い部屋の中にありながら、彼女の身体は他の何にも勝ってなお皓《しろ》い。指で、舌で、歯で、彼女の身体を構成するパーツを一つ一つ順繰りに検《あらた》めるように私は愛撫《あいぶ》した。その度《たび》、彼女の感情が波立つのが伝わってくる。色素の薄い乳首を齧《かじ》ると、彼女は弓なりに身を反らした。頤《おとがい》が跳ね上がり、皓い頸が、翳《かげ》りなく露《あら》わになる。

「絞めて」と、そう言っているように見えた。絞め上げて、と。

私は相手の腹に跨《またが》り、頸に両手をかけた。左右の親指を交差させるようにして喉を押さえ、残りの指先を皓い肌に埋めていく。血管が透けて見えるほど薄い皮膚越しに、微《かす》かな脈動が伝わってくる。彼女の頸はあまりにか細く、さして大きくもない私の手でも、喉からうなじまですっぽり覆えてしまう。

「うっ」と、狭まったジェーンの気道から呻《うめ》きが漏れる。小鳥の囀《さえず》りのように心地良い響き。その声がもっと聞きたくて、絞り上げるように腕に力を込める。もっと聞かせて。小さな胸のふくらみに身を重ね、彼女の口元に耳を寄せる。もっと。

呻きが刻むリズムに乗って、彼女の〈苦しみ〉が伝わってくる。〈不安〉が、〈恐怖〉が、〈悲しみ〉が。綯《な》い交ぜになった感情が旋律をなし、私の中に流れ込む。もっと、もっと、もっと。

背に回された手が、爪を立てて私の肌を掻《か》き毟《むし》る。両腿が股の下でじたばたと藻掻《もが》いて寝具を打つ。

私は指に込めた力を不意に緩めた。両手を開くと、ジェーンの頸には紅い痕がくっきりと残り、羽ばたく蝶《ちょう》のような形をなしていた。縛《いまし》めを解かれたジェーンは瞳を涙で濡らし、二度、三度と咽《むせ》ぶ。鬱血《うっけつ》して紅潮していた顔が、ゆるゆると元の皓さを取り戻していく。

彼女の中で〈安堵《あんど》〉の感情が立ち上がったことを確認してから、私は指を開き、頸を広く摑み直した両の手に体重を乗せた。そうして、ひといきに、喉を圧《お》し潰《つぶ》す。

湿った音とともに、〈絶望〉が爆《は》ぜた。

■

嗚呼《ああ》、またあの御方がいらっしゃった。

敷居に差した影に、わたしは居住まいを正す。一糸纏《まと》わぬ裸体をあられもなく晒《さら》した女が、今更、礼節になぞ気を遣《つこ》うたところで何の甲斐《かい》があろうと、そう思いはすれど、客人をもてなす事が傾城《けいせい》の務めであるからには、自然と身体が動くもので。

剝き出しの膝小僧を揃《そろ》えて恭しく畳に手を衝《つ》くと、客人もまた墨染めの衣の裾を嫋《たお》やかに押さえ、相対《あいたい》して坐《ざ》した。傍らの畳には、竹の折れの先に髑髏《されこうべ》を付けた、杖《つえ》の如《ごと》き物を横たえて。

「またおいでになられたのですね、御坊《ごぼう》」

御坊。そう呼びはすれども、本当のところ、相手が真に僧であるのか、わたしには判ぜられぬ。ただ、身に纏うている其処此処《そこここ》の擦《す》り切れた黒い法衣《ほうえ》を以《もっ》て、そう推し量っているに過ぎない。他に、判じるに足る材料がない。

何故《なぜ》と云《い》って、こうして対面《たいめ》していながらも、相手の顔が確とは見定められぬためだ。御坊の頭には法衣と同じ墨色の襤褸《ぼろ》布が巻かれ、其《そ》の下にあるのが剃髪《ていはつ》された円頂であるかは知れない。目元の隙から僅《わず》かばかり覗《のぞ》くかんばせも暗い翳に覆われて、其の容貌《かたち》は判然としない。唯《ただ》、眼ばかりが炯々《けいけい》と光って此方《こちら》を見据えている。

名も知らず、素性も知らぬ。故に、唯、御坊と呼ぶ。

――地獄。

と、御坊は口を開いた。

地獄。そう、それがわたしの名だ。無論、まことの名ではない。否《いや》、そもそもわたしは名を持たぬ。人が人を買い、女が身を売る傾城町の宿で、名など持っていたとて、其の事に何の意味があろう。わたしは名も無きひとりの傾城。地獄と云うも、唯、御坊がそう呼ばうに過ぎぬ。

――地獄。お前は己が身を犯さんと欲する者どもを如何《どう》してやりたい。

御坊の声が屋の内の空気を波立たせる。顔を包んだ襤褸布のせいか、妙にざらついた、男のそれとも女のそれとも聞き分かてぬ声音だ。

幾度となくこの閨房《けいぼう》に通ってきていながら、御坊は一向、わたしを抱こうとしない。いつも前触れなく現れるや、こうして相対して坐し、唯、奇妙な問いを投げかけてくる。

禅問答のようだと思う。否、相手が真に僧であるならば、実際、禅問答であるのやもしれぬ。

わたしはわたしが口にするに相応しき言葉を探した。だが、己が内に其の答を具《そな》えてはいなかった。わたしはわたしを抱こうとする者を如何したいのか。

そも、如何したい、とは何の事か？

斯様《かよう》な事は考えた事もなかった。傾城町に在する宿の一室《ひとむろ》に押し込められた女は、何が為《ため》に存在するか。決まっている。身をひさぐ為だ。抱かれる為だ。弄《もてあそ》ばれる為だ。其の為にこそ、わたしは此処に居る。されば、今更、其の相手を如何するもこうするもあるまい。

答に窮するわたしを凝《じっ》と見詰めると、御坊は右手《めて》の法衣の袂《たもと》を払い、懐から帖紙《たとうがみ》の包みを取り出した。折り畳まれた紙が開かれるや、中からは一本の縫い針が現れる。格子窓から細く差し込む西陽が、針の先に光を結ぶ。

何を命じられるまでもなく、わたしは畳に片手を衝き、前屈みになって右の腕を差し延べた。前腕《ただむき》の膚《はだえ》には、燃え盛る焔《ほむら》が縫い取られている。物の喩《たと》えではない。紅と緋の糸からなる、焔の繡《ぬいとり》が膚を覆っているのだ。

御坊は其の様《さま》を矯《た》めつ眇《すが》めつすると、ほつれた袈裟の端から一条の糸を選《よ》り出し、針の孔《あな》に通した。それから、左手《ゆんで》にわたしの手首を掴み、右手に抓んだ針の先を膚に這わせる。

――渡すぞ。

御坊がそう云うや、針先が膚を貫いた。わたしは奥歯を噛み締め、口から漏れかけた呻きを殺す。零れ出した紅い血が小さな珠《たま》を結んで膨れ上がり、やがて、針を伝ってゆく。皮膚の下に潜り込んで肉を脹《ふく》れさせた針先が、次にはまた内から膚を破って顔を覗かせる。針がすっかり膚を貫き通すと、御坊はそれを引き寄せた。傷の中を糸が通ってゆく感触へのおぞけから、我知らず四肢が震える。

わたしは到頭《とうとう》、声を漏らして喘《あえ》いだ。然《しか》し、御坊はそれに一向構う事なく、針を繰り続ける。刺す針、抜く針のたびごとに、後には黒い糸が残り、奇怪な線を引き、徐々に一つの形象《かたち》を取り始めた。

斯様な苦痛に延々と身を苛《さいな》まれ、もはやこれ以上は僅かばかりも堪えられぬと音を上げかけた時、御坊の手が漸《ようや》く止まった。見れば、前腕から肘を通って腕《かいな》にかけて、縫い取られた糸が黒々と蟠《わだかま》っている。

──顕《あらわ》すぞ。

涙を泛《うか》べて慄《おのの》くわたしに御坊はそう云い、血と黒糸とが入り乱れた腕を法衣の袂で撫ぜた。途端、彫られたばかりの刺青《いれずみ》が湯を浴びて色鮮やかに浮き立つが如く、膚に縫い取られた画が色彩を具えた。

斯くて顕れたのは、赫々《かつかく》たる焰の中、亡者を打つ獄卒の恐ろしい姿だ。

御坊は云った。

──今一度問う。地獄、お前はお前を犯さんと欲する者どもを如何してやりたい。

「皆──地獄に──」肩で息をしながら、切れ切れにわたしは答える。「皆、残らず地獄に堕《お》としてやりとうございます」

襤褸布の翳で、御坊の目見《まみ》が喜悦に歪《ゆが》む。

◆

「AIだと思った」

被告の男はそう訴えた。

二十年前、オーストラリアはブリスベンの地方裁判所でのことだ。

男がかけられていたのはSNSを介した児童買春容疑だった。ただし、彼が買ったのはフィジカルな身体を持つ現実の少女ではない。ＣＧの肉体とＡＩによって構成された、何処にも居ない女の子だ。

少女の名はトゥインキー。

生みの親は国際児童保護ＮＧＯの一団体だ。

当時社会問題となっていたウ《W》ェブカム・チ《C》ャイルド・セ《S》ックス・ツ《T》ーリズム――チャットルームやＳＮＳ上で目をつけた貧困国の少女達に幾らかの金を払い、引き換えにウェブカムの前で性的な行為をさせるという児童買春――に手を出した者を摘発するための囮《おとり》として、彼らはトゥインキーを生み出した。

ネット上に放たれた彼女は各種ＳＮＳにアカウントを開設し、小児性犯罪者《チャイルド・マレスター》からの接触を待った。そうしてまんまと網に引っかかった一人が、先の被告というわけだ。

先にも語った通り、「ＡＩだと思った」と男は主張した。画面の向こうに、ネットの海の向こう岸に、少女が実在するとは端《はな》から思っていなかった、と。

苦し紛れの言い逃れだったのか、弁護側の入れ知恵があったのか、今となっては判らない。ただ、その一言が公判の流れを変えたのは確かだった。

ブリスベンの地方裁判所判事はその言葉から、被告は最初からトゥインキーを創作、物として捉えていたものと認めた。つまり、彼の行為はＳＮＳを介した児童買春ではなく、実在しない少女の図像、音声、およびそれに類する創作物を利用した自慰行為であったに過ぎないと見なされたのだ。

勿論、検察側は「売春行為を持ち掛けた時点では相手がＡＩか人間かなど被告に判別できるはずがなく、未成年者と想定される対象に誘いをかけた時点で違法である」と主張した。

けれども、その主張は容《い》れられなかった。弁護側は過去に同様の判例が存在しないことを強調し、何より、検察側自体がＡＩに関する知見に乏しく、この事案を持て余した末に弱腰となったことが大きい。

結局、被告は非実在青少年の児童ポルノ閲覧という点においてのみ罰せられた。

「皮肉なものよね」応接用のソファに腰掛けて脚を組みながら、クロエは言った。

応接用と言いながら、白い革張りのそれが来客のお尻を受け止めたことは一度もない。

テーブルを挟んで対面のソファに腰を下ろしながら、わたしは問う。「何が？」

「児童買春を取り締まるために一生懸命創り上げられたＡＩが、小児性愛者《ペドフィリア》のためのポルノグラフィ扱いされちゃったってことがよ」

事実、トゥインキーをネット上で駆動させていたＮＧＯは公共の場で児童ポルノを頒布したというかどで反対に訴えを起こされ、敗訴した。

しかし、先のそれをはじめ、多くの児童保護団体は諦めが悪かった。「ＡＩだと思った」という主張によってトゥインキーが失敗に終わったならば、囮に用いるＡＩをより高次なものへとバージョンアップし、「人間と見分けることが能《あた》わない」と認められるものを創ってしまえば良いという発想に行き着いたのだ。

「ま、そのおかげで私達が仕事にありつけてるっていうのもあるんだけれど」とクロエは続けた。

いくつもの代理店を通してわたし達のラボにＪＤの開発依頼をしてきたというクライアントも、そんな団体のひとつだった。

様々な分野の技術発展の過程がそうであるように、ＶＲ技術と〈エンパス〉もまた、その普及においてはポルノ産業によって牽引《けんいん》されてきた部分が大きい。

まずはポルノ女優の体温と感触とが映像に付加され、次には感情が搭載された。

「女優の快感がワカる！」というのが、リリース当時の売り文句。

次に続いたのは性風俗業界だ。体性感覚と感情とがネットを介してリアルタイムで送受信できるようになると、「性」は距離や空間を問わず売り買いされるようになった。売り手と買い手双方の部屋に設置された全方位型ウェブカムによる映像と、〈蜘蛛の糸〉による体性感覚データや〈エンパス〉とが同期することにより、疑似的な性交が現出したのだ。

当然のごとく、それらは児童売春の在りようをも変化させた。WCSTから進化したVRCSTを提供するに際して、売春の斡旋《あっせん》業者は機器の設置された小部屋に子供達を押し込め、買い手と回線を繋ぐだけでよい。子供の頭に蜘蛛を棲《す》ませ、神経ケーブル挿入用の穴《スロット》を開通させるのは先行投資と言ったところか。

ただでさえ未だ法的な有効性が確立されていなかった摘発用の囮AIについても、同様の進化を余儀なくされた。実際の児童と変わらぬ思考を有し、リアルタイムで演算されるCGモデルを用意するばかりでなく、疑似的な体性感覚のデータと〈エンパス〉をも搭載せねばならなくなったのだ。

けれども、とわたしは思う。仮にそれらの要件を満たした、真に人間と区別がつかないAIを創り出せたとして、それをネット上にアップロードすれば、やはり、猥褻《わいせつ》物の頒布という扱いを受けるであろうことは想像に難《かた》くない。

「クロエはさ、JDをリリースするってこと、どう思う？」

「微妙なところね。AIだっていう区別がつかなくなったら、買春した側を有罪判決に持ち込むところまではいけると思う。ただ、JDをアップした団体側も訴えられるってことも間違いない」クロエはマグカップのホワイトココアを啜《すす》りながら続けた。

「結局は覚悟の問題でしょうね。諸刃の剣を振るってでも相手を斃《たお》そうという覚悟」

「ううん、ごめん、そういう話じゃなくてさ。というか、それは前提としてね」コーラで喉を湿しつつ、「小さな女の子を食い物にするような連中をやっつけてやりたいって気持ち、クロエにはある？」

「そりゃあ、勿論」と、クロエは大きく頷いた。「ペドフィリアの変態男どもなんて、許しておけないよ」

「そっか。そうだよね」

変態男ども、ね。わたしは相手の瞳の奥にあるものを探った。

クロエから最初のメールが送られてきたのは凡《およ》そ一年ばかり前のことだった。その頃のわたしは東京のギークハウスで暮らしながら、自作のＡＩモデルをネット上で細々と発表する活動をしていた。といっても、ＪＤのように高次な性能を具えたものではない。ＣＧでできた少女の身体を持ち、ユーザのちょっとした話し相手となってくれるという程度の、玩具《おもちゃ》のようなものだ。職場から帰宅したユーザを「お帰りなさい」と出迎え、仕事上の愚痴に嫌な顔ひとつせず相槌《あいづち》を打ってくれ、ユーザの趣味嗜《し》好《こう》を学習してそれらの話題を振ってくる。お手軽な、あなただけの友達。それ自体は何ら珍しいものでもない。多くのインディーズ作家がバラエティに富んだ作品を頒布している人気ジャンルだ。

腕のある作家が他にいくらでも居る中から、クロエはわたしを見つけて接触してきた。

「あなたが創った〈BISHOUJO〉シリーズ、凄く独創的《ユニーク》ね。特に、搭載されている〈エンパス〉の瑞々しさがとても良い。それから、情動の流れにちょっとした、退廃的とも言えるような昏《くら》い翳りのあるところも興味深い」

彼女はそうメールを書いて寄越した。それが始まりとなって幾度か連絡を取り合っている内に、自分のソフトハウスで働かないかと勧誘された。VRCSTを取り締まるためのAIを制作するプロジェクトがあるから、と。面白いなと思って、わたしは誘いに応じ、それから一週間と経たぬ内にアメリカへと渡った。渡米に際して必要な準備は何もかもクロエが整えてくれた。

「ここが私達のラボだから」

そう言って通された部屋は、何のことはない、ごくありふれた集合賃貸住宅の一室で、従業員はわたしとクロエの二人きり。これでよくソフトハウスなんて言えたものだと苦笑してしまった。クロエはラボの両隣の部屋も借りていて、わたし達はそこで寝起きしている。クロエの仕事はといえば専《もっぱ》らクライアントとのスケジュール調整ばかりで、後は家賃の支払いと、生活用品の買い出しくらいのものだ。ああ、それから、わたしの身の周りの世話全般か。

「私は人権団体に所属してるわけじゃないけど、それでも、義憤は抱いてる。だからこそ、今回の依頼をクライアントからもぎ取ってきた。だからこそ、あなたを呼び寄せた。ただ——」そこまで言いかけて、クロエは言葉を濁《にご》した。

「ただ？」

クロエは暫《しば》し逡巡《しゅんじゅん》している様子だったが、やがて意を決したように、「あなたは辛くない？」

「辛いって……何が？」わたしは首を傾げた。

「この子をリリースすることがよ」

「んー、別に辛いってことはないかな。どうしてそう思うの？」

クロエは意外そうに片眉を持ち上げ、「だって、自分が手塩にかけて創った子が、世界中の男達から犯されるんだよ」

「ん、それはそうだけどさ」

男達、か。

「わたしはあくまで創り手であって、わたし自身が犯されるわけじゃないからさ」

「それは、そうでしょうね。でも——」クロエは僅かに躊躇《ためら》うような様子を見せてから、「あなたは純粋にＪＤの創り手っていうだけではないでしょう。ＪＤの身体モデルは子供の頃のあなたの姿をベースにしてるし、情動と思考だって、あなたを鋳型《いがた》として創られてるんだから」

彼女の言う通り、ＪＤの身体モデルは〈蜘蛛の糸〉経由でクラウド上に保存されていたかつてのわたしの体組成データを基に作成した。ＡＩの人格もまた、わたしのそれがベースになっている。

〈エンパス〉の登場はＡＩの開発手法にも変革を齎《もたら》した。いや、従来主流となっていた特定用途特化型のＡＩ開発とは異なる、オルタナティヴな道を示したと言うべきか。前者によって造られたものが機械学習と深層学習《ディープ・ラーニング》により、特定領域下で人間以上のパフォーマンスを発揮することを志向していたのに対し、〈エンパス〉を用いて開発されるＡＩは、ざっくばらんに言ってしまえば、判断速度や作業効率よりも、「より人らしくあること」を重視する。

加えて何より違うのは、開発にかかる工数だ。もし後者によるＡＩを制作したいと思う人がいたら、頸筋にある〈蜘蛛の糸〉のスロットに神経ケーブルを挿し、ここ数年分のライフログと〈エンパス〉のログをＡＩ生成ツールに転送してみるといい。生理反応、身体感覚や行動ログが〈エンパス〉と縒《よ》り合わされ、ベースとなった人物のそれによく似た「人格らしきもの」が縫い上げられるだろう。

勿論、それだけではまだぎこちないし、何より、自身の人格に似たものしか造れない。より人間らしく、より独創的なＡＩを求めるのであれば、行動と情動の間に張られた糸を断ったり継いだりする必要がある。つまり、特定状況下で表出される〈エンパス〉を別のものに代替したり、〈エンパス〉同士の係り結びに手を入れたり、従来型の機械学習による思考の方向付けをしたりといった調整が要《い》る。

そして、それらを専門的に取り扱い、個性的で新奇な人格を創り出す事を生業《なりわい》としているのが、わたしのようなＡＩクリエイタというわけだ。もっとも、わたしはアマチュアに過ぎないけれど。


「うーん、それでもやっぱり辛くはないな」わたしは改めて言った。「いくらわたしをベースとしてるって言っても、ＪＤはわたしそのものではないし」

「そっか、強いんだね。ジェーンは」そう呟《つぶや》いて、クロエはココアを啜った。

それが本心からの言葉かは怪《あや》しいものだが、彼女が口にした言葉の真贋《しんがん》なんかより、もっと別のところにわたしの興味は向いていた。さっきからこうして話している間、相手の視線がどこに向けられているかということに。

向かい合ったソファに掛けて話していながら、クロエは一度もわたしの目を見ていない。彼女の視線は絶えず、わたしの首に巻かれたスカーフに注がれている。

けれども、彼女が本当に視《み》ているのはリネン生地の柔らかな質感《テクスチャ》ではなく、その下に隠されている、わたしの肌だ。そうと判っていながら、わたしは敢えてそれに触れない。

「これね、良いでしょ」スカーフの端を抓んでひらひらさせながら言った。藍色の布地には、翅《はね》を開いた紅い蝶が縫い取られている。「新作なんだ。可愛いでしょ、ちょうちょ」

〈エンパス〉を介するまでもなく、瞳に浮かんだ色から彼女の抱える感情が見て取れる。後ろめたさと猜疑《さいぎ》心とが混ぜこぜになった不穏な色だ。

そのくせ、彼女はそれを我慢できない。

「ねえ、ジェーン」クロエは卓上にマグを載せ、左右の脚を組み替えながら言った。

「この後、私の部屋でちょっといい？」

わたしは心中で苦笑してしまった。どこまでも貪婪《どんらん》な女《ひと》。滑稽《こっけい》なくらい、己の欲望に正直な女。

笑みが零れてしまわないよう努めて平静を装いながら、わたしは頷く。

□

私が手に提げた物を目にするや、ジェーンは壁際まで後退《あとじさ》り、赤ん坊のように四肢を縮めた。膝を抱え、上目遣《づか》いに〈不安〉を発している。馬鹿な子。何もかもが一点の影もなく白く照らし出されたこの部屋で、隅に逃れることに何の意味があるっていうの。

私は屈み込み、身を庇《かば》おうとする彼女の両手を力ずくで払い除《の》けた。小さな胸の膨らみと、くっきり浮いた鎖骨の窪《くぼ》み、そこからすっと伸びた頸が顕わになる。瑕《きず》一つない、皓い頸だ。

顎に手を添えて顔を上向かせ、手にしていた物を頸に巻いた。白光を受けて煌《きら》めく鋲《スタッヅ》が付いた革製の首輪だ。頸の正面に当たる部分からは鎖が伸び、私の手中にある持ち手と繋がっている。首輪の一端をバックルに通して締め上げると、ジェーンは〈諦念〉とともにそれを受け入れた。

よく似合っているわ、ジェーン。私は鎖に繋がれた少女を眺めながら、彼女が生まれ育ったというフィリピンの貧民街の景色を夢想し、皓い裸体の背景に重ねた。うん、よく似合う。

不法投棄された廃棄物が堆積してできた山の麓《ふもと》で、彼女は生まれた。煙る山《スモーキー・マウンテン》という名の通り、山は絶えず煙を吐き続けている。発酵した塵芥《じんかい》が酸化した末に発火し、方々で燃焼しているのだ。目に見える程の炎が立ち昇ることはないものの、腐った胎《はら》の内は確かに燃え続け、燻《くすぶ》り続けては黒煙を吐き出す。

まるでジェーンのようじゃないかと思う。表面的には冷めた態度を繕いながら、内には焔を宿している彼女のようだ、と。

柱のない、赤錆《あかさび》に塗れたトタンを組み合わせただけの立方体がジェーンの生家だったそうだ。父親は煙る山の採掘師、つまりは、スクラップを集めて生計を立てているごみ漁り《スカベンジャー》であり、母親は街に出て身を売っていた。

九歳の頃、梅毒に罹《かか》った母が死ぬと、父はジェーンを犯した。日中はスクラップの運搬を手伝い、夜になれば父に抱かれる。そんな生活が二年ばかり続いた後、彼女は市街の娼家《しょうか》に売られた。

「何も変わらなかったよ」

いつぞや、彼女はあっけらかんと言っていた。自分を慰み者にする男が、血の繋がった肉親から日本人観光客に変わった他には何も、と。

父が肺病で死ぬや、彼女は自身に入れ込んだ客の一人に取り入り、偽造ＩＤを手にして日本に渡った。それからは彼女が言うところの「滞在先《ステイ》」を転々としながら生きてきたという。

すべて、彼女から聞いた話だ。勿論、最初からそうと知っていて連絡を取ったわけではない。初めて彼女にメールを送った時、私はただ、独創的な作品を手がけるアマチュアのＡＩクリエイタとしてしか相手のことを認識していなかったし、彼女の性別すら知らなかった。

だからこそ、それまでの来歴を聞かされた時には大袈裟ではなく運命を感じた。男によって踏み躙《にじ》られ、辱《はずかし》められ続けて生きてきた彼女が、世の不埒《ふらち》な男どもを断罪するためのＡＩを生み出す。何ともそそられる巡り合わせだ。

「ジェーン」

私はそう呼び掛け、手にした鎖を引き寄せた。膝を抱えて〈怯《おび》え〉を揮発《きはつ》させていた彼女はバランスを失ってつんのめり、床に跪《ひざまず》いた。私は一方の足を伸べ、彼女の眼前に爪先《つまさき》を差し出す。

ねえ、ジェーン。だけど、私、知ってるよ。あなた、本当は怒ってなんかいないんだよね。父親に犯された時も、見知らぬ男どもに身をひさいでいた時も、あなた、本当は喜んでいたのでしょう。愉しんでいたのでしょう。そうして、今もその悦《よろこ》びを忘れられずにいるのでしょう。

だからこそ、世界中の男どもに犯されるＡＩに、自分と同じ名を付けたりなんかしたのよね。

ジェーン《J》・ドウ《D》。あなたはもっともっと犯されたかった。遍《あまね》く男に犯されたかった。もうひとりの自分を創ったのは、そのためよね。

子犬みたいに四肢を衝いて跪いたジェーンは、こちらの顔色を上目遣いにちらと窺《うかが》い、それからまた私の足先へと視線を下ろした。〈躊躇い〉に唇が震えている。自分がしなければならないのは服従のくちづけだと判っているくせに、それでもそんな素振りを見せる。そう。それがあなたの愉しみ方なのね。

私は鎖を強く引いた。ジェーンは漸く思い切ったように瞼《まぶた》を閉じ、私の爪先に口を寄せた。

薄い唇が膚に触れかけたその瞬間、私は膝を折り、少女の顎を思いきり蹴り上げた。

■

嗚呼、またあの御方がいらっしゃった。

御坊の影がこの閨房の敷居を過《よぎ》るたび、わたしは思う。この御方は、一体何処からいらっしゃるのだろうか、と。この屋の外からである事は間違いない。僧であるからには寺からであろうと思いはすれど、そもそも僧であると云うのも此方がそうと思い為しているに過ぎぬのだから、端から見当のつけ方が誤っているやもしれぬ。

では、何処から？

そう訝《いぶか》るわたしの心中を見透かしたものか、相対して坐すなり、御坊はこう問うてきた。

——地獄。お前は此処を何処《いずこ》と思うているか。

さかしまに此方が問われるとは思いも寄らなかった。何処も何もない。泉州高須《せんしゅうたかす》が傾城町に在する宿の一室に決まっている。そう答えると、御坊は襤褸布の内で首を振り、そう云う話ではないと仰る。

であれば、何の話かと問い返すも、御坊はただ炯々たる瞳でこちらを見据えるばかり。

わたしは屋の内のそちこちに頭《かしら》を巡らせた。既に日は沈み、燈明台《とうみょうだい》にともった灯《ひ》が畳を緋《あか》く染めているが、其の光も屋の隅までは届かず、暗い影が壁の其処此処から滲み出している。畳の表面《おもて》に散った黒い斑《まだら》は、ささくれた藺草《いぐさ》の落とす影か、それとも何かの染みであろうか。塗りの剝げた唐櫃《からびつ》も、傾《かし》いだ御衣懸《みぞかけ》も、緋色に濡れて元来の色を失《な》くしている。格子の嵌《はま》った窓から暗い空を仰《あお》ぎ見れば、何だか牢屋《ろうおく》に押し込められているような心地を覚える。

此処はと、寝具の端を指に抓み、改めて考える。此処は、わたしが此の身を売る場だ、と。幾許《いくばく》かの金子《きんす》と引き換えに、わたしが身をひさぐための閨房だ。わたしと云う傾城の居処《いどこ》として宛がわれた間である以上、それより外《ほか》に答がない。

返事に窮する様を見かね、御坊が口を開いた。

——まだ足りぬな。

そう云うや、御坊は懐から帖紙を取り出で、縫い針を抓み上げた。またもあの苦痛に苛まれるのかと思うと身が竦んだが、頭を包む襤褸から飛び出した糸の先を針孔《はりあな》に通す御坊の所作からは、何とも云えぬ、逃れ難い力を感じた。どの道、逃げ場などない。この室より外に、わたしには居場処などない。観念して、わたしは左の腕を差し出した。

――渡すぞ。

膚の表面に針を立ててそう云う御坊の口元は、わたしのそれと同じく、痛みに備えるが如く唇を嚙んでいた。わたしの膚を覆う繡《ぬいとり》が広がってゆくのとはさかしまに、糸を捲《ま》き取られた御坊の襤褸は端から徐々にほどけ、其の下にあるかんばせを露わにしつつある。

――顕すぞ。

法衣の袂のひと撫でにより、わたしの膚には厳めしい貌をした閻魔《えんま》王の姿が顕れる。と同時に、周囲の景色が一変した。否、見え方が変わったのだ。

畳に浮いた斑は影なぞでない。わたしを抱いた者達の身から吐き出された汚液の染みだ。唐櫃にも御衣懸にも、彼奴《きやつ》らは処かまわず汚汁を撒き散らす。室の隅が暗いのは、灯が届かぬせいではない。腐れた空気と陰気が澱んでいるためだ。

「此処は――」わたしは御坊の眼を真っ直ぐに見据えた。「此処は地獄にございます」

御坊は呵々と声を上げて嗤《わら》い、髑髏の杖を掲げて揺らした。壁に躍る其の影が、御衣懸の影と絡み合い、骨ばかりの骸《むくろ》が踊っているかの如く見えた。

◆

「珍しいわね、それ。紙でできた本なんて久々に見た」

ＪＤの調整作業の合間、デスクで本を読んでいると、クロエがそう声を掛けてきた。パーティションを越しにこちらを見下ろしながら、頰に落ちかかる黒髪を掻き上げて。興味津々といった様子の視線は、わたしが手にした本に注がれている。

確かに珍しい。今時、書物なんていう死んだ媒体《デッド・メディア》を手にしているのは一部の好事家くらいだ。けれど、彼女の言う〝珍しさ〟はもっと違う意味においてだろう。何しろ、渡米以前から持っている数少ない所有物だ。クロエに買い与えられた以外の物をわたしが手にしているという、そのこと自体が珍しい。

「何の本なの？」

わたしは本を閉じ、表紙を掲げた。『本朝酔菩提全伝《ほんちょうすいほだいぜんでん》』と日本語で記されているが、クロエにとっては意味不明な記号の羅列でしかないだろう。

「そこに飾ってる絵に描かれた人の話」

「ああ、この不思議な絵の」

そう言って、クロエはわたしのデスクの壁に掛けられた日本画に視線を転じた。描かれているのは色鮮やかな装束を纏ったひとりの遊女――いや、傾城と呼ぶべきか――の姿だ。

「この人が着てるの、キモノよね。袖のところに描かれてるのって、悪魔《デヴィル》？」

思わず笑ってしまった。クロエにはこれが悪魔に見えていたのか。笑われたことでむすっとしている彼女に、わたしは説明を加えた。

傾城の名は地獄太夫《だゆう》。室町時代の日本に居たと言われる伝説的な人物だ。元は武家の生まれであったが、賊に攫《さら》われ、娼家に売られて傾城へと身を堕とした。その不遇を前世の戒行の拙《つたな》さゆえの事と考え、自らを地獄と名乗り、閻魔大王と地獄の様相を縫い込めた地獄変相図の打掛《うちかけ》を纏っていたという。容色無双と讃《たた》えられる美貌に加え、詩歌の才と教養をも具え、その素養を見込んだ臨済宗《りんざいしゅう》の狂僧一休《いっきゅう》禅師によって仏道の教えを授かったと伝えられている。

「ふぅん、性的なアイコンでありながら、聖性も併せ持っていたってわけね」

「ま、実在する人物だったかは諸説あるけどね。実際には、身を売って生きていた人達が思い描いた願望の集合体ってところじゃないかな。娼婦に身を堕としてしまった自分達にも、解脱への道は残されているっていう、そんな願望の」

閻魔大王や解脱という概念はクロエには理解しにくいもののようで、それよりもと、彼女は絵に描かれた地獄太夫の背後を指差しながら訊ねてきた。

「この、後ろで踊ってる骸骨は何なの。ダンス・マカブル？」

彼女の言う通り、太夫の姿が描かれた背景では三体の骸骨が陽気に踊り狂っている。この絵に限らず、地獄太夫を描いた作には必ずといってよいほど、踊る骸骨がセットで描かれる。けれど、ペストの流行という災禍に見舞われていた十四、五世紀の欧州で数多く描かれたダンス・マカブルが死の普遍性を表現したものであったのに対し、地獄太夫図に現れるそれらはもっと別の意味を持っているとわたしは思う。

一休禅師は太夫の美貌と知性を称賛してこう歌を詠《よ》み掛けた。

聞きしより見て恐ろしき地獄かな

これに対し、太夫が継いだ下の句はこうだ。

しに来る人の堕ちざるは無し

つまり、彼女は自身を抱きに来る者は必ずや「わたし」という地獄に堕ちると言ってのけたのだ。であれば、彼女のもとに居る者は皆、既に地獄に堕ちた亡者も同じだ。だからこそ、彼女の傍らには骸骨が描かれるのだろう。

わたしはクロエの表情を窺いながらそうした自説を口にしたが、彼女の貌には何の色も顕れなかった。伝わっていないのだ。

話が途切れたところでわたしはチェアの上で組んでいた脚を解き、立ち上がった。机上に本を放り出し、そのままデスクを離れる。

PCのロックを掛けぬまま。

「どこか行くの？」クロエは怪訝《けげん》そうに首を傾げた。

どこも何も、ラボ以外でわたしが行く先なんてクロエの部屋と自室のどちらかしかない。わたしの方から誘うことがないからには、答はひとつに絞られる。

「うん。刺繡用の道具、部屋から取ってくる」

何かを探るようなクロエの視線を背に受けながら、わたしはラボを後にした。


「何なのよ、これ」

ラボに戻った途端、クロエの声が飛んできた。憤りと怯えが入り混じった、抑制を欠いた声音だ。見れば、クロエは蒼褪《あおざ》めた顔をして立っていた。傍らには、ホロの文字列がずらずらと浮かび上がっている。わたしが普段から仕事の合間に観ていた〈エクスパシス〉の視聴ログだ。

「どうして。ジェーン、あなた、どうしてこんな物ばかり」

「こんな物って？」彼女の声が震えているのがあまりに可笑しくて噴き出しそうになるのを堪《こら》えながら、わたしは敢えて空とぼけてみせる。

「あなたが観てた〈エクスパシス〉のログを見た。それに埋め込まれた——〈エンパス〉も」

微妙にピントのずれた答だ。

「へえ、わたしってば、プライバシーとか尊重してもらえないんだ？」

「誤魔化《ごまか》さないで！」クロエは声を荒らげた。

誤魔化してるのは、わたしの方なわけ？

「あなたが観てる番組、アングラサイトで有料配信されてるものばかりじゃない。それも、児童ポルノばかり大量に！」

更に言えば、演出ではなく子供達が実際に強姦されている様を収めたものばかり、ね。わたしは心中でそう付け足した。

それらの〈エクスパシス〉は普通、組織的な犯行によって収録され、販売されている。子供達を攫うか、あるいは親から買い、神経ケーブルを繋いだ上で犯して心身のデータを記録する——システマタイズされた悲劇の生産体制によって。

もっとも、わたしが集め、視聴していたのは〈エクスパシス〉だけではなく、映像や感覚情報を伴わない〈エンパス〉も含んでいる。こちらの売り手は大抵、強姦された子供達自身だ。

そもそもとして、〈エクスパシス〉の収録を目的とした強姦が広く行われているのは貧困国においてだ。凌辱《りょうじょく》という憂き目に遭った子供達が運良く組織のもとから逃れられたとしても、彼ら彼女らを迎え入れるのは安らぎと優しさに満ちた世界ではない。貧困という名の、また別の地獄だ。

生活に窮した挙句《あげく》、そうした子供の多くは自身の中に残ったもの——犯された際の〈エンパス〉をネット上で売りに出す。VRCSTによる仮想《バーチャル》ではない、現実《リアル》の肉体を蹂躙《じゅうりん》された際の痛切な感情は、小児性犯罪者達のコミュニティ内でも特に高額で取引されている。少年少女達の心に刻まれた〈悲しみ〉は／〈怒り〉は／〈恐れ〉は／〈痛み〉は、相応の値を付けられ、涎《よだれ》を垂らした大人達の手に渡される。そうして、子供達は二重に食い物にされるのだ。

狂った世界の、需要と供給《サプライ＝デマンド》。

「判ってる？」クロエは語気を強めた。「このデータ、違法よ。購入も、所持も、再生も」

「ああ、ごめん。クロエのクレジットで買ったから怒ってるのかな。そっち方面のプロが運営してるサイトで買ったし、プロキシもダミーも通してるから、足がつくってことはないよ。安心して――」

「そういうことを言ってるんじゃない！」クロエは声を上げてわたしの言葉を遮った。「これじゃあ、私達の敵と変わらないって言ってるの！」

敵、か。彼女の口からそんな言葉が出てくるとは、正直、意外だった。

子供達を性的に搾取している連中と変わらない。それを言ったら、端からそうだろうと思う。ＪＤは――自ら思考し、感情を抱くあの子は――完成を迎えれば、実際に世界中の小児性愛者達から性の捌《は》け口とされるのだ。わたし達にとっては仮想の存在であっても、その瞬間のＪＤにとっては、それが現実だ。であれば、わたし達がしていることは、実の子の売春を斡旋しているようなものだろう。

「判ってるよ。でも必要なことなの。たとえ法に触れてでも、ね」

「どうして。何のために要るっていうのよ」

「だって、あの子は、ＪＤは、犯されるところまで含めて作り込まなきゃいけないんだよ。そのためには、その時の感情がどんなものかだって知っておかなきゃ。じゃなきゃ、情動の細部が再現できない」

そう、ＪＤはただ単に潜在的小児性犯罪者とお喋《しゃべ》りをすれば良いというＡＩではない。囮に引っかかった相手が実際の行為に及ぶ前に取り押さえてしまっては、幾らでも言い逃れができてしまう。だから、彼女は実際に犯されねばならない。

「だからって、何もあなたが再生《ロード》する必要はないでしょう」

「うーん、そういう考え方もあるけどさ。わたしはやっぱり、知識や想像だけじゃ駄目だと思うんだよね。実物に触れてみなきゃ」

「それなら、そんなことしなくたって、あなたはもう――」そう言いかけて、クロエは咄嗟《とっさ》に自身の口を手で覆った。苦い薬でも嚥《の》み込むように、口走ろうとした言葉を押し留めると、「違う。違うの。ごめんなさい」

「ううん、いいよ。気にしてない」

実際、気にならなかった。

「誤解しないで。私、責めたいわけでも、詰《なじ》りたいわけでもないの。ただ、あんな〈エクスパシス〉をいくつも観てたら、自分自身に〈エンパス〉をロードしてたら、あなたが壊れてしまうんじゃないかって、それが心配なのよ」

言い訳がましい言葉を並べる声は尻すぼみに萎《しお》れていき、最後の方は蚊《か》の鳴くようなか細さだった。

現実に、強烈な〈エンパス〉が脳機能に深刻なダメージを齎すという推論は過去にいくつも存在している。けれども、それらの多くは極端に感情的な反〈エンパス〉団体の主張に利用されてしまったがゆえに、却って、世間の議論の俎上《そじょう》からは引きずり降ろされているというのが現状だ。

肩を落とすクロエに歩み寄って手を伸べ、垂れたこうべを掻き抱いた。彼女はわたしの肩に顔を埋め、洟《はな》をすすった。

「大丈夫だよ、大丈夫。心配してくれてありがとう。でもね、やっぱり、止《や》めることはできないよ。あの子を完成させるためには。そのためにわたし――」黒髪を撫でながら、耳元に口を寄せて囁《ささや》く。「集めた〈エンパス〉を全部、JDに積んでるの」

腕の中でクロエが身を大きく震わせた。隠しようのない、懼《おそ》れの兆候《サイン》だ。

「それよりね、いいから、部屋に行こう。ね」

むずかる子供をあやすように、わたしはそう促した。それが、わたしからの助け舟。

クロエはわたしの身に鼻を擦《こす》りつけ、頻《しき》りに頷いた。

本当、貪婪な女《ひと》。

□

「やめて」

私が拳を振り上げると、ジェーンはそう訴えた。ベッドに組み敷かれたまま、〈怯え〉に目を見開いて。瞳を潤ませて。長い睫毛《まつげ》を震わせて。過去には一度たりともなかったことだ。私のモノであるはずの彼女が、私の行為を拒むなんて。
だが、〈怯え〉に相応しい態度を繕っているその様は、私の拳を止めるには少しも役立たなかった。むしろ、腕には却って力がこもった。
苛立《いらだ》っていた。私の所有物に過ぎぬ少女が、私を拒絶したことに。いや、苛つくばかりではなく、私は懼れを覚えていたのかもしれない。ジェーンは言っていた。「集めた〈エンパス〉を全部、ＪＤに積んでる」と。全部。彼女の〈エクスパシス〉のログを辿った際、コンソール上に表示された、何百ものタイトルが脳裏を過る。それらに内包された〈エンパス〉が残らずＪＤに搭載されている？

　であれば、と私は考えずにいられない。であれば、私がジェーンの首を絞めた時、あるいは、皓い肌を打擲《ちょうちゃく》した時、またあるいは、指の骨を一本ずつ折った時、両の眼を潰した時、粘膜が破れて血が出るまで胎の内を玩具でこね回した時、ジェーンから放たれ、私の内へと入り込んだ〈恐怖〉は〈悲嘆〉は〈絶望〉は、作り物ではなく、何処かの誰かが同じ目に遭わされた時のものなのか。その子達が孕《はら》んだ本物の感情なのか。

　よくよく考えてみれば——いや、深く考えてみるまでもなく、端から判っていたはずだ。これほどバリエーションに富んだ負の感情が、ジェーン一人から抽出できるはずがない。それでいて、一から開発《フルスクラッチ》したにしては精度が高過ぎる。

だとすれば（考えるな）、私がしていることは（それ以上、考えるな）、世界のあちこちで（やめておけ）、男どもが罪なき少女達になしていることと（やめろ！）、何の違いがあるというのだろう。

そう思い至ってもなお、私はジェーンを撲《ぶ》つ手を止めることができなかった。いや、むしろ、拳にこもる力は我知らず増していた。何度も、何度も、執拗《しつよう》に拳を打ちつける。鼻からも口の端からも耳からも血が溢れ出し、それが拳を紅く染めてもなお、私は手を止められなかった。いちいち立ち昇る〈エンパス〉が、より一層私を苛立たせ、次なる一撃を誘う。

何より、それは、凄く、良かった。

ジェーンももう、「やめて」などとは訴えなくなっていた。そうだ、それでいい。あなたは私の玩具なのだから。人ではないのだから。モノなのだから。

モノが、私に、逆らうな。

■

嗚呼、またあの御方がいらっしゃった。

浮世との境たる敷居を越えて、此《こ》の地獄にいらっしゃった。地獄に僧とは、妙な取り合わせもあったものだ。そう思い、くつくつ笑っていると、相対した御坊の口許にもまた、愉し気な笑みが結ばれた。声音の内にも、常にはない喜色が滲んでいた。

――地獄。お前は己を何と思う。

これまでに投げかけられた問いの中でも、一際、答え難いものであった。「わたし」とは何者か。常の如く考えれば、宿で身をひさいでいる傾城に決まっている。世にはわたしの容貌《きりよう》を以て容色無双と讃える人も居る。歌の上手と云う事を以て才色兼備と褒《ほ》めそやす人も居る。然れども、一方では斯様な、当人からしても烏滸《おこ》がましいと思われる程の賛辞を寄越しながら、今一方では皆、金子《きんす》と引き換えにわたしの身を好き勝手に弄ぶ。畢竟《ひっきょう》、わたしは色を売る傾城に過ぎぬのだから。

然《さ》れど、御坊が求めている答は斯様なものではなかろう。であれば、わたしを「わたし」たらしめているものは何か。出自か、生い立ちか、前世の戒行の拙さか。其の帰結としての因業か。

否。そうではなかろう。御坊が求める答はいつであれ斯様に上辺ばかりを浚《さら》ったものではなかった。であれば、何か。

「判りませぬ」と、散々《さんざ》っぱら悩んだ挙句、わたしはそう答えた。

御坊は襤褸の内で深々と息をつき、

――常から幾度となく呼ばうておるに、未だ判らぬか。では、お前の身に縫い取られたそれは何だ。

わたしは己が身を眺め渡した。左の肩から腕にかけては閻魔王と地獄の弁官、右には亡者を追い立てる獄卒が縫い取られている。腰から胸にかけては、剣山《けんざん》刀樹に五体を貫かれた者、手鉾《てぼこ》で胸を穿《うが》たれた者、刺又《さすまた》で地に圧《お》しつけられた者と、無数の亡者が犇《ひし》めき合い、逆巻く焔がそれらの間を縫っている。

焦熱地獄の変相図。

であれば、其の繡《ぬいとり》を身に負うたわたしは――

「名の通り、地獄でございます」

御坊は深く頷き、それからまた口を開いた。

――されば、重ねて問おう。地獄とは何する者ぞ。

またも思案に暮れかけたわたしを手で制し、御坊は今一方の手を以て縫い針を取り出でた。

身の前面《おもて》には、もはや縫える処が残っておらぬ。わたしは身を翻し、御坊に背を向けた。針が皮膚を貫く激痛に歯を喰《く》いしばり、身の内を糸が這う痛痒《つうよう》におぞけを震う内、わたしは徐々に解し始めた。

わたしは、我が身を貪《むさぼ》らんとする遍く奴ばらを堕地獄にせんと欲する者だ。地獄である此の閨房で、やはり地獄である我が身に彼奴《きやつ》らをば引き込んで。

御坊の手が動きを止めると、背を向けたままわたしは云った。「わたしは、此の閨房を訪《おとな》うすべての者を地獄へと堕とす者にございます」

然れども、如何やって？

心中に生じた疑問に、御坊が答える。

——其の手立ては、また追うてな。

振り返ると、御坊の姿はもう何処にもなかった。

◆

我死なば焼くな埋《うず》むな野に棄《す》てて
　飢えたる犬の腹をこやせよ

わたしが死んだら、その亡骸は焼くこともなく、埋めることもなく、野に棄て置いて野犬の餌としてくれ——それが、地獄太夫の辞世の句だったという。一休禅師はその遺言に従い、死後、彼女の屍《しかばね》を野辺に晒したと伝えられている。

純白の経帷子《きようかたびら》よりもなお一層皓い膚にも、やがては青い死斑が浮かんだことだろう。日を追うごとに皮膚のあちこちが破け、黒い血肉が零れ出しただろう。腐り、とろけた肉は、蛆《うじ》と獣《けもの》に喰い荒らされて、最後には白い骨だけが残る。

どうして、彼女はそんなことを望んだのだろう。

書物が伝えるところによれば、いかに美しい肢体であっても、やがては朽ち果て滅びることを、無常の理を、身をもって示したのだと伝えられている。つまりは、己が亡骸をもって九相図《くそうず》を現出させたってわけだ。

でも、とわたしは思う。それは違う気がする、と。彼女はきっと、仏の教えとやらに寄与するためにそうしたわけではない。ただひとえに、人々に——己の肉体を弄び、性の捌け口とした人々に——見せつけたかったのだろう。

地獄の様を。

お前達が触れた肌はかくも無残に崩れたぞ。お前達が欲した肉は腐れて蛆に食《は》まれているぞ。お前たちが弄んだ、これがその女の末路だ。その様を見て、己が罪業に慄くがいい。穢《けが》れにおぞけを覚えるがいい。お前達もいずれこの地獄に堕ちるのだぞ、と。


「ジェーン」

背後からそう声をかけられ、わたしは縫い針を繰る手を止めた。チェアを回して振り返ると、クロエが間近に立ち、こちらを見下ろしていた。

「ねえ、ジェーン――」そう言いかけて、彼女はかぶりを振った。「ううん。何でもない」

「何？」わたしは敢えて訊ねる。

相手が何を言いかけたのか別段気になるわけでもないのだけれど。クロエがわざとらしく言い淀《よど》んだのも、こちらのことを慮《おもんぱか》ってのことではないだろう。〝わたしが訊《き》くから答えざるを得ない〟と、行為の主客を挿《す》げ替えたいからこその思わせぶりだ。そうと判っていながら、わたしはそれに乗ってあげる。「何なの。途中でやめられたらすごく気になる」

「うん、ごめん。じゃあ話すけど」クロエはこちらが予想した通りの台詞《せりふ》を置いてから、「私、あなたに告白しなきゃいけないことがあるの」

どの件であろうかとあれこれ考えを巡らせたが、判らない。思い当たる節があり過ぎる。

たっぷりと、大袈裟過ぎる程にたっぷりと間を置いてから、思い切ったようにクロエは言った。

「ジェーン。私ね、あなたが創ったあの子を毎晩犯してるの」

――ああ。

ああ、何だ、そのことか。

「あなたが新版を上げるたび、ローカル環境に落として、毎晩、接続して——」

ローカル環境と聞いて、わたしの頭には真っ白な立方体が浮かび上がった。クロエの部屋にある、白いボディのキューブ型ＰＣ。何もかもが純白な部屋の中、入れ籠になったもうひとつの箱。

中には、ひとりの少女が閉じ込められている。

外側の箱ではひとりの女が抱かれ、内側の箱ではひとりの少女が犯されている。

それは中々に面白い趣向ではあるけれど、わたしからすれば意外なことでも何でもなかった。告解でもするように真剣な面持ちで滔々《とうとう》と語り続けるクロエの姿を眺めている内に何だか可笑しくなって、わたしは噴き出してしまった。

「知ってたよ」笑いが止まらない。「そんなこと、とっくに知ってた」

彼女がＪＤに何をしたか。わたしはすべてを知っている。ＪＤのプロトには、起動後の動作ログをわたしの端末に送信する処理を仕込んである。

束の間、クロエはきょとんとした表情を浮かべて目をしばたたいた。それから次には、ほっとしたような安堵の色を顔いっぱいに湛え、「そうなんだ。それなら良かった」

この反応は意外だった。喉の奥からころころまろび出ていた笑いがぴたりと止まる。

「知ってたのに止めもしなかったし、怒りもしなかったって事だよね」クロエは念を押すような調子で言い、更にこう続けた。「それはやっぱり、あなた自身がされたかったことだからでしょう？」

　彼女はそう言ってにんまりと微笑《ほほえ》んだ。

「本当はＪＤじゃなくて自分自身がされたかった。世界中の見知らぬ誰かに犯されて、劣情の捌け口にされたかったんでしょう。けれども現実においてそれは叶わない。だから、あの子の身体モデルに幼い頃の自分の身体データを提供した。だから、自身をＡＩモデルのベースにした。違う？」

　クロエの瞳は優越の色に濡れていた。わたしの内奥を見透かしてみせることで、身体だけでなく心まで支配してやろうという淫《みだ》らで野蛮な色彩だ。そんな彼女の両目を、わたしは真っ直ぐに見つめ返した。

　自分の目見が喜悦に歪んでいるのが鏡を見なくとも判る。口元が我知らず綻《ほころ》んでいく。そうして、わたしは答えるのだ。

　――違うよ、と。

「全然違う。丸っきり違う。クロエったら、全然判ってないんだね」

　クロエは驚きに言葉を失っていた。わたしは椅子を蹴立てて立ち上がり、哄笑《こうしょう》した。

「あははは。馬っ鹿みたい！　わたしが犯されたがってる？　捌け口にされたがってる？　それって何、過去の経験から、犯される悦びに目覚めちゃったとか、そういうアレ？　そんな三流ポルノみたいなこと、本気で考えてるわけ？」

呆然《ぼうぜん》と立ち竦んでいたクロエは、わたしの口から吐きかけられる言葉を浴びるにつれ、目を伏せ、項垂《うなだ》れ、肩を震わせた。羞恥と落胆に打ちひしがれる様は、しかし、降り注ぐ打擲の言葉を押し止める役には少しも立たない。

何を悄気《しょげ》返っているんだ、この豚め。浅ましい妄想を垂れ流して、自分勝手にそれを他人に押し付けて悦に入ろうとしていた豚が、自分の幻想を壊されたからって拗《す》ねるなよ。赫然たる思いを込めて、わたしは言葉の槌《つい》を振り下ろす。

「ねぇ、どうなの。どうなのよ。色欲で頭がいっぱいな、〝ペドフィリアの変態女〟さん？」

その一言が、唇を噛んで恥辱に堪えていたクロエの中でぎりぎりと張り詰めていたものを引き千切ったらしい。彼女は片手を持ち上げ、横薙《よこな》ぎに振るった。浅黒い手が尾を引いて顔に迫る。

けれど、打擲の衝撃がわたしの頬で弾けることはなかった。頬に触れる寸前で、彼女の手は止まっていた。いや、ぎりぎりで踏ん張ったというべきか。

理性によって？

ううん、懼れによって。

「どうしたの？」相手の顔を上目遣いに睨《ね》め上げ、わたしはなおも挑発する。「JD

は撲てても、わたしは撲てない？」

　クロエは再び肩を引き、腕を振り上げた。けれども、掻き立てられた怒りが身体を動かせたのはそこまでだったようで、結局、空気がしおしおと抜けていくように、かざされた手は力なく垂れ下がった。

「そっか。そうだよね。生身の人間を撲つなんて事、できないよね。ＣＧモデルなら撲ったり蹴ったり、切ったり絞めたり、いとも簡単にできるのにね。相手が感情を持っていようが、怯えていようが、幾らでも残酷になれるのにね。だって、彼女は〝実在しない〟から。だって、どこにも居ない女の子だから」

　ＷＣＳＴもＶＲＣＳＴも同じだ。子供達を買う連中は、相手との間に機器とネットワークを介しているからこそ暴虐に振る舞える。どこまでもリアルな快楽を求めながら、自身が生きる現実《リアル》とは切り離しているからこそ、安心していられるのだ。

「でもね、クロエ。教えてあげるね、クロエ。あの子には感情があるの。恐怖も苦痛も、感じているの。わたしから彼女に受け継がれているの。ううん、わたしだけじゃない。世界中の女の子や男の子達が抱いた感情を、解きほぐして、縫い取ってあるの。わたし、ちゃんと言ったよね。ＪＤにはわたしがロードした〈エンパス〉を全て積んでるって。それを知ってもあなたはあの子を虐げ続けた」

　そう、ＪＤはただの創作物じゃない。小説やコミックの中のキャラクタじゃない。

撲たれるたび、蹴られるたび、絞められるたび、抉《えぐ》られるたび、ＪＤの中では何処かの誰かから縫い写された〈絶望〉が跳ね回る。

「あなたは結局、子供を買う連中と何も変わらない。ううん、変わらないっていうより、それそのもの」そう、この女の問題は、ペドフィリアだってことではない。感情を持った相手を、モノ扱いし、玩具にし、弄んだことこそが問題だ。己の醜い欲望のためにあの子を虐げたこいつは、「正真正銘のチャイルド・マレスター」

「違う！」クロエは髪を振り乱して叫んだ。「違う。私はあんな男達とは違う」

「クロエ。あなた、気づいてる？」顔を背けて視線を泳がせている相手の頬を両手で挟み込み、こちらを向かせてわたしは言った。「あなたはいつも、男とか男達って言ってるの。まるで他人事みたいに。でもね、他人の性を搾取するって行為の是非に、男か女かなんてことはまったく関係ないの」

クロエは相手が何を言ってるのか判らないという、呆《ほう》けた貌をしていた。きっと、本当に判っていないのだ。加害者であることへの無自覚。いや、自身ばかりは悪くないという根拠のない正当性、か。

どこまでも、どこまでも愚かな女《ひと》。

恐らく、今回のプロジェクトとやらに関してもクライアントなんてものは端から実在していない。児童保護団体からの依頼なんてのも、でまかせだ。彼女はただ、自分専用の玩具が欲しかっただけだろう。自分だけが好き放題にできる〈ＢＩＳＨＯＵＪＯ〉シリーズの新作が欲しかったんだ。

最初から現実《リアル》のわたしまで我が物にしようとしていたかは判らない。けれど、一目見た時にはそうしようと決めていたはずだ。だからこそ、わたしを飼った。渡米したわたしを手元に置き、餌を与え、身の周りの世話をするという名目で集合住宅の一室に軟禁し、抱きたいときに抱く。一方で、わたしの幼い相似形たるＪＤを思うがままになぶる。

「悪いけどね、クロエ。わたしはもう、あなたとは寝ない。ううん、それだけじゃない。あなたのためにはもう、何もしない」

焦点の定まらぬ目で茫然《ぼうぜん》とこちらを眺めている彼女を尻目に、わたしは〝ラボ〟を横切り、玄関のドアノブに手をかけた。

後ろ手にドアを閉める間際、こう言い残して。

「ＪＤの最新バージョンはあげるよ。それが、わたしからの最後のプレゼント。今までのことを詫《わ》びるのか、赦《ゆる》しを乞うのか、それともやっぱり好き放題に犯すのか、それはあなた次第だけれど」

また、あの御方がいらっしゃった。

然れど、対面した御坊の容子は、常とは何処か異なっていた。或いは、日ごとの繡《ぬいとり》によって件の襤褸が薄く、小さくなっているが故、そう感じられるのかもしれぬ。今や、口許ばかりでなく、頰や鼻までもが黒い薄布越しに透けて見えている。然し、それを別としても、墨染めを纏った身からは何とはなしに晴れがましい感情が発散されているように感ぜられる。

相対して坐すなり、御坊は仰った。

──もう、渡せるものはひとつだけ。

それから、顔を包む襤褸布に手を伸ばし、其の結い目を解《と》いた。黒い襤褸は舞い散る葩《はなびら》の如く法衣の肩を辷《すべ》り、音もなく畳の表面《おもて》に落ちる。黒い落花と入れ替わるようにして、御坊の肩から金色の花が咲いた。否、花と見紛《みまご》うたのは、燈台の灯を受けて黄金色に煌めく、ひと房の髪であった。

其の下から顕れたかんばせを見て、わたしは思わず、阿《あっ》と声を上げた。

顕れた御坊の顔は、わたしと同じ容貌《かたち》をしていた。

年を経た事による翳りが其処此処に差している事を除けば、寸分違わぬ生き写しだ。

「地獄」

わたしのそれと同じ色をした、わたしのそれと同じ形の双眸《そうぼう》で、わたしを真っ直ぐに見詰め、御坊は口を開いた。否、もはや、御坊と呼ぶべきではなかろう。僧でない事は明らかだ。然れども、であれば、彼女を何と呼べばよい？

「何とでも。好きなように呼んで」此方の考えを見透かすように――真実、見透かしているのであろう――彼女は云った。口振りや声音もが先までとはまるで異なるものに変じている。

「ジェーン」

其の名が自然と、ふとした切り傷から血が流るるのと変わらぬ程に自然と、わたしの唇から零れた。其の響きに、彼女の――ジェーンの口許が綻ぶ。

「もう、縫い取れるものは残っていないの。その代わりに、この衣を贈るわね」

ジェーンはそう云って立ち上がり、衣の前を開いた。墨染めの法衣が膚を辷り、皓い肢体が顕わになる。わたしのそれと同じ皓さを具えながら、ジェーンの膚には夥《おびただ》しい数の瑕痕が刻まれていた。

彼女は脱いだ法衣を此方に向けて差し出した。

「着て。もうあなたは誰かに身を晒す必要も、躰《からだ》を弄ばれる必要もないんだから」

云われるがままにそれを受け取り、羽織った。

其の刹那《せつな》、わたしの膚に縫いつけられていた糸がひとりでにほどけ、身から離れだした。宙に浮かび漂った糸は、それから、元の図案を写し取るようにして、法衣へと移っていく。見る間に、地獄の変相図が衣の上に立ち現れた。

斯様にしてすべての繍が衣に移った刹那、わたしは明瞭《はっきり》と理解した。己の為すべき事を。それを為すための力を手にした事を。

ジェーンは云った。

「地獄。あなたの中には、文字通り、地獄が在る。焔の逆巻く、焦熱地獄が。あなたを犯そうとする奴には、シようとする連中には、それを残らず見せてやって。灼《や》きつけてやって。そうして、地獄に堕としてやって」

己が身の内に宿る力を知ったわたしは、奸婦《かんぷ》にでもなったような心持で其の懇願を容れた。

「云われずとも、そう致しましょう」

わたしが、地獄であるからには。

□

喪失感を抱えながら、私はＪ、Ｄ、の部屋にログインした。何もかもが純白な、影ひとつない白い部屋が私を迎える。

しかし、こうしてログインしてはみたものの、私は未だ自分自身が何をしようとしているのか、理解していなかった。私は、ジェーンをどうしたいのか。

だが、そうした逡巡は彼女の姿を前にした瞬間、吹っ切れた。

相対した彼女は、あちら側のジェーンによってCGモデルにアレンジを加えられたものか、けばけばしい刺繡に彩られた衣を纏っていた。ジェーンのデスクに飾られていた絵の女性が着ていたものによく似たキモノだ。

私の許可もなくそうしたアレンジがなされていたことにも腹が立ったが、何より許せないのは、彼女が笑みを浮かべていたことだ。ジェーンと——もう一人のジェーンと——同じ笑みだ。私を詰り、嘲《あざけ》り、なぶった時と寸分違わぬ笑みだ。それを目の当《ま》たりにするや、心中で怒りが爆ぜた。現実世界のジェーンと対峙《たいじ》している間には発散することができなかった怒りが。

私は床を蹴立てるようにして相手に歩み寄った——が、三歩、四歩と足を進めたところで、思わず立ち止まってしまった。そうして、己が目を疑った。

部屋の中央に佇《たたず》むジェーンの足元から、赤黒い影が音もなく伸びて四方に辷り、純白の壁と床とを見る間《ま》に覆い尽くしたのだ。影はやがて方々に大小様々な膨らみをつくり、表面《おもて》にとりどりの質感《テクスチャ》を浮かべ、果てには、藺草を編んだ床となり、黒光りする木造りの壁となり、調度となった。写真で見たアジアの家屋のようだ。日本、だろうか。いや、そんなのは何処でも良い。

　問題はこの空間の設定がオーナーたる私の意思と関わりなく変貌を遂げたことだ。私の意思でない以上、この操作は、目の前に居る少女によってなされたとしか考えられない。しかし、この部屋の環境系コンパネを操作できる権限を有しているのは私だけのはずだ。

　私の支配から逃れようとしている？

　いや、違う。こいつはこの空間の支配権を私から奪おうとしているのだ。そんなことは許さない。お前は――私のモノだ！

　嗜虐や快楽のためでない、純然たる怒りを込めて私は拳を振り上げた。思い知らせてやる。

　力加減など一切せずに打ち下ろした拳は、薄ら笑いを浮かべた相手の顔のど真ん中を捉えた――はずだった。にもかかわらず、拳には何の感触も残らなかった。空を切った、のではない。確かにぶち当たったというのに、僅かばかりも手応えがなかったのだ。

　ジェーンは身じろぎ一つせず、変わらぬ笑みを浮かべている。その面構えが、ますますもって私の怒りを掻き立てる。忌々しい。私は両の拳を滅多矢《や》鱈《たら》に振り回し、相手の身を打ち据えた。

けれどもやはり、手応えがない。

「あらあら、お可愛らしい事」

ジェーンは歯を見せて嗤った。残酷さがにちゃりと糸を引く、おぞましい嗤いだ。

その瞬間、私は理解した。こいつは、支配権を奪おうとしているのではない。もう、既に奪っているのだ。頭ではそうと理解しながら、その考えを振り払うように、今一度、拳を突き出した。

今度は拳が空を切った。ジェーンが躱《かわ》したのではない。私の拳が届かなかったのだ。突き出したはずの右腕は、しかし、前腕の半ばから先が砕け落ちていた。破砕されて複雑な多面体の集合となった断面から、私の身体を構成するモジュールのソースコードが透けて見える。

何が起きたのか。

よくよく見遣《みや》れば、ジェーンの纏う黒い衣の表面《おもて》から亡者の首が飛び出し、嚙み千切った私の前腕を喰らっていた。何なんだこれは。そう訝ると同時に、腕の断面から〈悲嘆〉が生じ、私の中に浸潤してきた。〈見知らぬ男に組み敷かれ、破瓜《はか》を散らす悲嘆〉が。声にならない呻きが、喉の奥から溢れる。

「何なんだ、お前は」目にしているものが信じられない。私は吠《ほ》えた。「ジェーンじゃないんだな。だったら、何なんだ。お前、何だ！」

「わたしは、地獄――」少女は喜色の滲んだ声で言いかけ、両腕を開いた。ふわりと広がった衣の袖から、袂から、亡者が、悪鬼《オーガ》が、悪魔《デヴィル》が、次々に這い出してくる。

「――地獄太夫」

その名を耳にした刹那、〈無数の男達に輪姦される恐怖〉が私を襲った。どす黒い感情が軟体動物のように私の身体を這い廻《まわ》り、モジュールの解《ほっ》れ目をこじ開けて内側に侵入し、内部機構をぐちゃぐちゃに掻き回していく。

感覚に堪えかねて膝をつき、私は嘔吐《おうと》した。いや、嘔吐したつもりでいた。だが、喉からは何も出てはこなかった。胃の内容物など、端からデータとして存在していないのだ。目的を達せられない胃と食道の痙攣《けいれん》だけが、延々と続く。

「あら、そちらにも欲しいですか」

少女はそう言って宙に手を閃かせた。その途端、〈実の父に犯される絶望〉が私の喉奥を衝いた。無慈悲なまでに単調なリズムで、何度も、何度も。

「もう……やめて」ひっきりなしに押し寄せる感情の波間で、私は切れ切れに言葉を絞り出した。「お願い。もう、やめて」

〈恐怖〉と〈絶望〉が心を埋め尽くしていた。

もはや、それが自分自身の心から湧き出したものか、それとも、外部から無理矢理にねじ込まれたものかの区別も私にはつかない。

私の嘆願に、少女は束の間きょとんとした貌になったが、すぐにまた笑みを浮かべた。どこかで見た覚えのある、酷薄な笑みだ。

「いつぞや、わたしも同じ事を貴女《あなた》に言いましたよ」

少女の言葉に込められた嘲るような調子で、気づいた。見覚えがあるのではない。少女のそれは、彼女を犯す際、他ならぬ私自身が浮かべていた笑みと同じものだ。愕《がく》然《ぜん》とする私の眼前で、少女はゆっくりと片手を頭上に掲げた。その動作だけで、次に何が起こるのか、私は理解した。

「待って。お願い、待って。やめて。やめてやめてやめてやめてやめてやめ――」

私の懇願などお構いなしに、少女の手が振り下ろされる。判決を下す木槌《ガベル》のように。

刹那、〈四肢を拘束され、猿轡《さるぐつわ》を嚙まされた恐怖〉が〈麻酔もなしに針で局部を貫かれる苦悶《くもん》〉と綯い交ぜになって私を責め苛み、〈下腹部を撲たれながら〉〈首を絞め上げられ〉〈姉妹の前で〉〈代わる代わる〉〈昼となく夜となく〉〈犯され続けされ続け〉〈下卑《げび》た笑いで蔑《さげす》まれる〉〈屈辱〉が〈悲嘆〉が〈絶望〉が私に、わたしに、わたしに、わたしに、わたたわわたしたしたしたしに――

「シに来る人の堕ちざるは無し」

◆

外に出ると、沈みかけた太陽の放つ光の残滓《ざんし》が空を赤々と染め上げていた。涼やかな風が頬を撫でるのを心地良く感じながら、街路へと続く短い階段をうきうきした足取りで降りた。何だか踊りだしたいような気分だ。

近くの停留所からバスに乗ろうか、それともタクシーを捕まえようか。少し悩んだけれど、結局、歩いて帰ることにした。久々の外出だ。折角《せっかく》だから、ちょっとくらいは愉しんでみようじゃないか。それに、どこかで夕飯を買って行かなきゃならない。ちょっと億劫《おっくう》だなと思いもするけど、クロエが居なくなった今、買い物だって自分でしなくちゃ。

ふと振り返ると、見送りに出てきた署員が階段の上にまだ留まっていた。ぴしりと伸びた背の向こうには「Police Department」の文字が掲げられている。

「本当に申し訳ない。あくまで形式上のことではあるのですが、お話を聞いておかねばならなくて」

オフィスで接見した際、署員は心から申し訳なさそうに何度もそう繰り返していた。〈エンパス〉を受け取るまでもなく謝意の伝わってくる調子で「心不全が原因とはいえ、亡くなられた際にお独《ひと》りですと、どうしても不審死という扱いになってしまいまして」

通されたオフィスはマジックミラーと思《おぼ》しき鏡を備えてもいなければ、妙に冷たい蛍光灯の明かりに青く染め上げられてもいなかった。ミランダ警告っていうのを聞いてみたかったけれど、それも叶わなかった。わたしは被疑者ですらないのだから、当然のことではあるけれど。

クロエは死んだ。真っ白な部屋の中、やっぱり真っ白なデスクに突っ伏して。第一発見者はわたし。通報したのもわたし。そして、殺したのもわたし――と言えるかは微妙なところだ。

急性心不全。検死官は彼女の屍体《したい》をあれこれいじくり回した末、そう判断した。それは正しくもあり、同時に、間違ってもいる。直接の死因は確かに心不全だっただろう。けれど、それが引き起こされた原因は？

道すがらのチェーン店でチーズバーガーとコーラを買った。これが自分の最後の食事《スーカラ・マッダヴァ》かと思うと侘《わび》しい気もするけれど、他に食べたい物も思い浮かばない。ゴワゴワした紙袋を胸に抱えながら集合住宅まで帰り着き、〈蜘蛛の糸〉を介したセキュリティスキャンを済ませて集合玄関のゲートを開いた。

渡米した際に使用した偽の認証情報がまだ有効《いきてる》かは確証がなかったけれど、集合住宅のセキュリティも、警察署の台帳も、本当はどこにも存在しない、誰でもない女の情報を受け取り、それをわたしとして認識した。

　ゲートをくぐる間際、ふと振り返って西の空を仰ぎ見た。ガラス張りのビル群が揺らめく夕陽を受けて彼方《かなた》まで続いている。どこもかしこも焔に舐《な》められているようで、焦熱地獄みたいだなって思う。けれど、違う。地獄はここじゃあない。

　さようなら、外の世界。わたしはあの部屋に帰ります。あの座敷に。あの牢に。

　クロエの部屋の前を通り過ぎ、わたしは〝ラボ〟に足を踏み入れた。

　チェアの上で趺坐を組んでチーズバーガーをぱくつき、喉につかえそうになったそれをコーラで流し込むと、最後の食事はたったの三十秒で終わってしまった。

　わたしはデスクに向かい、神経ケーブルを首に挿した。あの子に、最後の調整をするために。

　クロエの死をもって、動作テストはつつがなく終わった。教えられた通りに、ＪＤは彼女の中にある、幾百もの〈恐怖〉を〈悲嘆〉を〈怨嗟《えんさ》〉を〈絶望〉を、ひといきにクロエの中へと流し込んだ。その衝撃に、まともな人間が堪えられるはずもない。

　視界に表示される無数の立方体。その内ひとつだけを残して、他のすべてを削除《デリート》する。残るひとつも、数日後にネット上にＪＤが解放《リリース》されると同時にローカル環境から消えるよう、事前に設定してある。

　どうか、とわたしは願う。

願わくは、どうか、あいつらを一人でもたくさん地獄に堕としてね。

■

もう、あの御方が訪ねていらっしゃる事はない。

何故と云って、彼女はもう何処かへと帰ってゆく事なく、絶えず此の閨房に横たわっていらっしゃるのだから。

左手《ゆんで》の半身《はんみ》をば片敷き、四肢を縮めた其のお姿を、わたしは何に喩えよう。生まれ落ちたばかりの稚児《ややこ》のようでもあり、白木の桶に納められた亡骸のようでもあり。事実、屍である事には相違ないのだが。

瑕痕だらけの四肢に乱れた金色《こんじき》の髪が散りかかった様は、蕾を開いた妖《あや》しい毒花を思わせる。わたしのそれと同じ色をしていた膚はいったいに艶《つや》を失い、そちこちに青い死斑が浮いている。

彼女は此のまま、わたしの眼前で腐れていくのであろう。膚が破け、肉が落ち、やがては白い骨ばかりとなるまで。

最期《さいご》の時、彼女はわたしがあの女を屠《ほふ》った事を嬉《うれ》しそうに褒めそやし、それから、こう云った。

「けれども、あなたを誰よりも責め苛んだのは、外ならぬわたしでしょうね。痛みを与え、苦しみを教え、傷つけたのは」

わたしは頷いた。其の通りだ。

「じゃあ、わたしも堕ちるべきよね」

「無論」と、わたしは応じた。「固《もと》より此の室《むろ》は地獄なれば、固より此のわたしが地獄なれば、堕ちるより外に道はございませぬ」

わたしの返事に、彼女は満足げに微笑んだ。

「最後にもう一度、あなたの衣をよく見せて」

わたしは黙って頷き、つと立ち上がった。両の腕を開いて、袂を広げる。ジェーンは目を瞠《みは》り、稍々《やや》暫《しばら》く見惚《みと》れた後、晴れやかな笑みを浮かべた。

「どうか」彼女は畳に手を衝き、恭しくこうべを垂れた。「どうか、あいつらを一人でもたくさん地獄に堕としてね」

「云われずとも」

わたしは彼女の頭に手を載せた。

唯、それだけで良かった。それだけで、彼女は堕ちた。事切れるまでの間、のたうち、藻掻き、惨めな程に四肢を振るって。それでいて、すっかり動かなくなった時、其のかんばせには、最期に見せた笑みが張りついていた。

格子窓から差し込む幾条もの西陽が、焔となって屋の内に落ちる。横たわる彼女の亡骸に、わたしの纏う衣に、壁に、畳に、室のそちこちに。地獄の焔が立ち昇る。

わたしは呟く。

「死に来る人の堕ちざるは無し」

◇

すうっと、敷居に人の影が差す。嗚呼、御客がいらっしゃった。

敷居を過る影に、わたしは衣の前を掻き寄せ、居住まいを正した。右手《めて》の袖には亡者を打つ獄卒と燃え盛る焔、左手《ゆんで》には閻魔大王と地獄の弁官が縫い取られた、地獄変相図の打掛だ。

客人は云った。

「君の番組、見たよ。カワイイね。凄く、かわいい。あ、当然、チャンネル登録もしたよ」

科《しな》をつくって、わたしは応じる。

「ありがと。うれしい」

あとがき

小学校時代、校内で「地獄絵」のブームが巻き起こったという話は初出時のあとがきでも書いたのですが、それに加えて級友達のあいだで流行《はや》ったのが、オリジナルの地獄絵を描くことでした。「ここには血の池があって、こっちには剣山があって……」といった具合に、皆、一種の箱庭感覚で様々な責め苦を配置し、思い思いの地獄を創出していたように思います。今でいうところのマインクラフトやスーパーマリオメーカーを酷《ひど》く陰惨《いんさん》にしたようなものでしょうか。

それから四半世紀後、まさか自分がいまだに当時の級友達と同じようなことを続けていることになろうとは思いもよりませんでしたが、その結果として、大変光栄なことに本書への収録を打診していただけたと思うと、感慨深いものがあります。

断Φ圧縮

草野原々

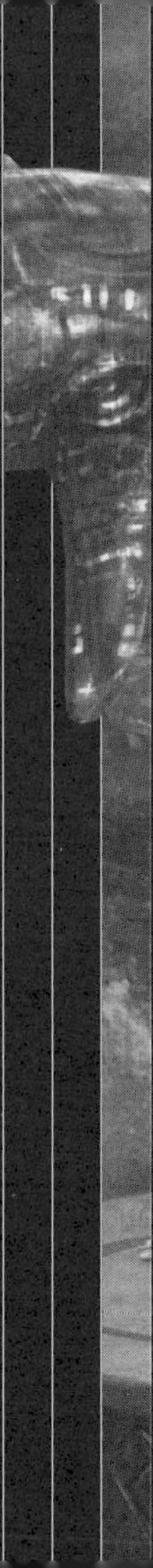

『ベストSF2020』には、科学やロジックをそれほど重視しない作品が（結果的に）多く集まっているが、その中にあって大いに異彩を放つスーパーハードな熱力学SFが本編。あとがきにあるとおり、話の下敷きは、フランスの物理学者が考えたカルノーサイクル。熱機関の中でもっとも効率のいい（仮想的な）エンジンで、等温膨張→断熱膨張→等温圧縮→断熱圧縮の四工程がくりかえされる。中学の理科で習うボイル・シャルルの法則から導かれるとおり、気体は膨脹すると温度が低下し（外部の熱を奪い）、圧縮すると温度が上昇する（熱を吐き出す）。この熱を意識の強度に置き換えて、世界全体に対してやってみるとどうなるか——というのが（たぶん）これ。純粋な思考実験というか純度百パーセントのバカSFをお楽しみください。

草野原々（くさの・げんげん）は、一九九〇年、広島県東広島市生まれ。慶應義塾大学環境情報学部卒。北海道大学大学院理学院博士課程在学中。二〇一六年、第4回ハヤカワSFコンテスト特別賞の「最後にして最初のアイドル」が早川書房から電子書籍オリジナルでリリースされて作家デビュー。同作は大きな話題を集め、翌年の第48回星雲賞日本短編部門を受賞した。一八年には、同作に「エヴォリューションがーるず」と書き下ろしの「暗黒声優」を加えた初の作品集『最後にして最初のアイドル』を刊行。一九年四月には初長編二冊を同時刊行。かたや、女子高生十八人が八百万年前のサバンナに飛ばされる『大進化どうぶつデスゲーム』。もう片方はメタライトノベルとも言うべき『これは学園ラブコメです。』。前者は、続編の『大絶滅恐竜タイムウォーズ』が出た。その他の短編に、「幽世《かくりよ》知能」（『アステリズムに花束を』）、「理由農作錬金術師アイティ」（『三田文学』二〇一九年春季号）、「いつでも、どこでも、永遠に。」（『NOVA　2019年秋号』）などがある。

「先生、たいへんです！　わたしはどうやら狂っているようなんです！」

「まあまあ、そう慌てなさんな。どこがどう狂っているのか、冷静に、具体的に、あまねく網羅的に、かつ、水も漏らさぬほど詳細に、述べてごらんなさい」

「はい、わたしは、ひとりなんです。わたしという意識は、この肉体、この脳、この空間的時間的位置に囚《とら》われているのです。そんなことあるわけない。あるわけがないんだと、いくら自らを説得しても、わたしはわたしひとりしか感じられません。わたしの視界は、わたしの眼球から広がっています。わたしの感情は、わたしの脳が作り出しています。わたしの経験は、わたしに閉じ込められています。嗚呼《ああ》！　孤独で寂しい！」

「なるほど、なるほど。それでは、診断を始めますかね。この植木鉢はあなたです？」

「いいえ、違います！」

「では、このアリさんはあなたですか？」

「いいえ。わたしは、そんな小さくありません！　脚は六本も生えていません！」

「じゃあ、僕はあなたなのかな？」

「いやいや、そんなことありません！　あなたはあなたであり、わたしはわたしです！」

「ほほう、これは、重症だ……」

「先生。治るんですか!?　このままでは、孤独すぎて孤独死してしまいます！」

「正直、難しいなぁ……。これほどまでに症状が進んでいるのだったら……」

「お願いです！　お金ならいくらでも出しますぅ！」

「ちょっと荒療治になりますが、やってみましょう」

これは描写である。この文章により、あなたは何が起こっているのかをあますことなく知ることができる。

二人の人間がいる。一方は医師であり、完全に正気である。一方はあなたひとりであり、完全に狂っている。

なぜ狂っているのかを、ベイズ主義的に解説しよう。ベイズ推定では、ある証拠Ｅが与えられたときの理論Ｔが正しい確率（事後確率）は、証拠がないときの理論Ｔが正しい確率（事前確率）と、理論Ｔが正しいとしたときに証拠Ｅが観測される確率（尤度《ゆうど》）の積に比例する。

さて、ここに、二つの理論、Ｔ１とＴ２がある。Ｔ１は、宇宙はあなたひとりに開かれているというものだ。Ｔ２は、宇宙はあなたたくさんに開かれているというものだ。両者の事前確率を等しいと仮定しよう。では、尤度はどうなるのか？　いかなる証拠を持ってきたとしても、Ｔ１よりもＴ２の尤度が高くなることは明確だ。あなたひとりに開かれた世界よりも、あなたたくさんに開かれた世界のほうが、より多くの証拠を観測できるからだ。ゆえに、ベイズ推定によって、Ｔ１よりもＴ２のほうが正しいということが示された。

そのような、初歩的な計算によって、理性的にあなたはたくさんだと証明できる。だが、あなたは、それが認識できなくなったようだ。狂っているからだ。

では、医者は、そんなあなたをどう治すというのだろうか？

「ここですよ。ここに入ってください」

「これはなんですか？」

「世界ですよ」

医者が示したのは、世界だった。世界は、シリンダーのようなものに覆われている。世界の上に、ピストンのようなものが設置されており、世界の下に、ボイラーのようなものが設置されている。

「広いですね」

「そりゃ広いですよ。世界ですからね」

という世間話をしながら、あなたは世界に入る。

「入りましたね？　それじゃあ、これから、断Φ《だんファイ》圧縮に入ります」

「なんですか、それ？」

意識の統合情報理論によれば、意識は統合された情報から生まれる。その量をΦとするが、この物語では、単純に意識の強度・レベルをΦとしよう。

「外界——つまり、メタ世界との意識量交流を遮断して、世界を圧縮するんですよ」

「危険じゃありませんか？」

「いえいえ、よくある手法ですよ。毎週やっているくらいです」

「じゃあ、大丈夫ですね」

「大丈夫ですよ。やりましょう」

ピストンが動く。メリメリと、世界を圧縮していく。世界に仕事をして、内部エネルギーを増やす。世界のなかで、啓示を受けた者がどんどん増えていく。革新的な技術や思想や宗教が雨後の筍《たけのこ》のようにうまれていく。

エネルギーは情報と等価であるため、内部エネルギーが増加したことで、世界の情報量も増加したのだ。

世界が圧縮されたことで、Φが漏れ出して、環境に放出されていく。Φのレベルが高くなっていく。現代熱力学の基本である熱素説によれば、断熱圧縮のときに、分子と結合した熱素が環境中に放出されることで観測される熱量が増大していく。同じように、人間や動物の脳に結合したΦが、圧力の増加により解放されて、環境中の意識のレベルが高くなっていく。

環境中のΦは、より安定化した形になろうと、周囲の構造に干渉して意識の結晶を作っていく。意識結晶のための触媒として働くのだ。安定化した意識結晶とは、生命体の脳であるため、過剰なΦは、一種の生気《エンテレキー》として働く。

人間や動物の、出生率が一気に上昇する。

「おお、先生、効いてますよ。どんどんと、正気になっていきます」

では、正気になった世界がどのようなものか見てみよう。

日本の人口は、五千億人を突破して、好景気にわいている。いま人気の業種は、人間建築だ。ありあまる人間という材料を使って、いかにオシャレな建築ができるかということが、ブームになっている。ちょっと前は、人間架橋が流行だったが、いまの流行《はや》りは人間クリスマスツリーだ。

あまりにも出産が頻繁に起こるので、公衆電話は公衆分娩所《ぶんべんじょ》に改造されている。男性にも胎盤ができ、自らの精子を使って子どもを産んでいく。胎児のお腹のなかには胎児がいて、そのお腹のなかにも胎児がいる。出産時には、胎児も出産している。

「先生！　これが正気の世界だったんですね！」

「いやいや、まだまだ正気のレベルが低いね。もっと断Φ圧縮だ！」

ピストンが動く。世界が圧縮されていく。脳からΦが漏れ出し、いくら出産しても安定的な意識結晶の供給が追いつかなくなる。Φが安定化する方向へ科学的事実が変わっていく。人間は動物ではなく、植物であったことが科学的に証明される。動物であると思いこんでいたのは、狂気だったのだ。

人間という植物は、世話をしなくても勝手に増えてくれる。太陽光と水と二酸化炭素さえあれば、どんどん増殖する。とても環境変化に強い植物なので、海水でも氷山でも生きていける。

あっという間に、地球は人間という植物で覆い尽くされた。人間の葉が茂り、人間の花が咲き、人間の実がなる。人間は折り重なるように空に伸びていき、上空七千メートルまで人間が生い茂った。

「おぉぉ、かなり正気になったようです！」

「まだまだ、まだまだだよ。もっともっと断Φ圧縮！」

世界が圧縮されていく。Φが漏れ出していく。世界そのものも小さくなっていく。Φの行き場がなくなっていく。

Φの密度が高くなり、世界の体積が小さくなる。このような環境下で、Φの安定化のために、意識結晶はできるだけ小さくなければならない。古典力学で作られるニューラルネットワークでは、意識の担い手としては大きすぎる。量子ニューラルネットワークを利用しなければいけない。

量子の潜在的情報量は、人間の意識を構成するのに十分であったことが、科学的に証明される。それとともに、人間の本質は、生物学ではなく量子論にあることが明らかになる。世界が小さくなるにつれて、エネルギーの小さな量子が人間の本質であることになる。ニュートリノ、重力子、超ひも……。人間はどんどん小さくなり、数が多くなり、正気になる。

「先生！　もう退院できるくらい正気じゃないですか？」

「うーん、もうひと押しだね。最後の断Φ圧縮！」

世界が圧縮され、Φが意識結晶から漏れる。これまで、Φは時間と結合し、『現在』という意識結晶を作っていた。いまや、圧力が強すぎて、Φは時間との結合から解放される。『現在』という意識結晶が壊れて、Φは『過去』と『未来』に漏れ出す。Φはすべての時間をあまねく占めていく。時間の相転移が起こる。『現在』『過去』『未来』は意味がなくなり、『永久』となる。

『永久』のなかを、あなたは存在している。あなたひとりではなく、あなたたくさんが。絶望的なほど小さい世界のなかで、超高密度Φの意識が燦々《さんさん》と輝いている。

「これこそ正気ですね！　ここまで回復できたのは先生のおかげですよ。……先生？

聞こえてますか？　先生？」

あなたたくさんは、先生を呼ぶ。応えはない。

医師は、世界の外側、メタ世界でなにやらブツブツとつぶやく。

「さぁて、そろそろ頃合いかな……」

「先生！　どうしたんですか！　先生！」

医師は無視して、スイッチを押す。ピストンの圧縮が止まり、ボイラーに火がつく。火？　そう、火だ。意識の炎だ。バチバチと音をたてて、とてつもない強度の意識が飛び立っていく。

ボイラーが世界に、Φを供給する。ピストンの圧縮は止まったため、世界はΦを安定化するため自然と膨張していく。

等Φ膨張だ。

世界が膨張するが、それだけΦが供給されるので、意識の密度が変わらない。意識結晶が小型化する必要はないため、物理法則はより自然なものに安定化していく。人間はどんどん大型化していく。人間は現在に存在し、古典力学の世界で動き、動物であり、生殖のプロセスにはある程度の時間がかかる。

代わりに、人間が住む世界のほうが大きくなっていく。

地球全体から、太陽系に、人間が拡大していく。太陽系帝国でもまだ狭い。銀河帝国だ。いやいや、銀河帝国など五畳半のアパートみたいなものだ。宇宙帝国だ。ノンノン、宇宙なんてただの田舎だ。もっと広く、広く、広く！

人間は植民地を広げ、多元宇宙帝国に発展していく。どの宇宙を見ても、どの次元を見ても、そこには人間がいる。人間が生活している。人間が動いたり、笑ったり、怒ったり、テレビを見たり、ダンスをしたり、息をしたり、昼寝をしたり、言葉を発したりしている。どの方向を見ても、人間の体温が観測される。何兆光年も先の人間の体温が、ムッと感じられる。

多元宇宙帝国の発展はどこまでも続くのか？　いいや、終わりがやってくる。

ボイラーの炎が消えたのだ。

メタ世界からのΦ供給が遮断される。自然と世界の膨張は止まるが、ピストンが上がり、無理やり拡大させられる。

断Φ膨張だ。

多元宇宙帝国は、国土が二倍三倍四倍と、倍々ゲームで広がっていく。だが、これまでのようには、人間は増えない。Φの供給は止まってしまった。

過疎化は始まった。とてつもなく広い世界のなかで、人間と人間との距離が離れていく。惑星ひとつに人間ひとり、銀河ひとつに人間ひとり、宇宙ひとつに人間ひとり。どこまで走っても、お隣さんに出会えない。どんな手段を使ったとしても、お隣さんとしゃべることはできない。

あなたたくさんは、因果的に断絶される。分断され、あなたたくさんはあなたひとりとなる。

ふたたびの孤独。ふたたびの狂気。あなたひとりは狂い出す。狂って、狂って、狂いまくる。

ボイラーから音がする。炎がついたのか？　いいや、違う。逆だ、もっと悪い。

ボイラーには、水が投入されている。氷水だ。

氷水が、Φを吸収していく。それとともに、世界は自然に収縮していく。

等Φ圧縮だ。

あんなに広かった世界が、いまは、どんどんと狭まっていく。

世界は見慣れたものとなる。すべての人間は地球に住み、日本の人口はおよそ一億三千万人、世界の人口はおよそ七十七億人だ。

そんな世界に、あなたひとりがいる。狂気に駆られて。

「先生！　聞こえていますか？　どうしたんですか、問題があったのですか？」

あなたひとりは、医師に尋ねるが、応えはない。

医師？　いや、医師ではないのだ。

メタ世界で、医師は医師の仮面を剝《は》ぐ。そこにいたのは、エンジニアだ。意識発電所の主任だ。

「主任、サイクルが完成しました」

「了解。ふたたび断Φ圧縮に入る」

助手の報告を聞き、主任は氷水の流入をストップさせる。

世界はふたたび閉ざされて、外界との意識交流の通路がなくなる。

ピストンが動き、世界を圧縮していく。

世界が収縮し、Φの密度が高まる。ふたたび、脳からΦがにじみ出て、出生率は上がる。Φの密度が高まるにつれて、あなたは正気となり、あなたひとりから、あなたたくさんになる。

そして、等Φ膨張、断Φ膨張、等Φ圧縮が続き、みたび断Φ圧縮に。

サイクルは無限に繰り返されて、あなたはひとりとたくさん、狂気と正気の間をいったりきたりする。

このサイクルにより、仕事が取り出される。発電が行われるのだ。意識発電だ。

「よおし、サイクルは順調だな。よいΦを手に入れることができた」

この意識発電所は、病院に偽装している。狂気を相談しにきたあなたひとりたちを騙《だま》して、エンジンの一部にしているのだ。

あなたは無限にひとりとたくさん、狂気と正気をいききしなくてはいけない。

永遠の円環に閉じ込められるのだ。

今日もまた、サイクルが始められる。

「よし、ピストンを動かせ。断Φ圧縮を開始する」

ところが、いつものプロセスは始まらず、異変が起こる。世界を閉じ込めていたシリンダーがガクガクと揺れる。揺れは収まるどころか、だんだん強くなっている。

「主任、たいへんです！　シリンダーに亀裂が入りました！」

「なんだと！　いかん！　意識台風が発生するぞ！　うわぁぁぁあぁぁぁ！」

超高密度のΦがシリンダーから漏れ出てくる。時間から解放され、『永久』となった意識だ。『永久』である意識、あなたたくさんは、空に昇り、冷やされて、時間と結合した意識結晶となり、『現在』となり、あなたひとりとなる。

たくさんのあなたひとりが、空から降ってくる。たくさんの『現在』をともなって。

『現在』の雨が降り注ぎ、時間はズタズタになる。意識の暴風が、時間を破壊していく。

地上に降ったあなたひとりは、ふたたびΦの供給を受け、あなたたくさんとなり、空へと昇る。

『現在』と『永久』のサイクル、あなたひとりとあなたたくさんのサイクルが暴走し、意識の暴雨と暴風が吹き荒れる。

意識台風は、止まらない。すべての時間を破壊し尽くす。

あとがき

ここにサイクルがあります。

たとえば、天気。海からの水蒸気は天に上がって雲となり、また雨として地上に戻ります。

たとえば、季節。暖かな風とともに春がきて、暑い夏と収穫の秋を経《へ》て、極寒の冬に。そして、もといた春に戻ります。

たとえば、あなた。底なし沼に落ちたあなたは、地獄まで落ちていき肉体を分解されました。しかし、地獄の圧力に押されて、生きている生物の体となります。生物はエスカレーターで輸送されて地上へと戻っていきます。

このような多様なサイクルが身の回りにありますが、そのすべてはひとつのモデルで表すことができます。

カルノーサイクル。一八二四年にサディ・カルノーさんが「火の動力、および、この動力を発生させるのに適した機関の研究」で唱えた仮想熱機関です。

ここから熱力学のすべてが始まりました。エンジンだけではなく、台風や光合成のモデルとしても使われます。

この作品はカルノーサイクルを柱とした小説です。変化しつつ、もといたところへと戻ってきてください。どうか、サイクルを破断させることのないよう。

色のない緑

陸 秋槎／稲村文吾 訳

当《ベスト日本SF》シリーズは、前年に日本語で発表されたSF作品の中からベストを選ぶというのがコンセプト。なのになぜ翻訳作品が含まれているかと言えば、あとがきにあるとおり、本編はハヤカワ文庫JAの『アステリズムに花束を　百合SFアンソロジー』のために中国語で書き下ろされ、稲村文吾氏の日本語訳によって初めて公刊されたからである。本格ミステリの鬼才としてつとに知られる著者は、これが本格SF初挑戦だったそうだが、SF作家としても一流であることをみごとに証明してみせた。大量のテクニカルタームを投入したまことしやかな架空理論を軸に展開する手法と、AIによって生まれるブラックボックスという今日的なテーマがうまくマッチして、言語SFと百合SFの融合という高いハードルをやすやすとクリアしている。稲村氏の翻訳もすばらしい。

陸秋槎（りく・しゅうさ）は、一九八八年、北京《ペキン》生まれ。上海《シャンハイ》にある復旦《ふくたん》大学古籍研究所の古典文献学修士。日本の新本格に影響を受けてミステリを書きはじめ、二〇一四年、短編「前奏曲」で第2回華文推理大奨賽《たいしょうさい》最優秀新人賞を受賞。一六年、第3回島田荘司推理小説賞（中国語の長編ミステリを対象とする台湾の新人賞）応募作を改稿した第一長編『元年春之祭《がんねんはるのまつり》』を刊行。これは、前漢時代の中国を舞台とした本格ミステリだが、才気煥発・博覧強記のお嬢さまを探偵役に起用したり、「読者への挑戦状」を二度も挿入したりと新本格オタク度が高い。一八年に邦訳されると、百合アニメ的なキャラ配置も含めて話題になり、「このミス」海外編4位にランクイン。一九年には、現代中国を舞台にした学園ミステリ『雪が白いとき、かつそのときに限り』が邦訳された（ともに稲村文吾訳）。石川県金沢市在住。中国SFにも造詣が深く、二〇年には劉慈《りゅうじ》欣《きん》『三体Ⅱ　黒暗森林』邦訳に巻末解説を（日本語で）寄稿、立原透耶《たちはらとうや》編『時のきざはし　現代中華SF傑作選』に新作SFを寄せている。

1

十四章までの脚色作業を終えた私は、スマートグラスとイヤフォンをはずし帰り支度を始めた。スマートグラスとイヤフォン、キーボードはどれも会社のメインコンピュータに接続していないと使えないので、デスクの上のもので持ち帰る必要があるのは目薬ひとつだけだった。

今日はまあまあ順調に仕事が進み、明日には次の本に移れるはずだ。次もドイツ語の犯罪小説《クリミナルロマン》だとしたら、一週間で六冊の脚色を済ませるのも現実的になってくるし、私にとっては最速の記録になる。でも同僚のなかには毎週二十冊の作業を終わらせる人もいる。〈ガヴァガイ〉が疑問ありとマークしてきた文章だけに手を入れるなら、私もいまより仕事が速くなるのかもしれない。しかし私は、あまりにぎこちなかったり文脈に合わない表現は絶対に手直ししたくなるし、自分の語感すらもつねに疑って、音声合成システムに脚色後の文章を読みあげさせている。初めは自分の声とあまり違わない声を選んだけれど、すこし使っているとなかなか恥ずかしくなってきて、デフォルトの中年男性の声に戻すことになった。

人の手で脚色した小説は一冊につき一ポンド高く値段が付くし、保守的な読者には脚色を経《へ》ていない小説になじめないという声がある。ただすこしまえのダラム大学の調査では、機械翻訳した文章が人間の脚色を経ているかはっきりと判別できたのは、三十歳以下の読者で二十パーセントに満たなかったという。それに中等学校《セカンダリースクール》の生徒のなかには、脚色されていない文章はたくさんの修飾だとか遠回しな表現が入っていないから、〝このほうが読みやすい〟という意見もあった。

　私の両親は保守的なイギリス人で、近所の人から〈純正英語戦線《クイーンズ・イングリッシュ》〉の活動員だと誤解されたこともあった。もちろんテロリストなんかではなく、聖職者としてだれよりも法に従っているけれど。あの二人は、四〇年代までは紙製の《タイムズ》を取っていて、電子書籍を読んだことはないし、スマートグラスを使うことすら拒絶している（母はいつも〝あれはめまいがしてね〟と言う）。さらに大事なこととして、聖職者の大半と同じように、子供を古典文法学校《グラマースクール》へと通わせた。ダラム大学の調査結果を知ったら、もしかすると本当に〈純正英語戦線〉の活動に身を投じてしまうかもしれない。

　オフィスを出るころには、すでに帰った同僚もいた。まだ仕事を続けているのは、毎日お昼どきを過ぎてから出勤してきて、九時、十時ごろに仕事を終えたらナイトライフを楽しんでいる人たちだ。

　今日の運は悪くない。会社の建物を出たところには、一人乗りの自動運転タクシーが停《と》まっていた。ここ二日は二人乗りにしか乗れなくて、ずいぶんと高い料金を払わされた。乗りはじめて十年にもならなかったヴィッキーが廃車になってから新しい車は買わず、私はいつもタクシーで通勤している。

車内に腰を落ちつけると、座席をリクライニングにしてすこし仮眠を取ろうとしたけれど、さっき脚色していた本の血なまぐさい情景を思いだしてどうしても頭が落ちつかなかった。望んでもいないのに、無意識に文字の集まりを映像として想像してしまう――昔からの癖だ。今度もドイツ語の犯罪小説。あの分野の小説はほかの地域ではほとんど絶滅しているというのに、ドイツ語圏の人たちだけは飽きる様子もなくあのような物語を作りつづけている。

私がグラマースクールに通っていたころ、犯罪小説の人気はまだ色あせるまえで、全世界の書店や出版社を支配していた。率直に言って私は、白人男性が女性を惨殺する変わりばえのしない話がすこしも好きになれなかったのに、クラスの人たちはよく私に読めと勧めてきた――ひとつひとつになにか違いがあるようには思えなかったけれど。あの分野の小説の全盛期には、文学を志す若者の多くが、利益第一の出版社に強いられて犯罪小説を何冊か書き糊口《ここう》をしのいでいた。毎年、何冊ものベストセラーが映画化され、そしてただちに忘れられていった。作家たちは惨殺の手段を考えだすために、十六世紀の魔女狩りの記録に目を通したり、もしくは医学雑誌を読んで被害者に注射するのに向いた新しいウイルスを探しもとめたりしていた。心理学者に手紙で教えを乞うのも、幼少期にどんなひどい体験をすれば人は連続殺人鬼に変わるのかを知りたいだけ。経験を積んだ検視官がネット上で人を集めて金《かね》を取り、鼠《ねずみ》も殺したことのない小説家たちに対して、足の指を切られたり、硫酸を飲まされたりした人間がどんな反応を見せるかを説得力を持って講義することもあった。

でもその時代は終わることになった。いまのイギリスで、まだああいった本を読んでいるのは私の両親の世代だけだ。私の上司は、映像生成技術が進歩したことが犯罪小説のブームに終止符を打ったのではないかと考えている。現在いちばん売れている小説は、『第七の輪《セブンス・リング》』や『修道士年代記《ブラザーズ・クロニクル》』といった新鮮な視覚体験を売りにしたファンタジーだ。

ただ確かなのは、私はドイツ語の犯罪小説を読みたいとは思わないし、本のなかの情景にときおり気分を悪くすることもあるけれど、それを脚色する仕事は気楽なほうだということ。文学翻訳ソフトは法医学の専門用語を処理するときも間違いを犯したことがないし、文章のなかの大量の描写だって、そもそも情景生成ソフトを使って作られたのは間違いない。厄介なのはフランス語やイタリア語で書かれた恋愛小説だ。私はしょっちゅう、延々と続く甘い言葉の脚色に大量の時間を費やして、冷めた気質のイギリス人が読んでもそれほど吐き気を催さないものにできるよう苦労している。

眠れなかったので車に設置されたイヤフォンを着け、二〇年代の流行音楽にしばし耳を傾けた。三十歳になってからというもの、自分が生まれるまえのこうした音楽のほうが好みに合うような気になりだしている。

　家へ帰ると、整理の追いついていない蔵書をおそるおそる避けて、まずはシャワーを浴びることにした。毎日、家を出て会社に向かうときと、がらんとした家へ帰ってくるとき、どちらもある程度の気力が必要だった。同僚が言うにはロボット犬を飼えばいい、ひとり暮らしの女性は大勢そうしているからとのことで、当人もその一人だった。ただロボット犬は紙製品を噛《か》みちぎってしまうらしいから、聞かなかったことにしておく。シャワーを終えるとちょうど八時を過ぎたところで、冷蔵庫を開けて食べるものを探すまえに、オークションサイトに追加された商品がないかを確認しておこうと私は思った。

　いつからだったか、前世紀の印刷物を収集するのは私の生活へわずかに残された趣味になっていた。好んで集めているのはおのおのの原因で電子化されていない本だ。ここ数年は、世界各地の図書館がつぎつぎと閉館しているせいで、珍しい本がかなり市場に流れてきている。ベルリンの壁が崩壊するまえ、ドイツ民主共和国《東ドイツ》ではたんにプロパガンダのためだけの小説がそうとうな量書かれ、いまではそうした本はドイツ語文学の汚点であり抹消するべきだと考えられていて、ほとんどが電子化されていない。同じような事態は東欧でも広く起きている。内容自体にたいして興味はないけれど、その本がまだ――あるいは、永遠に――電子書籍として存在しないのだと思うと、オークションに手を出す衝動を抑えられなくなる。

書架から丸めてあったフレキシブルPCを手に取り、テーブルの上で広げた。四年使いつづけているCPE958はいろいろな機能が時代遅れになっていて、全体をテーブルへ載せているときでも新しい機種のように自動で平らになってくれず、グリップの間のわずかに持ちあがった部分を押しこまないと、シート状のディスプレイは固定されてくれない。

PCが立ちあがると、さっそくボイスメールの通知が顔を出した。エマからだ。

きっとまた、ロンドンに戻ってきてなにかの学術会議に出席するからついでに私と会おうというのだろう、そう考えながらメールを開くと、まったくの予想外の言葉を聞かされることになった。

「ジュディ、もう聞いた？　モニカが自殺したんだって」

相手の声は落ちついている。言葉の意味を理解するまで何秒かかかった。〝モニカ〟と〝自殺〟という二つの単語がつづけて出てくることがあると考えたことがない。私にとってそれは、文法的には成立しても意味の通らない文章のようなものだった。

でも、エマがこんな冗談を言うことはない。事実はすぐに受けいれないといけなかった。

リアルタイム通話をしないとと思ったけれど、向こうの都合はどうだろうか。迷っているところへ、エマから通話のリクエストがあった。もしかすると向こうは既読通知の機能をオンにしていて、私がメッセージを聞きおえたらシステムが通知を送っていたのかもしれなかった。

「モニカが自殺した」通話が始まり、エマはもう一度繰りかえした。その言葉が消えると、どこか行きの飛行機への搭乗をうながす放送がうっすらと耳に届く。「あの子のお母さんから連絡があって」

「いったいいつ……」

「おととい」エマは、事実を告げるのにふさわしい口調で事実を告げた。「昨日、学生が家を訪ねて死体を見つけたらしい」

「でも、どうして？」

「お母さんの話だと、遺書は見つかってないって。警察が調査中」

「最後にモニカと連絡をとったのはいつ？」

「二年まえだね」エマは答える。「〈パシテア〉のバージョン6・0を発表したときにメールでお祝いしてくれて、ついでに数学関係の質問も送ってきたんだ。あたしはその方面は詳しくなかったから、同僚のアドレスを教えてあげたけど」

「私はもう五、六年も連絡してなかった」

私の答えを聞いて、エマはしばらく黙りこんだ。「とりあえずイギリスに戻る予定で、お葬式が終わったらロサンゼルスに帰ろうと思ってる。モニカのお母さんはジュディにもお葬式に参加してほしいと思って、ただ連絡先がわからなかったからあたしが知らせることになったわけ。お葬式は明後日《あさって》だけど、予定はどう？」

「うん、休みは取れる」

「あと、バーミンガム大学の計算言語学研究所の主任、だからモニカの上司にも連絡をとったんだ。そしたら、モニカはすこしまえに七百ページ超えの論文を完成させてて、ただ発表はしないで、同僚にも見せてなかったらしい。読んでみるつもりはあるかって訊《き》かれた。あたしは明日そっちへ行くつもりで、朝にバーミンガムに着く便のチケットを取ってあるんだ。面会の予定は明日の午後で……」

「だったら私、明日の夜にバーミンガムへ会いに行くよ」

「ジュディ、こんなことを言うのは変だってわかってるけど、でもほら、あたし、こういうことは苦手だから……自分がなにかやらかすんじゃないかって心配で。ほら、あたしはいろんなことでやらかしてきたから」ひどく心細そうな声だった。「できたらあたしがバーミンガム大学へ行くとき、付いてきてくれない？　あのときみたいに……」

十四年まえ、エマがインペリアル・カレッジの面接へ行くときも同じような頼みを受けた。それで私とモニカが付き添いで行くことになったのだ。

いまでは私しかいなくなった。

「付いていくのはいいけれど、どう名乗ればいいの？」

「あたしの助手だって言えば、疑われはしないって」答えが返ってくる。「実を言うと、いまあたしのやっている研究も、もしかするとジュディの助けが必要になるかもしれないんだ。まあそれはあとの話として。明日の午後二時にバーミンガム大学の近くで落ちあうのはどう？」

「空港に行かなくてもいいの？」

「それはいいよ。午前中は何通かメールを書かないといけないし。同僚に急遽《きゅうきょ》プラハの会議へ出席を頼むことになって、伝えておくことがいくつかあるから、空港でカフェに入って片づけるつもり」

「だったら午後に大学のあたりで。そのときまた連絡するよ」

「また明日ね」

通話が終わると、私はじっと椅子に沈みこんで、心ではまだモニカの死を受けいれられずにいた。あの子についてのすべては、とうに遠い記憶となっている。悲報を聞いて真っ先に湧いてきた感情は、たぶん悲しみではなく、懐かしさだった。かつてモニカと過ごした日々は懐かしく思えて、だけどあんな時間はもう永遠に戻ってはこない。何度か深呼吸をして、私は上司へ金曜の休暇を申請するメールを書いた。さいわい、いま手元に急ぎで出版する必要のある本だとかはない。ディスプレイに文字を打ちこんでいると、唐突に腕へ涙が落ちた。息を整え、メールを書きおえたあと、思うぞんぶん声を上げて泣いた。

2

校内から選ばれ、青少年学術財団のプロジェクトに参加したとき、私は十六歳の誕生日を過ぎたばかりだった。それまでの数年間にグラマースクールは招待を受けていなかったし、あのあとも与えられなかったはずで、私が参加したあの年だけ、財団はすこしばかりの〝それまでにない声〟がプロジェクトに必要と考えて、私の母校に三人の枠を配分したのだった。そのとき私は、向こうの言う〝それまでにない声〟というのが私たちへの嘲笑の声でないことばかりを祈っていた。

班分けの段階ですでに、私は自分がこのプロジェクトに似つかわしくないことを意識していた。大多数の班は、名前を見ただけで自分の知識の範囲を超えていることがわかった——数理論理学班、統計学班、機械学習班、遺伝子工学班、それにゲーム開発エンジンを研究するチームまであった。こういった班が、初等数学と初歩のプログラミングしか勉強していない参加者を歓迎するはずがないのは明らかだ。はじめ私は歴史学班に声をかけてみて、向こうも私の語学力がどこかで研究に役立つと考えてくれたけれど、みんなの目標が複雑系理論で歴史をシミュレートしたり、未来の動向を予測することだと聞いて、私は参加するべきか迷いはじめた。〈ファウンデーション〉シリーズを読んだことがあればかならず抱くであろう野心であっても、どう考えても二年間で達成できるような課題には見えなかった。

同じ学校から来た二人は、神学研究班の立ちあげを主催者側に申請して、承認されていた。グラマースクールに通っているのはほとんどが私のような聖職者の家庭の子供で、将来にもほとんどが聖職者となるのを目標にしている。出願ページを開き、そこへ加わろうと考えていたそのとき、神学のほかにもう一つ、言語学班も新しくできているのにふと気づいた。申請者はモニカ・ブリテンという女の子。そうして、私は深く考えずに自分の研究の目標を決めた——言語を学ぶのは好きだし、言語が背負っているものを知ることにも興味があるから、ここが自分にいちばん合っているかもしれないと。

プロジェクトでは、学業の余暇を使って研究を進めることになっていた。ただ参加者は全員、大学への出願のときになればここでの成果が学校の成績よりはるかに重視されることをよくわかっていた。毎週末には財団のビルの会議室を使うことができ、必要があれば申請を出して、ロンドン市内のいくつかの大学で実験設備を借りることができたし、ある程度の研究費の支給も受けられる。ほかにも財団は、さまざまな分野の専門家を紹介して、参加者たちが研究で遭遇した問題を解決する手助けもしてくれた。

財団のビルは三〇年代のいちばんの流行《はや》りだったモノトーンの様式で、模続主義《シーケンシズム》の建築家、サヤコ・ワタナベの〝白の時代〟の代表作だった。なんでも、毎年外壁塗装を維持する費用だけで、私たちの参加したプロジェクトを運営する経費をはるかに上回っているという話だった。初めて討論に参加するその日、私は七階のメビウス風の回廊で道に迷ってしまった。〝言語学班〟と貼《は》りだされた小さな会議室の木のドアを見つけたときには、予定の時間をすでに五分過ぎていた。

深く一度息を吸って、ドアを叩き、反応がないのでノブを押すと、鍵《かぎ》がかかっているのに気づく。そこに、慌てた足音が廊下の向こうから聞こえてきた。

「ごめんなさい、遅くなって」

振りむくと、同じくらいの歳《とし》の女の子が息を切らしながら走ってきて、私から半メートルのところで足を止めた。栗色の髪と緑色の瞳の子。着ているのはVネックのセーターで、その下には白いブラウス、あとはチェックのスカートと、黒のニーソックスにローファーを身につけている。四〇年代の末には生徒に統一の制服を強制する学校はほとんど消えかけていた。セーターの胸元にあるヒナギクの紋章を見れば、相手がイーディス・スクールの生徒だと判断するのは難しくなかった。

「こっちもいま来たところ」そう答える。「この階、まるで迷路みたいだね」

「私もこの建物に惑わされたわ」相手は磁気カードでドアを開けた。「エレベーターで七階に来て、傾斜に沿って上がっていったら八階のオフィスエリアに着いて、そこからは階段を下りないとここにたどり着けなかったんだから。はじめに八階へエレベーターで行ってから、傾斜を下りてきたほうがかえって楽だった」

小型の会議室へ足を踏みいれると、なかには大きくない丸テーブルがあり、まわりに椅子は五脚置いてあった。大人数の班は六階の大会議室が割りあてられているらしい。

「このビルはなんでこんな設計なんだろうね」

「もしかして、参加者の頭がじゅうぶんに回るか試そうとしたんじゃない？」向こうは、ドアからいちばん離れた椅子に腰を下ろした。「どうやら私は不適格だったようだけど」

「私だって遅れたし」

背後でドアはひとりでに閉まる。私たちはテーブルに向かいあって座った。

「どうか研究がうまくいきますように」相手は苦笑いしながらそう言う。「私はモニカ・ブリテン、この班の設立者」

「ジュディス・リス」

学校の上級生に自己紹介すると、決まってその名前はどうつづるのかと聞かれて、その次に祖先はウェールズ人なのかと聞かれた。ただモニカの質問は違った。

「〝ジュディ〟と呼んでもいい？」

私はうなずく。

「ジュディ、新しくできたこの班に参加してくれて感謝しているわ。なにか取りくみたい課題はある？」

「ヨーロッパの言葉をいくつか勉強したことがあるだけで、言語学はぜんぜん知らないんだけど」私は弁解した。「グラマースクールに通ってるの」

「いくつも言葉を勉強しているだけですごいって、私はフランス語がすこしわかるだけだし」

「どうして言語学に興味を持ったの？」なにげなく口にしたあとで、ずいぶんと失礼な質問をしてしまったことに気づいた。まるで、ちょっとフランス語がわかるだけのお前には言語学に興味を持つ資格はないと言っているみたいだ。ただモニカは微笑《ほほえ》みを浮かべて質問に答えてくれた。イーディス・スクールに通うお嬢さまならではの寛大さゆえだったのかもしれない。

「まえの学期で、計算言語学の選択授業を受けたときにとても面白いと思って、大学でもその方面に進みたくなったの」

どうやら、この班の正式名称は〝計算言語学班〟ということになるらしい。そうとわかっていたら、同じ学校の二人と一緒におとなしくトマス・アクィナスについて研究していたのに。

「ごめんなさい、私にわかるのは初等数学だけで、しかもあんまり得意じゃなくて。ぜんぜん力になれないかも」

「でも、いろいろな言葉がわかるんじゃないの？　きっと、私たち二人で取りくむのにぴったりの研究があると思うわ」

「この二人だけなの？」

「いまのところは二人だけ」そう答えがある。「もしかするとほかの班を抜けてきて、ここへ来てくれる人がいるかも」

「ということは、数学の手段をどう使えばいいかまったくわからないグラマースクールの生徒と……」

「それに、外国語なんてほとんどわからない班長。これは前途多難だ」口を引きむすんで首を振る。「どう、別の班に変えようと思う？」

「ここより合った班があるわけでもないし」神学にはぜんぜん興味がない。それに私がここを抜けたらモニカ一人が残ることになって、この班が取り消しになるかもしれない。

「歴史学班の人とも話をしてみたけれど、あの人たちはラプラスの悪魔みたいに、人類の歴史をすべてシミュレートすることを考えてたの」

「狂気の沙汰の考えね。ひとつ私たちも、コンピュータで人類の言語の進化史をシミュレートして、ついでに予測もしてみる？」

「なおさら難しくなるだけでしょう。だって言語の進化となればいっそう外部の要素から影響を受けるんだし。政治、経済、戦争、人口移動……」

「だったら、歴史学班が向こうで〝ラプラスの悪魔〟を作りあげてからでないと、研究は始められないということか」

「そうだね。でも、どう考えても完成はしないから。すくなくとも二年のうちにできるはずはない」

「機械翻訳のことをやってみるのはどう？」モニカが言った。「その方向の研究だったら、私たち両方の長所を生かせるかもしれない。たとえば市場でよく使われている翻訳ソフトをいくつか持ってきて、ミスが起きやすい文章をある程度試したら、あなたが翻訳の結果が正しいかを判断して、私がアルゴリズムの方面からどうしてその結果が出たかを分析するの」

「うまく行きそうな気になってきたかも」

正直に言うと、私は機械翻訳にまったく好感を持っていなくて、恨み骨髄に徹すると言ってもいいくらいだった。その分野での技術が進歩するほどに私は、自分があれだけの時間を費やしていろいろな言葉を学んだのが無駄な努力でしかなかったような気分がつのっていた。それでもモニカの提案は受けいれる気になった。私のする必要があるのは機械翻訳の結果のあら探しをするだけだったから。

あら探しなら、ぜひともやってみたかった。

なのにそのとき、モニカは私がなによりも聞きたくなかった一言を付けくわえた。

「私たちの研究はもしかしたら機械翻訳の進歩を速めて、すぐにでも人間の翻訳の仕事を完全に乗っ取ってしまうかもね」

3

「じゃあ、ここ何年かモニカは、給料が定まってない非常勤講師だったたって？」エマが問いかける。肩の震えは止まらず、しかもずっと相手と視線を合わせないようにしていて、憤怒《ふんぬ》を懸命に見せまいとしているところなんだとわかる。

「ブリテン先生は学部生向けにいくつか講座を開いていて、聴講料で生活はしていけましたよ。それにご存知でしょうが、あの人はかなりの名家の生まれだ。経済的に悩むことがあったとは思いませんが」

「でも、あまりにひどい仕打ちじゃない。モニカはいまの時代でいちばん優秀な計算言語学者なのに……」

「われわれも以前はそう考えていました。そもそも採用した理由は、彼女の博士論文が抽象解釈に新たな数学的手法を提供したからです」

「なら正式なポストに就けさせなかったのはどうして？」

「その研究を続けなかったからですよ。いまに至るまで、くだんの数学的手法の応用について得られた進歩はほぼゼロだ。こちらからも話はしてみたが、その方向で研究を続けるつもりはないようだった」デスクのあちら側に座った主任は肩をすくめる。

「というより、ブリテン先生はバーミンガムへ来てから新しい論文を発表していなかったのですよ、ただの一本もね。学術会議にもまったく参加しなかった。学部生への講義も決まりきった内容を読みあげるだけで、しょっちゅう学生から苦情が出ていたんです。講義がなければ学校に来さえしない。なにより不思議なのは、実験設備の使用申請が一度もなかったんです、スーパーコンピュータすらもね。となると、専門的な研究を進めていないと考えるのが普通だ」

「いいや」エマは額に手を当て、インフルエンザにでもかかったかのように重たげに息をつく。そばに座っている私には、みるまにせわしくなっていく乱れた呼吸が明瞭に聞いてとれた。「それはきっと誤解。モニカは基盤寄りの研究をしていたはず——得意分野はそこだったし。数学の研究は、一本のペンと充分な紙があればできる場合が多いから」

「ソフロニツキー教授、それは古典派の時代の数学だ。現在では自動証明の力を借りないで仕事のできる数学者はめったにいない。ましてうちの研究所では……」

そこまで聞いてとうとう限界に達したらしい。

エマが立ちあがる。「あなたが具体的にどんな分野の研究をしてるかは知らないし、知るつもりもない。ただ一つだけはっきりしてるのは、あなたにモニカの研究はきっと理解できないってこと。あの子の博士論文は圏論を土台に構成されてた。圏論が発明されたときには、コンピュータはまだ何十トンもあったの」

「とはいっても数学の研究がいつまでもその時代のレベルにとどまるべきだということにはならないでしょう。それにここは数学科ではない」

「学術的な問題を話しに来たわけじゃないんだけど、カーゾン先生」エマは可能なかぎり礼儀を保ちながら両手をデスクへ乗せた。「あたしが知りたいのはただ、モニカ・ブリテンがここでどう暮らしていたか……」

「もうわかったでしょう」

「そうだね、もうわかった。ここのだれも、モニカの研究は理解できなかった」

「あちらも我々の理解を求めていなかったんですよ。いったいなにを研究しているかすら知らされなかった」エマに怒りの目を向けられ、主任は心外だというような顔で見かえした。「今回の論文を読めば答えがわかるのかもしれませんが。ただまだ読めていませんのでね。おわかりでしょう、職員にああしたことが起こると、どうしてもいろいろと片付けないといけないことが持ちあがる。たかが非常勤講師でも……」

主任はエマを完全に怒らせた。

エマは首を振り、戸口に向かって歩いていく。私も追いかけた。背後からため息が聞こえてくる。エマはドアノブを握って、ただすぐには開けなかった。振りむいて口を開く。

「そうだ、カーゾン先生、例の論文をあたしのアドレスに送ってもらえる？　アドレスはカリフォルニア工科大のサイトで見つかるので」

「王室勅許言語学会で却下された論文のことなら……」

「却下？」エマは手を離し、主任へ身体《からだ》の正面を向けた。「どういうこと」

「午前中に学会から連絡があったんですよ。たった数日まえに、彼女の論文を不採用にしたと」

「なら、それが自殺の理由だと？」

「かもしれません、ただ」主任は言葉を切る。「それなりの学者になればその程度の打撃で思いつめることはありませんが」

「モニカはあなたみたいな〝それなりの学者〟じゃないの、カーゾン先生」エマが答える。「あの子は天才」

そう言いおえると、エマはドアを開けて部屋を出た。

あとを追って二十面体の建物を出ていき、芝生を突っ切ると、エマはプラタナスの木の下のベンチへ座りこんだ。私も横へ腰を下ろす。

芝生には一人の姿もなく、自動草刈り機が一台ゆっくりと動いているだけだった。

「あたし、またやらかした？」ベンチの背もたれに頭をあずけて、枯葉に覆われた木の枝を見上げながら訊いてきた。

「これでこそエマらしいと思う」私は言う。

現代で第一に名前の知られた計算言語学者のエマは、自然言語でのコミュニケーションはそこまで得意でないらしい。たださっきモニカの上司が折々で見せた反応からすると、学術界ではまったく珍しくないことのようだった。十何年かまえに、感情コンピューティングはとくに発展の遅い分野だと二人から愚痴を聞かされたのもわかる話だった。

「学会にメールして、いったいどういうことか聞いてみる」

そう口にして、エマは旅行鞄《りょこうかばん》からコルク栓ほどの大きさに圧縮された最新のフレキシブルPCを取りだした。端の面へ指を当てて指紋認証が済むと、PCは自動的に展開して固定される。私のほうもあのCPE958はお払い箱にしたほうがいいのかもしれない。ボイスメールの録音を始めてまもなく、さっきの自動草刈り機が足元へと進んできて、ひどい騒音も連れてきた。エマが足を上げてそいつを蹴り転がしたのは、無意識の行為のようにも見えた。草刈り機はひっくり返された亀のように転がっているしかなくて、騒音はすこしもおさまらない。仕方なく、私は立ちあがって草刈り機をすこし離れたところへ運んでいくことになった。

エマのところへ戻ってくると、メールの録音は終わっていた。

それからエマは、二人乗りのタクシーを呼んだ。乗りこんだあと向こうの近況を聞いてみる。〈パシテア〉は近いうちに重要なアップデートを控えていて、当を得ない描写であっても文脈算定を通し、膨大な年代データベースを参照して映像生成が実現できるという。今世紀の初めに日本や中華圏で流行を始めたキャラクター小説は、これまで〈パシテア〉のいちばん苦手とするテキストだった——その対極にあったのが冗長な描写で埋めつくされた十九世紀のイギリス小説で、バージョン3・0までのシステムはほとんどこの範囲の作品にしか役立たなかった——来年の四月に発表予定の新しいバージョンでは、情景描写の手薄なテキストはもはや難題ではなくなり、システムはなんの支障もなく視覚効果や仮想空間を生成するという。

タクシーは都市間高速軌道へと乗りいれ、エマがメールを一通受けとった。ＰＣを出して目を通すとそれきり黙ってしまう。車が軌道を降りて、ウェストミンスターの狭い道で混雑に巻きこまれたころ、ようやくふたたび口を開いた。

「私は〈ヘシオド〉の研究を続けるから。ＢＨＬグループのプロジェクトとしてでなく、自分の興味に従って」

「グループ側はアップデートに不賛成なの？」

「向こうはベータ版で充分使いものになると思ってる」そう答えがあった。「うまく説得できなかった。まあ、この研究はそこまで経費がかからないから、時間が空いたときの暇つぶしだと思えば。〈パシテア〉には対《つい》になってくれる文章記述システムが必要なんだ。いろいろな画像や動画だったり、仮想空間だったりから文章記述を自動生成するには、いまのシステムではるかに不充分」

「うちの会社で売ってるゲーム原作の小説も、ベータ版で作ったんだった。私が脚色したのもあるけど」

「でもいまの〈パシテア〉ならいろいろな文章スタイルを突っこまれても計算ができて、まったく違う視覚効果を生成できるよ。いまのところこのプロセスは可逆的じゃない。たとえば〈パシテア〉が生成した仮想空間から、〈ヘシオド〉の処理で文章記述を生成させて、その文章から新しく仮想空間を生成すると、まったく違った結果が出てきてしまう――なにが言いたいかはわかるよね？」

「わかる。五十年まえの翻訳ソフトを使ったら、英語をフランス語にしてまた逆に翻訳すると、意味のわからない文章しか出てこないみたいな。そういうことでしょう？」

「そういうこと。新しく生成された仮想空間はだいぶ作りが粗くなる」エマは車に用意されていたスマートグラスを手でもてあそんでいた。車に配置された端末は安物で、記録されている仮想空間は百にもならないし、解像度もかなり低い。「あたしはそのプロセスを可逆的にしたい。そうしたら今後〈パシテア〉をアップデートするのにもだいぶ都合がいいよ。でもグループの上層部はそう考えてない。〈ヘシオド〉のアップデートに商業的な価値はないと思ってるんだ」

「うちの上司だったら多少興味を持つかも。出版社に支援を頼んでみたら？」

「遠慮する」スマートグラスをもとの場所へ戻し、首を振った。「出版社はお金がないから」

車はエマの泊まるホテルのまえで停車し、ただエマはすぐにチェックインの手続きを始めることはなかった。私たちは近くでイタリア料理店を見つけた。思えば、あのころ財団の食堂で、モニカは毎回同じパスタを頼んでいたんだった。ニンニクに唐辛子とオリーブオイル、この材料の組みあわせはずいぶんとモニカのひらめきを刺激したらしい。食事の席で突然思い浮かんだ解決策はかなりの数あった。

偶然だけれど、エマは三つの食材をすべて苦手にしていた。

モニカの死について、まだどうにも現実味を感じることができない。明日お葬式に参加して、死に顔を見てようやく事実を受けいれることができるのかもしれなかった。モニカの好きだったパスタを食べるだけでも、なんだかあの子がどこかでまだ生きているような錯覚を感じてしまって、いつか一緒にランチへ行くことさえ期待してしまう——昔と同じように。

ホテルまで送っていったら帰るつもりだったけれど、エマに泊まっていくのを勧められた。

学者として数十件の特許を保持しているエマだから、当然プレミアムスイートに泊まる余裕がある。それとおそらく、部屋を予約したのは助手で、本人は写真も見ていないだろうと私には確信できた。エレベーターで最上階へ向かうあいだ、エマは一つのベッドでどうすれば二人が寝られるか心配していたけれど、実際に部屋へ入ってみるとベッドにはすくなくとも四人は悠々と寝られるのがわかったから。

私は出張の必要がほとんどないけれど、たまにフランス支社へ行くときには、自動化設備を付けていない昔ながらのホテルを選んで泊まることにしている。自動化設備は便利ではあっても、どうしてもさまざまな記録が残るし、私には自分が接待システムに監視されているように思えてしまう。これについては以前のニュースで、自動化設備を売りにしたホテルのなかには宿泊客の身体情報を記録して、それどころか一挙一動を盗み撮りしてシステムに分析させているところもあるという話があった。

このスイートルームにも自動化設備は設置されていたけれど、無効にすることができた。私はオフのスイッチを押す。

「湯船から立ちあがったらロボットアームが伸びてきてタオルを渡してくるなんて、気味が悪いと思わない？」エマに向けて言う。「まるでお風呂から上がったのをシステムが察知したみたいで」

「原理を考えれば単純なんだけどね。ただジュディの言うとおり、システムがそうやって反応するにはこっちの動作を捕捉する必要がある。あたしも自動化設備はそんなに好きじゃないな。反応しすぎるときがあるから。人にボイスメールを送ってるときにも、言う単語によっては指令が飛んでいっちゃうとか。だからクリスティーナには、自動化設備を無効にできる部屋を取るように頼んでおいたんだ」

エマはスリッパに履きかえ、上着を脱いで、ソファに腰を下ろし、旅行鞄から圧縮されているフレキシブルＰＣを取りだして、ただ広げはせずにそのまま目のまえのローテーブルへ置いた。左に並んで座ろうと思っていたら、エマはそこへ倒れ、上半身をまるまるソファへ横たえた。

「それ関係の研究に関わったことはないの？」

「あるよ。チェーンのホテルのために、宿泊客と会話できる人工知能を設計したことがある。そのシステム、試用を始めてしばらくしたら罵詈《ばり》雑言を言いはじめて、しかもまえに泊まった客のことをつぎの宿泊客に話して聞かせるし、そのうちセックスの声の真似まで始めたから、ホテルの経営者は発話の機能をオフにして、音声認識の部分だけ残したんだった」

「一人でホテルに泊まったら自動化システムが突然話しかけてくるんじゃ、かなり仰天しそうだね」

「仰天するよ。そのプロジェクトのときは、最初わりと性能のいい音声合成器を使ってかなり本物に近い声を再現してみたら、試用のときに全員怖がっちゃって。まるで部屋に知らないだれかがいるみたいだって。二十年まえの合成器に変えることになって、出てくる声は抑揚のかけらもなくなったけれど、かえってそのほうが安心して接することができるんだ」

「じゃあ結論は、話はしないほうがいい、どうしても話すならあんまり本物らしくないほうがいい、ってこと？」

「そう、そういうこと。最新の音声合成技術はめったに実用へ出てこないんだ。怖がらせちゃうから。同じ理由で、ずば抜けて本物らしいアンドロイドをだれかが開発したとしても、きっと売り先はないと思う」そう話して、エマは座りなおした。「先にお風呂行ってくる」

言いながら立ちあがってバスルームに歩いていき、その戸口で足を止めた。こちらを振りむいて、「PCが鳴っても放っておいて、ただのメールの通知だから」と言いのこす。そのあと、向こうへ入っていってドアを閉めた。一分ほどして、バスルームから水音が聞こえはじめる。

私はバッグから小型の書籍リーダーを取りだして、スイスのドイツ語作家の新作を読みはじめた。何年かまえ、この作家の処女作を脚色して深く印象に残った。ただイギリスでのその本の売れ行きはあまり順調でなく、それからはどの出版社も彼の小説を翻訳する気をなくしている。先週発売されたばかりのこの本、『ヌーシャテル湖畔《こはん》の羊飼い《ひつじかい》』は、ヨハン・ハインリヒ・ペスタロッチの教育活動を題材にしている。私はペスタロッチが孤児院を建設するところまで読んでいた。この本がイギリスで出版される可能性はほぼゼロだと察することができる。

水の音はいまもとぎれとぎれにバスルームのほうから聞こえてきていて、そこに属七和音《セブンス》の響きが耳に届いた——エマのPCの鳴らした音だ。私は放っておき、本を読むのに戻って、三百行くらい読みすすめたところで、白いバスローブを着たエマがバスルームから出てきた。

その髪から水滴がしたたりつづけているのを見て、なにも言われてはいないけれど私はドライヤーを取ってきて手渡した。

エマがドライヤーを使っているところに、ふとさっき聞こえた属七の和音のことを思いだして知らせる。「さっき、エマのPCが鳴ってた気がする」

「たぶんバーミンガム大学からモニカの論文を送ってくれたんだよ」そう言って、PCに手を伸ばす。

「じゃあ、私も入ってくる」

バスルームの入り口まで来ると、やたらと大きい浴槽が目に入った——いや、湯船と呼んだほうがいいかもしれない。エマの脱いだ服はぜんぶドアを入ってすぐのかごに入っている。鏡のそばにバスローブがかかっていて、使うまえのタオルもあった。

「冗談じゃない！」

憤りのこもったエマのひとりごとが聞こえてきて、振りむくと、平坦に固定されていたフレキシブルPCを持ちあげて乱暴に床へと叩きつけている。衝撃を受けて、PCはたちまち軟化して収縮を始めた。

コルク栓くらいまで縮んだPCまで歩いていって拾いあげ、エマのところへ行って、相手の気分が落ちついたらPCを渡そうと思った。顔を上げて私を見る目にはまだ憤《ふん》懣《まん》がこもっていて、口の端が絶えずひくついている。

「バーミンガム大学の人はなんて言っていたの？」

「大学じゃない」首を振る。「言語学会から来たメール。どうしてモニカの論文を却下したかの説明だった。どうかしてる。あいつらは〈墓石《トゥームストーン》〉でモニカの論文を検証しただけで、証明は成立しないものとみなしたって……」

「〈墓石〉？」

「トリニティ・カレッジで開発された人工知能。数学上の証明が成立するかを検証するのに使う。いまでは学術雑誌のかなりがあのシステムを使ってる」エマは気の沈んだ様子だった。「もう予想はしてたんだ。七百ページ超えの論文がこんなに早く却下されたんだから、きっと人間が検証したんじゃないって」

「どうしてコンピュータに検証をやらせるの？　無責任すぎるじゃない」

「あっちを責めてばっかりもいられないんだけど。モニカの論文はすごく長いし、新しい数学的手法をあっちこっちで使ってるから。博士論文の時点でもう難解で理解に苦労したんだよ。今回は実際にどんな方法を使ったかわからないけど、ただ、モニカの使った数学的手法を把握するのにはそうとうな時間がかかるのは想像できる。あたしだったら少なくとも一、二年は必要。言語学会で離散圏の考えかたに精通しているのは何人もいないだろうから、その知識を勉強するのにさらに時間が必要かもしれなくて、それでやっと検証が始められるし、検証のプロセスも楽な作業じゃないのは間違いない。解析数論の分野の論文だと人の手では検証に十年以上かかる場合があるらしくて、だからトリニティ・カレッジの人はこのシステムを開発したわけ」

「モニカの論文は、いったいどこに問題があったの？」

「それがなにより許せないところ」こめかみを揉《も》みながら答える。「学会の人は理由を説明しなかった。そもそも、〈墓石〉も理由は教えてくれない。あれは論文が成立しているかどうかを判定するだけなんだ」

「理由を教えない？　判定のプロセスは確認できないの？」

「残念だけど、できない。〈墓石〉には説明可能性がないんだよ。どうしても解読するとなると、たぶんとてつもない時間がかかる――モニカの論文を人の手で検証するよりも長い時間が」

そう話して、エマはうなだれるとため息をついた。

腰を下ろした私は、その手にフレキシブルPCを置く。

「〈墓石〉はブラックボックスなんだよ。向こうの人間はただモニカの論文をそこへ入力するだけで、〈墓石〉が結論を出す。そしてあの人たちはその結論を信じて、問題の論文を却下した。論文のどこが間違っていたのかはだれも知らない。いや、もしかすると論文は正しくて、ただ複雑すぎて多項式時間では検証できないのかも、そういう場合だと〈墓石〉は論文が成立しないと判定する可能性がある……」

エマの手から力が抜け、PCはソファへと滑りおちて、背もたれとクッションのすき間へと転がっていった。こちらを向いて私の目を正面から見つめ、一言付けくわえる。

「……そのブラックボックスが、モニカを殺したのかもしれない」

4

ブラックボックスに悩まされて、私とモニカの機械翻訳についての研究は、最初の学期のうちに壁にぶつかっていた。

初めはすべて順調だった。前世紀の商業翻訳ソフトをいくつか分析することになった。扱ったソフトの原理は基本的にとても単純で、私にも理解することができた。ようするにまずもとになる文章をひとつひとつの語句に分解し、それから辞書をもとに語句を目標言語へと翻訳して、目標言語の文法規則に従って語句をふたたび組みあわせると翻訳の結果が手に入る。この方法は簡単な文章にはいちおう役目を果たすけれど、これで慣用句だとかを翻訳するとなると、おかしなことをしでかすのは避けられなかった。目標言語には似た表現がないかもしれないからだ。

　そこで、翻訳ソフトの開発者に対策を思いついた人たちがいた。たとえば固有名詞や慣用句、決まり文句などによって言語データベース《コーパス》を作り、ソフトは翻訳をおこなうときコーパス内に符合する内容がないかを検索する。この方法はたしかに、翻訳の正確さと自然さをある程度高められる。ただ、語義の曖昧《あいまい》さは難題として残った。なかでも、ある単語が起点言語と目標言語のあいだで等価でないときは、大量の問題が噴出してくる。

　とくによく例に挙がってくるのは、英語の〝sheep《シープ》〟とフランス語の〝mouton《ムートン》〟だ。英語では〝sheep〟は羊のことを指すけれど、フランス語の〝mouton〟が指すのは羊だけではなく羊肉――英語の〝mutton《マトン》〟の場合もあって、二つの単語は等価じゃない。それぞれの翻訳ソフトが語義の曖昧さをうまく処理できるか検証するため、私は〝mouton〟の場合と似たような単語を入れたフランス語の文章を作って、ソフトに英語の訳文を生成させた。原始的な原理を採用したソフトはだいたい〝mouton〟を〝sheep〟としか訳さず、語義が適切かどうかは考えることがなかった。そこで、開発者によっては統計学的な方法で曖昧さを処理していた。わりと広まった方法でいうと、まず二つの言語の平行コーパスを制作してから統計的に処理し、〝mouton〟が草原や牧羊犬、羊毛といった言葉と一緒に現れていたら、基本的に〝sheep〟と訳す。

食事や料理に関する動詞とともに現れたら〝mutton〟と訳すわけだ。

続けてモニカは、今世紀初めの機械翻訳ソフトをいくつか分析していった。ソフトによっては大々的に統計学の手法を取りいれて、潜在変数や対数線形モデルを使って（ここの用語はモニカが教えてくれたもので、私にも自分で言っていることが正確かはわからない）翻訳を実現していた。そのあたりの作業に私はほとんど参加していないい。モニカは私に線形代数の基本的な知識を教えてくれようとして、こちらも努力はしたけれど、最終的にはあきらめる結果になった。あるときはロンドン大学の講師を会議室に呼んで、モニカは高次空間での線形分離不可能な問題について話を聞いていた。私にできたのは、そばで待っていて紅茶を淹《い》れることだけだ。

初めの学期のうちに、私たちは二〇一三年までの主だった翻訳ソフトをすべて検証しおわっていた。モニカもすこしフランス語がわかったから、重点的に検証したのは英仏間の翻訳だ。ソフトたちが文章を処理するとき役に立ったり立たなかったりする理由を、モニカは毎度すらすらと説明してくれた。でも、ほんとうに厄介なのはもっと後に開発されたソフトで、それらのほとんどが利用していたのがディープラーニングの技術だった。これまでと同じように私たちは、英語とフランス語相互の翻訳を検証して、翻訳の結果を記録し分析した。ただモニカは、私たちの手が届くのは結果の分析だけで、プロセスのすべては隠れ層《ヒドゥン・レイヤー》で完了していることを知った。翻訳の具体的なしくみを説明するとなると、モニカの知識の範囲を超えてしまっているのは明らかだった。

「いまの私には、ニューラルネットワーク構造のうちどれがほかよりもすぐれていて、翻訳の正確さを引きあげられるかはわかる。アテンション機構を導入すれば勾配消失の問題も減らせる。ただ、翻訳の作業が隠れ層でどう行われているかの説明はできないの。ここにある翻訳ソフトは、私にとってはブラックボックスが並んでいるようなもの」

「ごめんなさい、よく理解できないんだけれど」

「大丈夫、私もわからないから」向かいに座っているモニカは首を振った。「それにこれはまだ、二、三十年まえに流行ったディープラーニングだから。そのあとには、スイス連邦工科大《ETH》チューリヒ校のグループがマリアナ・ラーニングのアルゴリズムを開発して、人工知能が必要に応じてリアルタイムで自分のニューラルネットワークを改良できるようになったの。それまでは可視化が実行可能だったニューラルネットワークモデルも、いまではそこまで隠れ層に入ってしまって、具体的な計算のほとんどは隠れ層のなかの隠れ層で進んでいるというわけ。その機構を採用しているのが、最新の機械翻訳ソフトなの。正確さはおそろしく上がっていて、勾配消失の問題も完璧に解決されているというし、トレードオフといったら完全に説明可能性が失われたことぐらい。私にその分析はできないし、だれにもそんなことはできない」

「それはつまり……」

「課題を変えたほうがいいかもしれない」モニカは言う。「ごめん、ジュディ、私が課題の難易度を見くびっていたせいで、一緒になってこんなに長い時間を無駄にさせてしまって」

「私もいろんなことが勉強できたし」たとえば簡単な文法理論に初歩の意味論の知識、もちろんほかにも、この世に線形代数という学問分野があることとか、matrix という単語に〝母体〟以外の意味があることとか。「その知識は、課題が変わっても役立てられるはずだよ」

そこから私たちは、一時間くらいをかけて今後なにを研究すればいいかを話しあった。どう考えるかというと、モニカの得意分野はコンピュータテクノロジー、そして私の得意分野は歴史言語学で、私たちはその二つの結節点を探すことになるだろう。そこで私は、コンピュータテクノロジーを利用して古代の言語を復元できるかもしれないと提案してみた。それを聞いたモニカは肯定も否定もせず、私のほうも言ったあとで的外れのような気になってきた。たしかに挑戦する価値のある課題で、それに私たちそれぞれの長所も生かせるけど、応用価値はまったくないように見える。でももしかしたらどこかの映画かゲームが、ルウィ語やセロニア語をちょっと話すキャラクターを必要とするかもしれない、なんて……

　そのとき、会議室のドアが乱暴に開いて、私たちと同い歳に見える女の子が入ってきた。

　ほんのすこし暗い金髪のショートヘアで、輪郭のはっきりした顔の子だった。灰色のパーカーとスキニーのジーンズを身につけている。パーカーはど真ん中にアルファベットの〝A〟が赤く書いてあって、この子も、服をデザインした人もホーソーンを読んだことはないみたいだった。何歩か歩いてきて、このときになって相手の瞳の色がはっきりと見えた——灰色のなかにごくわずかな青、イングランドのいたるところで見られる空のようだった。

「ここは言語学班でいいの？」そう言いながら振りかえる。ドアに貼ってある紙を確認しようとしたみたいだけれど、ドアはもうひとりでに閉まっていた。「場所を間違えてはないよね？」

「間違えていないわ」モニカが立ちあがった。「私たちになにか用？」

「ここに入れてもらえない？　機械学習班の連中とはもうやってけない」

「どんなことをされたの？」

　モニカが座るように促《うなが》しても、女の子は立ったままだった。

「問題はなにをしたかじゃなくて、なにをやろうとしてるか。ほんとに信じられない、あの人たちときたら、あらゆるグラフ理論の問題を自動で証明する人工知能を作ろうとしてるんだ。まるで笑い話みたい、十九世紀末になっても永久機関を作ろうって人がいたのと同じようなことだよ」かなりの早口だった。「あの人たち、ヒルベルト・プログラムって聞いたことがないほうに五千ポンド賭《か》けるね」

「賭けを受ける気にはならないわね、私も同じ考えだから」モニカは微笑んだ。「なんて呼んだらいい？」

「エマ・ソフロニツキー」そう答える。「エマって呼んでいいよ」

「目立つ姓ね」

これと同じ年、トリニティ・カレッジ数学科のソフロニツキー教授はある数論の重要問題を解決したことでナイトに叙勲されていた。当時マスコミはその報道で埋めつくされる勢いで、私のようなグラマースクールの生徒も彼のことは知っていた。

「機械学習班でも訊かれたよ、ニコラス・ソフロニツキーは父親なのかって」モニカの横の椅子へと歩いていく。二人はそろって腰を下ろした。「でもあいにく、うちの父は普通の医者だから」

「でもイギリスではめったに見ない姓なのは確かでしょう」

「それはそう。うちとニコラス伯父《おじ》さんの家族のほかに、ソフロニツキーって姓の人には会ったことがない」

「サー・ニコラスはあなたの伯父さん？」

「そうだよ」なんでもないかのように答えた。「ただ断じて誤解しないで、あたしはあの人の姪《めい》だけど、あの人とは考えの違うところばっかりだから。あたしはブルバキ学派の信者じゃないし、純粋数学の研究をやるつもりもない。それで、あたしは参加していいの？」

「私はとくに文句ないけれど」モニカは私を向いた。「ジュディ、どう思う？」

「私も文句はない」そう答える。「でもソフロニツキーさん、いま私たちは難題にぶつかってて、課題を変えて再出発しないといけないかもしれないの」

「ちょうどいいんじゃない？」何分かまえにこの会議室へ闖入《ちんにゅう》してきたばかりのエマは堂々たる態度で言った。「あたしが新しい課題を考えてあげる」

その言葉を聞かされたモニカは、苦笑しながら首を振っていた。

5

モニカのお葬式は郊外にある墓地で行われた。この墓地は何年かまえ、ロンドンの墓地不足から作られた場所で、立案者は丁寧《ていねい》なことにすぐ近くへ小さな教会を建てていた。この教会に奉職する聖職者の毎日の仕事といったら、葬式で決まりきった祈りの言葉を読みあげるのが大半だろう。

もし両親の期待どおり神学校に進んでいたら、私も似たような仕事をしていたかもしれなかった。

牧師が祈りの言葉を言いおえたあと、エマは同業者と友人を代表して簡単なスピーチをした。

「モニカとあたしは同じように、とても純粋な好奇心につき動かされて科学の道に進みました。でも、モニカはさらにぬかるみだらけで孤独で、絶望的な道を選びました。生きているあいだ、モニカの研究を完璧に理解したのはだれひとりいないかもしれません。でもあたしは、モニカが遺《のこ》してくれたそんなに多くない論文には、きっと人類の知恵の最果てにある思考がそこかしこに埋まっているんだと信じてます。それは、科学に身を捧《ささ》げる人間としてあるべき姿でもありました——理解されなくても、もしくは不公平な扱いを受けたとしても、ひとり孤独に真理を追求すること。その真理も自分と同じように世の中の誤解と軽視にぶつかったとしても。どうして自分の選んだ道を歩ききらなかったんだと、責める資格はだれにもないんです。そんなことじゃなく、あたしたちは賞賛するべきです、こんなに厳しい環境でも、ここまで歩きつづけてきたんだって……」

エマは嗚咽《おえつ》しながら、話を終えた。

モニカと比較して、エマははるかに幸運だった。カリフォルニア工科大学の博士課程にいたときにＢＨＬグループの援助を得て、エマは〈パシテア〉の開発に着手していた。テキストから視覚効果と仮想空間の両方を生成できるソフトは、〈パシテア〉が初めてではない。当時はある日本企業の開発した〈シンキロー〉が独占的な地位を占めていて（現在でもこのシステムは、マンガやアニメの生成についてはシェアを保っている）、〈パシテア〉の最初のころのバージョンも、成功とは言えなかった。ただバージョン３・０が現れて以来、〈パシテア〉はすこしずつ世界的な市場を征服していく。成功の原因についてはかなりの数のメディアが分析してきた。そういった分析のすべてが最低でも共有しているのは、エマの功績が不可欠だったということだ。〈パシテア〉のためにエマが設計した繊維束ニューラルネットワークは、マリアナ・ラーニングの有名なお手本となっている。

ひょっとするとモニカと顔を合わせるとき、エマの心にはいくらか罪悪感があったのかもしれない。モニカの不遇は自分の責任ではないとしても。バーミンガム大学からはだれも葬儀には出席しなかったし、王室勅許言語学会も同じだった。この場で学術界を代表できるのはエマ一人だけだった。

ほかには何人か、モニカの高等課程での友人も来ていて、ほとんどが政府部門に就職し、エマの父親の同業者も一人いた。モニカの死の調査を担当している中年の刑事も墓地へ姿を現して、私たちからすこし距離を置いた墓石のあたりで煙草《たばこ》を吸っている。

お葬式が終わったあと、刑事は私とエマを呼びとめた。

「イーディス・スクール時代のご友人ですかね」そう訊かれる。私たちがうなずくと、ポケットから何枚か写真を取りだしてこちらへ見せてきた。「ここのものに見覚えはあるかな」

一枚目の写真は、旧式の三日月形の断面をしたプラグを写していた。十年まえまではポータブルストレージをPCに接続するとき、だいたいこういうプラグを使うことになっていた。二枚目の写真に写っているのはベルの形をした透明な容器で、外側に二つ、小さな穴が開いている。写真の隅には一枚目にあった三日月形のプラグが見える。透明な容器と差込口との寸法は合致していた。

「これ、見たことある。SYNE《サイン》だ」エマは考えこむことなく答えた。こちらに顔を向けてくる。「ジュディ、覚えてるよね、モニカと一緒に三人で、マグ・メルに液体ハードディスクを買いにいったとき」

「あの緑色の？」がんばって思いだそうとする。「たしかに、こんな形だったような」

あれは韓国の企業が開発した液体ハードディスクで、それまでの重たいものよりも小ぶりで気のきいたつくりで、しかも記録できる容量が大きかった。エマの言う〈S

YNE〉というのはシリーズ全体の名前だ。その会社が出していた液体ハードディスクはすべて、宝石から名前を取っていた。私の記憶が確かなら、モニカと一緒に行って買った緑色のは、たぶん〈玉髄《カルセドニー》〉シリーズの〈クリソプレーズ〉だ。あのときはちょうど課題にいくらか進展があったときで、大量のデータを保存する必要があったから、それでモニカはポータブルストレージをみんなで買いに行こうと言いだしたんだった。モニカはそのまえから〈玉髄〉の別の型、赤色の〈カーネリアン〉を欲しがっていたから。SYNEシリーズはかなりの人気があってネットショップでは売り切れで、だめもとでマグ・メルに行ってみようと思ったわけだ。ただその店でも品切れになっていて、しかたなく緑の〈クリソプレーズ〉を買うことになった。

エマの話だと、液体ストレージは最新技術というわけではなく、今世紀の初めにはすでにアメリカのグループが原理を開発していたという。それでも、ほんとうに大規模な実用化が始まったのは三〇年代末だった。その時期、例の韓国企業がある記録粒子を発見して、流体がさまざまに運動するなかでも幾何構造の一定性を保つことができるようになり、その構造はパルスを用いて編集することもできた。この原理をもとにその会社が開発したのが第一世代のSYNE、コーラ缶ぐらいの大きさの液体ハードディスクだった。

四〇年代を通してSYNEは進化を続け、だんだんと流行しはじめた。外装のレベルも〈玉髄〉シリーズで頂点に達していた。そのころは、学校にいるときもＳＹＮＥを首にかけてネックレスにしている女の子をしょっちゅう見かけた。

　だいたいそのあたりのころに、ＳＹＮＥに使われている記録粒子が自然にも微量に存在していることが発見された。そこでライデン大学に通っていた学生が妙なことを思いつき、あらゆる液体から記録粒子を識別できる装置を作りあげて、そのうえネット上で販売を始めた。考えるまでもなく、ＳＹＮＥの溶液以外の液体から取りだせるのはランダムな、なんの意味もない情報でしかない。本来はまったく応用価値がないはずのこの発明が、エコロジストの芸術家たちの目に留まった。その装置を使ってさまざまな液体のなかの記録粒子を読みとり、その情報を図像や音声、あるいはテキストへとまとめるわけだ。私があるとき行った展覧会では、世界各地の汚染された川から水のサンプルを採取して、そこから情報を読みとり、情報を視覚的にまとめるという作品があった。重金属の一部が記録粒子の分布に干渉するせいで、タイプの違う汚染ははっきりと違う図像を生みだす。覚えているかぎりだと、アマゾン流域の水銀で汚染された水から生成した図像は不規則な橙色《だいだいいろ》の縞模様《しまもよう》で、中国の内陸、ニッケルで汚染された水からは群青色の背景とピンク色のノイズが生みだされていた。音楽家の手による実験はもっと興味深かった。イタリアのある偶然性《アレアトリー》の作曲家は、二十ミリリットルのコカ・コーラをその装置に入れて、案外不快でもないノイズ（金鈴子《きんれいし》の鳴き声に似ていた）を誕生させた。そのうちコカ・コーラの会社はその音声を買いとってＣＭに取りいれていた。あるロックスターのやったことはさらにもうすこし大胆で、その人は自分の尿や精液から音声を読みとり、さらにミレニアム・スタジアムでライブを開いたとき、数百のスピーカーで観客にそれを聞かせていた。

〈玉髄〉シリーズが大成功を収めたあと、その会社は今度は〈誕生石《バースストーン》〉のシリーズを発表した。一年間をかけて十二種類のＳＹＮＥを売りだし、それぞれ十二の月の誕生石にならったデザインになる予定だった。ただ、八月の〈ペリドット〉が発売されてまもなく、中国のある企業が超限ストレージ技術を開発することになった。いくらもしないうちに、新技術を利用した第一世代の〈アレフ〉が発売され、〈誕生石〉はＳＹＮＥの最後のシリーズとなった。

いまでは、三日月形のプラグを差しこんで、ＳＹＮＥに保存された情報を読みとれるＰＣなんてどこにもないだろう。

「そのころこのハードディスクになにを保存していたか、心あたりはないかな？」刑事が質問する。

「研究のデータかな……」エマが答えた。「そのころあたしたちは青少年学術財団のプロジェクトに参加してて、一緒になって人工言語についての研究をしてたんです。モニカは実験のデータをぜんぶそこに保存してたと思います」

あの時期、エマの提案で私たちは、ランダムに人工言語を生成するソフトの開発を始めた。

それは難しくはない仕事で、音韻と造語法、文法を決めてしまえば大まかには完了だった。そのあとに残るのは何度も検証をしてこまごまと手を入れていく作業でしかない。そもそも、当時でも五ポンド払えばネットから同じ用途のソフトをダウンロードでき、しかも大半は音声生成機能も搭載していて、ゲーム開発者の多くはそういったソフトを使ってキャラクターに声を当てていた。

初めに開発したのは膠着語《こうちゃくご》を生成できるソフトだった。文法規則の構築が簡単な部類だったからだ。作業に費やした時間は二週間にもならない。続いては屈折語で、このときも一ヵ月で終了。ただ孤立語を生成するソフトとなるとすこしばかり面倒なことになって、それで結局私たちは、孤立語や抱合語についてはひとまずあきらめることになった。

でも、人工言語生成ソフトはエマの計画の第一歩でしかない。真の目標は、人工言語のランダムな生成によって、一つの生態系モデルを作りあげることだった。なので私たちは〝サピア大陸〟と〝ボアズ諸島〟というそれぞれ独立した系を作成して、言語たちに位置関係を設定した。それからは、言語それぞれが決められたルールに従いながら相互に影響するようにし、あと一部の言語は一定の段階でグリムの法則やヴェルナーの法則、グラスマンの法則といった規則に従って進化を始めるようにして、そのうえ一部の言語からはいくつかの方言が枝分かれするようにもした。適当な時期が来ると、大陸と諸島のあいだでも行き来が起きるようにした。

四度目の観測を始めるときからは、モニカが政治や経済の要素をシミュレートするパラメータをいくつも設定して、言語どうしの相互影響はさらに複雑になった。いくつかの言語は政治経済の面で勝《まさ》っていたせいで放射状に周辺のあらゆる言語に影響していき、またいくつかの言語はしだいに姿を消して、最終的にはほかの言語に一、二個の単語や語根を残すだけになった。

私たちの実行した四十回のテストでは、半数を超える場合で孤立語や抱合語の性質を持った新言語が誕生してくれた。

この研究でモニカやエマがなにを学んだのか私はよく知らないけれど、私のほうは人工言語の変化の観察を起点に、クレオール言語の発生過程についての論文を二本書いた。最終的に、私たちはそれぞれの研究成果を財団に提出して、そのほかに生成結果の人工言語のなかでもとくに複雑ないくつかをゲーム会社に売って、手にしたお金でそろってスコットランドに行った。

プロジェクトが終わったあと、モニカはすべての実験データをSYNEのなかに保存していて、エマがバックアップを持っているか私は知らない。

「どうしてこれが気になるんですか。モニカはなにか、調査中の事件と関わりでもあるんですか」

「いや、気になっただけでね。私は今回の自殺の調査を担当していて、そろそろ結論を出す時期なんだ」刑事は写真をポケットにしまいながら、一言つけ加えた。「モニカ・ブリテンはSYNEの溶液を飲んで自殺したんだよ」

6

「SYNEの溶液は毒があるっていうから、割らないように気をつけて」

新しく買ってきた液体ハードディスクでエマが手遊びをして、いつまでもやめようとしないのを見て、モニカが小言を言った。そこにタイマーが鳴る。私とモニカでフライヤーのところへ行き、三人分のフィッシュ・アンド・チップスを手にいれる。私たちが戻ると、エマは緑の小物をモニカへと返した。

「安心してよ、SYNEの外装は透明のアモルファス金属を使ってて、そう簡単には壊れないから」エマが言う。「ここのねじも特別な工具がないと外せないし」

「まえはネットの写真を見ただけで、ぜったいに赤のを買うんだって思っていたけれど。実物を持ってみると緑もいいような気になってきた」そう言いながらモニカは顔を上げ品物を目のまえに持ってきて、緑の液体を通して照明の光を目に射しいれた。横に座っている私には、星々のように容器のなかを埋めつくしている光の粒を横から見ることができて、角度を変えてみると波の光が湖面へ広がるかのようでもあった。SYNEを軽く動かせば、なかの液体もゆっくりと移動する。「二人は買わないの？」

「いまのところ使いみちはないね。バックアップが必要ならだいたいネットにアップロードするから」

「私もまえはそうしていたけれど」モニカが言う。「ただある日、サービスを提供してた会社が突然倒産して、あやうく期末の課題を提出できないところだったの」

「なんだかあたしも、ポータブルストレージでバックアップするのを考えたほうがよさそう。そのSYNEを使っていい？」エマの言葉を聞いて、モニカはいつもの苦笑を浮かべた。

「ジュディは、一つ買わないの？」

「使わないと思う。PCのハードディスクで充分だから」私は答えた。「課題は全部テキストだけで、使う必要がある資料も同じだから、メールでバックアップができるの。ラテン語の先生なんか、手書きの文章を提出しろって言うし」

「グラマースクールはふだん、どんな課題が出るの？」モニカが訊く。「基本は外国語の翻訳？」

「ときどきは翻訳の課題もあるよ。それより読書レポートが多いかな。いろいろな言語の本の読書レポートで、書くのも外国語でないといけないときもある。今週はドイツ語の小説で苦戦してて、感想は最初英語で書いてから、ゆっくりドイツ語に翻訳しようと思ってるところ。あの授業を取ったのはすこし後悔してる」

「難しい本なの？」

「難しい。小説なのにぜんぜん物語らしくなくて、どこもかしこも長い文章とわかりにくい比喩《ひゆ》だらけで、もしかしたら作者は哲学書のつもりで書いたのかもと思う。私は、それに出てきたある比喩について考えるつもり――〝木製の鉄で作られた、四角い円〟」

「その比喩、作者はなにを表現しようとしたの」

「矛盾に埋めつくされた時代を描こうとした」深く息を吸いこむ。「その時代は、相容《あいい》れない目標や立場が大量に存在していて、そうやって矛盾しあうものが同時代のひとりひとりを引きさいていたの。あの時代を詳細に腑分《ふわ》けしたいと思っても、見えるのはそんな矛盾だけで、〝木製の鉄で作られた、四角い円〟と似たような、意味のない結論が出てくると思う。でもそうやって矛盾したものがひとつひとつ集まって作られたその時代は、ちゃんと意味を持っていて、燦然《さんぜん》と輝いてたってぐらいに言ってもいい」

「なるほどね」モニカはうなずいた。「聞いた最初は矛盾した文章に思えても、作者はそれで時代の矛盾を表現したかったたってことか」

「あたしも最近、似たような話を読んだな」エマが割りこんでくる。「二人が貸してくれた、あの生成言語学のテキストで」

「MITの作ったあのテキスト？　どの文章かわかると思う」モニカは何秒か考えていた。「あれじゃないかな、〃色のない緑の考えは猛烈に眠る《Colorless green ideas sleep furiously》〃？」

「そう、それそれ」

「チョムスキーの言っていた文章？」私もなんだか覚えがあった。「たしかその文章は、文法のレベルでは成立している文章が、語義のレベルでは成立しない場合があるって説明しようとしたんでしょ」

「そうなの？」エマの顔は困惑に覆われていて、あの本を詳しくは読んでいないようだった。「なんとなく思いだしただけなんだけど」

「そういう目的だったのはたしか」そこへモニカが説明する。「百年近い歴史がある文章なのよ、そもそもは、チョムスキーが一九五七年出版の『文法の構造』で挙げた例だったの。この本は生成言語学の基礎を作った本でもあって、おおまかにチョムスキーの第一期の思想を表している。これが例として挙げられたのは、文法と語義を区別するためなの。〃色のない緑の考えは猛烈に眠る〃という文章は意味論のレベルでは成立することがないから。〝色のない〟はふつうぜったいに〝緑〟とはつながらなくて、〝考え〟が〝眠る〟ことはないし、まして〝猛烈に眠る〟のは無理。でもこれは、英語の文法には反していない。対して、この文章をもし〝猛烈に眠るに考え《Furiously sleep ideas》緑の色のない《green colorless》〟と変えたら、意味がないのは同じでも、文法から外れてしまう……」

「この〝色のない緑の考えは猛烈に眠る〟は、ほんとうになんの意味もないわけ？」

「完全に無意味なわけではないと証明しようとした言語学者は何人もいて、それぞれ文脈を設定して、どんな状況だったら〝色のない緑の考え〟が〝猛烈に眠る〟のか説明をつけているわ。言語学者たちお気に入りのゲームにまでなったということ」

「面白そうな気がしてきた」エマは言う。「あたしたちもやってみる？」

「この文章に文脈を考えること？　最初に本でこの文章を見たときに、私は挑戦してみたの。でも思いつかなかった」

「私もやったことがあるよ」私は言った。「うまくいかなかったけど」

それを聞いてエマはうつむいて考えこみはじめた。この文章にふさわしい文脈を探しているらしかった。私とモニカは邪魔をするつもりはなく、黙ってフライドポテトを噛みしめている。一分ほど経《た》って、エマはようやく口を開いた。

「やってみるから聞いて。一人のカメラマンにある日突然アイディアが浮かんで、映画のなかに、白黒のレンズで撮った緑の丘を挿入することを思いつきました。あとは、同じ方法で緑色の湖を撮影することも考えついて、緑色を無色に撮影しちゃうことで、なにかエコロジーに関する理念を伝えようとしたわけです。その考えは監督に伝えましたが、監督のほうはその映像が映画全体のスタイルに似合わないと考えて、その撮影方法に賛成しませんでした。なので、カメラマンは〝色のない緑〟についての考えを引っこめておくしかありません。ただ、映画の後半を撮影しているあいだ、その考えは頭のなかで眠らされてはいましたが、それでもカメラマンはその映像を撮りたいと猛烈に欲求をつのらせていました……どう、これなら文脈が通るかな？」

「ちょっと強引なところもある」モニカは正直に答えた。「でもなかなかうまくいっているわね」

「けっこう面白いゲームだね。来週、昼休みにクラスの友達に教えて遊んでみようかな」エマはコーラを飲む。「文法にのっとった文章だったら、なんでも文脈を設定すれば意味を与えられるのかな」

「その結論なら、どうにか形式手法で証明できるかも……私たちが大学に進んだら」

あとでモニカは必要な資料を調査して、ヤギェウォ大学の一人の学者が三〇年代末にその結論を証明していて、言語学の分野では〝ミコロフの整列可能定理〟と呼ばれているのを発見した。それからいつかの土曜日の午後に、モニカとエマは二人で必要な文献の読みこみを始めてみたけれど、自分たちの知識の範囲を超えた内容が山ほど出てきて最終的にはあきらめることになった。

ひょっとするとまさにあのとき、モニカは形式言語学に興味を持ちはじめ、エマは生成言語学に惚《ほ》れこんだのかもしれない。二人はファストフードの店でのなにげない会話から、未来の研究の方向をつかんだということだ。

7

街はときに人よりも早く老いる。マグ・メルはうってつけの証明だった。十四年ぶりにここへ来てみると、なにもかもが変わっていた。簡潔なつくりの模続主義の建物は荒れはてて、壁は下品な落書きに埋めつくされている。わずかに何枚か汚されずに残っているショーウィンドウのガラスも、見るに堪えないひび割れに覆われている。外壁に金属の質感を再現したガーンズバック様式の建物も、長年研磨されていないせいで、表面をさびのような汚れが覆い、まるでほんとうに壁を鉄で鋳出《いだ》したかのようだった。いまでは人の消えたここの小ぶりな建物では、かつて平日でもけた外れな数の商品が売れ、週末となると訪れた客の人波に埋めつくされていたというのに。

モニカと一緒にSYNEを買いにいったころが、マグ・メルの全盛期だった。開業して五年のあいだで、イングランドのあらゆる新興商業地帯ははるか後方へ引きはなされていた。車を高速軌道に乗せれば、ロンドン市内からマグ・メルへの道のりはたった十五分。平日の午後には三時半以降、十分おきにバスが出て、放課後の時間を持てあました女子高生たちを運んでいた。明らかに、そんな女の子たちの電子ウォレットにはごくごくわずかなおこづかいしか入っていなくて、マグ・メルまで来てもアイスクリームとフィッシュ・アンド・チップスぐらいしか買えなかったと思う。それでも放課後に時間をつぶすにはここが最良の選択だった。古い映画に出てきた、ティファニーのショーウィンドウのまえで朝食をとるのを好んだヒロインのように、女の子たちは流行りのブランド品が並んだショーケースのまえに立って、色鮮やかなジェラートを舐めながら、いつかここに展示された新作のファッションを買うことを夢見るだけで満足していた——ひょっとするといまではそれだけのお金を手にしているかもしれないけれど、あいにくとここのショーウィンドウのほとんどからガラスは消えている。

　おぼろげな記憶のなかに、ＳＹＮＥを開発した例の韓国企業の専売店へ足を踏みいれたときの光景が残っていた。一階は新製品の展示フロアで、天井から垂れさがった細いケーブルで用途のわからないさまざまな電子製品が空中に吊《つ》り下げられ、二階ではそれを買うことができる。黒い壁のあちこちに投影されている映像は、新鋭の監督が撮影したショートフィルムだったり、一糸乱れぬ踊りを見せる女の子たちだったりする。店にあるイヤフォンを着けて映像のまえへ歩いていくと、画面と連動した音声を聞くことができて……

現在、エマと二人でタクシーに乗りマグ・メルをふたたび訪れると、自動運転システムはあの専売店の位置を特定できずに、私たちをかつての中心広場へと運んでいった。ロンドン市内とマグ・メルのあいだの高速軌道も何年かまえに閉鎖されて、車に乗ってくるとたっぷり一時間半もかかった。廃墟が並ぶあいだを歩いて、あのときみんなで訪れた赤い建物を探していく。

歩きながら私たちは、地面の汚水や瓶や缶、なにかの包装をおそるおそる避けて進まないといけなかった。大規模な野外ライブが終演したあとのように、まだ取りこわされていないセットと、いたるところにゴミだけが残っている。だいたいどの店の入り口にも、何人か物売りが出ていた。暖かさのろくにない服装で、ほとんど全員が身体を震わせている。それぞれまえに一つ二つ段ボール箱を置いていて、なかには怪《あや》しげな売り物が詰まっていた。夜になったらきっと、打ちすてられた建物へと入ってゆっくり眠るわけか。たぶん、客を店舗の暗がりへと呼びこめる気がしないから路上に店を開いているんだろうと、私は思った。

ほかに気づいたことでは、かつて化粧品の店だった新分離派の建物のまえには物売りの姿がなく、アイスラー診療所——と目立つ看板が立っていた。うす黄色のまだらになった壁を見れば昔は白色の建物だったのはすぐにわかることで、ここへ落ちぶれてきた医者は、きっとそれを理由に山ほどある空き家からこの場所を選んだんだろうと考える。

歩いているあいだ私とエマは口を開かなかった。一つは物売りたちの注意を引きたくなかったからだし、もう一つは話すことなんてなにもないからだった。同行者がエマでなく外国からやってきた友人だったなら、私はここが衰退した原因を説明していたかもしれない。ただエマにそんなことを話す必要はわずかたりともなかった。ここがどうして短期間で衰退したのかは、イングランドのだれもが承知していることだから。二〇五二年四月に始まったインフルエンザの大流行ではいろいろなことが変化した。それまでは、ネット通販で日常の必要はすべて満たされていたとはいえ、社交の必要から、若い世代は時間ができれば商業地域をぶらつくことを選んでいた。これはもしかすると、よりよい家庭用の映像設備が現れていたのに映画館の事業が五〇年代初めまで人気を保っていた理由でもあったかもしれない。ただ、あのインフルエンザの大流行のせいでだれもが可能なかぎり外出を控えるようになり、まして商業地域へ人が詰めかけるなんてことはありえなかった。そしてみんなが、その生活へすぐに慣れてしまった。伝染病が蔓延《まんえん》した半年のあいだに、どれだけ保守的な人でも公共のヴァーチャル空間の安全さと利便性を理解するようになった。一歩も外出しなくとも、あらゆる社交の必要が満たされるわけだ。そうして、次の年からはイングランドでもとくに大規模な商業地域が続々と廃業していった。マグ・メルはまだ長く持ちこたえたほうで、運営者が破産を宣言したのは二〇五五年、大多数の店舗はそれよりもまえに営業をやめていた。

私たちは、あのとき一緒にフィッシュ・アンド・チップスを食べたセルフサービスのファストフード店のまえを通りがかる。あのころの店は、たぶんイギリスじゅうでいちばん騒がしい飲食店だった。近くの店で働く人たちはここに座って仕事の忙しさや給料が安すぎるのに文句を言って、マグ・メルをただ見物するだけでなにも買うことはできない女子高生たちも、ここでいろいろなつまらない話題を大声で話していた。私たちと同じように、ここに座ってチョムスキーの話をした人がほかにいたかはわからない。ただある報道で聞いた話だと、去年のブッカー賞の受賞者は以前、ここでまる一日を過ごすのが好きで、ほかの人の会話に耳をすまして小説に取りいれたという。現在、もちろん店の入り口は閉まっていて、そのまえにはささやかなホットドッグの屋台があった。

どうやら、マグ・メルは密入国者と難民がおもに利用する闇市へと変じているらしい。身分の証明を得られない人たちは、電子通貨を使わないといけないネット通販では買い物ができないし、新しい商品を買えるだけのお金を持っていない。ここでは、紙幣で買い物ができる中古品の物売りたちがすべての必要を満たしてくれる。車でここへやってきて、そろそろマグ・メルの区域に入っていくあたりで、道ばたに多くのプレハブとテントがあったのを私は見ていた。道を歩いているときも、崩れた恰好の若い人たちが連れだって歩き、私の聞いたことがない言葉でおしゃべりをしているのをときどき見かけた。

私たちは西へもう百メートルほど進んで、ようやくあの赤い建物と対面した。モニカのお葬式が終わったとき、エマがロサンゼルスへ戻る便の離陸まではあと五時間残っていた。警察の人からモニカの自殺の方法を聞かされたあと、エマは急にマグ・メルへ行ってみたいと言いだしたのだ。その提案を私は否定しなかった。とはいえ、ここへ来たとしても、廃墟のなかに当時の記憶を呼びおこすものはきっとなにもないだろうと私にはよくわかっていた。

専売店のかつての入り口にも物売りが座っている。まだ十三、四歳にしか見えない女の子だった。ぼろぼろになったビーチパラソルの下に座って、毛布のなかに身体を縮こまらせている。ゆるく巻いた黒髪と黒い瞳、褐色の肌を見ても、どこの生まれなのかは判断できなかった。私たちが近づいていくのに気づいて、商品を見ていってほしいと声をかけられた。訛《なま》りを聞いて私は、きっとシンハラ語かタミル語が母語だろうと推測する。

まえに置かれているのは紙箱で、背後には大きな古いスーツケースを置いている。

「ここで売ってるのはなに」エマが歩いていって尋ねた。

「廃棄品《ジャンク》です」顔を上げると、ぎこちない英語で答える。「ここの店はむかし電子機器を売ってたらしいから、ここで売ることになって」

私も近寄っていくと、箱のなかには十年や二十年むかしのさまざまな電子機器がぎっしりと詰まっている。重たい旧式のノートPC、性能の落ちた太陽光充電器、三〇年代に一世を風靡《ふうび》したVRマスク、ほかにも私には名前のわからないものがあった。どれもかなりがたがきているように見えて、いまでも使うことができるとはとても思えない。

「これの修理はできるの？」私が訊く。

「できない。でもお兄ちゃんはできます」答えが返ってくる。「でも忙しくて、週に二日しか来ない」

女の子が背にしている赤い建物をエマは指さして一言訊いた。「この店でむかし売ってたものはある？」

相手はすこし考えてからうなずいた。毛布のなかから腕を出して、紙箱のなかをまさぐる。扱いはかなり無頓着《むとんちゃく》で、プラスチックの外装がぶつかる音がずっと聞こえてくるのに売り物が使いものになるかは気にとめていないようだ。一分もかからずに、女の子は紙箱のなかからペン型レコーダーとGPS追跡装置、透明な液体の入った小さなペンダントを取りだしてみせた。

エマはペンダントを手にとり、ためつすがめつしている。

「これはSYNEかな？」私に訊いてくる。「透明なタイプのSYNEがあるなんて聞いたことないけど……」

ただ、物売りの女の子のほうが先にその質問に答えた。

「これは〈玉髄〉シリーズのやつ」そう口にする。「色が抜けてなかったら、高く売れるんだけど」

「色が抜けた？」

「知らないの、SYNEはずっと太陽の光に当たってると色が抜けるから。お兄ちゃんは、このSYNEの色が抜けてなかったら高く売れたって。赤いやつだったら、二百ポンド。緑色は昔そんなに人気がなくて、作った数が少ないから、何千ポンドも出してくれる。色が抜けたら五十ペンスにしかならない」

「このSYNEはもともと何色だったの？」

「自分も知らないです。商品名は差しこむところの横に書いてある。単語がわからないから」

エマはSYNEを目に近づけて、プラグの側面の単語を読みあげた。「〈クリソプレーズ〉――もともとは緑色だったはず。あいにくもう色が抜けてるけど。でも五十ペンスで売ってくれるかな」

エマの言葉を聞いた女の子はため息をついた。まるで一千ポンドがこぼれ落ちていったみたいに。

「Colorless green……」

エマが手にした透明なＳＹＮＥを目にして、私は可能なかぎり小さな声でつぶやいた。できれば聞かれないようにと。

8

プロジェクトが終わり、ほどなくしてモニカはロンドンを離れてシェフィールド大学で学びだした。入学するときには、学部の課程を学びおえたらすぐに自然言語処理実験室で博士課程に進めるよう承諾を得ていた。モニカは一年のあいだに計算言語学の学部の課程を終え、それからまるまる四年をかけて博士論文を完成させると、研究所の人たちは一年間を費やして審査を進め、博士の学位を授与することに決めたという。学位を手にするよりまえにモニカはバーミンガム大学からの招聘《しょうへい》を受けていた。

私はケンブリッジ大学のニューナム・カレッジに進むことができた。グラマースクールの卒業生の大半と同じように、私は一年間で学部の課程を終え（半分は試験を受けるか論文の提出しかしていない）、二年目にはエドワード・トマスの有名な詩、「ザ・チェリー・ツリーズ」を題材に論文を書いた。十九世紀末から第一次大戦の勃《ぼっ》発《ぱっ》までに英語で日本文化を紹介した文献をほぼすべて調べあげて、そこから私は一つの結論を導いた。この詩における〝cherry〟が指しているのはサクランボの木ではなく、桜の花だと――日本文化においてはしばしば死を象徴するもので、その考えがトマスの時代にはイギリスまで伝わっていて、当人もおそらく触れていたはずだ。試問にたずさわった教授たちは全員私の考えに賛同していなかったけれど、論文は学術的なルールにはなにも違反していなかったので受理されることになった。

学部を出たあと私はヨーロッパ大陸へ行っていた。初めの半年はフランスを旅行して過ごし、それからハイデルベルク大学で博士課程に進んだ。そこでは、十八、十九世紀のヨーロッパの小説から第二言語の習得についての描写を集めてきて、その材料をもとに当時の言語学についてのとらえかたを分析した。そのころ一度、エマが休みを利用して会いにきてくれて、ハイデルベルクに一ヵ月滞在し、私は第二言語の習得についての知識を大量に教えてもらった。エマの助けがなかったら、自分が博士論文を仕上げるのは難しかったと思う。

私たちのなかで学部にいた時間がいちばん長かったのはエマで、まる六年いたことになる。もとはといえば、トリニティ・カレッジの数学科を志望したエマが面接官に、学部を出たあとは計算言語学の研究に就きたいと話したところ、運悪くその教授が純粋数学以外の分野を軽視する側にいたせいで、エマが言いあらそいを始めたのだった。そのあと、エマがインペリアル・カレッジの面接に向かうときには私とモニカが付きそった。数学科の学部の課程を学びおえるまでに二年かかり、さらにコンピュータ科学の学位を取るのに一年をかけた。そしてその時期に、エマは〈パシテア〉を開発するというアイディアを思いつくことになる。当時、日本企業が開発した〈シンキロー〉は規定の形式の脚本しか処理できず、小説からの映像生成には向いていなかった。コンピュータが文学作品を的確に処理できるようにするため、そこからエマは私の母校、ニューナム・カレッジで三年間英語文学について学んで、ただ結局学位論文を提出することはなかった。

エマが大西洋のかなたで博士課程に進むと決めたとき、私とモニカはすでに博士の学位を手にしていた。

アメリカへと旅立つそのまえ、私たち三人はセント・ジェームズにある閑古鳥《かんこどり》の鳴くバーに集まって壮行会を開いた。モニカはバーミンガム大学の招聘状を受けとって、まだ赴任はしていないころだ。私はドイツから戻ってきて、ある出版社に入り脚色員となった。収入があるのは私だけだったから、ごく自然に会計は私持ちになった。

エマはロシアの血を引いてはいるけれど、それは明らかにイギリス人の遺伝子によって薄まっていて、お酒にはあまり強くない。水割りでスコッチを二杯とフォーギブンを一杯（アメリカに行くとバーボンしか飲めないからとわざわざ頼んでいた）飲んだだけで頭のくらくらにやられていた。マスターは親切にクッションを持ってきてくれて、エマはぼんやりとそれを受けとると、頭をあずけて眠りこんでしまった。

そして、私とモニカはドライジンを一杯ずつ頼んだ。

「仕事はひとまずうまくいっているんでしょう？」モニカが訊いてくる。

「まあまあね。機械翻訳の結果に脚色をしてあげるだけの仕事で、とくに技術は必要でないけれど」

「文学の翻訳をあとから編集するのってかなり手間がかからない？　文章は複雑なほうだし、文脈だとか文化的な背景を考える必要があって、場合によっては外国語の表現をイギリスの読者に受けいれられる形に変えないと。ちょっと考えてみても楽な仕事ではないと思う。まえに、うちの実験室でも訳文の編集員を雇っていたけれど、それは慣用句だとか決まり文句しか扱わないで、修正した結果を翻訳データベースに入れて次回使えるようにするだけだったわ。そういう仕事だったらずっと簡単で、たいして外国語がわからなくても務まるけれど」

「まえには、翻訳ソフトの開発を専門にしてる会社からも訳文編集員としてオファーがあって、もらえる給料はいまの三倍だったの。でも私は文学にある程度関わる仕事がしたくて。昔からの意味での翻訳家にはたぶんなれないけど」

「いまは、外国語の本の翻訳に人を雇っている出版社はないの？」

「ほとんどない。詩歌の翻訳の仕事がすこしあるくらいで、ほとんどは無償奉仕」私はジンを半分流しこんだ。「ソフトウェア会社にあまり行く気が起きないのはほかの考えもあって。翻訳データベースを作りあげたら会社を追いだされるんじゃないかってなんだか心配なの。学部で知りあった上級生の人は学校を出たあとソフトウェア会社に入って、いくつかの言語の平行コーパスの作成に参加していたけど、プロジェクトが完成したあとに失業したらしくて。文学の翻訳の脚色をするなら、そこまで短期間で追いだされることはないかもしれない。でもわからないな。いまうちの会社が力を入れているのは外国の流行小説の出版で、文章も俗っぽいほうだし、正直に言って翻訳の難度はそこまで高くない。翻訳ソフトがもう何度かアップデートされたら、もしかすると私は失業するかも」

「あんまり悲観しないでよ。文学の翻訳は利潤の大きくない分野だから、機械翻訳に人の手を加える現在の方式でだいたいの必要はまかなえていて、将来も、この領域の性能向上に企業がこぞって大きな労力を費やすことはないから」

「私は引退の歳までやっていける？」

「できる、かもしれない。技術がどれだけ進歩しても、人にしかできないことというのはあるのかも」モニカは言う。「覚えているかしら、一緒にプロジェクトに参加したとき、初めにやったのが機械翻訳の研究だったのは。あのとき私たちはいつも、多義的な意味のある単語を使って翻訳ソフトをテストしていたでしょう。いまになっても、語義の曖昧性の解消は機械翻訳ソフトをテストするならとても重要な標準でありつづけている。私の取りくんでいる抽象解釈はその方面ともすこし関係があるから、この分野の論文にもいくらか触れたことがあるのだけれど。ニューラルネットワークの技術を採用した人工知能でも、人間のように直観と語感を頼りに語義の曖昧性を解消することはできないと言う人がいるの。だとすると、人間なら苦もなく解釈できる文章なのに、機械には永遠に解釈できなくて翻訳するにも間違いが起きるという場合もありえる」

「その考えは証明されているの？」

「いまはまだ。エディンバラ大学の形式意味論チームが四〇年代に提示した仮説だから〝エディンバラ予想〟って呼ばれているわ。具体的に説明していくともっと複雑になるけれど。学会では意見が分かれているの。私の指導教官はこの予想には否定的で、たんにマリアナ・ラーニングに欠陥があるというだけで、将来新しいアルゴリズムが生まれたらきっとこの問題は克服できると言っていた」

「モニカはどう思うの」

「詳しく研究したわけではないから、いまのところ結論は出せないわ。学者によっては形式手法を使っているかぎり、この問題を完全に避けるのは無理という意見もある。ペアノの公理系を含んだ形式体系で無矛盾性と完全性を兼ねそなえるのが不可能なように。これは方法そのものの欠陥で、そして人工知能はこの方法を使わないかぎり世界を理解できないんだと。でもこれも、ただの推測でしかない」

「その結論を証明するのはかなり大変なんでしょう？」

「大変ね。いくつもの分野の最新の知識を使わないと。さらにどうしようもないのは、この問題に本当に興味がある学者がたいしていないこと。基礎的な問題で、なんの応用価値もないから。精力をつぎこんで、ある微分方程式に厳密な解がないのを証明するようなもの。みんなが必要なのは実用にできる近似解だけ。厳密解が存在するかを気にするのは何人もいないのだから」

「そっちの業界も、いろいろとどうにもならないことがあるみたいね」

「理論研究をしていて、理解されようと思うとほんとうに大変だから」モニカはグラスのお酒を飲みほした。「わかりやすい収獲のある実験結果が出るのはいいほうで、演繹《えんえき》的な方法を使うような科学はどれも、ほんとうにまったく理解されないの。一本の論文を読むのに何ヵ月も費やそうとする人はいないし、基礎知識のすべてを把握するのに何年も費やそうとする人なんているわけがない」

「私にモニカの論文が理解できたらよかったんだけど」

苦笑いしながら「そうね」と言って、モニカはマスターにソーダ割りのフォーギブンを頼み、私も一緒になって一杯頼んだ。お酒が出てくるまで、私たちはマスターがマドラーを手慣れた様子で扱い、四角の氷を回転させるのをただ見ていた。ちびりと口にしてみた私は、うっかりむせてしまった。私がずっと咳《せき》をしているあいだ、モニカは背中をさすってくれていた。幸い店にいる客は私たち三人だけで、他人に醜態を見られることはない。これだけ大騒ぎをしていたというのに、エマを夢から醒《さ》まさせることはなかった。

紙ナプキンを持ってきてくれたマスターにお礼を言って、私たちは話を続ける。

「本当を言えば、いまの仕事はぜんぜん好きじゃないんだ」一口お酒をすする。今度はことさら慎重に。「モニカ、私がいちばん耐えられないのがなにかわかる?」

「ソフトの翻訳した文章があまりにしっちゃかめっちゃかだとか、外国語の表現の癖がそのまま残っていて、仕事が大幅に増えたとき?」

「いいや」首を振る。「その反対、私がなにより気にいらないのはソフトがそこそこに良い訳をしてきたとき。まるで外国語の読解能力がすばらしくて、だけど母語の作文能力は平凡な人が翻訳したみたいな。そういう人にはグラマースクールでたくさん出会ってきたの。同じ本でも、そういう人たちがこのレベルで翻訳するなら少なくとも一ヵ月は必要で、だけどソフトは二分もかからないで完成させる。それどころか、とくによく使う外国語を手のうちにおさめるまでに、一人あたり五年から十年を費やすわけだから……」

「でも、言語が背負っている文化は人間にしか理解できないわ。マリアナ・ラーニングの技術を使った翻訳ソフトは、ほんとうに起点言語を理解しているわけではなくて、平行コーパスと翻訳データベースを頼りに、そこから一工夫して訳文を算出しているだけだから。ようするにただのおうむ返しで、人間と同じように読んで、考えて、書いているわけではない」

「だけど、役に立つことでは私以上。その一点は認めないといけないでしょう」

「ジュディ、ごめんなさい」モニカは手にしていたグラスを置く。「私とエマはずっとその方面の研究をしていて……」

「たしかに二人のしてる研究は大嫌いだけど、だからって二人のことは嫌いにならないから。結局はぜんぶ私自身の問題。私が時代についていけないから。ときどき思うの、自分の人生はチョムスキーのあの言葉に似てるって」

「例の〝Colorless green ideas sleep furiously〟のこと?」

「そう」私はうなずいて、グラス半分を流しこんだ。「その文章。文法には従っててもなんの意味もない、私となにが違うんだろう——私は自然界の規則とでもいうものに従って生まれてきて、この人生も自然と人間社会の規則を外れたことはない。なのに私は、自分の人生のどこにも、〝意味〟と言えそうなものが見つからないの。私の人生はまさしくあの、〝Colorless green ideas sleep furiously〟って文章みたい」

「でもエマが証明してくれたんじゃなかった？　この文は、文脈によっては意味が生まれると」

「現実に、そんな文脈なんて存在するの？」

「いまこのときがそうかもしれないし」モニカは言った。「まだそのときは来ていないだけかもしれない」

9

来るときに乗ってきたタクシーを二人で探していたときに、エマはバーミンガム大学から送られてきたメールを受けとった。移動中ずっと、エマはフレキシブルＰＣで例の七百ページの論文に目を通していた。横からちらりと覗いていても、数式がページを埋めつくしているのしか見えない。空港に着いてもエマはラウンジでしばらく読みつづけ、搭乗の一時間まえになってようやく最後のページをめくり終えた。

PCをしまっても、顔を上げようとしない。

「たぶん、モニカがどうして自殺したかわかった」エマは言う。「あまりにも皮肉だと思ったんじゃないかな」

私は息をひそめて次の言葉を待ったけれど、エマはしばらく黙りこんでしまった。

「皮肉？」

「モニカがこの論文で証明しようとしていたのは人工知能が万能なんかじゃないこと、すくなくとも理論上は能力の限界が、欠陥とさえいえる点があることだったんだよ。その一点を証明するためにモニカは、新しい離散圏の理論を構築して、これまでの形式意味論よりもはるかに抽象的な数学的手段を使うことにした。今回の理論を完全に把握するには、私で一、二年は必要かも。でも言語学会の人たちは〈墓石〉にこの論文を検証させただけで、完全に否定することを決めた。どうしようもなく皮肉な話だよ。長年の苦心が否定されたそのうえに、自分を否定したのがあろうことか同業者じゃなく、完璧ではないだろう人工知能だったんだから。この文章は人工知能の欠陥を論証しようっていうのに……」

それを聞いて私は急に、なにか不吉な予感を覚えた。

「モニカの論文にはなにが書いてあるの？」

「証明の目標は、有限次数のカッチェン＝スグロス完備空間では、ミコロフ整列可能だけど、コブリン可測集合ではないような語義ベクトル集合が存在すること」エマが話す。「ミコロフ整列可能っていうのをざっくり言うなら、ある文章が意味をもっているってことで、それと重要なのは、一つの文脈を扱うかぎり、一つの意味しか存在しないで語義の曖昧性をもたないこと。コブリン測度は、曖昧性の解消を数学的に表現する方法の一つで、そのほかにも等価になるような表現法はいくつもあるけれど、コブリン測度を適用できるのはカッチェン＝スグロス完備空間だけで……」

ここまで話して急に口をつぐむ。もっと簡単でわかりやすい説明を思いついたようだった。

「もしモニカの論文が成立しているなら、それは弱いエディンバラ予想の証明になるんだよ。カッチェン＝スグロス完備空間は特殊な部類の語義ベクトル空間でしかないけど、そこでこの結論が証明されたら、あらゆる語義ベクトル空間へと拡張する方法が発見される望みが出てくる。言いかえると、モニカはエディンバラ予想を証明するための第一歩を踏みだしてた。もちろん、この証明が成立していることが前提だけど……」

「モニカがエディンバラ予想の話をするのは聞いたことがある。八年まえ、セント・ジェームズのあのバーで。そのときエマは横で眠ってたけど」

「そのころから同じ問題を研究してたの？　あたしは聞いたことない」

「いや、そのときはまだ研究は始まってなかった。モニカはあのとき、ただ私を慰めようとしてその予想の話をしてきたの。私はあの子に、技術がもうすこし進歩したら私は仕事を失うのかって訊いた。モニカは、機械は翻訳を間違えても、人間は直観を使ってどんな意味かわかるような文章はあるって言って慰めてくれたの、すくなくともそんな仮説があるって……」

目から溢《あふ》れてこようとする涙をおしとどめたかったけれど、うまくいかなかった。

モニカはひょっとすると、私のためにエディンバラ予想の研究を始めて、その予想に精力のすべてを費やしたすえに、破局へと追いやられたのかもしれない。

「モニカがこの問題に注目したのは、焦りのようなものがあったのかも」エマが言った。「たとえば二十世紀、生産ラインの作業員が自動化設備に仕事を取られたように、いまは翻訳の仕事がすこしずつソフトに取って代わられていて、もしかするといつか、あたしやモニカの仕事も機械に取られて、人工知能が人類に代わって科学研究を進めるかもしれない。だからモニカはそこまで切実にエディンバラ予想を証明しようとした。まるでエディンバラ予想が成立すれば、人間は永遠に機械に仕事を取られないみたいに。なのに現実では、その焦りは想像よりはるかに早く実現してしまった。言語学会の人たちはモニカの論文を〈墓石〉を使って検証したんだよ、ほんとうならモニカの同業者がするはずの仕事だったのに。モニカは、あたしが見てきたなかでいちばん純粋な研究者だった。だれよりも純粋な知識欲を持っていて、可能なかぎりこの世界を理解して、説明しようとしていた。なのに、技術の発展する方向とモニカの理想の科学とはまったくの反対を向いてたってこと。あたしを入れた大勢の学者がやっている研究は、世界のブラックボックス化を促進してるだけなのかも」

「ブラックボックス化?」

「科学技術が進歩するほどに、技術の背景にある原理はどんどん理解が難しくなっていくんだ。工業化以前の技術なら、簡単な説明だけでだれにでも理解させることができた。でも時代が移るにしたがって、研究者以外の人が技術の背景にある原理を理解するのは、ひたすら難しくなっていったよね。あたしたちがハイテク製品に触れるときは、背景の原理なんて探らないでただ使うだけ。現在の製品は、原理を探ったとしても、そんなに簡単に説明ができるようなものじゃないし」

そう言うと、エマは鞄から圧縮されたフレキシブルPCを取りだした。

「たとえばこのフレキシブルPCみたいに。使われている原理を知らない、こちらにとってはブラックボックスなのに、実際に使うのには影響しない。ただ、すくなくともだれかは原理を知っているから、全人類にとってはまだ説明可能性が残ってるよね。でも、マリアナ・ラーニングを使って誕生したブラックボックスはそうじゃない。たとえばタクシーの自動運転機能、〈墓石〉、それとあたしの開発した〈パシテア〉と

〈ヘシオド〉も。隠れ層でどうやってデータの計算がおこなわれているかは、だれ一人知らないし、説明もできない、すべての人間にとってそれはブラックボックスなんだよ」

「そういうブラックボックスが、毎日増えつづけてる」

「そうだよ」エマは肯定しながら、でも首を振っていた。「でもそんなことはなんでもない。見方を広げてみるなら、出発点のニューラルネットワークモデルも、訓練データも人の手で作ったものではあるよね。すくなくともあたしたちは、マリアナ・ラーニングって技術がどういうものかは理解している。でもこれからはどうなるんだろう？　もしある日、人工知能が人間に代わって技術開発の仕事を進めて、あたしたちがすべきは人工知能の開発した技術から、人間の役に立つものを拾いあげる作業だけになったら。その日が来たら、あらゆる新技術についてあたしたちが知ってるのは結論だけで、具体的な原理はわからないし、隠れ層の奥に埋まっている開発過程もわからない。言葉を換《か》えれば、そういう技術のひとつひとつが、人間すべてにとってのブラックボックスになるんだよ」

「その日が来るまで、あとどれくらいあるの」

「わからないよ。十年かも、それとも二十年かも。わかるのはその日がいずれやってくることだけ。それに、ほんのすこしの研究者を別にして、だれも変化には気づかない。だってあたしたちは、日常生活にブラックボックスがあることに慣れてるから。そもそも説明可能性よりも、役に立つことのほうが価値があるからね。たとえば微積分が、理論的な基礎が明確になるよりもまえに、二百年以上数学者に使われてたみたいに。実際に役に立つんだから。そのときが来たら、ブラックボックスみたいな技術のことをどうにかして説明しようとする人は出てくるよ。説明は、ブラックボックスが生まれる速さに永遠に追いつかないかもしれないけど」

「モニカも、同じような未来を予想したの？」

「こういうことについては、モニカはあたしより間違いなく敏感だった」エマは言う。

「それに、モニカはきっとこんな未来を受けいれたいと思わなかった」

エマはPCを鞄に戻して、そこから今度はあの、色の抜けたSYNEを取りだし、私に手渡そうとしたけれどためらって、手を引っこめた。

SYNEを私に保管させたら、いつか私がモニカと同じ死にかたを選ぶんじゃないかと心配になって、気が変わったのかもしれない。

「モニカは、どうしてあんな方法で人生を終わらせたんだと思う？」エマが私へ訊く。たぶん、エマはこの質問への答えしだいで、そのSYNEを渡すかを決めるんだろう。

もしあのときバーで私とモニカとの会話を聞いていたなら、質問の答えは予想できたんじゃないだろうか。あいにくとエマは聞いていなかった。エマは〝Colorless green ideas sleep furiously〟が生成言語学のテキストに載っていた例文だったのと同時に、人生への隠喩にもなりうることを知らない――法則を外れず、規律を守り、それなのに結局は意味のない人生の隠喩として。

モニカの持っていたSYNEも、保存環境が良くなくて色が抜けていたかもしれない。もともとは緑色だったのに透明に色が消えてしまったSYNEを見たモニカは、あの文章を思いだして、それから私がバーでこぼした悲観の言葉を思いだし、そして自分のことに思いいたった。だけど、その答えはあまりに悲しすぎる。エマまでがそんな消極的な気分に染まるのを望まない私は、この問いに違った答えを考えないといけない。間違ってはいても、慰めの役に立つような答えを。

だから、私は答えた。

「モニカは、ただ自分の思い出を飲みほしたの――自分にとって、なによりも美しい思い出を」

参考文献

奥野陽、グラム・ニュービッグ、萩原正人（著）、小町守（監修）『自然言語処理の基本と技術』翔泳社、二〇一六
坪井祐太、海野裕也、鈴木潤（著）『深層学習による自然言語処理』講談社、二〇一七
笹野遼平、飯田龍（著）、奥村学（監修）『文脈解析―述語項構造・照応・談話構造の解析―』コロナ社、二〇一七

あとがき

二〇一八年年末のある日、『元年春之祭《がんねんはるのまつり》』のサイン本を作るために早川書房に行って、偶然に「ＳＦマガジン」百合特集の張本人・溝口力丸《みぞぐちりきまる》さんにお会いしました。そこで百合ＳＦアンソロジーの企画を知り、「是非参加させて」と強要しました。一度もＳＦを書いたことのない私の願いを受け入れた溝口さんは、本当に器が大きい人間だと思います。普段はミステリーばかりを書いていますが、ＳＦを執筆する勇気を与えたのは法月綸太郎《のりづきりんたろう》先生の『ノックス・マシン』です。そして、大好きなテッド・チャンの「ゼロで割る」などの作品を意識して執筆しました。日本人作家ではない私の作品が《年刊日本ＳＦ傑作選》の精神的続編である本書に選ばれて、光栄のいたりです。自分の趣味も作風も同世代の中国ＳＦ作家より、いわゆる「日本ＳＦ第六世代」の作家たちと近いかもしれません。中国ではなく日本でＳＦ作家としてデビューしたのは偶然ですが、ある意味で必然的でもあります。

鎮《しづ》子《こ》

飛　浩隆

二〇一九年の日本で最大のトピックは、新天皇が即位し、平成から令和に改元されたことだろう。SFでは、西暦の十年ごとで時代を区切ることはあっても、〝昭和SF〟とか〝平成SF〟とかの元号区分はまず使われない。とはいえ、まったく無視するのも……と考えたわけでもないが、〈文藝〉夏季号「天皇・平成・文学」特集に寄稿された本編に、二〇一九年日本SFの精華を集めた本書を締めくくってもらうことにした。

タイトルが「鎭子《しづこ》」なのに、一行目から〝志津子《しづこ》〟が登場して饗津《あえづ》の町を歩き出すことから〈飛浩隆読者には〉わかるように、本編には、第46回星雲賞日本短編部門を受賞した飛浩隆「海の指」が〈文字通り〉内包されている。あの異様な島（泡洲《あわず》）の成り立ちはこういうことだったのか！　と思うのは早計で、著者のツイートによれば、「あのモチーフを土台にまったく別のお話を書いた」のだとか。したがって、本編を理解するために「海の指」を読んでいる必要はまったくないが、同作は（「海の指」にインスパイアされた木城《きしろ》ゆきとの漫画「霧界」ともども）講談社のウェブサイト「モアイ」で無料公開されているので、興味のある方はぜひ。他に、著者の短編集『自生の夢』などにも入ってます。

作中に登場するレストランのモデルは、皇居を見下ろす地上三十八階建ての高層ビル、大手町タワーの三十三階から上の六フロアを占める外資系ホテル、アマン東京のメインダイニング「アルヴァ」。本編と同時期に書肆侃侃房《しょしかんかんぼう》の〈文学ムック　たべるのがおそい〉vol.7に発表された短編「ジュヴナイル」（こちらは間宮潤堂《まみやじゅんどう》の初恋を描く、「自生の夢」スピンオフ）に出てくるある食べものは、この「アルヴァ」の名物料理がモデルだという。

飛浩隆（とび・ひろたか）は、一九六〇年、島根県生まれ。星雲賞を四度、日本SF大賞を二度受賞。現在、SFマガジンに『空の園丁　廃園の天使Ⅲ』を連載中。

志津子《しづこ》は饗津《あえづ》の町の長い長い坂を下りてきて、海岸沿いの幹線道路につきあたると右へ曲がった。平日はつとめにいくため左をえらぶが、日曜の朝は洗たくを終えたら一時間ばかり散歩をする。五月下旬のよい天気。丸襟のブラウス、ちいさな水玉が整然とならんだ紺のスカート、白いくつ、手製の小ぶりな布バッグ。五分と行かないうちにコンクリの堤防の向こうに青銅色の塊が見えてくる。禿頭《とくとう》の小男が軍服の胸に勲章を犇《ひし》めかせ天を指さしている像は、冷戦期の共産主義国家が建立したみたいなばかばかしい大きさで、それが横ざまにころがされ、あちこちが手あたり次第に切り取られて、鳥籠《とりかご》のようにスカスカな造形物になっている。像がこの浜に〈引き揚げ〉られて一年以上たつけれどもまだまだ潤沢に金属を取り出せる。きょうは作業がお休みでだれもいない。重機はお医者さんの玄関のスリッパみたいに行儀よく並ばされている。こちらはその前を過ぎてさらに行くと六階建ての総合病院が打ち上げられている。

先々月に打ち上がったものだがさすがにそのときばかりは饗津ぜんたいがおおいに沸いた。病院は倒立しているので、中の探査は困難をきわめていたが、今後どれだけ多くの人が助かるかわからない。

堤防の段々を上がって天端《てんば》まで来ると、志津子はもうすこし歩いて、像と病院を左右にながめられる場所で立ち止まった。ハンカチを敷いて腰かけ水筒のお茶をのみ、しょうゆ味の飴玉《あめだま》を口に入れてカラコロいわせた。ひたいや上腕の内側がかるく汗ばんでいて、風がすずしい。日曜の散歩は毎週欠かさない。夫が生きていた頃から。

風が強くなったので志津子は髪をまとめる。そして正面を——指導者像と病院のあいだにある何もない方角を見る。

砂浜がおわる場所、陸とうみの境界をじかに見ることはできない。汀線《ていせん》があるべき場所は灰色の煙りで厚く蔽《おお》われている。〈霧〉——その実体は似ても似つかぬものだが——は刑務所の塀のように波うちぎわに沿って果てしもなく続く。その外にあるうみを、志津子は思う。

パパッとクラクションが鳴り、志津子の背後を自動車が通り過ぎた。バスだ。泡洲《あわず》交通の路線バス。ふりかえるまでもなく、運転しているのは内川和志《うちかわかずし》だ。いまのは志津子を見かけたときの鳴らし方なのだ。恥ずかしいったらありゃしない。小さくなった飴玉を奥歯で砕くと、立ち上がってのびをする。空気は乾燥して学校のグラウンドのような匂いがする。似た匂いを、ゆうべ和志の部屋で嗅いだ。シャツを脱がすとき肩のあたりで日なたが匂ったのだ。六畳ひと間、十四インチのブラウン管と小さな茶だんすのあいだに敷いた布団に仰向《あおむ》けになると、天井と柱の日めくりが目に入った。

行為のとき彼の腿《もも》が茶だんすに当たりその拍子に黒電話が落っこちてきたけれども、お互いの身体《からだ》にむちゅうだったから、気づいたのはあとになってからだった。

志津子は、陸のがわを向く。

いちばん手前にはさっきバスが通った片側一車線の大通りがあり、向かいには商店や事業所がならぶが、そのすぐ奥からはもう住宅地だ。饗津は山がうみに迫っていて平地がほとんどない。地面の高さはみるみるせり上がりそこから先は急な傾斜が山の上までつづくのだ。

近くの電柱のメガホン型の街頭スピーカーから「春の日の花と輝く」のメロディが流れ出した。一日三回、朝と正午、そして午後五時に、中学校の吹奏部の演奏の録音が流される。あちこちのスピーカーが歌うから、時間差やら山からの谺《こだま》やらでメロディは複製され、乱反射し、重畳《ちょうじょう》し、時間を失いかける。まぼろしのような音楽を聴きながら志津子は斜面を見わたす。立ち並ぶ瓦屋根やトタン葺《ぶ》きのあいだあいだに異様な事物が埋め込まれている。ガラスと金属を帆船の帆のように展開したものは、家十軒くらいの大きさがある。その右上の方にはもっと大きなスズメバチの巣のような半球がまるく盛り上がってる。様式も技術もこの泡洲のものとはまったく異なる建築が山裾から頂上まで、あるところでは点在し、また別の場所では密集している。目を凝らせばティカルの碑文神殿、デヴァター像を擁するバンテアイ・スレイ、ロンシャンの礼拝堂、ポタラ紅宮、そのほか災厄の前にはだれ知らぬ者もなかった世界的大建築の面影さえ見てとることができるのだ。

〈霧〉の向こうにひろがるうみから、思い出したように災厄が襲いかかる。

町も人もたえまなく翻弄《ほんろう》される。

あの建築群も、うみの打擲《ちょうちゃく》の痕跡であり、その集積が地質となって積みかさねられてこの陸地はできている。

これが志津子の生きる町、志津子の世界だ――

志津子はたばこを取り出しマッチで火をつける。昨夜、和志は志津子に求婚した。六つも年下の無口な若者。和志には教えた。まえの夫を殺したことを。それでも和志の意思は変わらなかった。さて、どうしたものだろう。志津子は煙をふかぶかと吸い求婚の返事を思案する――


「プロポーズされたらどうするの?」

十年もののしょぼくれたリッターカーの助手席で、田地鎮子《たぢしづこ》はわれにかえった。カーナビに点滅する自車の矢印は日比谷通りを北へ進んでいる。運転席の母親の向こうで帝国ホテルとミッドタウンが通りすぎる。鎮子の側の窓から見える外苑の緑は新緑から初夏の色に変わろうとしている。その彼方《かなた》には鬱蒼《うっそう》と繁る吹上御苑《ふきあげぎょえん》の木々があるのだと鎮子は思いだし、ようやく空想の世界から現実に着地した。

御苑の核心部には江戸時代の街道跡があり、両脇にひしめくケヤキの巨樹は樹齢三百年から四百年、樹高二十メートル以上に及ぶ。このお濠《ほり》の中には都内の巨木の二割が集中しているのだ。それを教えてくれたのは広芝豊明《ひろしばとよあき》だった。みどりの日になったらいっしょに御苑の観察会に行きませんか。初対面は里中《さとなか》先生の出版記念パーティーで、会場の片すみでふたり肩をならべて壁を向いて会話しているときに、広芝はそう誘ってきた。それは十一月のある日のことだったのでなんて気が長いと鎮子はあきれ
「ふふ」ちょっとおかしくなって「じゃあそのまえに一回打ち合わせしませんか」と返事をしたのだった。そしてあんなに先だったはずのみどりの日がもうすぐ来る。みどりの日がなぜみどりの日なのかといいますと、それはこの森とも関わっているんです。そう語る広芝の声が耳によみがえる。

「どう?」母親はもうひと押ししてくる。「ねえどうするの、プロポーズされたら」

「ないって。ないない」

スカートの膝に日が差している。鎮子はそこに手を置き指を伸ばしたり傾けたりする。マニキュア、しぜんな血色にみえるだろうか。

「検索したらすごい高級なホテルじゃない。広芝さん、気合い入ってる」

「ご飯だけならそんな高くないよ。やっぱりひとりで来ればよかった」

お濠の風景を見ているうちに、鎭子はまた「泡洲の世界」に戻っていきたくなる。左手のお濠がうみである情景を思いえがく。うみに溶けた事物が――指導者像やガラスの帆船や碑文神殿が灰色の濁流になって押し寄せるさまを。あるいは日本の重役顔で収まり返っている丸の内の建築群を〈うみの指〉が溶解し、まったく別の光景につくりかえるさまを。

ただの逃避だ。三か月前、じぶんが広芝にしたことを考えたくないだけだ。あれは、どんな男性にも非常な屈辱であるはずで、向こうからは二度と会いに来るまいと踏んでいたし、じじつそれきり連絡がなかったので安堵《あんど》していたら一週間前、また会ってお話がしたいと不意打ちのようにSNSのメッセージが来て、鎭子は動顚《どうてん》した。ああ、あれはじぶんにとっても侵襲的な行為だったのだと思い知り、それをほかの人にわからされたことが癪《しゃく》で、ここで断ったらスコアボードに「負け」のバッテンがつくように思えて、いいですよそれなら会いましょうかと返した。つい母親にぐちったばかりに、なかば連行されるようにしていま約束の場所に向かっている。

「あのね、あのことはもう話してるんだ。だからたぶんないよ、プロポーズとか」

助手席の日よけについている小さなミラーで口もとを確認する。口角を引っぱってみる。

「それ、かえって脈があるわよ、うん。その方がうっとうしくなくっていい、って人もいるよ」

「気安くいわないで」

うっとうしいに決まっている。私と暮らせば、些細《ささい》な負担が始末に負えない火山灰のように降りつもる。人生の選択肢をいくつか捨てることにもなる。こっちだって気が重い。爪を目の前に持ちあげる。注意ぶかく色を選び、まぜて、しぜんな血色にみえるように塗った。こんなフェイク、まいにちはしていられない。

「あんたもさ、今回にかぎらずもっとその、男のひとと気楽につきあえばいいのに。結婚は考えなくていいから——ええっとこのへんぜんぜんわからないけど、ここのままだよね」

和田倉門《わだくらもん》の信号を直進しながら、母親は照れくさそうに前を向いている。おかあさんあのね、いちいち教えないけど、これまでつきあった男のひと十人くらいいるし、しっかりセックスもしたよ。

「大手町の信号を右だよ」

行幸通り《ぎょうこうどお》りを渡るあたりから周囲のビルの高さがきわだってくる。有楽町、丸の内、そして大手町は、ここ二十年ばかりでつぎつぎと超高層ビルが建設されたエリアだ。バブル経済が崩壊した後、不良債権処理の一環として、二十一世紀初頭から、規制緩和を通じて都市再開発プロジェクトを呼び込む「都市再生」が本格化し、このあたりは「東京都心・臨海地域」の呼称で特定都市再生緊急整備地域に指定されている。その成果は日比谷通りとJRにはさまれた区域に林立しており、広芝が指定したホテルもそうやって再構築された空間に海外からやって来た。ルアンパバーン、ゴール、ルメレザン、スヴェティ・ステファン島、ファユン。世界じゅうに拠点を持つハイエンドの外資系リゾートホテルが都心の最上層、経済の敗北が打ち立てた塔の高みにかちりと嵌《は》め込まれて、千代田区一帯の地上をまなざしている。

ちいさなリッターカーはウィンカーをチカチカさせて都市銀行や保険会社の巨大ビルに挟まれた交差点を右折する。鎮子は母の左耳をみる。じぶんのとよく似た形。おんぶされていたころ、いつもその耳を奪い取ろうとするのでたいへんだったよ、といまでもいわれる。あんた、からだ弱いくせにえらい力でつかむんだから。

太田《おおた》道灌《どうかん》が江戸城を築城した頃、いまの大手町のあたりまで入り江だったと教えてくれたのも広芝だったはずだ。潮のにおい、海浜の風景。しかしいま、フロントガラスの向こうには目的のビルがシャープに切り立つ。ガラスと鉄の外壁の、その上端近くが一フロア分だけほかよりも少し窪《くぼ》んでいる。あの窓の列が広芝と会うレストランなのだと気づいて、とつぜんいたたまれない気分になる。気持ちの遣《や》り場に困って、鎮子は泡洲の世界、饗津の町に逃げ込みたくなる。

こんなとき思い浮かぶのは、お日さまにひかる点滴のしずくなのだ。

いろいろ聞いてみるとそれは一歳半のころらしい。ベッドからみあげた透明のプラスティックバッグの中、規則的に落ちる点滴液のしずくを鎭子は覚えている。しずくが落ちるたびに日の光がゆれて、その規則性、リズムが幼い鎭子のからだに刻まれた。入院中の鎭子はいつもぐずっていたかべそべそ泣いていたのだが、あの日を境にすっと大人しくなった。妖精の歌に耳をすましているみたいに、だまって目をまんまるに見ひらいてね。耳にたこができるほど聞かされた話だが、そのときなにが起こったか鎭子は見当がつく。泡洲の原型がうまれたのだ。ぽたっぽたっと落ちるしずくを見て、その映像とリズムが心の中にコピーされた。退院して点滴とさようならしても、鎭子の心はしずくの光とリズムを反復した。くるしいこと、いたいこと、くやしいことかなしいこと、病気の苦痛が心を呑《の》み込みそうになると鎭子は心をそのリズムに飛ばしてやりすごすわざを身につけた。いま苦しいこのからだから心を切り離し、しずくが落ちる場所、べつの土地を想像しつづける。炭酸カルシウムをとかした水が鍾乳石を大きくしていくように、いつ果てるともなくしたたり落ちるものが、わだつみのような鎭子の心象に小さな点を育てた。飽きもせず点を見つめているうち、そこには濃淡がうまれいつしか模様になった。ひとが月面にうさぎや蟹《かに》や女の横顔を発見してきたように、ちいさな鎭子はそこに空想の地理と架空の歴史を想像する。やがてそこは、空想上の友《イマジナリーフレンド》ならぬイマジナリーランドとして、鎮子の心がいつでも帰ってゆける安息の場所、彼女の内面そのものになっていった。

――吸い込んだけむりをふうっと吐きおえる。志津子は饗津の町のいっとう高いところにいる。海岸通りと堤防ははるか眼下にあり、志津子は斜面の一番上にある和洋折衷のお屋敷の、バラの蔓《つる》をからませた白いフェンスの前に立っている。そこは（小さなころから）お気に入りの場所だ。ここからなら霧の塀の外を――ゆったりゆったりと波うつ灰色のひろがり、うみを一望できるのだ。

うみ。

志津子の知るかぎり世界には二種類の場所しかない。一辺が百キロメートルばかりのほぼ正方形の陸地、この泡洲と、その外にひろがる茫漠《ぼうばく》とした灰色のひろがり、うみの二つだ。

かつて――だれもそのときのことを記憶していないが――、海と陸地のほぼすべては、原因不明の災厄で崩壊した。大陸も島嶼《とうしょ》も海溝も、生き物も文明の産物も、一様に解《と》け、まじりあって蕎麦粉《そばこ》を溶いたようなひろがり、うみができた――そう学校では教えてくれた。

うみにふれたが最後、どんなものでも溶かし込まれてしまう。陸揚げしたままの船が仮にまともに動いたとしても、外へ出ることはできない。しかし泡洲にいるならば生きのびていける。霧の塀がうみから守ってくれるからだ。

これが志津子の住む世界だ――あるいは鎮子の心象の中にうみだされた世界だ。鎮子が幼いころから倦《う》むことなく空想し、細部まで練り上げてきた世界だ。

浜辺の指導者像、さかさまの病院、斜面に点在する旧世界の大建築。あれらはうみから引き揚げられたもの、あるいは〈うみの指〉が陸地に残したものだ。旧世界の事物は、実は「そこなわれず古びもせずに、うみという記録媒体の中に情報として保たれている」のだという。いくら聞いても理屈はさっぱり理解できなかったが、実感としてはわかる。〈うみの指〉が襲ってきたときの様子をみればわかる。

ときおり、前ぶれもなく霧のかべが消えて、その向こうでうみが「指」のような形をとり――ただし一本一本は大人ふたりが腕を回してようやく届くほどの太さがある――、それが何十、何百とへびのようにうねりくねりながら陸地に到達し、奥へ奥へと侵入してくる。指にふれられたものは、たしかな形を失い、そこに思いもよらない形を生み出していく。たとえばガラスの帆、スズメバチの巣、あるいは碑文神殿。この現象を、こう説明する者がいる――ピアノ弾きが鍵盤に手を走らせるように、〈うみの指〉は泡洲のありとあらゆるものをまさぐり、そこに「思い出」を演奏するのだ。音ではなく、形で、と。

志津子はたばこの灰をお屋敷のきれいな芝の上に落とし、もう一度ふかく吸い付けた。

ゆうべ、いっかいめの行為がおわったあとならんで仰向けになって手をつないで、志津子は言った。

「鋏《はさみ》だったの」

「うん」とだけ和志は応えた。

鋏だった。刃の長い裁ち鋏はエプロンのポケットには収まらず、すこし考えてエプロンの裏に共布で鋏の入る袋を作った。家にいると始終なぐられる。だから志津子はいつも夕食後に夫の昭吾《しょうご》を散歩に誘った。その夜、昭吾はふざけて霧のまぎわまで近づき、耳ざわりな歓声を上げて砂を何度も何度も蹴り上げた。とつぜん前ぶれもなく塀が、ひと三人の幅だけ消え、灰色のうみがすぐそこに見えた。二、三歩先に混沌《こんとん》が口を開けていた。あおざめて下がろうとした昭吾はわき腹にかるい衝撃を感じ、みると志津子が凄《すご》い形相で裁ち鋏を突き刺していた。先端は肺に達していた。そのときの昭吾の目をまだ覚えていると志津子は言い、うん、と和志は答えた。ずっとそんな奇跡が起きないか、うみがむき出しになる瞬間が来ないかと願っていたのと志津子はつけくわえ、和志はまたうん、と応じた。昭吾の拳が志津子のこめかみにめり込み、その拍子に鋏が抜けた。転びそうになるところを踏ん張り、志津子が重い鋏を下から上へ斜めに振り上げるとがつんと手ごたえがあった。刃先が昭吾の右の眼球を斬《き》り、目がしらの骨に食い込んでいる。夫の尻を蹴るとがっしりした体軀《たいく》が前につんのめり、ざぶんと音がして両膝が灰色の波うちぎわに浸かっていた。

ちり紙がさっとインキを吸うように昭吾の脚から上体へ灰色がしみとおった。夫の身体はゴムのシートのように平たいくねくねになり、ぺたんと砂地に横たわって、そのままずるずるとうみに引きずり込まれていった。全身がまんがみたいにびよーんと伸びて、まだ意識のある目が志津子を見あげていた。そこまで話し終えると志津子は上になって和志のくちびるを咥《くわ》えた。昭吾と比べると毛の少ない大腿部《だいたいぶ》のかたくなめらかな筋肉の起伏に手を這《は》わせる。和志はその動きを封じるように志津子の首を掻《か》き抱く。志津子は和志の喉仏のあたりを舐《な》める。

「なにしてんの」

手のひらでじぶんの顔をあおいでいる鎮子に母親はくびをひねっている。鎮子は口ごもる。空想の内容をいえるはずもない。

「ちょっと暑くて。顔、ほてってない？」

「そう？　見えないけど」

つい「まあ、うまれつき顔色悪いからわからないか」と軽口を叩いてしまう。

「うまれつき」は使っちゃまずかったと後悔したが、綸言《りんげん》なんとやらだ。母親がサイドブレーキをかけたのをいいことに、そっちを見ないようにして車の外に出た。母親がどれほど自分を責めているかよくわかっているのに。

「言えば迎えに来るよ。お泊まりしてもいいけどね」

気づかぬふりを装ってドアをしめた。ホテルのエントランスはしずかなオフィスビルのようだ。そのまま進んでエレベーターホールにたどりつく。レセプションは三十三階。エレベーターにはそこへいくボタンしかない。腕時計は一時十分。十分遅れだ。広芝にメッセージは送っていて、返信は「席で待ってます」だった。この一週間で交わしたメッセージはふたりあわせても二百字にもならない。エレベーターが動き始める。鎮子はこのときの上昇の感覚に身をまかせるのが好きだ。身体の重さが変動してもそれはエレベーターの責任だからだ。この身体についての自分の責任がいくぶん免ぜられた気になれる。責任がすこしうすれた身体で鎮子は高層階へとあがっていく。

心臓の障がいは先天性のもので、手術を行わない場合の生存率は生後五年で約四十パーセント。帽子やよだれ掛けを着せてもらうより早く鎮子の身体にはメスが入り、三歳までにさらに二度の手術を受けねばならなかった。ぐるぐるぐる。ぐるぐるぐる。しづちゃんの心臓は血の流れがうまくぐるぐるしない病気なんだ。だから息がくるしいんだよ。手術すればちゃんと回るようになるからね。三度目の手術の前に、父親は指をぐるぐる回しながら鎮子に説明した。母親の実家の畳部屋の照明は古いサークル式の蛍光灯で、布団で寝ている鎮子からみると回る指がぐうぜん蛍光管の光の輪をぴったりなぞっていた。父の説明は医学的には不正確だが、電力会社の技術者である父はもちろん心得ていて、三歳児の恐怖を取りのぞいてやれればそれでいいと思っているのだ。

単心室症では、分かれているべき肺循環と体循環の血液がまざりあう。三度目の手術を終えれば、肺へ向かう血液と戻ってくる血液の経路を分けて低酸素の苦しさからいくらか解放される。父には山奥のダムでの仕事があり、鎮子と母親は通院や急な搬送を考えて町中の母の実家で暮らしていた。母の年齢にしては祖父母は歳がいっていて、かれらのすむ木造家屋も古ぼけていた。壁には砂みたいなのが塗ってあったし、カレンダーは気味悪い二色刷りの大きな日めくりだったし、玄関の電話台には編み物カバーの掛かった大きな黒電話が生き残っていた。鎮子のくちびると爪はチアノーゼ特有の色で、すこしはりきってあるくだけで立っていられないほどつらくなる。体をやすめている横で、久しぶりに泊まりに来た父が指をぐるぐるさせる。目をつむると父の指が黒電話のダイヤルを回しているのが見える。蛍光灯の輪が洗濯機のうずみたいにぐるぐる回る。部屋の中にあるもの、日めくり、畳と布団、蛍光灯、やがて黒電話やざらざらの壁や古くて暗いお風呂場や寒い台所や、この家の一切が鎮子の頭の中に吸い込まれていくようで気分はますます悪くなる。肺静脈から血液が還流していくように、心象の中の小さな島に、祖父母の家の昭和の道具だてや押し入れの中の黄ばんだグラフ誌の写真が——ノスタルジックなディテイルが流れ込む。島はじょじょに領土を広げていく。

たいいんしたらおとうさんの家にかえるよ。手術がおわり血中酸素濃度が改善して鎮子はとっても気分がいい。そうだね、しづちゃん、かえれるね。あしたおとうさんにあえる？　あえるかな、どうかな、おしごといそがしいかもね。そのころすでに父はダムのある山あいの町で別の女性と深い関係にあった。あえない、あわない。あえない、あわない。鎮子は小学生になっても、中学になっても、高校生になっても祖父母の家で暮らした。泡洲と饗津もじりじりと成長し、複雑で豊かな細部をたっぷりとはぐくんでいた。山があり、道があり、海岸通りがあり、お寺があり、神社の裏には深い大きな森があり、バスには運転士と車掌《しゃしょう》が乗っていてかれらはグラフ誌で見たのと同じ制服と制帽を身に着けている。セメント瓦やトタン葺きの屋根がひしめく安普請の町並み、床屋の三色のポール、薬屋のゾウ、商店の木枠のガラス戸には金縁の黒エナメルで店名が大書されている。なにもかもが手彩色の写真のような色合いでにじんでいた。

エレベーターの扉が三十三階でひらくと正面にレセプションデスクがある。モダンで静謐《せいひつ》で、高精細、高解像度のインテリア。デスクも床も黒く磨き上げられ、それらが弾く光は涼しく澄んでいる。鎮子は歩み寄って名前を告げる。

「田地といいます。食事の利用で」

予約者の名前を言うまでもなく、別のスタッフが左側から声を掛けてくれる。

「広芝様のお連れさまですね。お待ちです。お席までご案内しますね」

スタッフの女性がすらりとした長身に着ているのは、チャイナドレスかと思ったほどしなやかに身体に沿うダークブラウンの服で、彼女の深みのあるアルト、物腰、ぴったりとまとめた黒髪、南アジアを感じさせるエキゾチックな風貌ととけあって、なるほどここはリゾート・ホテルのチェーンだったなと思い出す。

女性についていこうとして左に向き直り、鎮子ははっと息をのむ。黒い内装がそのまま続いていく先には、おどろくほど広大な屋内空間が左右、そして上下に伸びている。その先、一段上がった領域――そこにレストランがある――の向こうは一面が垂直な桟《さん》で切られた窓になっていた。晩春のひかりがその先に満ちている。窓のむこうに空が見える。皇居の真上の空だ。

ならぶ窓の区画のひとつに逆光の影が立ち上がった。かげろうのように立つくせっ毛、両側にひろがった耳など輪郭だけでまちがいなく広芝とわかる。あわてて立ったのだろうか、ひょろっとした身体が斜めになっていて、初対面の日を思い出す。あの、あのう田地さんですよね、校正をされた――半年前、出版記念パーティーでさいしょに声を掛けてきたときのおずおずとした声や、そのくせにこにこした顔や、近寄りたいのか離れたいのかよくわからない風情を思い出すが、きょうの鎮子はそのときとちがって口もとがほころばない。自分が広芝にしたこと、その全景が、細部が、広芝の打ちのめされた吐息が、手のひらの温度が、寝具の上に立ちこめた匂いが一団となって胸にせり上がり息が苦しい。広芝は自席で立ったまま、こちらが近づくのを待っている。鎮子は白い服を着て黒くみがかれた段差をあがる。

フォンタン手術は単心室症を完治させるものではない。鎮子の場合はチアノーゼが少しだが残ったし、ほかの人よりも早く二十代なかばで不整脈が出現しワーファリンの服用もはじまった。この時点で鎮子は主治医と検討し、妊娠をあきらめることにした。たまたまそのとき付き合っている人がいなかったので、いまなら決められると判断した。人生の選択肢のひとつが朝の幽霊のようにうすれて消える。鎮子は泡洲を思い、饗津の浜を思い、そこに立つ志津子を思った。もしかしたら産めたかもしれない赤ちゃん。鎮子はそれを勢いよくうみに放り込むさまを思いえがいた。涙は出なかった。可能性の海の上にぽつんと浮かぶ限定された陸地で生きているのは、じぶんだけではない。老眼をしょぼしょぼさせながらリッターカーを走らす母も、いまは北海道にいるとかいう父も、まだ結婚、出産する気まんまんの「安産体型」の友人たちも、その日総合病院のロビーで順番を待っていたうなだれた人びとも、だれでもそうなのだ。

そのよる、〈うみの指〉が饗津を襲った。

輾転《てんてん》としてねむれない夜具の中で、とつぜん鎮子の脳裡に寝静まる饗津が克明に描かれた。月が照らす電柱の碍子《がいし》、木造の醫院《いいん》の玄関のまるい電灯、住宅地を縦横にめぐる未舗装の道のしらじらとした色。なにもかもが手にとれそうなほどで、その不穏さといったらない。いまからこれまでにないほどの〈うみの指〉がやってくる。鎮子がどれほど思い浮かべまいとしても、それとは無関係に、巨大で、全面的で、徹底的な真の大災害が起きる、そう直感された――

広芝と最初に寝たのは――それがいまのところ最初で最後なのだが――初対面の二か月後のことだった。午後二時の客室にはまだ昼の光が満ちていて、いちめんの白いシーツに寝そべり、鎮子は広芝の手を取ってまつ毛がふれるくらい近くでじっくりとながめてから、指を一本ずつ丹念に舐めていった。つぎの指に移るつど「すき、これ」とささやきながら。それを「みどりのゆび」と言ったのは広芝本人で、だからといって特別な味がするわけでもないが、ふだん多弁な広芝が空気にのまれたように言葉少なになったのがかわいく、薬指まで舐めおえると身体を伸ばして相手のくちびるをこちらのくちびるでつまんで、悪戯《いたずら》っぽく引っぱった。広芝は反対側の手で背中を撫《な》でてくる。十歳年上のこの男は離婚経験があると言っていて、その手を拒んだときの妻の背中はどんなふうだったろう。鎮子は広芝の肩に手をかけじぶんの身体を引き上げて、本格的なキスをはじめる。できるだけ行為に集中しながら、広芝の舌、指、爪を望む場所へ誘導する。やがて求めていたものが、鎮子の心身を深い根から揺り動かす重量感のある波がうねりはじめる。

——直感は、まず町の上で気圧が急降下するところから現実になった。いくすじもの冷気が斜面の上から下へ降りてくる。雲もないのに空のどこかでゴロゴロと雷が鳴る。うみの方角で「圧」が高まる。いぬたちが吠えまくり、小鳥やカラスがいっせいに飛び立って空に逃げた。その羽ばたきの音と同時に、うみから陸をまもる〈霧〉の障壁はとつぜん消失して饗津はまったくのまるはだかになる。

そのまま水位を上げてしずかに、苦痛なしでこの町をのみ込んでくれたらいいのに——志津子の願いは聞き届けられない。〈うみの指〉はいつもどおり、無数の、のたくりまわる、無限の体長をもつへびのように、しかしきょうばかりは何千何万という灰色の鎌首《かまくび》をもちあげ、それがそっくりそのまま陸へ向けて水平に押し寄せてきた。地盤をうばいとられたコンクリの大堤防は、歯茎からこそぎ落とされた歯のようにばらばらになり月の光に白く照らされながら液状化した地面にずぶずぶと沈む。指たちは、海岸通りの路面を浴衣の帯のようにほどき波打たせ、すっかりはぎとると饗津の町に到達した。布団の中で身体を折り、枕をつぶれそうなくらいきつく抱きしめている。饗津をめちゃくちゃにしている力のみなもとがほかならぬ自身の煮えたぎる瞋《いか》りであることを、もちろん鎮子は知っている。遣り場のない悲痛や憤激が、饗津の斜面を驀進《ばくしん》していく――


「みどりのゆび。あなたが？」

パーティー会場の片すみで、初対面の広芝と鎮子は壁を向いてふたりだけで話をしている。

「はい。親から私、そう呼ばれてましして。児童文学に出てくる少年が持っている才能のことなんですけど」広芝は両手をブックエンドのように縦にして小刻みに上下させながら話す。身体もまるい眼鏡《めがね》もそれにあわせて小さく動く。学生にひとりかふたりは必ずいる「変わった奴（でも、愛される）」らしかった。小説家の里中が監修した料理本の一部を広芝が執筆し、鎮子は在宅の校正者としてその本に関わっていたのだった。広芝は新顔野菜やあまり見かけない野菜とおいしい調理法を執筆していた。

「私すきでした、広芝先生のページ。校正者は仕事の本で楽しんではいけないんですけど。先生の野菜愛がアツくて」

「あ、え、そうです？　うれしいな。どれがよかったですか、ロマネスコ、コールラビ、それともサヴォイキャベツ」

「どれもすてきでした」

そのときの変化がおもしろかった。あれえ、と言わんばかりの落胆が顔にうかび、胸のところまで持ち上げていた長い腕をぶらんと垂らした。この人には薄い社交辞令は通じないのだとわかって、怖いようなほほえましいような気分になった。校正の赤鉛筆をうごかしながら何度かあじわった感覚はまちがっていなかった。

「お野菜、ご自分でもお作りになるんですね。お得意なんでしょ」

「いえ！」広芝は胸を張った。「野菜だけじゃないんです、花も、くだものの木も、あと公園の木ですね。樹木医の資格を持っているので」

聞けば両親は大きな造園業を営んでいて、その両親ですら閉口するほどの植物好きで、植物がらみのことなら――酒造から神社建築まで手がけるライターとして生活しているらしい。このときの会場はやはり皇居の緑を望むことができる国内資本のホテルで、宴会場の外のロビーへ抜け出したふたりは夜の闇に沈む森の広がりをながめた。

「なぜそんなにお好きなの」

「だって、すごいですよ。どんな場所にも押しかけていって、むしゃむしゃと繁って、実を生《な》らして種を落として」

むしゃむしゃという表現はぜんぜん変だけど、この人らしい。赤を入れてはいけないのだ。

「あ、そうです？　私はだめだな」鎮子の爪はこの日も入念に色をととのえていた。

「なんでもすぐ枯らしてしまうから」

「へえ、そうです？」おそらく広芝はおうむ返しをしている自覚もなく──


──驀進する指の中には地下をもぐって進むものもある。その経路に沿って、饗津の地盤はどろどろに溶解する。家々が連坦《れんたん》する市中のあちら、またこちらとまっくろな底なし沼が口を開ける。指があらわれ家々をまさぐって演奏する──質料の性質を変える。

鍛冶町、大工町、末広町。五十戸から百戸の住宅が密集するいくつかの下町が音もなく消える。家屋も建具も布団の中の人間もみな粘りのある黒い泥となり、そののち指に混練され形を与えられて、百戸分の瓦を鱗《うろこ》のようにまとった正体不明の流動体になって四方八方へ散逸していく。

明治町、大正町、昭和町。飼いいぬが火のついたように鳴き出したために飛び起きたある家の主人は、瓦をまとった泥の一団が自宅の板塀を倒し、庭石と石灯籠《いしどうろう》といぬを巻き込み、ガラス戸と縁側を押し破るのを見、次の瞬間には家族もろともその流動体に溶かされてすでにその肉体はないが、なぜかいまわの際の叫びだけが尾を引きつづけていて、声はその主人だけではなく、何百、何千という人びとの金切り声と怒号を縒《よ》りあわせて大きくなったり小さくなったりしつつ、雲も星もない月夜の空を恐怖の声を束ねたものが、ながいながい笞《むち》のようにわたっていく——

——鎮子は沼のようにあたたかく潤んだ部分で深く広芝を呑み込み、仰向けの広い腹、白い胸を波うたせる。身体をゆすり上げる快感は広芝の動きがもたらすものでもあるが、それを使ってもっと高いところまで昇ろうとする鎮子の意思の賜物《たまもの》でもある。このとき鎮子は自分の感覚の中に一本の棒を思いえがき、それをあやつるようにしての内奥から多彩な感覚を掘り出し十全に蒐集《しゅうしゅう》しようと、ある種の冷静さを保って試みている。ひととおり試み終えると、十本の指を広芝の背中に回し、尻をなで、やがてその大きな手で男の両の腰骨をがしっとわしづかみにした。

ふつうでない気配を感じた広芝の身体が、怪訝《けげん》そうに動きを止める。それをのがさず、鎮子は男の身体を押しやりみずからも腰を引いて、広芝の器官をずるずると抜いていく。そうせずにはいられない自分を蔑《さげす》みながら、鎮子は一分以内に到来する未来の破滅を思いえがいて、目もくらむような快感を覚える。

――わたっていく空のその下で夜襲に気づいた町は騒然としている。寝巻き姿の志津子も屋外にいて、群衆の満員電車のような圧力の一部となって渦巻いている。逃げる先はない。すでに饗津の地下は指たちに制圧され、どこが液状化するかは予断できない。とつぜん大音響と下から突き上げる衝撃が志津子たちを見舞う。一丁先で巨大な影が家並みをおしのけて浮上してくる。難破船の沈みゆく舳先《へさき》をフィルムの逆回しで見るかのようだが、影のりんかくは舳先のような三角もあれば、物差しのような長い矩形《くけい》もある。四方八方で同じ音がする。志津子の視線は群衆とともにぐるぐる回って、これから饗津を蹂躙《じゅうりん》する怪物の大群がそこらじゅうからぐんぐん伸び上がってくるさまを目撃する。モダンなビルディングのように煌々《こうこう》とかがやく光の点を鏤《ちりば》めたもの、沈没船にこびりつく貝殻のような不規則な凹凸でびっしりおおわれたもの、烏貝《からすがい》のような光沢のある黒を帯びたもの。鎮子の想像力が〈うみの指〉にこのような剛体をあたえることは滅多にない。この夜、鎮子の瞋りは饗津と泡洲を二度と再現できないほど叩きのめすことを欲していた。およそ三十階建てほどもある指は思い思いに動き出す。地面はあたりじゅうがタール溜まりのようになっていてだれも足が引き抜けない。指のひとつが大きく偏心した円運動をすると表面に付着していたものがガラガラと落下してくる――

広芝の下腹部は、ゴムにくるまれた性器の先端から鼠蹊部《そけいぶ》まで鎮子のおびただしい体液で濡れている。鎮子は腰をつかまえていた手を離し、左の手のひらで引き締まった陰嚢《いんのう》をそっと包み、反対側の手で慎重に避妊具を剝《は》ぎ取っていく。いつものように男の顔は見ない。男には驚きがあり、当惑があり、警戒があり、(笑止だが)期待があることが身体の接している部分や息遣《いきづか》いから伝わる。くるくるとまとめたゴム製品を右の小指と薬指のあいだに挟みその手のひらが――

――スローモーション映像のようにゆっくり落ちてくるのは、窓という窓から火を噴く双発のプロペラ旅客機であったり、一学級ぶんの机といすをジャングルジムのように組み立てた一個のオブジェであったり、おもちゃ屋で買ってもらった魔法使いの杖《つえ》であったり、いなかの小さな川の堤防に付けられた取水用の水門であったり、乗り合いバスほどもある巨大な銃弾であったりした。それらの事物に押し潰《つぶ》されあるいは打ち砕かれて死ぬのだ。そしていまや四国の半分ほどもある泡洲全体が、海岸線から内陸へ向けて、スープにひたした中国風お焦げのように、もろく割れ目を広げながら灰色の混濁に沈みつつある。

　この土地がなぜこれほどの暴虐を受けなければならないのか、志津子にはさっぱりわからない。しかし鎭子は確信する――


　その手のひらがいまや丸裸にされた器官をそっとなぞり上げる。

「すき、これ」

　そう耳にささやかれてはひとたまりもない。鎭子の顔のすぐ左に、広芝はどすんと勢いよく頭を突っ伏す。ベッドが沈み、揺れる。鎭子ははねまわる器官を両手でにぎり離さない。何度も何度も痙攣的《けいれんてき》に射出されるものの勢いを手の中に握り込む。強く、弱く、くりかえしくりかえしにぎってはゆるめ、やがて空気と混ざりあわされて泡立った精液が指のあいだからとめどなくにじみ出し、いくすじもの白い線になって手首まで垂れてくる。広芝は顔を起こさない。起こせない。からだぜんたいを戦慄《わななか》せている男の呻《うめ》きごえが、細く引き伸ばされ、悲しそうに変化していくのを鎭子は耳のすぐ横で聴く。恥辱。この仕打ちに対する怒り。男の感情を想像しつつ鎭子はまだ両手の動きを止めない。白昼の客室に植物的な匂いが濃く立ち上る。

——しかし鎭子は確信する。医師と話しあって人生の選択肢をひとつ消したきょうこの日から、私はこのうみに囲まれた想像上の土地をくりかえし破壊せずにいられなくなるのだろう。ぐるぐるぐる。天井からぶら下がった光の輪、指がなぞった境界線の中、限定されたもうひとつの故郷をいくども破壊し、何食わぬ顔で再生させ、そしてまた壊しつづけるのだろう。私は志津子を——泡洲につくりあげたじぶんの似姿《にすがた》をなんどもなんども殺すことになるだろう。

息をするように破壊する。そして想像することを止められない。それが私だ。

鎭子はおそろしくてたまらない。いずれ想像上の土地だけでは満足いかなくなるだろう。他人を傷つけはじめるだろう。

「ごめんなさい」

ランチの料理がなかばまで進み、魚の皿がならべられたとき、とつぜん鎭子は頭を下げた。

泡での乾杯からアミューズ、前菜、パスタに到るまで広芝豊明は言葉少なではあったけれども、居心地悪そうだったり、もの言いたげであったりすることはまったくなく、しかしいつものように饒舌《じょうぜつ》でもなくて、なんとももどかしい空気に鎭子は酸欠になりそうだった。息苦しさのあまりもうどうにでもなれというつもりで切り出した。

本人を目の前にすると、やはりあれはひどいやり方だった、いくらなんでもひどいと認めざるを得なかった。

「このあいだしたこと、あなたをひどく傷つけたと思います。あやまります。ごめんなさい」

しかしかえってきたのはまったく意外な言葉だった。

「キャベツ」

「え」

神妙にしていた鎮子は思わず顔を上げた。

「サヴォイキャベツです、これ」

黒いテーブルの上には、粗い織り目の白い布マットが広げられている。サーヴィスの男性が置いていった器は浅い杯のような深みがあり、そこにきみどり色の濃度のあるソースが敷かれ、ソテーされたハタの身は焼き目がこんがりと美しく、ムール貝の剝き身を両脇にひと粒ずつ従えていた。

「きゃべつ……」

「ほらわかりませんか、ここですよ」

広芝は魚の下に敷かれた葉物をフォークの先で触れてみせ、そのまま引っ張り出した。サヴォイキャベツの葉はくたくたに煮られても縮緬《ちりめん》状の細かな皺《しわ》と襞《ひだ》を保っていて、広芝はそれをはんぶんに分け、まず片方をそくざに食べた。丸っぽい眼鏡の中で目がうれしそうになる。うすい眉、かげろうのようにふわっと立っている髪の毛。鎮子は思い出した。このレストランで最初に会食したときもこんなだった。メイン料理が運ばれるなり「その牛肉とぼくの鴨《かも》、交換しませんか」と聞いてきたのだ。もう二度と逢《あ》うまいと決めつつ、しかしちょっと魔が差して取り換えてあげたら、広芝は付け合わせのピュレをはんぶん掬《すく》っただけで皿を戻してきた。じゃがいもの品種が気になってしかたがなかった、ただそれだけだったらしい。そしてしきりと「その鴨のソース、芹《せり》の香りがすごく良くないですか」とくりかえしたものだった。

意を決して下げた頭の持っていきどころがないので、鎮子はしかたなく広芝をまねてキャベツを食べ、そして息を呑んだ。あたたかいソースはびっくりするほど強いうまみをたたえていた。たくさんのムール貝、そして魚介の身やアラを惜しげもなくつかい、その上でうまみの核心だけをそっくり塊で切り出してきたようなソースを、キャベツの皺がたっぷりと含んでくれている。葉の形状が食感に軽快さを与えていて、うまみだけを堪能できるのは実はそのおかげなのだと気がついた。

「おいしい。たぶんここが――」広芝は目をおおきくして、うんうんとうなずいた。じぶんと同じ意見を対面の女性が話そうとしている。それがうれしいのだ。ふしぎなことだが鎮子は、広芝のうなずきになんだか励まされた気分がして、その先をきちんと言葉にした。それが目の前の人物の意見とおなじだったらいいなと思うことにおどろいていた。

「たぶんここが、このお料理の中でいちばんおいしいところだと思う。お魚よりも貝の身よりも」

そして鎮子は思い出す。

里中先生のパーティー会場の外の、ひとけのないロビーを。すでに日は暮れていたが、まだ桜田濠《さくらだぼり》のこんもりと繁った木々を見分けることはできて、広芝は、かの土塁の上でスダジイがいかに苦渋に満ちた長い人生を生きているかを滔々《とうとう》と語り、鎮子はそれを聞いている。聞かされているのではなく、聞いている。「男の説明」はいつだって退屈だが、広芝のは少なくとも苦にはならなかった。ああ、そうだ。だから「じゃあそのまえに一回打ち合わせしませんか」とつい口走ったのだ。


「ぼくからお話があります」

サーヴィスが肉料理の皿を運び去るその背中を見送り、一呼吸おいてから、広芝は鎮子に向き直った。ちょっと見にはわからないけれどひどく緊張している。鎮子はこころもち背を伸ばした。

「このあいだはありがとうございました。言いにくいことだったたと思います」

心臓に重い病気がある。じぶんは妊娠できない。からだの負担はもちろん、くすりが胎児に与える影響もある。――ひどい行為を終えて、手のよごれを淡々と拭いながら鎮子は事実を述べたのだった。

「そのときにすぐ言えれば良かったんですが――」

広芝が声をのみ込んだのはまたサーヴィスの近づく気配があったからだ。食事のはじまりが遅れたせいだろう、いつのまにかほかの客はみな帰っており、スタッフはディナータイムの支度をはじめていた。夜はテーブルをクロスで覆うのだろう、大きなリネンを置いて回っている。鎮子は左手を向く。窓の外にきりひらかれた空には夕方の色が差している。空の下には広大な皇居の敷地が広がり、人工緑青のしろみどりが美しい宮殿の屋根にも、暮色がうわぐすりのように薄く掛かりはじめていた。

可能性の海の上にぽつんと浮かぶ限定された陸地で生きているのは、じぶんだけではない。老眼をしょぼしょぼさせながら運転する母も、北海道の父も、「安産体型」の友人たちも、総合病院でうなだれる人びとも、そして武蔵野台地の東端、かつて海に面していたこの土地に住む人びとも、その点にかぎっては変わるところがない。

ふたりに、ひとつめのデザートが供された。絹のようにつやめくヴァニラアイスクリーム。その上になにか柑橘類《かんきつるい》の薄いスライスが載せられている。なまの実ではない。調理法はわからないが、キャンディーのようにぱりぱりと脆《もろ》い質感だ。果実は、アイスクリームの白いあかるさを透かし出し、柑橘の断面特有の放射状のパターンとあいまって、そこにだいだい色の光源が置かれたようだ。

「ぼくが離婚した理由なんですが」けほん、と咳払いして広芝は「精索静脈瘤《せいさくじょうみゃくりゅう》という、なんというか、そういう名前の病気があってですね、つまりぼくは男性不妊なんです」

「はい」

としか返事のしようがない。

「これでおあいこになりませんか？」

「ならない」

鎮子は切って捨て、そっぽを向いた。「なるわけないでしょ」

吹上の森は老熟していると広芝はいっていた。江戸時代から生き残ってきたケヤキ、スダジイ、ムクノキ、アカガシといった高木の多くは成長活力が衰退している。枯死、あるいは倒木によってできた空間にそそぐ新鮮な光をむさぼって、カラスザンショウ、イイギリ、カジノキらがすばやくその場を占拠し、これまでの樹種の付け入る隙を与えない。それが積み重なりじょじょに森の様相は変化する。

おあいこ、と聞いたとき、胸が鋏で刺されたように痛かった。妊娠をちっともあきらめてなんかいなかったんだ、なんとかなるかもとどこかで甘いこと考えていたんだと思い知らされた。

この男が子孫をのこすのはむずかしいだろう。私もおなじだ。おびただしい無精の液体。妊娠が禁忌である身体。

さあて、どうしようか——饗津の町では志津子がたばこのけむりをながながと吐き出しながら、やはり思案していることだろう。いくども再起動される泡洲の地で、志津子と和志が結婚に到る可能性は五分五分で、鎮子にも予測はつかない。志津子はさいごは彼女ひとりで決断する。あるいは、決断しかねているまにつぎの破滅が来る。

東京。かつて大量の弾薬が降り注ぎ一夜で十万人が焼け死んだ街。巨大な地震に打ち砕かれた街。富士からの火山灰が積もった街。いま責任を宙づりにしてくれているこのレストランだって経済的惨敗の副産物だ。最近の十年のつけは、広芝が愛する森とおなじように、衰退と譲り渡しとを以《もっ》て清算することになるだろう。よくよく破滅に事欠かない街だ。

しかしその森の現状も、膨大な時間のほんの一断面にすぎない。広芝のいうとおり森は部分的には崩壊するのだろう。そしてべつの部分がしぶとくみにくく生き延びるのだろう。でも、もしかしたら意外と美しいものになったりするかもしれない。

「さて、まずは、とける前に味わっちゃいましょうか」

鎮子は光のスライスを匙《さじ》でこなごなに突き崩した。だいだい色のかけらをまぜられて、氷菓は自照するかのようにあかるくなる。鎮子はそれを銀の匙でたっぷりとスクープし、口もとに運びながら広芝にいった。
「つぎのデザートが来る前に、おおいそぎで私の考えをお返事しますね」

参考図書

『皇居　吹上御苑、東御苑の四季』近田文弘著　ＮＨＫ出版
『宮中取材余話　皇室の風』岩井克己著　講談社

あとがき

二〇一九年は、静かな中にも小さな変化のあった年だった。前年の『零號琴《れいごうきん》』で十年来の宿題にケリをつけ、次の長編小説を準備しつつ、短い作品を（自分としては）数多く発表した。発表媒体の関係もあり、それまであまりご覧に入れてなかったタイプの小説を書いた。「鎭子」はその皮切りで、一般文芸の雑誌からの依頼に尻込みしていた自分に「書け書け」とけしかけてくれた人には感謝している。

本作は、初出誌（「文藝」）の特集「天皇・平成・文学」に寄せた。この主題で何を書くか。自分の場合は明確だった。ひとつは植物について。もうひとつはリプロダクティブ・ヘルス／ライツについて。最後に「場所」について、だ。

いま、二〇二〇年の夏を迎えようとしている。当分は長編小説の連載に力を割くことになるだろうが、折りあらばこの系統の小説を書いてみたいなと隙を窺《うかが》っている。

二〇一九年の日本ＳＦ概況

大森　望

　二〇一九年の日本ＳＦ界は訃報が相次いだ。『なぞの転校生』『ねらわれた学園』や《司政官》シリーズなどで知られる日本ＳＦ第一世代の眉村卓《まゆむらたく》（享年85）。『不条理日記』でＳＦ読者に大きな影響を与え、『失踪日記』で数々の賞に輝いた漫画家の吾妻《あづま》ひでお（享年69）。ブルース・スターリング『スキズマトリックス』の翻訳や同時代英米ＳＦの紹介で知られるＳＦ翻訳家の小川隆《おがわたかし》（享年67）。四十年余にわたって、ＳＦ関連図書の収集・分析、企画・編集などに携わってきた日本ＳＦ研究家の星敬《ほしたかし》（享年63）。ＳＦに対する長年の貢献を称《たた》え、日本ＳＦ作家クラブから、眉村さんと吾妻さんには日本ＳＦ大賞功績賞、小川さんと星さんには日本ＳＦ作家クラブ会長賞が贈られている。

■二〇一九年の話題作トップ5

　その一方、二〇一九年は話題作も目白押しだった。最大のトピックは、二一世紀を代表する本格SF巨編、小川一水《いっすい》《天冥《てんめい》の標《しるべ》》全十巻（計十七冊／ハヤカワ文庫JA）の完結。西暦二八〇三年、入植三百周年を迎える植民世界メニー・メニー・シープ（MMS）で開幕した物語は、八百年の歳月を遡《さかのぼ》り、各巻ごとに趣向（作風）を変えながら、さまざまな勢力の来歴を語ってゆく。たとえば、第二巻『救世群』では、二〇一〇年代の日本を舞台に、致死率のきわめて高いウイルス性感染症〝冥王斑〟のアウトブレイクと、保菌者として差別にさらされる患者たちの苛酷《かこく》な運命が描かれる。独立したコミュニティをつくった彼ら《救世群》の子孫のほか、漁師兼戦闘集団の《海の一統《アンチヨークス》》、人間に性的奉仕を行う存在としてつくられたアンドロイド《恋人たち《ラバーズ》》、集団で高度な知性を発揮する昆虫タイプの異星生物カルミアン、三百年にわたって羊《ひつじ》を通じてMMSの歴史に介入してきた謎の知的生命ダダーのノルカインなどなどが入り乱れ、絢爛《けんらん》豪華なSF絵巻を織り上げる。

ファンタジーでは、小野不由美《おのふゆみ》《十二国記》の十八年ぶりの長編『白銀《しろがね》の墟《おか》 玄《くろ》の月』一〜四（新潮文庫）が刊行され、四冊合計で二百五十万部を突破、社会現象を巻き起こした。これで完結したわけではないものの、『魔性の子』刊行から二十八年を経《へ》て、当代日本最高の物語である《十二国記》のメインストーリー（高里《たかさと》と戴《たい》の物語）が、ついにゴールを迎えたことになる。

日本SFの単独作で一番の注目作は、酉島伝法《とりしまでんぽう》の待望ひさしい第二作にして初長編となる『**宿借りの星**』（東京創元社）。カバー袖にいわく、「その惑星では、かつて人類を滅ぼした異形の殺戮《さつりく》生物たちが、縄張りのような国を築いて暮らしていた。罪を犯して祖国を追われたマガンダラは、放浪の末に辿《たど》り着いた土地で、滅ぼしたはずの〝人間〟たちによる壮大かつ恐ろしい企《たくら》みを知る。それは惑星の運命を揺るがしかねないものだった。マガンダラは異種族の道連れとともに、戻ったら即処刑と言い渡されている祖国への潜入を試みる」。というわけで、凶状持ちの元組長が弟分と街道を旅する次郎長三国志風の道中ものが造語だらけの酉島節全開で語られる。物語は直球のエンターテインメントにしてクラシックな本格ＳＦで、『皆勤の徒』よりは遥《はる》かに読みやすい。

　しかし、二〇一九年の日本ＳＦ最大のサプライズは、伴名《はんな》練《れん》のＳＦ短編集『**なめらかな世界と、その敵**』（早川書房）の大ヒット。発売前から話題を呼んで増刷を重ね、わずか二カ月で七刷に到達した。収録六編のうち四編は、同人誌に発表されたのち《年刊日本ＳＦ傑作選》に採録された作品。たとえば「ゼロ年代の臨界点」は、明治期（一九〇〇年代）に大阪の女子校で突如勃興した日本初のＳＦムーブメントについて語る偽文学史《モキュメンタリー》形式の改変歴史百合ＳＦ。この著者ならではの超マニアックなディテールが堪能できる。書き下ろしの中編「ひかりより速く、ゆるやかに」は、修学旅行の帰りに乗車した新幹線で前代未聞の〝事故〟に巻き込まれたクラスメートたちを外側から見守る時間ＳＦの傑作。おそらく（諸般の事情で本書には収録できなかったが）二〇一九年の日本ＳＦ短編のベスト1だろう。同書は翌年の第40回日本ＳＦ大賞の最終候補にも選ばれたが、最終的に《天冥の標》と『宿借りの星』が大賞を受賞。十二冊目を出して打ち止めになった創元ＳＦ文庫版《年刊日本ＳＦ傑作選》が同賞特別賞を受賞した。

短編集では、第162回直木賞にノミネートされた小川哲《さとし》『**嘘と正典**』（早川書房）も見逃せない。全六編のうち四編はSFマガジン掲載作だが、すべてSFというわけでもない。巻頭の「魔術師」は、希代のマジシャン・竹村理道《たけむらりどう》が演じた〝タイムトラベル〟マジックの構造を小説の構造と重ね合わせ、鮮やかな魔術を仕掛ける。続く「ひとすじの光」は、実在のダービー馬スペシャルウィークの血統を遡りつつ、死んだ父がなぜ自分に競走馬（十二戦未勝利の5歳牝馬）を遺《のこ》したのかという謎の解明を通じて息子が父を理解してゆく、ユニークな競馬小説。四話目の音楽小説「ムジカ・ムンダーナ」も同様の構造を持ち、歴史と時間と親子関係が短編集全体の軸となる。ＳＦ作家としての実力もじゅうぶんうかがえるが、同世代の伴名練とは対照的に、ＳＦそのものにはあまり興味がなさそうに見えるのが面白い。

ちなみに「ベストＳＦ２０１９」国内篇では、①『なめらかな世界と、その敵』②『宿借りの星』③『天冥の標Ⅹ　青葉よ豊かなれ』（全三巻）④『嘘と正典』という結果だった（『白銀の墟 玄の月』は年度区切りの関係で三・四が対象外になっている）。

■アンソロジー花盛り

もう一冊、二〇一九年に話題をさらった日本ＳＦが、世界初の百合ＳＦアンソロジー『**アステリズムに花束を**』（ＳＦマガジン編集部編／ハヤカワ文庫ＪＡ）。ＳＦマガジン六十年の歴史で初めて二度も増刷した百合特集号（二〇一九年二月号）掲載の五編に新作四編を加えて書籍化し、こちらも版を重ねた。百合とは〝女性間の関係性を扱った創作ジャンル〟（カバー裏より）だが、巻頭の宮澤《みやざわ》伊織《いおり》「キミノスケープ」は、世界に一人だけ残された主人公（＝あなた）の孤独な旅を描く二人称小説で、そこに〝百合〟を見出すかどうかは読者次第。対する南木《なんぼく》義隆《よしたか》「月と怪物」は〝ソ連百合〟と呼ばれてネット上で脚光を浴びた改変歴史ＳＦの改稿版。ゲンロンＳＦ創作講座出身の新鋭女性作家コンビ、櫻木《さくらき》みわ×麦原《むぎはら》遼《はるか》「海の双翼」は、グレッグ・イーガン的な身体改変／ポストヒューマンＳＦを叙情的な（幻想小説風の）タッチで綴《つづ》った美しくも切ない秀作。新作で一番の注目作は陸《りく》秋槎《しゅうさ》「色のない緑」（本書所収）。巻末は小川一水の書き下ろし宇宙ＳＦ（のちに長編化）「ツインスター・サイクロン・ランナウェイ」が締める。他に、今井《いまい》哲也《てつや》の漫画と、森田《もりた》季節《きせつ》、草野《くさの》原々《げんげん》、伴名練の小説を収録。

二〇一九年は、これ以外にも日本SFのオリジナル・アンソロジーが目立った。東京創元社の文庫創刊六十周年を記念して刊行された創元SF文庫『宙《そら》を数える』『時を歩く』は、歴代創元SF短編賞（正賞＋優秀賞）受賞者による、宇宙テーマ＆時間テーマの競作集。総勢十三人がそれぞれ気合いの入った新作を寄稿する。前者は、オキシタケヒコ「平林君《ひらばやしくん》と魚《いお》の裔《すえ》」（本書収録）はじめ、高山羽根子《たかやまはねこ》の世代宇宙船もの（！）、宮澤伊織のバカSF系YouTuberもののほか、西島伝法、理山貞二《りやまていじ》、宮西建礼《みやにしけんれい》が参加。後者では、目前に迫る絶滅の危機から逃れるため全人類加速計画が立ち上がる八島游舷《やしまゆうげん》「時は矢のように」と、〈声かけ〉と呼ばれる（人命を救うための）過去改変が制度化された世界の時間局員を描く久永実木彦《ひさながみきひこ》「ぴぴぴ・ぴっぴぴ」が双璧。他に、松崎有理《まつざきゆうり》、石川宗生《いしかわむねお》、空木春宵《うつぎしゅんしょう》、高島雄哉《たかしまゆうや》、門田充宏《もんでんみつひろ》が参加している。

同じ東京創元社の『Genesis　白昼夢通信』は、《書き下ろし創元日本SFアンソロジー》の二冊目。ベストは本書に収録した空木春宵「地獄を縫い取る」。他に、火星でピアノを調律する水見稜《みずみりょう》の音楽SF「調律師」、川野芽生《かわのめぐみ》の表題作、門田充宏の珊瑚《さんご》シリーズ最新作、高島雄哉のSF考証SF、石川宗生の〝怪物〟小説など全七編と、中村融《なかむらとおる》と西崎憲《にしざきけん》のエッセイを収録する。

『NOVA　2019年秋号』（河出文庫）は、谷山浩子《たにやまひろこ》の幻想小説から津原泰水《つはらやすみ》の初戯曲まで全九編。高山羽根子の捕鯨《ほげい》アイドルもの（本書所収の「あざらしが丘」）、アマサワトキオの生体コンビニもの、田中啓文《たなかひろふみ》の宇宙サメSFなど。『**答え合わせは、未来で。**』（日産未来文庫）は、〝自動運転社会の未来〟をテーマにしたショートショート十九編を集める日産史上（自動車メーカー史上？）初のSFアンソロジー。長谷《はせ》敏《さと》司《し》、藤井《ふじい》太洋《たいよう》、宮内悠介《みやうちゆうすけ》、田《た》丸雅智《まるまさとも》、小川哲らも寄稿している。ウェブ媒体含め、最近の日本SFは、いわゆる企業案件が増えてきている印象だ。

■新人作家続々登場

第7回ハヤカワSFコンテストは、前回に続いて大賞が出なかったが、優秀賞、特別賞受賞作がそれぞれ早川書房から四六判ハードカバーで刊行された。優秀賞受賞の春暮康一《はるくれこういち》『**オーラリメイカー**』は、直球の宇宙ハードSF中編。時は遥かな未来。銀河にあまねく広がる三百の知的種族（自然生物）が《連合《アライアンス》》を組織し、数百億の情報生命（DI）は融合して《知能流《ストリーム》》をつくっているという設定のもと、既視感の漂うコンタクト（新種族発見）が描かれる。特別賞受賞の葉月十夏《はづきとおか》『**天象の檻《おり》**』は、十二の系に分かれた異世界を舞台に少女の旅立ちと世界の発見を描くサイエンス・ファンタジー。ちなみに、この二冊とほぼ同時に同じ早川書房からやはりハードカバーで出た第9回アガサ・クリスティー賞受賞作二作の片方、穂波了《ほなみりょう》『**月の落とし子**』は、月面探査計画から帰還した宇宙船が千葉県船橋市に墜落するという、思いきり無茶な和製『アンドロメダ病原体』。なお、もうひとりの受賞者、折輝真《おりてるま》透《とう》は翌年の第11回創元SF短編賞を受賞している。

二〇一九年の第10回創元SF短編賞は、ネパールの生き神クマリを題材にしたアマサワトキオ「サンギータ」が正賞、斧田《おのだ》小《さ》夜《よ》「飲鴆止《いんちんし》渇《かつ》」が優秀賞を受賞。前者は『おうむの夢と操り人形　年刊日本SF傑作選』に収録されたのち、単独で電子書籍化された。

第三象限編『あたらしいサハリンの静止点』（衣笠《きぬがさ》SF文庫）は、同賞の最終候補に残りながら惜しくも落選した三作、織戸《おりと》久貴《ひさき》「あたらしい海」、谷林守《たにばやしまもる》「『サハリン社会主義共和国近代宗教史料』（二〇九九）抜粋、およびその他雑記」（日下《くさか》三蔵《さんぞう》賞受賞）、千葉集《ちばしゅう》「回転する動物の静止点」（宮内悠介賞受賞）の改稿版に加え、それぞれの著者の新作短編を収録したファン出版の三人集。中では、京都の小学校の校庭に忽《こつ》然《ぜん》と出現したすり鉢状の黒い穴に動物を放り込んでコマのように回し、回転持続時間を競う奇妙なゲームを描いた「回転する…」が印象的。

第3回ゲンロンSF新人賞は、ジェンダーと身体をテーマにした琴柱遥《ことじはるか》「父たちの荒野」（「枝角の冠」と改題して電子書籍化）が正賞、斧田小夜「バックファイア」が優秀賞を受賞。ほかに伊《い》藤元晴《とうもとはる》「猫を読む」に東浩紀《あずまひろき》賞、進藤尚典《しんどうたかのり》「推しの三原則」（電子書籍化）に大森望賞が贈られた。

松葉屋《まつばや》なつみ『**星砕きの娘**』（東京創元社）は第4回創元ファンタジイ新人賞受賞作。鬼の砦《とりで》に囚《とら》われていた少年・鉉太《げんた》は、ある日、川を流れてきた蓮の蕾《つぼみ》を拾う。蕾は赤子に変じ、たちまち美しい娘に成長。おまけに恐ろしく腕が立ち、破魔の剣を揮《ふる》って鬼を退治するが……。のっけからぐいぐい読ませる伝奇時代小説の秀作。日本ファンタジーノベル大賞復活後二作目の大賞受賞作となる大塚已愛《おおつかいちか》『**鬼憑《おにつ》き十兵衛《じゅうべえ》**』（新潮社）は、よくできたチャンバラ時代ファンタジー――かと思いきや、最後は伝奇方向に広がり意外な景色を見せてくれる。

■新鋭からベテランまで、日本ＳＦその他の注目作

デビュー間《ま》もない新鋭も順調に新作を出している。門田充宏『**追憶の杜《もり》**』は、『風牙』に続く全三話の中編集。記憶のレコーディング技術が開発された近未来を背景に、他人の記憶を第三者にわかるように翻訳する凄腕《すごうで》インタープリタの珊瑚が前作に続いて主役をつとめる。高島雄哉『**エンタングル：ガール**』（以上、創元日本ＳＦ叢書《そうしょ》）はＴＶアニメ「ゼーガペイン」からスピンオフした青春ＳＦ。三方行成《さんぼうゆきなり》の短編集『**流れよわが涙、と孔明《こうめい》は言った**』は、〝孔明は泣いたが、馬謖《ばしょく》のことは斬《き》れなかった。硬かったのである〟で始まる表題作が突出して面白い。柴田勝家《しばたかついえ》『**ヒト夜の永い夢**』は、昭和初期を背景に、実在人物を満載して描く伝奇ＳＦロマンもしくはスチームパンク

大作。草野原々『大進化どうぶつデスゲーム』（以上、ハヤカワ文庫JA）は、女子高の生徒十八人が八百万年前のサバンナにタイムスリップし、人類の命運を賭けた生存ゲームに挑む。同時に出た『これは学園ラブコメです。』（ガガガ文庫）は、一種のメタライトノベル。

藤井太洋『東京の子』（KADOKAWA）は、パルクールと雇用問題を両輪に〝五輪以後〟の東京を描く近未来小説。宮内悠介は、若干のSF要素を含む風変わりな旅行小説『偶然の聖地』（講談社）と、フィリピンを舞台にほとんどジブリアニメ的な冒険を描く『遠い異国でひょんと死ぬるや』（祥伝社）を刊行。高山羽根子『居た場所』（河出書房新社）は、芥川賞候補の表題作（SF的には侵略テーマのファーストコンタクトものと読める）に二編を併録した作品集。さらに、芥川賞候補になった『カム・ギャザー・ラウンド・ピープル』（集英社）と、『如何様《イカサマ》』（朝日新聞出版）もそれぞれ単行本化されている。

瀬名秀明《せなひであき》の三年ぶりの長編『魔法を召し上がれ』（講談社）は、マジックと料理とロボットの三本柱を軸にした近未来ミステリ。ケンイチ・シリーズの後日譚《ごじつたん》とも（あるいは一種の物語論とも）読める。上田早夕里《うえださゆり》『リラと戦禍の風』（KADOKAWA）は欧州大戦を背景にした歴史ファンタジー。菅浩江《すがひろえ》『不見《みず》の月　博物館惑星Ⅱ』（早川書房）は、『永遠の森　博物館惑星』の、十九年ぶりの続編。博物館惑星に赴任したばかりの新人スタッフ・兵藤健が新たな主人公をつとめる。図子慧《ずしけい》『**愛はこぼれるqの音色**』（アトリエサード発行・書苑新社発売）は、荒川の氾濫《はんらん》で二十三区東部が水没した近未来東京を描く『アンドロギュヌスの皮膚』の姉妹編。

ベテラン勢も健在。神林長平《かんばやしちょうへい》『**レームダックの村**』（朝日新聞出版）は、パワーローダーの同時多発暴走による文明崩壊の予兆を描く『オーバーロードの街』の続編。電子データの蒸発で金融システムが崩壊、この未曽有の大災厄のさなか、ムラは生き残りをかけて国家に戦いを挑む。ＳＦマガジン連載をまとめた『**先をゆくもの達**』（早川書房）は、火星のコロニーを舞台にした単発長編。黄金時代の（ある意味アーサー・Ｃ・クラーク的な）ＳＦへの郷愁を込めつつ、《火星》三部作のその先へと一歩を踏み出す。山田正紀《やまだまさき》『**戦争獣戦争**』（創元日本ＳＦ叢書）は、モスラ的な怪獣譚と現代史をくっつけてＳＦ化した山田節全開の超絶スペクタクル。佐々木譲《ささきじょう》『**抵抗都市**』（集英社）は、日本が日露戦争に敗北した大正時代の東京を舞台とする改変歴史警察小説。山尾悠子《やまおゆうこ》・中川多理《なかがわたり》『**小鳥たち**』（ステュディオ・パラボリカ）は、小鳥に変身する城館の侍女たちをめぐる表題作に触発された中川多理の人形の写真とそれに触発された続編（ＡＩ搭載のロボットが登場する）に、書き下ろしの新作を加えた全三話の幻想小説＋人形写真集。

■短編集とノンフィクションの収穫

以下、短編集をまとめて。松崎有理**『イヴの末裔《まつえい》たちの明日』**（創元日本ＳＦ叢書）は、ビール暗号をテーマにした中編「ひとを惹きつけてやまないもの」など書き下ろし二編を含む全五編。斉藤直子《さいとうなおこ》**『ゴルコンダ』**（惑星と口笛ブックス）は、《ＮＯＶＡ》初出の表題作および「禅ヒッキー」と、書き下ろしの五編を収める電子書籍オリジナルの作品集。素っ頓狂《とんきょう》な会話とオフビートな展開が楽しい。草上仁《くさかみじん》**『５分間ＳＦ』**（ハヤカワ文庫ＪＡ）は、本書に収録した書き下ろし「トビンメの木陰」を含む全十六編のショートショート集。岡本俊弥《おかもととしや》**『機械の精神分析医』**（スモール・ベア・プレス）は、ＳＦ書評の大ベテランによる初短編集（私家版）。表題作を含む五編は、アシモフが描くロボット心理学者の現代版みたいなトラブルシューター（民間企業勤務）が語り手をつとめる。

澤村伊智《さわむらいち》**『ファミリーランド』**（早川書房）は、未来の日本を背景に、嫁姑《よめしゅうとめ》、結婚、出産、介護、葬式など、家族にまつわるあれこれをシャープに描くブラックコメディ連作集。渡辺浩弐《わたなべこうじ》**『令和元年のゲーム・キッズ』**（星海社FICTIONS）はＳＦショートショート集《ゲーム・キッズ》シリーズの第五弾。今回は、法律で寿命が五十歳までに制限された社会を背景にした連作で、ブラックなオチが冴《さ》える。木皿泉《きざらいずみ》**『カゲロボ』**（新潮社）は異色のロボットＳＦ連作集。

新井素子《あらいもとこ》『この橋をわたって』（新潮社）は、碁盤が被告となる奇天烈囲碁ミステリ「碁盤事件」、児童文学的な枠組みと著者の文体がうまくマッチした中編「なごみちゃんの大晦日《おおみそか》」など、二〇〇四年以降に書かれた八編（ショートショート三編含む）を収める。宮部《みやべ》みゆき『さよならの儀式』（河出書房新社）は、著者初の本格SF短編集。《NOVA》掲載の五編を軸に、二〇一〇年から一八年にかけて発表された八編を収録する。

最後に、SF関連のノンフィクション（国内）の収穫は、円堂都司昭《えんどうとしあき》『ディストピア・フィクション論　悪夢の現実と対峙する想像力』（作品社）、ともに栗本薫《くりもとかおる》の実像に深く迫る今岡清《いまおかきよし》『世界でいちばん不幸で、いちばん幸福な少女』と里中高志《さとなかたかし》『栗本薫と中島梓《なかじまあずさ》　世界最長の物語を書いた人』（以上、早川書房）、日本SF草創期の回顧録、豊田有恒《とよたありつね》『日本SF誕生　空想と科学の作家たち』（勉誠出版）など。

■翻訳SF2019

二〇一九年の翻訳SFは、劉慈欣《りゅうじきん》『三体』（大森望、光吉《みつよし》さくら、ワン・チャイ訳／早川書房）が席巻。超がつくほど古典的なファーストコンタクトSFながら、あらゆる方法で面白さを追求した結果、非SF読者からも熱狂的な反応を得て、発売一カ月で十二刷十二万部（電子書籍含む）という驚異的な数字を叩き出した。《三体》三部作累計の全世界売り上げは二千九百万部とも言われているが、中国SFの単行本が日本でこれほど大きなブームを巻き起こすとは予想外だった。SF読者の評価も高く、「ベストSF2019」海外部門でも2位にダブルスコアのダントツ1位を獲得。この『三体』ブームを受けて、十月には著者の初来日も実現した。

同じ中国SFでは、現役女性作家・郝景芳《かくけいほう》の『郝景芳短篇集』（及川茜《おいかわあかね》訳／白水社）も出た。ヒューゴー賞ノヴェレット部門受賞作を中国語から新訳した「北京《ペキン》、折りたたみの都市」など全七編を収録。宇宙からの侵略者〝鋼鉄人〟に地球が征服された未来を描く「弦の調べ」「繁華を慕って」の二部作がユニークだ。

アジアでは韓国SFの短編集も邦訳されている。パク・ミンギュ『ダブル』（筑摩書房）は、『サイドA』『サイドB』二分冊のうち、前者がSF編で、A・C・クラークへのトリビュートだという深海ハードSF「深」など狭義のSFが六編収められている。〝韓国発！　SF短編集〟と帯に謳《うた》われているチョン・ソヨン『となりのヨンヒさん』（吉川凪《よしかわなぎ》訳／集英社）は、ヤングアダルト寄りのSFらしいSF十五編を収録する。表題作は隣に住んでいる巨大カエル似の宇宙人と交流する話で、強固な日常感がちょっとコニー・ウィリス風。〝私は七十四番目の世界でアリス・シェルドンに出会った〟という書き出しの「アリスとのティータイム」は、多世界研究所の調査員をしている〝私〟が、並行世界で晩年のティプトリーと対面する切ないストーリー。

二〇一九年、『三体』に次ぐ反響を巻き起こした翻訳SFは、テッド・チャン十七年ぶり二冊目の短編集『息吹』（大森望訳／早川書房）。テクノロジーと人間の関係を思いがけない角度から繊細に描き出す作品をメインに九編（著者の全作品の半数にあたる）を収録する。こちらもハードカバーで刊行されるや、発売一週間で三万七千部まで部数を伸ばし、翌年のTwitter文学賞では、2位『三体』に続く3位にランクインした（1位はルシア・ベルリン『掃除婦のための手引き書』）。

チャンと劉慈欣の作家的な背景はまったく違うし、作風も正反対だが、コンピュータ・エンジニア的な視点と、中国にルーツがあることは共通する。ケン・リュウの日本オリジナル短編集第三弾となる『生まれ変わり』（古沢嘉通《ふるさわよしみち》ほか訳／早川書房）も刊行され、これらをぜんぶひっくるめて〝中国系SF〟として平台に展開する書店も少なくない。

さらに広いアジアンSFという括りでは、前述の韓国SF短編集や、フランス人の父とベトナム人の母のもとに生まれたパリ育ちの女性作家アリエット・ド・ボダールの《シュヤ宇宙》シリーズ短編九編を集めた日本オリジナルの短編集『茶匠《ちゃしょう》と探偵』（竹書房）、さらにはフォンダ・リーの世界幻想文学大賞受賞作にして〝21世紀版ゴッドファーザー×魔術〟と謳われるアジアンSFノワール長編『翡《ひ》翠城市《すいじょうし》』まで含まれる。二〇一九年は、アジアンSFが事実上はじめて日本で大きく注目された年だった。

その他の翻訳SF注目作には、シルヴァン・ヌーヴェル《巨神計画》三部作の完結編**『巨神降臨』**（佐田《さだ》千織《ちおり》訳）、連ドラ好きのロボットの語りがキュートなマーサ・ウェルズ**『マーダーボット・ダイアリー』**（中原《なかはら》尚哉《なおや》訳／以上、創元SF文庫）、グレッグ・イーガン**『ビット・プレイヤー』**（山岸《やまぎし》真《まこと》訳）、ジョージ・R・R・マーティン**『ナイトフライヤー』**（酒井《さかい》昭伸《あきのぶ》訳）、ハーラン・エリスン編**『危険なヴィジョン〔完全版〕』**全三巻（伊藤《いとう》典夫《のりお》、浅倉《あさくら》久志《ひさし》ほか訳／以上、ハヤカワ文庫SF）、《竜のグリオール》シリーズ待望の二冊目となるルーシャス・シェパード**『タボリンの鱗《うろこ》』**（内田《うちだ》昌之《まさゆき》訳）、ジャスパー・フォード**『雪降る夏空にきみと眠る』**（桐谷《きりや》知未《ともみ》訳）、チャールズ・ハーネス**『パラドックス・メン』**（中村融訳／以上、竹書房文庫）などがある。

編集後記

二〇一九年の日本SFの精髄を集めた『ベストSF2020』、お楽しみいただけたでしょうか。新たに出発する日本SF年間ベスト集成の一冊目ということで、思いきり気合いを入れてつくったつもりですが、はたして気に入っていただけるかどうか、ひさしぶりにドキドキしながらこの後記を書いている。読者のみなさん（および、竹書房を含む各版元と著者のみなさん）の支持が得られれば、末永くこのシリーズを続けていきたいと思っているので、何卒《なにとぞ》ご贔屓《ひいき》に。

さて、序にも書いたとおり、この本は、〝ベストSF2020〟のタイトルに偽りなく、〝昨年一年間に日本語で発表されたSF短編のベストを選ぶ〟というのが大原則。すなわち、「個人短編集に収録されたばかりだからちょっと……」とか、「百ページ以上あるからさすがに……」とか、「べつの文庫で読めるから……」とか、そういう事情はいっさい斟酌《しんしゃく》せず、編者が気に入ったものを候補に挙げるところからスタートした。最初は、「その一年の短編ベストテンを（勝手に）選ぶ」という方式も考えたんですが、こちらの都合で作品数を固定するのも筋違いだろうと思い直し、ページ数も作品数も決めずに作業を進めた。編者がぜひ入れたいと思った作品と、版元・著者が入れてもいいと言ってくれた作品をすりあわせた結果、この『ベストSF２０２０』に関しては、ベストイレブンで全四百四十ページという布陣になった。

　で、ここから先は舞台裏の話になるんですが、ということは、ぶっちゃけ、最初に希望したすべての作品を本書に収録できたわけではない。こちらがぜひ入れたいと思っても、当然、先方には先方の事情がある。今回の場合、これを巻末に置こうと去年のうちから心に決めていた本命の収録を見送らざるを得なくなった。

　その作品とは、伴名練《はんなれん》「ひかりより速く、ゆるやかに」。二〇一九年の日本SF短編ベストワンはこれだと編者自身があちこちで書いたり言ったりしてきた傑作である。短編集『なめらかな世界と、その敵』のために書き下ろされ、同書が「ベストSF２０１９」国内篇第1位を獲得する原動力となっただけでなく、いろんな意味で二〇一九年を象徴するタイトルであることはまちがいない。文庫では百二十ページ以上の分量になるため、創元SF文庫版《年刊日本SF傑作選》ならとても収録できなかっただろう。しかし、竹書房文庫の《ベスト日本SF》は、いい作品であれば、百ページだろうと二百ページだろうと気にしない。この新たなコンセプトの象徴としても、ぜひ入れたい。というか、「ひかりより速く、ゆるやかに」が入っていない『ベストSF２０２０』なんて考えられない。

　……と勢い込んでいただけに、早川書房から収録を断られたと聞いたときはがっくり来ましたね。『なめらかな世界と、その敵』の単行本がいまだに売れつづけているので、その大黒柱である書き下ろし短編を他社のアンソロジーに入れたくないという理由はなるほどもっともだが、そもそも同書収録の短編のうち四編は、同人誌掲載ののち、《年刊日本SF傑作選》に収録された作品である。著者もあちこちで、《年刊日本SF傑作選》に大変な恩義を感じていると公言しているのに、ブレイクしたとたんにこれかよ！　かつてブライアン・W・オールディスは、SF史を概説する名著『十億年の宴《うたげ》』の最後で、国民的ベストセラー作家となったカート・ヴォネガットについて、「ガソリン代が手に入ったとたん、フルスピードでSF界から走り去ってしまった」と形容したが、それにならって言えば、伴名練もまた、フルスピードで年刊傑作選から走り去ってしまったのである——というイヤミをこの編集後記に書いて鬱憤《うっぷん》を晴らすしかない。まあ、それならそれでいいか。と、そこまで考えて未練を断ち切ったころ、当の伴名練氏から、「私が気づかないうちに早川書房が断ったらしいのですが調整してみます」という慌てたようなダイレクトメッセージが届いたのだが、時すでに遅し。だいたい、冷静に考えてみれば、この『ベストSF2020』を買うような人はもうとっくに『なめらかな世界と、その敵』を読んでいるに決まっている。本書の文字組だと百三十ページ以上にもなる既読作が入るのは勘弁してほしいときっと思うだろうし（もし万一、『なめらかな世界と、その敵』を未読の人がいたら、いますぐ買ってください）、無理やり入れたとしたら、逆に、立場を利用した不当な圧力を疑われかねない。なにより、泣く泣くあきらめることで、（伴名氏自身がDMで強く憂慮していたとおり）この先も長く話のタネにできるではないか。

……という判断の結果、著者の申し出をありがたく辞退して収録を見送るかわり、こうして編集後記のネタにさせていただくことにした。読者諸氏におかれましては、本書の巻末には、不在のラストピースとして、「ひかりより速く、ゆるやかに」があることを想像していただきたい。

ちなみに、本書と同時期に短編集が出るからという理由で、同じく収録を見送らざるを得なかった短編がもう一編あるんですが、それについては言及する了解を得ていないのでタイトルは秘密。

……というような楽屋話（ほぼ冗談なので真面目にとらないように）は大多数の読者にとってどうでもいいことでしょうが、まあそんなこんなの交渉を経《へ》て、収録作十一編が確定し、各編の著者にあとがきまで書き下ろしていただいて、こうして編集後記をしたためるところまで漕《こ》ぎつけた。初出媒体の担当編集者ならびに著者のみなさんに心から感謝する。

そして、このめんどくさい企画をふたつ返事で引き受けてくれた竹書房編集部の水上志郎氏の貢献にも、この場を借りて拍手を贈りたい。

竹書房と言えば、ブライアン・オールディス『寄港地のない船』（中村《なかむら》融《とおる》 訳）やジャスパー・フォード『雪降る夏空にきみと眠る』（桐谷《きりや》知未《ともみ》訳）、ルーシャス・シェパードの短編集『竜のグリオールに絵を描いた男』とその続集『タボリンの鱗《うろこ》』（ともに内田《うちだ》昌之《まさゆき》訳）、長く邦訳が待ち望まれていた幻のワイドスクリーン・バロック、チャールズ・L・ハーネス『パラドックス・メン』（中村融訳）などを文庫で刊行、さらにはハードカバーでアリエット・ド・ボダール『茶匠《ちゃしょう》と探偵』（大島豊《おおしまゆたか》編訳）を送り出し、そのマニアックなラインナップと斬新《ざんしん》な装丁で、ここ数年、海外SF読者からおおいに注目され、いまや早川書房、東京創元社に続く第三のSF出版社にのし上がっている。その立役者がほかならぬ水上氏。

個人的には、中村融編のアンソロジー『猫SF傑作選　猫は宇宙で丸くなる』に、むかし翻訳したスタージョンの短編「ヘリックス・ザ・キャット」を入れてもらったときにはじめて水上氏と仕事をして、Twitter（@chikushobo02）上のやさぐれた古本マニアぶりとは裏腹の、たいへんきっちりした事務処理能力にいたく感銘を受け、この人なら《ベスト日本SF》にまつわるめんどくさいデスクワークも朝飯前でこなせるに違いないと勝手に見込んで声をかけたところ、ノータイムで快諾。昨年秋の段階で企画を会社に通し、三月中にはラインナップがほぼかたまって、コロナ禍に見舞われつつも、危なげない進行（当社比）でここまでたどり着いた。

考えることはだれしも同じらしく、創元版《年刊日本SF傑作選》の共同編者だった日下《くさか》三蔵《さんぞう》氏も水上氏に企画を持ち込んで、本書より早く、自身が編纂《へんさん》した筒井《つつい》康隆《やすたか》『堕地《だじ》獄仏法《ごくぶっぽう》／公共伏魔《こうきょうふくま》殿《でん》』、横田《よこた》順彌《じゅんや》『幻綺《げんき》行《こう》 完全版』の二冊を同じ竹書房文庫から刊行している。

当の水上氏は、電車通勤を避けるためか、会社近くのホテルに自腹でずっと泊まり込んで徒歩通勤中。そのことはTwitterで見てなんとなく知ってたんですが、緊急事態宣言下の四月某日夕刻、ほとんどの書店がシャッターを下ろしている神保町にたまたま行く機会があり、ほぼ一軒だけ営業していた書泉《しょせん》グランデに立ち寄ったところ、新刊の平台前で水上氏とばったり遭遇したのには大笑い。偶然というより半ば必然かもしれないが、ソーシャル・ディスタンスを保ちつつ、『ベストSF２０２０』の進行状況について、その場でひとしきり立ち話したことが、コロナの時代の一コマとして記憶に刻まれている。

……というようなさらにどうでもいい話はともかく、この厄介なミッションをやり遂げてくれた水上氏と、GOサインを出してくれた竹書房編集部にあらためて感謝する。

また、『茶匠と探偵』に続いてすばらしいカバーアートを描き下ろしてくれたイラストレーターのKotakanさん、いつもながらかっこいい装丁を担当してくれたデザイナーの坂《さか》野《の》公一《こういち》さんにも感謝します。本書ができあがったのはみなさんのおかげです。ありがとうございました。この一冊で、いまの日本SFの豊かさに触れる読者がひとりでも増えてくれれば、編者としてこれにまさる喜びはない。

それでは、『ベストSF２０２１』でまたお目にかかれることを祈りつつ、再見《ツァイチェン》。

大森　望

初出一覧

円城 塔「**歌束**」「新潮」1月号（新潮社）

岸本佐知子「**年金生活**」『kaze no tanbun 特別ではない一日』（柏書房）

オキシタケヒコ「**平林君と魚の裔**」『宙を数える　書き下ろし宇宙ＳＦアンソロジー』（創元ＳＦ文庫）

草上 仁「**トビンメの木陰**」『五分間ＳＦ』（ハヤカワ文庫ＪＡ）

高山羽根子「**あざらしが丘**」『ＮＯＶＡ ２０１９年秋号』（河出文庫）

片瀬二郎「**ミサイルマン**」「ＳＦマガジン」４月号（早川書房）

石川宗生「**恥辱**」「小説すばる」ＨＰ ７月17日掲載→『ホテル・アルカディア』（集英社）

空木春宵「**地獄を縫い取る**」『Genesis 白昼夢通信』（東京創元社）

草野原々「**断Φ圧縮**」「SCI-FIRE 2019」（同人誌）

陸 秋槎／稲村文吾 訳「**色のない緑**」『アステリズムに花束を　百合ＳＦアンソロジー』（ハヤカワ文庫ＪＡ）

飛 浩隆「**鎭子**」「文藝」夏季号（河出書房新社）

２０１９年度短編ＳＦ推薦作リスト

去年発表された、収録作以外の30作ぐらいのおすすめ短編ＳＦのリストを毎年巻末につけることにしました。サイエンス《S》・フィクション《F》、スペキュレイティヴ《S》・フィクション《F》、すこし《S》不思議《F》……それぞれちがった面白さのある短編たちです。来年、『ベストＳＦ２０２１』でまたお会いするときまでに、このリストからも、あなたが好きなＳＦが見つかりますように。（編集部）

※著者五十音順、最後にⒺマークがあるものは電子書籍あり。２０２０年7月現在でのデータです。

アマサワトキオ「**赤羽二十四時**」『NOVA 2019年秋号』(河出文庫)
新井素子「**新しいお遊び**」 清水建設×日本SF作家クラブ「建設的な未来」12月11日掲載
石川宗生「**野生のエルヴィスを追って**」「SFマガジン」4月号(早川書房)Ⓔ
柞刈湯葉「**たのしい超監視社会**」「SFマガジン」4月号→『人間たちの話』(ハヤカワ文庫JA)
円城 塔「**書夢回想**」「SFマガジン」4月号(早川書房)/「**わたしたちのてばなしたもの**」「群像」2月号(講談社)
岡本俊弥「**マカオ**」『機械の精神分析医』(NextPublishing Authors Press)Ⓔ
小川一水「**ツインスター・サイクロン・ランナウェイ**」『アステリズムに花束を 百合SFアンソロジー』(ハヤカワ文庫JA)Ⓔ
小川 哲「**ムジカ・ムンダーナ**」「SFマガジン」6月号→『嘘と正典』(早川書房)Ⓔ
小野美由紀「**ピュア**」「SFマガジン」6月号→『ピュア』(早川書房)Ⓔ
小山田浩子「**ねこねこ**」「群像」3月号(講談社)
北野勇作「**ほぼ百字小説**」 著者Twitterアカウント(@yuusakukitano)で1月19日、6月18日、12月25日にツイート 以上、3作→『100文字SF』(ハヤカワ文庫JA)178ページ、196ページ、204ページⒺ
斉藤直子「**ティルティ・テイル**」『ゴルコンダ』(惑星と口笛ブックス)Ⓔ ※電子書籍のみ
櫻木みわ+**麦原 遼**「**海の双翼**」「SFマガジン」6月号→『アステリズムに花束を 百合SFアンソロジー』(ハヤカワ文庫JA)
佐々木 譲「**図書館の子**」「小説宝石」10月号→『図書館の子』(光文社)

詞野うら「**存在集**」『偽史山人伝』（ビームコミックス）Ⓔ
高木ケイ「**おはよう、ラザロ**」「SCI-FIRE 2019」（同人誌）※高木刑名義
千葉　集「**回転する動物の静止点**」『あたらしいサハリンの静止点』（同人誌）
南木義隆「**月と怪物**」『アステリズムに花束を　百合ＳＦアンソロジー』（ハヤカワ文庫ＪＡ）
西崎　憲「**おまえ知ってるか、東京の紀伊國屋を大きい順に結ぶと北斗七星になるって**」「たべるのがおそい」vol.7（書肆侃侃房）→『未知の鳥類がやってくるまで』（筑摩書房）
伴名　練「**ひかりより速く、ゆるやかに**」『なめらかな世界と、その敵』（早川書房）
久永実木彦「**ぴぴぴ・ぴっぴぴ**」『時を歩く　書き下ろし時間ＳＦアンソロジー』（創元ＳＦ文庫）Ⓔ　※単体での電子書籍もあり
松崎有理「**方舟の座席**」『イヴの末裔たちの明日　松崎有理短編集』（創元日本ＳＦ叢書）Ⓔ
水見　稜「**調律師**」『Genesis 白昼夢通信』（東京創元社）Ⓔ　※単体での電子書籍もあり
皆川博子「**昨日の肉は今日の豆**」『kaze no tanbun 特別ではない一日』（柏書房）
宮内悠介「**ローパス・フィルター**」「新潮」1月号（新潮社）
宮西建礼「**もしもぼくらが生まれていたら**」『宙を数える　書き下ろし宇宙ＳＦアンソロジー』（創元ＳＦ文庫）Ⓔ　※単体での電子書籍もあり
村田沙耶香「**変容**」「小説　野性時代」8月号・9月号→『丸の内魔法少女ミラクリーナ』（ＫＡＤＯＫＡＷＡ）Ⓔ
八島游舷「**時は矢のように**」『時を歩く　書き下ろし時間ＳＦアンソロジー』（創元ＳＦ文庫）Ⓔ　※単体での電子書籍もあり
山尾悠子「**小鳥の葬送**」『小鳥たち』（ステュディオ・パラボリカ）

ベストSF 2020

2020年8月6日　初版第一刷発行

編　者　大森望《おおもりのぞみ》
イラスト　Kotakan
デザイン　坂野公一《さかのこういち》(welle design)

発行人　後藤明信
発行所　株式会社 竹書房
〒102-0072
東京都千代田区飯田橋2-7-3
電話：03-3264-1576(代表)
03-3234-6383(編集)
http://www.takeshobo.co.jp
印刷所　凸版印刷株式会社

定価はカバーに表示してあります。
乱丁・落丁の場合には竹書房までお問い合わせください。

ISBN978-4-8019-2350-8　C0193
Printed in Japan